番茄街游擊戰

連明偉——著

推薦序

柳丁與番茄

黃錦樹

有好幾年（似乎是我沒寫小說的那些年）進出系辦時，常會看到系辦對面牆上的佈告欄「榮譽榜」三個彩色大字下，大大的寫著「連明偉」三個字，名字下是文學獎，聯合文學小說新人獎中篇小說獎首獎、中國時報文學獎、台積電文學獎、林榮三文學獎等的剪報。我沒仔細看，那些年已不太留意文學獎，對新崛起的整個世代也沒怎麼注意，我也忘了自己在忙甚麼，安靜的活在自己的時間裡。但「連明偉」這名字我是記得的，那年吳曉青過世時，他們那一屆好像特別悲傷，我曾陸續讀到過幾篇淚漣漣的悼文。年輕未婚的吳曉青大概像兄長那樣陪伴著他們，一起打球、一塊游泳，談心事，因而情誼格外深厚。但我一貫採取刺猬策略，對我的老師輩、同事、學生都一樣，刺越長的離越遠，以免來日碰傷費事。他或許修過我的小說課，但我也不記得了，就像我不記得我上課時說了哪些話。教書都為稻粱謀，也從不敢鼓勵學生以寫作維生。此路難行，我認識的寫作的朋友都過得很清苦——如果沒有別的正職可以維持生活的話。

東華創作所成立後，彷彿是台灣的愛荷華寫作工作坊，好多對寫作懷抱夢想的年輕人（包括大馬青年）都會翻山越嶺繞到那裡，泡幾年山風海雨，連明偉也不例外。但之後他和同代台灣文青走了一條不同的路，到比外島更遠（心理距離，實際距離未必）的異國菲律賓去當替代役，到那裡的學校教中文。那段時間的「人類學考察」的成果就是這本《番茄街游擊戰》。

這本小說包含了三個中篇，每一篇的篇幅都比我曾經寫過的小說都來得長。我沒到過菲律賓，雖同屬東南亞，但曾受西班牙、美國殖民的天主教國家菲律賓，與曾被英國殖民的、以伊斯蘭教立國的馬來西亞大異其趣。我只知道從華人移民史的角度來看，這些東南亞區域（印菲泰馬）在民族國家建立前有一些共同的要素——譬如方言群／宗親會館、華文中小學，華文報，甚至華文文學。移民史一樣深受中國內部動亂影響，一樣有創造新文學史的南來文人，一樣有認同問題（中國認同／在地認同），從維新保皇／革命之爭到國共內戰，都深深的影響了華人社群（有趣的是，老是被迫在我們華文課本裡與妻訣別的林覺民，他弟林健民就是移居菲律賓的「南來文人」，和施穎洲等同為菲律賓華文新文學的創始世代[1]）。在美援的五六〇年代，台灣也有過菲律賓僑生；菲華作家和台灣的「民國文壇」也多有交流。但我對菲律賓華文文學並不瞭解，以為它在一九七六年菲化法案後早就漸趨沒落了，但有的資料說它持續發展得頗有規模[2]，楊宗翰告訴我其實已出現嚴重的斷層危機[3]。

但連明偉這些小說多半不會被當成菲華文學。它是台灣本土文學的一種有趣延伸。如果目前普遍認可的台灣本土文學是山／海，是台灣的農村與小鎮，那連明偉這些小說就確切是台灣的熱帶文學——熱帶台灣文學是幾年前我為了藉用這裡的資源把馬華文學偷渡進日語，而胡謅的。但虛擬的延伸也可能變成現實。台灣的替代役可以藉由僑委會的管道到菲律賓教中文，如果不是殘存的中華民國的民族主義，就是和旅菲台商子女的權益有關[4]。簡言之，這樣的文學題材之所以出現，還是和民國——台灣視域的合理延伸，但只怕台灣在地的讀者對它會產生一種直覺性的抗拒，就像面對在台的馬華文學。《番茄街游擊戰》的位置也許接近在台馬華文學。大膽一點說，它似乎介於在台菲律賓文學與在菲台灣文學之間[5]。這是連明偉小說得面對的風險，但也反襯出他初試啼聲的勇氣——走向域外，或異域。而台灣文學的異域面一直沒有真正被打開。不論是沿著當年民國孤軍棄子（泰緬）（本土論者不會覺得那是「我方的歷史」）、非洲農技團的蹤跡，還是台商一個公事包走天下的旅程，都還屬於台灣文學的暗影地帶。

《番茄街游擊戰》一書收錄三篇作品〈番茄街游擊戰〉、〈我的黃皮膚哥哥〉和〈情人們〉，說實話，我讀得蠻吃力的。陌生的背景並不是最關鍵的，而是這幾篇小說的節奏和速度都異常緩慢，一種既熟悉又陌生的第三世界的、前現代的時間感（一如我的故鄉），濃稠粘滯的細節，青少年的語調和視角，陌生的雜語。誠如梁文道在評審意見中指出，〈番茄街游擊戰〉讀起來有點像《頑童歷險記》[6]，不同階級出身而被家裡忽略的孩子，因為同學而得以相互取暖。作者刻劃了幾個不同出身的孩子（我，彼得，愛芮莎，承善），那樣悲涼的背景，也許是力圖突顯一個典型環境及那環境裡的典型人物；以漫遊體，讓讀者得以跟隨主人公的腳步，仔細看看貧民窟的悲慘狀況；藉由泛舟，得以一窺那條河的髒臭。在那散發著臭味的絕望的底層，少年們相濡以沫的情誼彷彿是最後的微光。

「番茄街」不產番茄，但華人喜好蔑稱異族為「番」則是舉東南亞皆然，華人的種族優越感，即便文化出現嚴重危機時也不例外。

這三篇都以「我的名字」為開端，都有自我介紹，也都採取了小說敘事最古老的形式之一的青少年成長小說類型，以在地青少年的視角，寫他們的同儕情感、家庭裡的矛盾、隔代教養的疏離、乏味的上課的點點滴滴、文化與身份認同問題等等，也涉及菲律賓華文教學的種種問題[7]。

我們都知道，這些小說的經驗參照來自連明偉一年多的菲律賓替代役中文教學[8]；因此也清楚知道，作者在小說裡的位置並不是故事的核心，而是在邊緣的暗影地帶，他為自己在那裡找到一個有距離的觀察位置（也是個倫理位置）。這些作品展現了作者瞭解他者的誠意，就這點而言，一個可能的閱讀參照是顧玉玲寫在台東南亞移工處境的《我們》。因此即便〈我的黃皮膚哥哥〉那樣的小說，也不是「我」的故事，而是「他們」的故事。這篇小說裡的主人公是有著純正土著血統的買來的養子，有錢父親一直換漂亮的新媽媽，好像那是甚麼可以輕易更替的商品（有錢老爸換女人的情節一樣出現在〈番茄街游擊戰〉）。那樣的父親，當然無暇關心青春期兒子的成長，更別說是更為微妙的文化認同。中文在那樣的世界裡，連標記自己的名字都是個難題。「難以用中文表述自己」（小說中用的日常形式是「以中文自我介紹」）是這幾篇小說共同的基調，一定程度上反映了菲律賓新一代華人的文化認同危機——或者說，從這些小說再現的華文境遇多少也可瞭解為什麼菲華文學會陷入斷層危機。已經沒甚麼華語語境了，比馬來西亞新經濟政策、馬來化的教育更為嚴酷的「菲化法案」（一九七六）施行三十多年後，菲律賓政府已有效的讓華文書寫的日常根基徹底崩塌（如同印尼、泰國）。可以做菲華文學讀的《番茄街游擊戰》會是消失中的菲華文學的一個悲慘的見證嗎？

純就小說言，三篇中最具野心的應是〈情人們〉。與七句奶奶相依為命的「我」男性，中學畢業，奶奶經營特種行業，他就打滾於諸老妓與眾老恩客之間。小說寫的是個衰敗的老華人殘花敗柳的風月世界，未成年的「我」從小泡在那「湯婆婆」的世界裡，學會像成年人那樣爭寵，扮裝，化身雌性以引誘奶奶的情人，春爺爺，驢子爺爺，虎牙——性別越界。在那衰老淫猥的成人世界裡，小丑巴奇似的春爺爺的恐怖劇場是箇中高潮，最終他把自己變為骨灰罈。這一篇的情色展演、淫佚奇觀，也是最接近連明偉的東華老師李永平《大河盡頭》中《海東青》似的情色巴洛克的。這會不會是菲華文化日暮途窮的一則隱喻？

多年前在暨大文學獎的評審過程中，駱以軍獨具隻眼的為一篇極盡唬爛之能事的小說辯護，我被他說服了。那小說標題是〈一顆柳丁〉，作者是連明偉。小說寫甚麼我一點都不記得了，唯一的印象是，那年輕的寫手似乎在試圖窮盡一切的可能在榨出那顆柳丁的意義。多年以後的連明偉，因遠赴他鄉而有了新的際遇，已非當日「吳下阿蒙」。「番茄街」不產番茄，但它緊鄰番茄醬；《番茄街游擊戰》沒有柳丁，也沒有嚴格意義的巷戰，也許這部小說本身即是連明偉的「番茄街游擊戰」。他們這一代有志於文學者幾乎都過著清苦日子，需要更大的韌性來迎接民國的日落。

謹致祝福。

民國一〇四年六月十日

註：

① 方鵬程，《南國驚豔：新加坡與菲律賓》台灣：商務印書館，2006：254。

② 雲鶴，〈路漫漫其修遠兮——菲華文學八十年發展淺錄〉〔2008〕http://blog.udn.com/yunhe/1999518

③ 我就這問題請教了楊宗翰，他曾受僑委會「委派赴菲律賓馬尼拉兩年，擔任尚愛中學（Philadelphia High School, Metro Manila）華語教師暨教務主任，掌管校內從幼稚園到高中各年級師生的華語課程及行政工作，亦承擔過招收學生及與菲國家長協調等任務。」，返台後「為秀威資訊策劃過『菲律賓・華文風』書系，並擔任書系主編。這套書從二〇〇九年起在台北印行，共有二十一冊，作者包括月曲了、和權、謝馨、雲鶴、千島詩社等，應屬菲華文學在台灣最大規模的一次集體展示。」（都引自宗翰給我的信，二〇一五／六／八）他直言，「最大的問題還是作者年齡『斷層』，四十歲以下幾乎無人可接棒。現在還在報刊發表作品的中堅世代，大約六十～七十歲之間。」關於菲律賓華文文學的狀況，參《文訊》二八四期，二〇〇九年六月號的「椰子樹下的低語——『菲華文學』風雲路」。連明偉也說詩以外的那些當代作品都「難以卒讀」。

④ 「學生大都是當地華人，若以五十人的班級而言，菲籍華人的比例可能佔三十五人，另外五個是韓國人，另外五個是當地菲人，另外五個可能是陸商子女。台商子女的比例很低，大部分都是陸商子女（大陸至菲經商，把孩子順道帶過來，或者是祖輩經商，留菲，成為菲籍華僑）。不過這比例也因各校而不同。」連明偉致筆者函，二〇一五／六／九電郵。

⑤ 類似的例子不只連明偉，「至菲擔任替代役者，有些許人從事文學相關創作。例如楊宗翰從事編輯與詩評，何俊穆詩集《幻肢》，何立翔詩集《無心之人》，以及陳栢青散文〈內褲旅行中〉（二〇一四年時報文學散文首獎）。」連明偉致筆者函，二〇一五／六／九電郵。

⑥ 《印刻文學生活誌》四卷四期，總一〇〇期，二〇一一／十二，頁二三三。

⑦相關討論見楊宗翰，〈菲律賓華文學校的四大病灶〉《中原華語文學報》第五期（二〇一〇年四月），頁五七～六九。感謝作者提供。關於菲律賓華校的狀況（都是私校吧？都是教會學校？用甚麼教學媒介語？），我也問了連明偉，他說：「大多為教會學校（又分基督教和天主教）沒錯，也有佛教學校，例如『佛教能仁中學』，甚至是道觀學校（一貫道），例如『丹轆建德』。都是私立學校，非公立學校。除華文科外，其他學科使用兩種語言教科書，分別是英文和當地語言 Tagalog。Tagalog 也是用英文拼音。」二〇一五／六／九日電郵。

⑧連明偉給我的答覆：「我是擔任九十九年僑委會教育替代役（此為專業替代役，類似外交替代役派遣新兵去非洲耕作，只是負責的單位不同），時間是2010.03.29-2011.04.28，開始在成功嶺受訓三禮拜，接至中原大學應用華語文學系受訓約一個多禮拜，後直接分派至菲律賓奎松尚愛中學，在菲任教約一年。」二〇一五／六／九日電郵。本文的私函引用都經當事人同意。

推薦序

我們不必擔心明早的文明，不必為自己寫碑

童偉格

就初步分析，我們可將《番茄街游擊戰》裡的三個中篇，視作同一則成長小說的三種變奏：三篇小說，情節安排容或各異，但它們基本上，都是一則關於小說裡的年輕主人翁，在經歷特定事件後，以如何的新狀態，「永遠」地，成為一名成年人的故事。意即：就敘事模式論，《番茄街游擊戰》重複演習的，是人類學家范杰納（Van Gennep）在《過渡儀式》中指出，且經常被學者借用以定義「成長小說」之為物的，由「分離」、「轉換」與「整合」等三個敘事階段，所依序合組的基本故事型。這故事型的指向，總是關於主人翁如何獨自察覺所謂「世界」，是一個與己對立的廣大「異鄉」（分離），因之而迷亂（轉換），最後，終於重新確知在世界裡，自己是誰，或可以是誰（整合），這樣的故事。

指認「異鄉」，對這故事型是重要的。因無論故事型的衍異，是如童話與寓言常見的，主人翁發覺自己變形、成怪了（通常配以詛咒），必須學習以新肉身重新感知世界，奮力求生，或就騎上飛鵝去歷險了；無論是如現代小說常見的，主角因巨大變故（父喪母離等），或不致命打擊（種種被侮辱與受損害；甚至可能，只是如遭誣偷了同學橡皮擦，這樣一種由細故推動的骨牌效

應），而發現自己偏離熟習生活常軌，從此，需得像受困異星的太空人，在渾沌中積累足夠「常識」，以能放心預期，明天太陽將自何方昇起。無論如何，在詛咒解除，或明日安然以前；在主人翁返家、或再次融入世界，從而故事也就該結束以前，「異鄉」以壓倒性篇幅，成為這故事型主要書寫範疇。最簡單的斷言因此是：這故事型寫的，就是「異鄉」。

以此觀察，則連明偉的《番茄街游擊戰》有其獨特的直截：運用台灣青年創作者書寫中，常見的成長敘事模組，連明偉疊印上述「異鄉」明喻，以大部分台灣創作者絕無關注、遑論書寫的，我們真實的近鄰與「異鄉」，菲律賓。連明偉或許著力探觸的，是如巴赫金（M. M. Bakhtin）重理西方小說時空體時，所提出的核心判準或疑問——「小說如何把握真實的歷史時間和歷史的人」——而盡求觀照深廣卻修辭簡白地，涵蓋這真實「異鄉」的多重地層。這可能，即是《番茄街游擊戰》裡的三個準長篇，以同一基本故事型，去演繹變奏的原因之一。

三篇小說，一致由各自的年輕主人翁，「我」，以什麼姓名指稱自己，開始後續敘事。命名直接啟動的，是關於「異鄉」中的階級、族群與性別等，所有這些事關認同的命題。在命題交錯的語境裡，連明偉建構起他所謂「遷徙家族」的原型系譜：在中國戰亂時，被迫或自主流徙，跳島向南的曾祖或祖父一代，他們攜帶原鄉義理與話語，在「異鄉」，自守一個微型舊世界；忙於生計或生意，也因日常所需，而初步「本土化」的父親一代；以及最後，在既定語境裡，勉力開啟自我敘事的，年輕的「我」輩。

這系譜由三篇小說一體沿用，而連明偉書寫的特殊性，毋寧是父執一輩的恆常缺席，或存在感低落。這使如上所述的，初步「本土化」的徵兆或景況，在「我」的敘事裡，總以嘉年華式的倒錯，非日常地閃現；而或許更重要的是：這使「我」對「我是誰」或「可以是誰」，這敘事模組之終極指向的揣摩與思索，洞穿父執一輩，而上觸祖父一代，與那力求自保為「純粹」的古老時光，有了直接對證的可能。對「我」而言，這是天地更寬的自由，代價是線性時程的進一步塌陷。就敘事模組論，這是將「轉換」無限前擴，而使「分離」極限縮小：幾乎就在敘事之初，年輕主人翁指稱自己名姓時，分離過程已然發生並結束，角色已經就在一個真實「異鄉」裡游蕩。那個「異鄉」，就像剛與祖輩的南漂船接觸那般真實。

於是三篇小說裡的三位「我」，有了一段各自遊蕩的長夏（那幾乎是熱帶「異鄉」裡，唯一可能的季節），無論那是在父輩安置缺席的豪宅，或平民街區。而既然「與自己置身的世界對立」這事，像是一種直證自祖輩的徵狀，敘事模組中，那標誌階段的所謂「特定事件」，其戲劇性也就相應減到最低，或碎散成一系列相鄰事件，支應那個像是在「我」出生前即在，之後也將持續漫漶的「異鄉」長夏：「我」唯能感知與表述的時空場域。這是《番茄街游擊戰》的特殊結構原則，有趣的是，連明偉似乎正是以此，與他所沿用的成長小說基本故事型，展開具破壞性的反向辯證。

因表面上，《番茄街游擊戰》所濃縮複現的，是成長小說的必然進路：如前所述，在「整合」落實，永久阻斷敘事動力以成就故事結局以前，這故事型著重衍異的，是主觀認知或客觀條件上的，種種形式的「異鄉」，對它們各自的主人翁，所提出的系列自主訓練課程。這大概是大部分有意識創作成長小說的作者，普遍共用的結構原則：透過主人翁面對「異鄉」的種種試誤與挫折，頓悟與理解，他們企圖「整合」的，是某種投向讀者的，以造就持恆狀態為目標的情感教育——即便表面上情感疏離，如村上春樹的《海邊的卡夫卡》，我們依舊能從話語裂隙，明確讀出作者正透過主人翁的「異鄉」遊歷，熱切教誨他的讀者，如何可能，「你永遠要在你自己的圖書館裡活下去」。是的，「永遠」。

即便作者並無教育訴求，這故事型所能深層鐫刻的，依舊是讀者的情感認同：它指認「異鄉」，賦與敘事動力所能容許的、逼近篇幅極限的關注，其中的年輕主人翁，無論其性格——如巴赫金用以對西方成長小說再作分類的——是情節安排的常數，抑或是變數，其用以遊歷「異鄉」的一段時程，是每位讀者已歷，或正在經歷的「不成熟狀態」（康德，〈答「何謂啟蒙？」之問題〉）。對成長小說真正的教育對象，年輕讀者而言，種種「異鄉」遊歷，或許主要是一種同步而親切的導引。對成年讀者而言，成長小說卻可能是一種另類深情的類型小說：它以最大專注力，描述一段注定將由自身敘事動力所耗盡、宣告為與「永遠」危顫對立，且也是每位讀者均已無可重蹈的過往時程。

另類深情：似乎，連明偉正是在以其特殊結構原則，及其所成就的簡潔變奏，確保上述「過往時程」的一再複現。於是，簡單說來，這其實是一組摧毀成長小說之普遍目的論的成長小說：它們讓每個事關「整合」的啟蒙時刻，變得似乎無關宏旨，至少，不能動搖那正漫漶著的古老時光。然而，「整合」如何發生，或者說：在每次變奏中，連明偉所動用的敘事模組如何耗盡動力，自那古老時光脫離，宣告自身的終結？是在這裡，連明偉以《番茄街游擊戰》，示現他作為小說家，最內鑠如詩的識見：如何終結？直到最後一點來自原初的情感記憶，與話語義理，在「我」猶存活的當下耗盡為止。無論那是童真的友誼（〈番茄街游擊戰〉），遺贈自過往、錯嫁如實的親情（〈我的黃皮膚哥哥〉）；或者，其實就是所有先於「我」、造就「我」的生命期程（〈情人們〉）。

這時，所有這些「我」，就永遠是嶄新的成年人了。

目錄

第一部

番茄街游擊戰

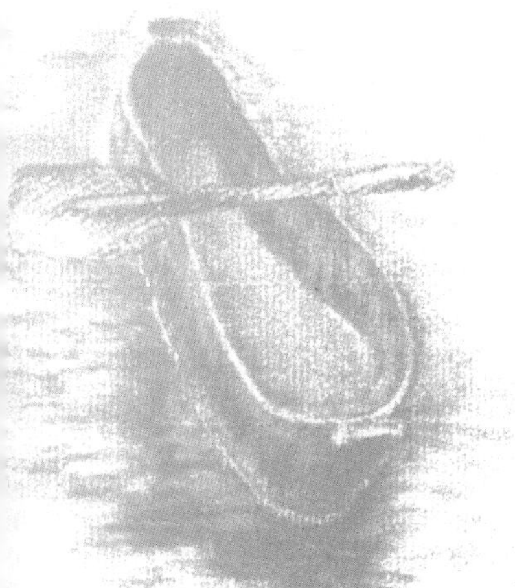

名字

我的名字叫做 Dela Cruz, Albert Bradford T。

我住在連街番茄街的一條小巷內。每天早上，番茄街都會被吉普尼車塞得滿滿的，排出烏煙瘴氣的廢氣，把整條街道的天空噴得很黑。我每次都在想，人那麼多，車那麼多，再擠下去總有一天真的會擠出番茄汁來。

番茄街在 Dalayan 村莊北側，西南方向可以通到 Manila，報紙都把馬尼拉寫成大岷區，東邊通往 Munous，一個不大不小的市鎮集散地，小偷和強盜特別多，我叫那地方摸奶子。靠近東邊還有一個小小的市集 Frisco，我叫它活力似寇。我討厭記這些拉七雜八的英文，尤其番仔島很多用語都來自西班牙文，捲舌彈舌，連在一起的字母像是饒舌的 Rap，我真搞不懂這些番仔怎麼可以記得那麼輕鬆。剛從台灣來到番茄街過日子時，非常很不習慣，語言不通，街道又亂得讓人迷路，我只好替附近的地名都取了中文諧音，這樣子才好記。

番茄街並不產番茄。

為什麼要叫番茄街呢？承善這個大胖子曾經問我。愛芮莎和彼得對我使了個眼色，表示他們知道。是啊，只要住在番仔島的人都知道，村子外的街名叫做 Delmonte，剛好是著名的番茄醬名稱，所以這條街就變成了番茄街。只有承善這種傻傻胖胖來番仔島讀書的韓國人才不知道。

白天熱烘烘的，沒事可做，我會跑到番茄街，或者跑進達拉癢村莊找樂子，我就讀的學校就在這。我們的學校叫做 Philadelphia School，可是中文名稱卻是尚愛中學。剛來這裡讀書時，我就覺得奇怪，學校為什麼要用一個美國城市的名字呢？更奇怪的是，中文竟然不叫費城中學，而是一個毫無關連的名稱——「尚愛中學」。我們是華僑學校，收費比普通公立學校貴很多，教英文、塔加洛語（Tagalog）之外，還教中文。說是中學也有些奇怪，學校收的學生從幼稚園、小學直到中學，整間學校熱熱鬧鬧像個大雜燴，什麼年級的學生都有。我的小六同學有一大部分是混過番仔血統的中國華僑，也有一小部分是南韓人和被來自甘肅的中文老師稱為純種的番仔。

我從彼得那邊得知學校的名稱來自《新約聖經》中的〈啟示錄〉，節錄自第三章第七節，跟美國派軍駐紮過菲律賓一點關係都沒有。彼得之所以會知道，是因為他參加由校長主持的讀經班。老太婆解釋學校的名稱來自兩個希臘字，Phileo 代表愛，Adelphos 則代表教友間的兄弟姊妹之情。我搞不懂彼得為什麼要參加老太婆主持的讀經班，除了上完早課可以吃廉價的餅乾、喝泡粉果汁之外，根本就沒有什麼好處。更何況，要吃東西就爬上樹幹摘青芒果和牛奶果就好了啊。

彼得皺著眉說：「是媽媽逼我參加的。」

我不討厭彼得的媽媽張欣，她挺有趣。張阿姨的肉很白，頭髮燙得蓬蓬捲捲，喜歡穿非常短的緊身牛仔褲，將大屁股包得很緊，腳上穿著磕磕響的高跟鞋，身上始終有著淡淡的人工玫瑰花香，每次聞了我都會頭暈。張阿姨不太會說中文，每次見到我都跟我說福建話，那種福建話跟台語不同，我只能聽懂一半，後來猜得累了，索性說起英文溝通。張阿姨不喜歡說英文，她繼續用難以理解的福建話同我交談。我去找彼得時，張阿姨都會拿出台灣的旺旺仙貝、人參糖與乖乖餅乾請我吃。這些餅乾在番仔島很貴，普通的雜貨店沒有賣，一定要到中國城的某些國際商店才買得到。張阿姨還會請我喝立頓奶茶、義美奶茶和黑松汽水，說東西都是從台灣進口的，味道可不一樣。張阿姨得意地拿出甜點，覺得食物來自台灣就很了不起。我喜歡去彼得家，張阿姨很香，家裡的擺飾很漂亮，整間屋子都鋪著白色瓷磚，有兩個可以供叫喚差遣的啞啞，張阿姨還會拿出很多在台灣生產的食物，這會讓我想起以前的日子。

這個夏天，我、承善、彼得和愛芮莎約好要去一條神祕的溪流划船。

愛芮莎說那條溪流離奎松不遠，往南坐車大約只要一個小時。愛芮莎說她是和媽媽一起去遊河時發現的。河邊有許多依河捕魚的住家，整條溪流綠油油水漾漾，一張網撒下去就會抓到十幾條大魚，更上游還有兩個大瀑布。愛芮莎說他們都有船，住在水上，整天晃來晃去還以為是在坐海盜船。愛芮莎說夏天一到，我們可以跟爸爸媽媽說要參加三天兩夜的營隊，拿兩千披索當旅費，這樣就可以離開骯髒吵鬧的奎松，去河邊探險，划船，看星星，吃烤魚。

我們需要一條小舟，愛芮莎異想天開地說。

愛芮莎說我們可以從上游往下自由漂流，或者從下游往上游用力划行。我、承善和彼得都睜得大大的眼睛望著綁起頭髮的愛芮莎，彷彿她是一個從天而降的外星人。愛芮莎說不用擔心，因為叢林裡不會有老虎，也不會有其他的怪獸或是獵人頭的原住民，頂多出現一、兩條鱷魚或是蟒蛇。愛芮莎笑呵呵，看準我們會害怕，接著她又跟往常一樣，望來調皮的眼神，似乎是在說，我就知道你們不敢，這群小孬孬。我覺得這個提議不錯，立即附和，說要造一條小舟，說這樣子才是夏天。

夏天還沒有到，我們已經決定好要一起造舟。

校長和中國來的嚴平老師

這個學期，學校來了兩個新面孔，一個擔任空缺已久的中文部主任，另一個則是從中國大陸請來的自願者嚴平老師。中文部主任來自台灣，五十幾歲，圓肚，肥下巴，說話很粗魯，遠遠聽起來還會以為是獅子亂吼，聽說主任的老婆是個番仔婆。嚴平老師是從甘肅來的年輕老師，皮膚黝黑，扁平的臉孔沒有特色，雖然穿著體面的學校制服，看起來還是像個農夫。嚴平老師是校長特地從中國大陸找來的華文教師，受過專業師資培訓等等亂七八糟的訓練課程，有著一張又一張的鬼屁證書。

嚴平老師擔任五、六年級的中文老師。剛開始，嚴平老師很有活力，每次上課都想盡辦法想讓同學們集中注意力，但是沒有用，同學一會兒就在課堂打起瞌睡，上完廁所就溜去福利社買餅乾，或者目中無人、光明正大做起別科作業。嚴平老師不太會說英文，也不會說福建話，每次上課都是雞同鴨講，鬧哄哄一片，他說他的，我們做我們的。嚴平老師總叫我做翻譯，要我把中文翻成英文和番仔話給同學聽，我不喜歡這樣，因為我好像變成專討老師喜歡的要命小老師，那種人最不要臉了。我每次在上課前喊起立、立正與敬禮時，同學都不理我，我可不想自討沒趣。嚴平老師的國語很不標準，不是捲舌捲得厲害的北京腔，也不是軟綿的南方腔，而是中國內陸含著滷蛋、嚼著風沙的中文。嚴平老師說話很快，彷彿是機關槍掃射，沒多久全班同學就集體陣亡了。

我和彼得都認為嚴平老師是個傻子，說話都說不清楚是要怎麼教中文呢？

一天下午，中文課，校長無緣無故氣匆匆跑了上來，甩開門，眼神掃射同學一圈，點了吉祥，劈里啪啦用中文問你家有幾個人？你今年幾歲？你喜歡什麼顏色？你晚上幾點睡覺？你是男生還是女生？校長的問題雖然很基本，但是聽起來卻相當變態。在台灣，我不會這樣問我的朋友你是男生還是女生？這些詭異的問題只會讓我感到噁心。我和愛芮莎互瞄了一眼，知道又有許多人要遭殃了。果然，校長點了幾位同學後，輪到縮在角落的承善，承善支支吾吾肥老鼠啃食般說我家有五個人。老太婆問有哪五個人。承善說有我、爸爸、媽媽、妹妹——

怎麼才四個？校長瞪著承善，張開大嘴辱罵嚴平老師。怎麼教的？為什麼學生連基本會話都不會？校長轉過身，氣沖沖走了出去。

主任縮在校長身後，繃著一臉你們倒大楣的模樣跟著下樓。

中文課真是愈來愈不好混啊。

放學後，我和愛芮莎、彼得擠在中文辦公室外，偷偷打開門縫，想知道同學們受了什麼懲罰。嚴平老師、吉祥和承善等人站在主任辦公桌前，低著頭，皺著眉，臉上被抹了牛大便般。承善被趕出來時，嚴平老師還待在原地挨罵。我塞給承善一顆從達拉癢村莊摘來的牛奶果，試著安撫他，說校長這個老太婆一定是因為停經才得了憂鬱症。承善沉著一張臉，兩道眉毛擠在一起，單眼皮的細長眼睛幾乎要被縫了起來。我和愛芮莎拉著承善到學校籃球場，問主任到底說了些什麼。承善扒開牛奶果，舔著白色汁液，一口一口吃了起來。承善說這個週末以前，他一定要學會二十句華文自我介紹，不然六日要留下來補習。彼得拿來四枝牛奶冰淇淋。承善一看見冰淇淋便笑了。我們一邊吃冰淇淋，一邊替承善惡補中文，我們可不希望建造小舟的重大工程被這種芝麻小事給耽擱了。五點半，承善家的司機查爾依舊西裝筆挺站在學校門口，輕聲喚著：「少爺，該回家了。」我從書包掏出巧克力餅乾遞給承善，愛芮莎從口袋掏出兩顆芒果糖，我們都要承善不要擔心，不過是二十句沒有意義的華語自我介紹罷了。

愛芮莎的叫賣聲

承善、彼得和我走路去活力似寇市集。從達拉癢村莊出來之後，接上筆直的番茄街，往東，過了髒兮兮的 San Francisco River，再往 Frisco Place 走去，途經斜陡的黑色柏油路上坡，左側停滿一排等著載客的三輪車，司機們慵懶地躺在座椅上打哈欠，昏昏欲睡，右側有好幾條小路可以通往 Damayan 和 San Francisco Del Monte 村莊。這兩個區域屬於活力似寇，但是算不上正式的村莊，沒有完整的圍牆，也沒有二十四小時輪流看守的警衛，四處都是垃圾。彼得的媽媽一直告誡他不要來這兒，說這裡是貧民窟，很危險，容易被搶。

我領頭，承善和彼得怯怯懦懦尾隨，一同繞進右側小路。活力似寇並不是貧民窟，只是住著比較多的番仔。番仔都將路面與房子搞得十分骯髒，隨意丟著垃圾，胡亂大小便。白天熱，番仔男人裸著上身，只穿一件短內褲。番仔女人含蓄得多，不過也是短衣短褲，露出粗壯的大腿。小孩不是穿一件破內褲，就是光著屁股到處跑。愈靠近活力似寇，吉普尼開始少了，四處載客的三輪車與人群逐漸多了起來。街道邊，老人擁著一堆新鮮椰子在電線桿下睡覺，另一群老人推著載滿香蕉的三輪車躲在陰暗處，開雜貨店的婦人悠閒地對著電風扇乘涼，肥滋滋的油煙從烤肉串攤位飄了出來，讓空氣充滿了肉香。

「好熱喔，休息一下好不好。」承善紅著臉頰，滲著滿身汗水。

「我就說你該減肥了，還不承認，走這麼一點路就累，真沒用。」

我們選了一家有冷氣的網咖，靠近門縫吹著冷氣。

「彼得，你幫我去買冰啦，就在對面。」

「那麼近還要我幫你買，你這樣下去會變成豬公喔。」

「我快要中暑了，都是你們找我出來的，我就說我要待在家裡打電動。」承善放大聲量，賭氣地坐在門縫，不讓人出去，也不讓人進去。

「好啦，錢拿來，你這個豬公。」彼得拿了一張二十披索，往對街的冰店走去。

彼得在冰櫃前看了許久。

「沒有賣嗎？」我大喊。

「你們要吃什麼口味？」

「我要巧克力，有核桃和碎碎的餅乾那種。」承善大喊。

「笨蛋，什麼口味都可以。」我罵著彼得。

我們在網咖前吃起冰淇淋。

人潮愈來愈多，我掏了掏口袋內的零錢，跑到冰店買了牛奶冰淇淋要給愛芮莎。我們離開網咖，繞進市場，即使來了那麼多次，我還是摸不透分岔的小巷到底會通向哪裡。市場用破爛的隔板遮蔽，攤位互相連接，賣著雞蛋、魚、水果、蔬菜和過季衣褲。愛芮莎曾經說過，市場賣的二手衣服很便宜，不過買的時候要仔細挑選，很多都是從墳墓堆死人身上挖出來的。愛芮莎認真的表情有點好笑，讓我不知道該不該認真回應她。愛芮莎還說雖然她的衣服都在市場買，但是她都有仔細挑選，全都是有錢人家不要的衣服，只穿了一兩次而已。自從愛芮莎跟我說過這件事，每次看到她，我都覺得她穿著死人的衣服，身上瀰漫腐爛的味道。愛芮莎最常出現在活力似寇，有時候在擁擠的巷道旁擺攤，有時候在排排相連的攤位前叫賣。

愛芮莎叫賣得很有魄力，她的叫賣聲可是市集裡的活招牌。

有一次，我到市集幫奶奶買雞蛋時，看到愛芮莎綁起頭髮，白毛巾綑成一圈繞住額頭，左手插腰，右手拿著蒼蠅拍在剝魚的板子上敲打，我還以為來到台灣採買年貨的迪化街。市集裡沒有人這樣賣東西，一堆人圍著看，大家的眼睛都睜得大大的。愛芮莎敲打的歌曲都是快節奏，容易帶動氣氛。還有一次，我看到愛芮莎站在一家賣手機殼的店外，隨著店內震天價響的搖滾樂起舞，歌手是番仔最愛的 Bruno Mars，歌曲是〈Just The Way You are〉。愛芮莎擺動小小的身體，搖著臀，扭著腰，嘴裡跟著唱：「When I see your face, there's not a thing that I would change. Cause you're amazing, just the way you are. And when you smile, the whole world stops and stares for a while. Cause girl you're amazing, just the way you are.（當我注視妳的臉時，我一點也不想改變它，因為妳好棒——就是妳現在的模樣。而當妳微笑時，整個世界都暫時停了下來，只為了凝視妳，因為女孩妳好棒——就是妳現在的模樣。）」愛芮莎還在市集賣過很多商品，從商店的奶油麵包、巧克力麵包和蛋黃麵包，到小攤販售的青芒果、黃芒果、肥香蕉、切好的小鳳梨、牛奶果、椰子汁，或者是為賣菜攤販推售小番茄、小紅蘿蔔、四季豆、涼薯、小苦瓜、大黃瓜等等。愛芮莎總是用令人出乎意料的方式推銷青菜、水果和雜貨。我曾經問過愛芮莎為什麼一天到晚都在賣東西，開玩笑地說總有一天她會賣掉自己。愛芮莎說：「我沒有錢。」說的時候，愛芮莎還是微笑著，我聽不出話中是否帶著悲傷。

我們找到愛芮莎時都累了，早已忘記了危險。彼得在路邊找起海賊王與鋼彈的盜版光碟，承善跑到飲料攤買豆花吃。這次，愛芮莎賣起鴨仔蛋，番仔稱「Balot」，很便宜，一顆鴨仔蛋不到二十披索。

我把融化的牛奶冰淇淋送給愛芮莎吃。

愛芮莎分別塞了一顆鴨仔蛋給我和彼得。

「不公平，我也要吃，為什麼我沒有。」承善說。

「你不能再吃下去了，再吃下去你會變成一隻長翅膀的大象。」

「為什麼大象會有翅膀？」

「因為肥死了，只好升天啊。」

我們都笑翻了。

鴨仔蛋放在竹簍中保溫，竹簍底下墊了木頭椅子，客人不需要彎腰挑選。

我將鴨仔蛋放進口袋。

「趕快吃啊，冷了就不好吃了。」

我面有難色看著愛芮莎，隨意找了理由搪塞。「我我——我想要帶回家給奶奶吃。」

「鴨仔蛋很好吃的。」彼得說。

「台灣是不是沒有鴨仔蛋，你不會是不敢吃吧？」愛芮莎問。

「哪有，台灣什麼都有，不像這裡那麼落後，每天放學，我都在學校附近的雜貨店買一顆鴨仔蛋吃。」

「熱熱的很好吃。」彼得剝開殼，蛋中露出半個鴨頭。

我感覺有些噁心。

彼得嘟起嘴巴，吸湯汁，加鹽巴，咬下絨毛鴨頭。「媽媽說很營養。」

承善也要吃，和彼得搶了起來。

「不要搶了。」愛芮莎笑著拿出另一顆鴨仔蛋。

要吃下鴨仔蛋真是一個巨大的挑戰。不過，如果我不吃，是會被彼得和承善取笑的。我試著保持鎮定，拿著鴨仔蛋敲擊竹簍，剝開殼，學著承善加鹽巴，咬一口，趕緊吞進肚子。我要表現得沒有什麼大不了的樣子，不過是一顆鴨仔蛋罷了。我加了鹽，一口一口吞了進去，盡量不去想像自己正吞下一隻可憐的小鴨。

「我就說沒有什麼好怕的。」我的嘴中都是腥味。

「你的臉都白了。」愛芮莎說。

「我才不怕，在台灣，我們還會吃鴨血、吃豬血、吃酸掉的豆腐，還會吃雞的睪丸和腸子。」我露出不服氣的表情。

「不跟你吵了，等一下你們要去哪裡？」愛芮莎問。

我們面面相覷，沒有人有計畫。

承善蹲在地上說想回家，彼得說想去找盜版光碟。

「你們要不要去找木頭？」愛芮莎說。「你們從 Dalayan 來的時候沒有看見嗎？接近 Savemore 商店那個出口砍了兩棵木棉樹，聽說要蓋一間工寮，以後出入口都會有警衛守著。反正木棉樹也沒有要做什麼，頂多拿來燒，趕趕蚊子，你們去問可不可以拿走。」

我望著彼得，彼得望著蹲在地上抱著肚子的承善，承善用無辜的眼神看著大家。

我們決定把樹拖回家。

警衛將砍下的木頭堆在鐵柵欄邊，割下枝幹，一壠一壠堆著當柴，一根斧頭砍在堅硬的樹幹上。

黃昏，警衛用細柴生火，燒出灰煙。

「這些柴有用嗎？」我試探性地問。

警衛用嚴厲的眼神對我們上上下下審視了一遍，考慮了很久才說沒有。「有問題嗎？」

「我們只是隨便問問。」

警衛丟了一些乾枝葉，雙手往耳旁揮趕蚊子，火忽然大了起來。

承善和彼得拉著我的手想離開，我走了幾步就停了下來，不自覺走向成堆樹幹，想著如何才能當個稱職的小偷。

警衛遲疑地看著我們。「你們是村裡的人嗎？」

我們立即將彼得推向前。

彼得怯怯懦懦說出自己的地址後，警衛的口氣就變得和善了。

離開鐵柵欄時，天色已經黑了，還沒抵達彼得家，獅子狗托比忽然大叫了起來。

「明天下課後，一起去偷木頭吧。」我說。

偷木

到底要怎樣才能讓警衛離開？在警衛的可樂放瀉藥？謊報火災？還是要有人假裝受傷？我們約好每個人都要想辦法，到時候在學校討論對策。

我的英文名字叫做愛芮莎，我的中文名字叫做王美安。我今年十二歲。我喜歡的顏色是紅色，因為基督的血也是紅色。我家裡有四個人，有爸爸、媽媽、我和妹妹。我的爸爸在台灣做生意，我的媽媽在菲律賓賣芒果。我讀尚愛中學小學六年級。我最喜歡的科目是中文……

愛芮沙正在嚴平老師面前背著自我介紹，又是一連串無意義的語言。

「你想到了沒有？」我用手肘推了推承善的肥肚。

「……我的名字是金承善，我今年十二歲，我我我……不要吵啦，等一下就輪到我了。」承善冒著汗，非常緊張地盯著一團方方正正的中文和韓文小抄。

彼得拿著修正液在鐵椅上畫畫，他聽見我在叫他，停了一會兒，皺起眉。

彼得這個書呆子一定想不出什麼好主意。

愛芮莎穿著制服裙子，搖搖擺擺將一臉慌張的承善叫去講台。

「等一下偷木頭時要變身為偵探喔——」愛芮莎說。

承善被嚴平老師留了下來，所有的同學都會背二十句自我介紹，只有承善口吃般抓抓頭、摸摸肚子，吐不出完整的中文。

我們跟著嚴平老師離開學校，走了一段下坡，來到學校附近一扇綠色鐵閘門前。行進中，一個人影鬼鬼祟祟跟在我們身後。我停下腳步，用手肘推推愛芮莎和彼得，瘦巴巴的人影一臉受驚停了下來，那是承善家的司機查爾。承善也轉過頭，瞪了過去。

「他不會再跟過來了。」承善說。

我們跨過鐵閘門，好奇地打探嚴平老師住的地方。

嚴平老師說鐵閘門裡住的都是華僑，有錢人，校長也住在這裡。左右兩排相連的黃綠色建築，共三層樓。嚴平老師指了指校長住的建築，我還以為會看到老太婆穿得皺巴巴的大內褲和繡著玫瑰花的鬆垮內衣，但是沒有，陽台上空無一物，連窗戶也關得緊密。各家各戶的啞啞都在紗窗後面忙著洗刷瓷磚，在廚房準備晚餐。嚴平老師住的房子是校長提供的，和老太婆住的屋子連在一起。嚴平老師說有時候學校早上有活動，主任也會來借宿。

我們站在嚴平老師住的屋前對望，感到不好意思，不知道要不要進去。承善需要課後輔導，學校不開放教室，我們只好來這。我跟著愛芮莎探了進去。一個廚房，客廳裡擺著一張米白色長桌和八張椅子。嚴平老師替我們倒水時，我推了推承善，問查爾要做些什麼，為什麼查爾沒有穿西裝？承善嘀嘀咕咕，不肯說。我逼問他，才知道查爾前幾天剛剛被 Fire 了。承善緊張地看著手中小紙條。

我的名字是金承善，今年十二歲，我喜歡吃肉，不喜歡吃青菜。我的爸爸是商人，我的媽媽沒有工作。我讀尚愛中學六年級，我不喜歡菲律賓人，我喜歡韓國人……

愛芮莎、彼得和我從冰箱中搜出 Red horse 當地啤酒，我們圍著嚴平老師吵吵鬧鬧，說老師喜歡喝酒又喜歡抽菸，我們也要學。嚴平老師一面糾正承善發音，一面要我們安靜點，說會吵到其他住戶。嚴平老師笑著說要喝啤酒就喝吧，不過不要告訴校長。

「我才不會告訴老太婆呢，她一定會給我洗腦，說一堆亂七八糟基督什麼的。」我湊上前，興奮地喝了一口。

啤酒很冰很苦，我還是比較喜歡台灣的小米酒，喝起來甜甜的。

彼得、愛芮莎和我輪流喝了幾口後都放棄了，剩下四分之三的啤酒。

「長大了，就會知道啤酒該怎麼喝，尤其是又苦又清涼的啤酒，有些味道是你們這個年紀不會懂的。」

我當然不服氣，硬是多喝了幾口，啤酒真的一點都不好喝。

我很快就放棄一定要喝光啤酒這件蠢事，想著到底該如何偷木頭。

離開嚴平老師家，我們快步越過鐵門，怕被老太婆發現，之後，我們大剌剌走在達拉瓦村莊閒晃。我說過幾天要和吉祥去打線上遊戲，還說下個禮拜天要去ＳＭ百貨逛街，買幾件新衣服，我們東一句、西一句閒扯。路過一棵壯碩的牛奶果樹時，我把書包丟在地上，準備大展身手。牛奶果樹結滿紫澄澄的果實。愛芮莎、彼得和承善都找了小石頭，努力丟向牛奶果。我們昂起頭，看著果實在黃昏的綠色枝葉中搖搖擺擺，一點都沒有要落下的跡象，即使脖子和手臂都痠了，還是不能輕易放棄。

「回去拿長木棍，上面再綁著刀子。」愛芮莎說。

我可沒那麼容易服輸。

牛奶果樹很高，大約有兩層樓高度，我脫下鞋子，爬上枝幹，雖然害怕卻不能顯露出來。我一直往上爬，手抓腳蹬。枝幹愈來愈細，我一邊爬一邊在熱燙燙的風中隨枝幹擺盪。我伸出手，摸到牛奶果，奮力扯著往下丟，底下隨即響起歡呼聲。我又繼續往前爬，枝幹忽然往下一墜，身子也跟著晃蕩起來。我抓得很穩，手腳身軀緊緊黏附枝幹，無疑是一隻薄荷島的眼鏡猴。我繼續匍匐前進，看著底下圍觀的人們，滿腦袋只想著甜滋滋的牛奶果。摔下去一定很痛，不過摔下去不是我的作風，那太丟人了。我微隆起身，往前一撲，抓住結滿果子的枝幹順勢晃蕩而下，枝椏穩穩將我帶至地面，安全落地，一百分。枝椏結著二十幾顆果子，足夠我們飽餐一頓。

我們抱著牛奶果，一邊吃一邊走到鐵柵欄邊，守衛生起一把火驅趕蚊子，一旁的木頭隨意堆放。

我們依舊沒有想到任何辦法。

一個模糊身影忽然竄到眼前，我沒有看得很清楚，不過已經知道那是承善家的司機。查爾站在電線桿後偷偷看著我們，用粗啞的聲音說：「少爺。」承善丟去一顆牛奶果，要他走。我看見他點頭道謝，沒有離去，繼續站在原地。他又用鋸木發出的聲音說：「少爺，請你跟老爺說說好不好。」承善不理他了。

我忽然興起主意。

「可以叫查爾騙走警衛啊，查爾是大人，會照顧好自己的。」

查爾的皮膚黑漆漆的，短髮，頭上有好幾個大疙瘩，穿著破洞的上衣和撿來的牛仔褲，很瘦，幾乎沒有什麼肉，跟之前穿西裝的模樣簡直是兩個人。

「有用嗎？」承善疑惑著。

「不太好吧，萬一發生了什麼事怎麼辦？」愛芮莎遲疑地看著我。

「叫他大叫就好了啊，只要他一直在鐵柵門外面大叫，一定會吸引警衛注意，我們再趁機偷走木頭。」

「只要大叫嗎？」承善說。

「是啊，很簡單，只要大叫，不然說村子裡發生了車禍或者火災也可以，只要警衛暫時離開這裡就好了。」我說。

承善面有難色看著我。

彼得沒有意見，愛芮莎搖搖頭依舊覺得不妥。

「我們可以直接要木頭啊，這些木頭又不值錢，隨便編個理由說是學校的童子軍要用，反正他們只是拿來生火。」愛芮莎說。

「行不通，叫他大叫比較快。」我指了指骨瘦如柴的查爾。

查爾將牛奶果收進口袋，走到承善身旁，再次輕喊了一聲少爺。

愛芮莎沒有繼續反對，也沒有贊成。

「少爺，有什麼事情要吩咐嗎？」

承善嘟著嘴巴。「我不是你的少爺了。」

「少爺，查爾什麼都願意做，只要少爺跟老爺求求情。」

承善用厭惡的眼神望著查爾。

「叫你不要跟著我，你還一直跟著我做什麼，又不是我把你 fire 的。」

「少爺，您可以叫老爺打我，或者扣一個月的薪水，只要您跟老爺求求情。少爺，現在有什麼事情要吩咐嗎？」

「我不喜歡這樣子。」愛芮莎說。

查爾彎下腰，喊著少爺，等待吩咐。

承善不耐煩了，扒開另一顆牛奶果兀自吃著。

「少爺，您說吧。」查爾成了一隻等待被奴役的老牛嗚嗚吼叫。

「不要叫我少爺了，給我滾，給我離開，給我站在鐵柵門外面大聲尖叫，一直叫一直叫，直到趕走警衛。知道嗎？一直叫一直叫，不管你叫的是什麼，只要趕走警衛。」承善胡言亂語地說著。

「只要趕走警衛就可以了嗎？」查爾挺起扁瘦肋骨。「沒有問題，只要是少爺吩咐的事情我一定盡力去做。」

查爾逐漸朝前方的陰影處走去，越過鐵柵門，發愣了一會兒，接著發出尖銳難聽的聲音。那聲音在車陣中還不太明顯，警衛並沒有被吸引過去。查爾的雙眼望了過來，似乎是在尋求饒恕。承善扭過頭，不搭理。查爾的臉色瞬間變得落寞，喊出的聲音卻愈來愈大，殺豬公般的尖銳。警衛抬起頭，走到鐵柵門邊關注，吼了一聲，但是沒有造成威嚇，查爾依舊站在原地，繼續叫著，拿起地上的石頭丟向檢查哨，警衛持續叫罵——沒有人知道這場鬧劇何時才會結束。我忽然辨識出查爾那張乾瘦扁平的臉，有些無辜，有些無奈，下巴的鬍子肆意生長，被挖空的雙眼透著暗淡黃光。警衛依舊沒有離開鐵柵門，罵人的聲量大了起來。接著，查爾停止叫囂，他大聲唱起 Far east movement 的〈Rocketeer〉，查爾一邊唱著：「Here we go, come with me. There's a world out there that we should see. Take my hand, close your eyes. With you right here, I'm a racketeer. Let's fly, fly, fly, fly, fly. Up, up, here we go, go. Up, up, here we go, go.」查爾脫了上衣，捆成一條，在頭頂上順時針搖了起來，嘴裡一邊唱著一邊對著警衛罵髒話，彷彿在跳著人妖舞。警衛氣炸了，馬上拿起一把燃火木棒越過鐵門，追向查爾。我們又高興又恐懼，馬上跑到選定的木頭邊努力推動木頭，往前滾，再滾向村莊內另一條街道，滾過兩個巷口才停下，後面並沒有追兵，我們也不想再回到鐵柵欄邊去瞧瞧查爾。我們從另一個鐵柵門搬出木頭，一路抬到我家門口。

我們終於有了做舟的木頭。

第一聲蟬叫

番仔島的夏天很長，長到我常常懷疑會不會因為夏天太長，而讓我永遠長不大。這裡不像台灣和中國大陸有明顯的四季，可是課本還是教一年分為春夏秋冬，這實在是一件很蠢的事情。這裡只有夏天，接近年尾會比較冷，過了二月，當台灣還有寒流時，這裡已經悄悄蒸熟了涼爽的天氣。

我討厭熱帶氣候，因為我容易流汗，一流汗就睡不著，家裡又沒有錢裝冷氣，於是只好培養身體的耐熱度。每次睡覺睡到一半被熱醒時，我就會跑到電風扇前吹風，吹到汗水乾了才繼續縮回床上。太熱了，我往往脫得只剩下內褲。很多時候，我都會想念台灣的天氣，那種清涼不會流汗的好天氣，非常舒服。現在我每天晚上睡覺前，都會想著那一艘還沒完成的小舟，想著小舟將把我帶到一個沒有大太陽的地方，吹著微風，慵懶地睡個覺。

我們有了斧頭、兩把鐵鏟子和一堆長鐵釘。有些是偷來的，有些是跟學校的工友借的，不過到底是偷的還是借的我也搞不清楚，反正用完了就會歸還。我還去圖書館偷回了《船艦圖集》、《野地求生大全》和《如何當一個稱職的船夫》，翻來翻去，依舊找不到需要的資料。到底要如何造舟？到底要如何做一條小船？我求助網路，在 Google 發現了很多資料，還在 Google Map 裡找到我在台灣中壢住過的鐵皮屋，找到學校附近的文具店、小麵攤與便當店，每棟建築物看起來好像都老了一些。

我們終於找到製作小舟的方法。

禮拜天下午，我們向隔壁的工地師傅阿良哥哥借了三輪推車，帶著兩把鏟子，浩浩蕩蕩來到San Francisco River，承善和彼得不肯下橋，說如果家裡的人知道他們來這裡，他們會被罵死的。我罵他們孬種，都是娘娘腔。他們不服氣，卻還是不願意下橋。我和愛芮莎快速越過垃圾堆，來到河床，一鏟一鏟挖著爛泥巴，直到三輪車載滿泥土，才努力地推往橋邊。彼得和承善看見我們非常吃力，不得已只好跑來幫忙。我用手背打著承善和彼得的小雞雞，說這樣子才是真正的男人。一路上，愛芮莎都在唱歌，她說她最近又學了艾薇兒的歌，叫做〈What the hell〉，接著就在我們的耳旁唱了起來。我一直都很喜歡愛芮莎的聲音，有時候甜蜜，有時候苦澀，不過我才不會承認我喜歡她的聲音，這樣子太沒男子氣概了。我們一直說她唱得不好聽，像是男孩子在唱歌，像個人妖。愛芮莎沒有生氣，罵我們的耳朵都是豬耳朵。

我們將爛泥推回家，如火如荼進行工作。

我拿出不再使用的浴盆，倒出泥巴，加水，用鏟子用力攪拌。彼得和我一起拿著鏟子攪拌，有時順時針，有時逆時針，直到泥巴被攪成黏稠稠的大便模樣。愛芮莎拿著黑色粉蠟筆在木頭上塗抹，按照之前設計的船形給木頭分區，船頭船尾，舟身三尺等等。承善用切下的短枝幹與撿來的枯葉生了火。Google 網頁寫著，將樹幹上不需要挖掉的地方塗上肥厚的濕泥巴，用火燒掉準備挖掉的樹幹，被火燒過的地方會變成一層炭，再用斧頭砍，緩慢塑形。

我們不知道要怎麼用火燒木頭。

承善繼續生火。

彼得和愛芮莎替木棉樹敷上一層爛泥巴。

我從隔壁的工地搬來很多大石頭，疊在一起，墊到腰間高。接著，我們努力抬起木頭，平衡地放在石頭堆上。木棉樹很不安分，滾啊滾，差點壓到我的腳趾頭，我們又拚了命再次抬起木頭，再將木頭兩側堆放更大的石塊，緊緊卡住。愛芮莎和彼得選了一塊又長又厚的木片，持著兩端，鏟進火堆底下，再平行地將火堆移往木頭底下。加柴，等大火，燒出濃密灰煙。我拿出手機，接上音質很差的爛喇叭，播放一首一首快歌。愛芮莎隨著音樂跳起舞，扭著屁股，拉著彼得瘦高的身子、拉著承善肥胖的身子加入火堆旁的舞池。我雀躍了起來，高興地跳著，扭著腰，伸出舌頭裝鬼臉。我們一邊跳舞一邊被灰煙嗆著，繼續加柴，維持大火，直到濃煙燻得我們難以呼吸。

我拿著斧頭砍下第一刀，接著是彼得、承善和愛芮莎。

後來，大家都累了，只剩我繼續砍著木頭。砍木頭有訣竅，不能亂砍，力量必須集中。要斜著四十五度角砍下去，再以另一個方向的四十五度角砍，這樣子兩個砍角連起來剛好九十度，砍入的地方會連在一起，炭化的木頭也就很容易剝落。火熄了，我們放下木頭試著其他的方式。承善和彼得壓住木頭兩端，我拿著一把鏟子站在有些內凹的木頭上，用力將鏟子踹入木頭。

奶奶下午三點回到家，看見我們胡鬧也沒說什麼，替我準備了晚餐又繼續去工作。我們每個人砍下的力道都不一樣，砍出來的舟並不像舟，有點像是又長又彎的月亮——已經看得出小舟的雛形。還需要好幾天才可以完成小舟。跳舞跳累了，砍木頭也砍累了，承善和愛芮莎喊著肚子餓，離開了，只剩下彼得還沒有回家。彼得說要留下來繼續陪我砍木頭，我叫他回家，說張阿姨會擔心。我繼續用砍下來的木頭燒起另一堆火。我累得躺在地上，脫了衣服大呼小叫。天氣實在太熱了，連地板都是燙的。彼得和我一起躺在地板上，我們看不見星星，不過都知道天色逐漸黑了，肚子也咕嚕咕嚕鬼叫了起來。我叫彼得回家，心中卻希望他能夠留下來，我們可以一起去活力似寇市場，可以一起爬上屋頂看番茄街的人潮，也可以一起數星星數到脖子痛。彼得還是得回家。家裡沒有好菜好飯給彼得吃，我不希望他笑我。我立起身，堅決地要彼得回家。他看看我，不說話，沉下了臉。

「張阿姨會擔心的。」我踢倒一旁笨重的木頭，跑出門，跟彼得說我不要理他了，說我要去祕密的吉普尼車上玩。我一邊跑步一邊大喊，叫他明天放學後再一起來家裡做舟。我跑了兩條街，四處晃了晃，哪裡都沒去就溜回了家。

彼得離開了，半成形的小舟在灰燼旁靜靜躺著，好像睡著了。

我在屋內聽著一些門外的聲音，一些車子經過的聲音，以及一聲不知從哪竄起的蟬聲——我第一次在番仔島聽見蟬叫，響亮卻孤單的聲音。

吳耀國

我的番仔名字是爸爸花錢買來的，Dela Cruz 是番仔島的大姓，不能亂取，政府會依照姓氏將我們編碼。當初，爸爸為了讓我有一個番仔姓，花了大把鈔票找人頭買名，終於找到有人願意收我為乾兒子。爸爸說，這是為未來打算，有了番仔姓才算是道地的番仔，到時候做些雜貨業、零售業或者跟政府打交道才不會被刁難。

我不知道爸爸花了多少錢，那筆錢差不多會花上媽媽在台灣賺的一個月薪水。我有很多比我黑的番仔同學都是這個姓，每次新來的番仔老師點到我的姓名時都會遲疑，以為搞錯了。說實在，我不習慣我的番仔名字，筆畫太多，寫起來很不方便。奶奶因為我的名字太多了，索性叫我阿國。

說起吳耀國這個名字，也是有來歷的。吳耀國是我菲籍的中文名字，是我在番仔島的身分。當初申請番仔島的身分和護照，為了和台灣的身分有所區別，爸爸便替我捏造了一個新名字和新身分。現在，要入境台灣只能用吳耀國這一個名字，只能把自己當作是一個土生土長的番仔華僑，我不再是台灣人。原本的名字與台灣身分已經成為逃兵。爸爸曾經恐嚇我，說我如果被抓到，是要被抓回台灣坐牢的，不坐牢也得當兵，不過我想當兵大概跟蹲監獄差不了多少。番仔島護照也是爸爸花錢買的，同樣花了大把大把披索，買人頭，請吃飯，送禮，一層一層賄賂移民署官員。奶奶說，還好當初買了身分和護照，不然當個無戶籍的人多可憐啊。奶奶又說，現在買身分貴多了，雖然大選剛剛換了總統，基層官員還是一樣貪心。

我很害怕那一段沒有名字的日子。

兩年前，短期居留的旅遊簽證過了期，在番仔島又沒有正式身分，於是我便成了一個道地的幽靈人口。走在路上，奶奶總叫我小心點，不要隨便偷瞄，也不要盯著穿著油亮皮鞋的配槍警察看。奶奶說，這邊的警察比台灣的警察還貪心，等會兒盤查被抓到沒有身分，又要多花一筆冤枉錢。那段等待身分的日子，我只能乖乖窩在租賃來的小屋，奶奶不准我出去，擔心我會被不知名的人抓去賣。剛開始，我很害怕，奇怪的是，怕了一陣子之後就不怕了，反正番仔島的警察就是那副大腹便便的模樣，番茄街就是那副骯髒擁擠的模樣，市集與學校更沒有什麼好讓我擔心的。

番仔島看起來很亂，來來往往的路人都像貧民，動不動還會發生搶劫勒索，但是只要混入其中，一身髒兮兮就沒有什麼好怕的。我常常跟彼得和承善說要當個男子漢，反正怕不怕都得去市集買青菜水果，怕不怕都得去學校上課。他們會說我把事情看得太簡單。我笑他們沒有卵蛋，做什麼都怕，膽小鬼。我想，或許是因為我沒有什麼錢，所以不用怕，讀的學校也不是特別有名的僑校，不必擔心歹徒會盯上我。承善和彼得不一樣，他們的家裡比較有錢，出入都有轎車代步，啞啞還會陪著上學。害怕是應該的，因為他們擁有比較多的東西。

我沒有跟爸爸媽媽說我不想來番仔島，也沒有勇氣要爸爸媽媽留下來，事情從來就不是我可以決定的，他們說我還小，什麼都不懂。來到番仔島生活並不討厭，我從小就和媽媽學會了番仔話。或許在哪裡都無所謂，生活所需要的不是從哪裡來，而是錢，連取個名字都需要大筆的錢。可惜，我最缺的就是錢了。我也想要像承善和彼得的家裡一樣，有著舒服環境，有著獨棟別墅，住家外還會有私人警衛輪流配槍守護。我缺錢，家裡也缺錢，奶奶更不會給我零用錢。

沒有錢大概是一種懲罰吧。

試舟

經過一個月，小舟終於有了模樣。

我和愛芮莎、承善和彼得約早上九點在我家前面的巷子口見。八點半，我獨自拖著小舟來到巷子口。太陽很大，我一會兒站在小舟旁，一會兒將身子縮進舟心測試底盤。路人望來奇怪的眼神。我睜大雙眼，一臉驕傲，想要大聲地說這可是我們花了一個月才建造的小舟，名字暫定是

「無敵太平洋一號」。

陽光烈焰焰，我們想著到底要去哪裡。

小舟太重了，拖不遠，我們決定就在番茄街的 San Francisco River 試舟。我和愛芮莎抬著舟頭，承善和彼得吃力地抬著舟尾抱怨，說小舟真的浮得起來嗎？太重了啦。我們每走十幾步就停下來休息一會兒。我走到舟尾，拍拍彼得的肩膀，說他沒用，和他換了位置後繼續往河的方向移動。橫跨橋頭，我們喘著大氣放下小舟，我和愛芮莎興致勃勃觀望，思考該如何下河，承善和彼得一臉遲疑。

「這條河是黑的，很臭又很噁心。」承善說。

「如果衣服髒了，我會被媽媽罵，真的要下水嗎？」彼得說。

「不會弄髒衣服，這可是一艘無敵的太平洋一號啊。」我說。

一條通往河濱小路，從橋頭下去，通過一旁用木頭、塑膠模、木板和防水布搭建的貧民小屋往下走。住在河旁的番仔用很古怪的眼神望著我們。河水淺黑色，非常骯髒，河岸住著貧民，當地人都叫他們「squatter」。頭一次聽到這個英文字，我還以為是蹲下的人，彼得告訴我那是貧民窟的意思，我查了字典，才知道這個字除了蹲下之外，還有另一層意義，指未經允許即住下的人。我覺得用蹲下的人來形容也很有趣，好像這些窮人本來就比我們矮，整天都吃不飽的人一定也長不高吧。我很少去貧民窟，那是比低等住宅區還要更低等的地方，環境髒亂，人卻多。我們抬著舟靠近河流，露天飼養的鬥雞忽然跑了出來，啄著我們的腳丫子。我和承善一邊大叫，一邊跳著腳前衝。一位只穿著內褲的老番仔跑了出來，驅趕鬥雞，對我們笑著道歉。砰一聲，我們終於將無敵太平洋一號放置在那條黑漆漆、黏稠稠的河邊。承善和彼得站得很遠，一點都不想靠近。黑色的河緩慢流動，不時飄來一些塑膠瓶、鐵罐和沾了汽油般的垃圾袋。上游有不少番仔穿著短褲，裸上身，拿一條長釣竿釣魚，還有一些年紀比我們小的孩童光著屁股玩水。

「可以一路划到太平洋喔。」愛芮莎說。

我們看著彼此，沒有人有任何動作。

水不僅髒，空氣中還有一種無法形容的惡臭。

「走啊，不要像根木頭。」我一邊吆喝一邊將小舟推向黑水。

愛芮莎幫我推著小舟，我叫彼得和承善一起來幫忙。彼得怯怯走向前，遲疑推舟，承善還站在原地。小舟開始吃水，承善忽然發了神經般喊著：「等等，我的巧克力餅乾還在上面。」

承善匆匆忙忙往舟肚探，拿了裝滿餅乾的塑膠袋要往回走，我們心懷不軌地往前推，也一併將承善推進了小舟。承善笨重的身子在小舟上搖搖晃晃蕩著，我們早已經笑成一團。船身在承善的體重擺盪下愈來愈遠，等到他回過神坐回舟上時，已經離我們有了一段距離。我們在岸上高興地尖叫，歡呼，跳動雙腳——小舟真的浮了起來。

承善緊張大喊：「我要怎麼回去？」

小舟在水流中緩悠漂浮，重心有些不穩。

「划啊。」愛芮莎叫出了第一聲。

「沒有槳怎麼划？」承善的聲音有些顫抖。

我們太笨了，只做了舟，忘記了槳葉。

「雙手往前划啊。」

「我怕掉進水裡，水很黑又很髒。」

「趕快划啊，沒關係的。」彼得雀躍地加入鼓譟。

承善略略遲疑，靠向舟邊，左傾，用左手划水，整條小舟忽然失去重心，翻船了。承善呼喊的救命聲鑽入我們的耳朵，鑽入天空，接著只看見小舟底部浮在黑水上。承善掉進了水中。我們三個人傻在岸上，不知道該如何是好。承善突然站了起來，黑水從腰間緩慢滑過，白上衣被染成灰，衣服濕黏黏貼著大肚子，頭髮變成細薄的西瓜皮蓋著雙眼。我們看不見承善的表情。我們笑了出來，取笑傻瓜般那樣笑著。承善站在原地，動也不動，接著無辜地大哭了起來，嘟著嘴，用雙手抹著眼淚。過了幾秒，承善惡狠狠瞪著我們，右手往我的方向擲出包著餅乾的塑膠袋。彼得和愛芮莎看苗頭不對，退了幾步。承善踩水奔向河岸。我不想被嚇跑，我才沒有做錯事。我收起笑容，站得直挺挺，用傲氣十足的表情瞪著承善。承善往我的方向衝來，拳頭往我的臉上揮打，我伸手擋住拳頭，但是承善衝撞過來的力道實在太大了，我隨即便被承善壓在地上。我和承善互相捶打，沒有人願意先停下來。承善壓著我時，我便想辦法翻身，壓住承善，過了不久，承善又翻過來壓住我的身體。我們扭打在一起，卻不覺得疼痛，我打承善的肚子，打他的臉，打他的肩膀。承善的拳頭沉沉打擊在我的胸膛上，我的嘴巴有些血的味道。我不知道我們到底打了多久，直到愛芮莎和彼得的聲音喚醒了我。承善已經停手了，他在離我兩、三步遠的爛泥巴上坐著，我的拳頭猛力搥打碎石。我忽然恍神，感覺自己並不是在攻擊承善。我攤軟身子，倒了下來，不知道為什麼有點想哭，接著就哭了。我想要將拳頭打在地面，打到雙手流血，打到拳頭痛到沒有知覺。我一直哭一直哭，愛芮莎和彼得都圍了過來，他們並不知道到底發生了什麼事，我自己也不知道發生了什麼事。承善擰乾衣服，打開餅乾自顧自吃著。我還是繼續哭。承善走近我，遞給我一片餅乾。餅乾很甜，巧克力在我的嘴中化開。我看著承善被我打腫的臉，看著他散亂的髮，笑了起來。他看見我笑，也不甘示弱取笑著我。我們兩個人沒有理由地笑著，接著，我們四個人沒有理由地笑了起來。

小舟並沒有漂得很遠，我們往下坡河床走了一段路。彼得下了水，牽回漂浮黑水中的小舟。我們重新試驗小舟。愛芮莎和彼得輕輕巧巧踩進了舟，我和承善用力推了出去。舟的重心依舊不穩，左右搖搖晃晃，愛芮莎和彼得各自靠向舟的兩側，保持平衡。每隔一段時間，重心便輕易傾向一邊，舟心不斷傳來愛芮莎的尖叫聲。小舟順著小河緩慢流動，我和承善在岸上不斷叫喊，指引小舟方向。河床兩旁都是貧民窟，他們都用驚奇的眼神望著我們。我和承善不斷往下游移動，追著緩緩流動的無敵太平洋一號，跑過飼養鬥雞的垃圾空地，跑過飼養肉雞和肉豬的舍寮，跑過空曠起來的河床。

小舟靠岸，彼得和愛芮莎下了舟，我和承善移進小舟。

「我們是無敵太平洋一號，往前衝啊。」我們大喊。

舟身必須小心保持平衡，我坐在舟頭，承善謹慎抓著舟身，任何一個小小的波浪都會讓我們翻船。

我們一身惡臭通過貧民窟，通過人們的生活。愛芮莎和彼得時遠時近，追著我們跑，好像如果不這樣做我們就會消失。黃昏了，一輪紅亮亮的橘色太陽在河道的轉彎後悄悄出現。河道上不僅我們，還有一堆破布、洋娃娃、雨傘、衣服甚至是磨損的輪胎。我們靠了岸，讓愛芮莎和彼得都上了舟。我們很難抓到小舟的平衡，還沒划遠，小舟就往左傾，翻了過去。我們四個人在水深及腰的水裡猛力划行，胡亂抓著什麼。愛芮莎忽然撈起一隻橘色貓咪，雙眼都被蟲吃了，四周空氣興起惡臭腐爛味。愛芮莎尖叫一聲，顫抖地捧著。「不用怕，扔掉吧。」我說。愛芮莎沒有說話，她捧著貓咪的屍體，雙手伸進水中，讓流水繼續刷洗貓咪與我們。接著，河道上游漂來更多的屍體與垃圾。狗的屍體、貓的屍體、死豬浮脹的屍體，我們和各種不同的屍體漂浮在同一條黑色河流。我們攀上舟，試著保持平衡。我們有時笑，更多時候安安靜靜，一語不發看著流經身邊的漂流物。岸上的番仔持續往這條黑水丟垃圾。一位小男孩拉下褲子，尿出一道小弧線。一位婦女裸著乳房，蹲在石頭邊洗衣服。番仔紛紛用垃圾燒起一團一團火，煮著借來的米，煮著從垃圾堆旁收割而來的木芋。有些人捧著塑膠盤子，一家人圍在一起，一手抓著白米一手抓著鹽巴吃。還有一些人脫去衣服，不管男女都只穿一件內褲，裸著瘦巴巴的乳房，用黑水沖洗。我們在舟上很安靜，比幽靈還要幽靈。

「好髒喔。」我試著找些話題。

「身體都被曬黑了，再怎麼洗都洗不乾淨。」承善也開著玩笑。

「才不是這樣，他們是因為沒有錢，我有好幾個朋友都住在貧民窟，他們人都很好——」愛芮莎用堅定的眼神看著我們。

「爸爸說不要靠近這些貧民，他們最喜歡搶別人的東西——」承善說。

「才不是這樣，他們都很善良，都是虔誠的教徒。」愛芮莎的聲音逐漸消失在水流中。

我們沒有再說些什麼，繼續靠向舟身兩側維持平衡，小手輕划黑水，划過兩旁發出惡臭的垃圾，繼續在黑色汙流中上下流動。

我們搖搖晃晃通過一座靠向河邊的垃圾山。

幾個和我們同年紀的男孩女孩穿著寬鬆的塑膠雨鞋，拖一個大布袋，右手拿一把鐮刀似的小耙子，彎著腰，在垃圾堆中不斷撈揀。他們勾起被壓扁的塑膠瓶，勾起一、兩件破洞的衣褲。一位背著小嬰孩的妹妹站在水邊看著我們，左手拖著沉重的袋子，舉起右手，對著我們打招呼。黃昏就要消失了，有些暗，我看不清楚她的面孔，只能聽見她的叫喊聲，聽見嬰孩的哭聲，那哭聲不尖銳，卻綿長，彷彿已經哭了好幾個世紀。我們一身惡臭通過貧民窟，划得手都瘦了。我們總共翻了六次船。每次上岸，岸邊的番仔都疑惑地看著我們，有些人還揮揮手，說要招待我們吃飯。我們實在太臭了，臭到自己都無法忍受，只好靠岸，將小舟抬上橋，再抬上路面。

天黑了，街燈與家燈都亮了起來。

我們不知道自己到底在哪裡，只知道是在 San Francisco River 的下游。

我們一身骯髒惡臭站在路邊，等待一輛會經過番茄街的吉普尼車。我們被拒載了五次，後來才有一位好心司機願意載我們，而且不收小舟的錢。我們四個人都累壞了，沒有人有力氣說話，坐在擁擠的車上打起瞌睡，直到司機大聲吆喝，才知道已經回到達拉癀村莊。我們道別。我一個人拖著沉沉的小舟，拖著一身疲倦和惡臭回家。

奶奶沒有回來，燈是暗的。

我洗了三次澡，用力搓洗皮膚，還以為能把曬黑的皮膚抹得亮一些、白一些。我換上乾淨的衣服。奶奶沒有替我煮飯，只在桌上留了一百披索。天空好黑好暗，我一個人走在廢氣瀰漫的番茄街，想到那一小撮一小撮邀請我們去吃飯的貧民，白米加鹽巴，渴了喝水，應該是個不錯的燭光晚餐。

遷徙家族

爺爺很早就翹辮子了。

奶奶說過，二次大戰時，中國和日本打仗打得人不人、鬼不鬼、土地都不土地，當時亂成一團，大家都沒有東西吃，餓得皮包骨。國共內戰後期，爺爺奶奶還是小娃兒，跟著大人一同逃亡。後來曾祖父的肚子不小心被流彈打出一個洞，流了很多血，細菌感染，掙扎了半個月就死了。曾祖父特別交代，要把孩子帶離大陸，說這塊土地快要連一根稻草都長不出來。曾祖父沒有交代要往哪逃，往南還是往北？曾祖母決定往南，一方面曾祖母是南方人，會說福建話，還聽得懂廣東話，往南會遇到比較多同鄉，彼此好照應。另一方面覺得北方冷，內陸還在鬧，到處都亂。曾祖母帶著孩子走內陸往南，到盡頭，坐船，繼續往南。南方有個大島國，比內陸發達，寸土寸金，那時候唐山都是如此謠傳。曾祖母逃到番仔島，為了生活學了塔加洛語和腔調很重的英文。曾祖母打算定居，落地生根，即使得忍受番仔島時不時的排華風潮。番仔把華人當作肥羊，偷竊、勒索與搶劫常常發生。曾祖母死前兩年，爺爺娶了同樣南下避難的奶奶，生活總算安定下來。後來有一次，爺爺去雜貨店買醬油，結果被歹徒盯上，爺爺為了幾個零錢跟歹徒拉拉扯扯，肚子被捅了兩刀，一命嗚呼。奶奶很難過，悲傷了一陣子，決定帶著孩子繼續遷徙坐船，往北，往另一個島國。

家族和番仔島的關連並沒有因此中斷。爸爸不愛讀書，喜歡往外跑，覺得在台灣讀書的壓力太大，奶奶說那就去番仔島試試看吧。爸爸跑到番仔島讀大學，畢業後，工作了七、八年，遇見來自外島的媽媽。媽媽來自 Iloilo 北部海島，每一天，海島的居民都會划著船出海捕魚、捉烏賊和抓小卷。舅舅曾經帶我回到媽媽生長的地方，那是一座晚上六點之後隨時可能停電的海島，每一天都沒有熱水，也不需要熱水。海島上的晚上沒有任何消遣，沒有電，沒有電視娛樂節目，只有奶油餅狀的月亮和糖果大的星星，海水緩慢拍打沙岸。我常常和家裡的母狗貝拉跑到沙岸玩。貝拉有自己的沙窩，縮著身子，鵝黃的頭非常舒服地枕在前肢上。我會找一處平坦沙灘，將上衣捲成一團，枕在頭下，等著流星拜訪地球。那時候我剛滿十歲，外婆已經急著替我找老婆，外婆說：「這裡的男孩女孩十幾歲就結婚了，更別說二十幾歲，都不知道生下幾個孩子了。」我當然沒打算結婚，我的腋下都還沒有長毛呢。

奶奶瘦矮，頭髮灰白，肩膀卻挺，走路很快，一點都不像上了年紀的老婆婆。奶奶原本不想來番仔島，因為爺爺在這裡死了，奶奶對番仔島沒有好印象。爸爸娶了番仔婆，將媽媽帶到台灣，生下了我。後來，奶奶因為風濕導致手腳冰冷，在爸爸的勸說下只好又帶著我遷回番仔島。我到了番仔島，媽媽卻留在台灣工作賺錢，爸爸繼續在各個島嶼間來往奔波。我不知道爸爸的工作到底是什麼，奶奶說是小零售商，賣些從大陸進口的劣質陶瓷器，有時是塑膠出口商，外銷各種廉價製品，更多時候，爸爸當起翻譯，當番仔島和台灣進出口商之間的溝通橋梁。我和奶奶兩個人住，窄小的家也只能容納兩個人住。

奶奶心情不好時會在嘴邊叼菸，吞雲吐霧，大多時候奶奶不抽菸，而是在爺爺的遺照前點一根菸。奶奶和我一樣，是不虔誠的佛教徒、天主教徒和基督教徒。奶奶初一十五會拜拜，拜神龕供奉的觀音菩薩，每天早起之後也會在佛前雙手合十，祈求平安。我也常常看到奶奶對著壁龕上的聖母禱告，雙手不由自主摸著聖母銅鑄的身子。那一本又一本簡體文聖經、合和版繁體文聖經、英文聖經、節錄版聖經等等，遍布在家裡各個角落。奶奶看到聖經時也習慣翻上幾頁，念幾句經文，再意興闌珊闔上，繼續做正經事。

奶奶比我還要忙。

奶奶在二嫂幫忙。二嫂是番仔島連鎖店，專門賣些台灣特有的食物，包括珍珠奶茶、養樂多冰沙、春捲、肉燥飯等等，還賣華人專用的特殊食材，例如肉鬆、水餃、杏仁茶和高山茶等等。每天早上九點，奶奶就健步如飛走到番茄街上的二嫂，在廚房裡忙進忙出，有時親手料理食材，有時教導番仔如何烹煮中國菜。不知道為什麼，即使材料和烹煮方式相同，奶奶做出來的食物和番仔做出來的食物，味道就是不同。奶奶是監工，店長春喜奶奶不在時，就要靠奶奶顧店。奶奶通常忙到下午三點，回家休息，四點半準備上班。每一次，奶奶都先將晚餐準備好了才上晚班，直到晚上九點半才回家。我常常搞不懂，奶奶都上了年紀，怎麼還不好好待在家裡享享清福，讓爸爸媽媽寄錢回家就好了。我很早就習慣一個人吃飯。一個人吃飯有很多好處，我可以邊吃邊看《海賊王》和《火影忍者》，直到眼睛痠麻，放下碗筷就可以倒在椅子上呼呼大睡，不用刷牙。

奶奶習慣早起，替祖先點了香，念幾句南無阿彌陀佛又念了幾句耶和華是我的牧者等等，出了門，走到達拉癢村莊做早操，從台灣特地學來的動禪八式，轉頭、甩手、扭臀等等。奶奶和早起的村人閒扯，聊福建，聊哪個華僑又死於癌症，聊番仔島的夏季又要熱死人，並且猜測今年會有幾個強烈颱風。很多時候，奶奶都抓著我去，說早起的鳥兒有蟲吃。我沒有蟲吃，也沒有覺睡，覺得自己的人生實在悲慘。

停擺

試舟之後，我們好久沒有在下課後聚在一起，並不是因為吵架，而是那一次實在搞得身子太臭，承善和彼得的家人都很不開心。愛芮莎的家人倒是沒說什麼，她只是說最近很忙，剛好碰上青芒果的產季。我繼續建造我們的無敵太平洋一號。泡了黑河的衣服實在很臭，身體洗了好久才聞得出肥皂香味。我將衣褲浸泡了一個禮拜，整個盆子都透出墨水般的顏色，很嚇人。

四點十五分下課後，彼得會來幫忙，不過頂多只能待到六點就要回家。有時候下午下起大雨，彼得和我就拖出小舟，讓小舟在雨中洗澡，只是效果不好，不管如河沖洗都瀰漫相同臭味。我還找了一些小鏟子，琢磨船身，小心翼翼挖掉突起的木屑，把船身磨得更加滑潤。我們開始處理小舟重心不穩的問題，還沒有決定要替舟身漆上什麼顏色。這些都是我和彼得兩個人做的。

小舟即將變成一隻水螃蟹。

這會是一艘有很多隻腳的小舟，取材番仔島特有的螃蟹船。我們聚集一堆細長竹子，想著該怎麼給小舟做腳。我們決定只做四隻腳，是一艘雖然有些跛腳卻依然保持漂浮的小舟。我和彼得選了六根細長空心竹，兩根竹子平行擺放，與舟身垂直，彼此距離大約兩步寬，兩根竹子再與另外兩根同舟身平行的竹子左右擺放，平衡船的重心，如同往下凹陷的長方形模樣。我用尼龍繩、麻繩以及童軍繩將木頭的連接處打了好幾個死結。接著，鑿了四個小洞，再用另外兩根竹子垂直穿過舟身，將穿過舟身的竹子與未穿過舟身的竹子緊緊綑綁在一起。我死命拉緊繩子，一個死結一個死結地打，掌心都磨破了皮。

無敵太平洋一號看起來雖然不像螃蟹，可是我相信已經能夠保持平衡，不會在水面上隨意亂晃。我和彼得替小舟加腳，耗去兩個禮拜，我們約好第三個禮拜要偷偷再去試一次舟。

彼得和承善很早就到我家了。愛芮莎說她生意忙，不能來。

我們扛著變得很大很大的舟，沒有其他的河流可以選擇，只好繼續去臭水溝般的 San Francisco River。路上，有一雙眼睛在看著我們，默默跟在我們身後。天空裡有雷，閃啊閃，烏雲一下子就聚集了起來，一大朵一大朵棉花堆在頭頂上，隨時都會掉下來。剛把小舟搬到橋頭，天空就破了洞，下起大雨。番仔島的熱帶雨很瘋狂，龍眼般淅瀝淅瀝打下來。我們將小舟放在路邊，暫時躲避屋簷底下。

雷聲響亮，雨持續落下。

我們身後竄起一個披著大片深藍色塑膠布的男子，他的身子和臉孔都被遮掩了起來。男子對承善喊了聲少爺——是查爾。查爾剃去鬍子，身上的米色襯衫也洗得乾淨多了，左臉和脖子上有一些被人毆打過後的瘀青。承善瞪著查爾，嘟著嘴。查爾從塑膠布中抽出一把傘，撐在承善頭上，避免讓承善淋到雨。查爾說要帶承善回去。承善不想回去。查爾的語調並不強硬，說老爺會擔心，說自己也會擔心。查爾的臉皺成一團，十分委屈，嘴唇不斷顫抖，想說些什麼卻又吞了下去。我們實在無法忍受查爾在我們耳邊不斷喚著少爺，不能忍受查爾那張奴隸般的臉龐，最後，我和彼得只好趕承善回家。

大雨發射一顆一顆子彈，我和彼得雖然躲著雨，可是全身都濕了。我們蹲在屋簷下，撿起地上的石頭，一會兒丟向大雨，一會兒讓石子在潮濕的地面滾動。河床旁的番仔孩子都跑出來淋雨，他們在一條傾斜的爛泥通道中滑行，雨很大，雷是銀色的，笑容與牙齒也都是銀色的。我和彼得互相看了看。我脫下衣服，綁在腰間。彼得也脫去衣服。我們決定要在雨中玩耍。躍過橋頭，一路跑跑跳跳過去。我往前奔跑滑行，地面竄出幾百隻泥鰍般，滑溜溜，濺起滿地爛泥。我轉過身，要彼得也來一個大滑行，想像自己打了全壘打驕傲地跑回本壘。彼得衝了過來，壓在我的身上，接著，貧民窟的孩子也衝了過來，一個一個壓在我們身上。我起身，不再衝刺滑行，一個蹬跳繼續壓住下面的孩子。我分不清誰是彼得，也分不清那些孩子是誰，不斷有人衝刺過來，不斷有人將我撞擊在地，不斷有雨水濺起滿地爛泥。黑色的河流清澈了些。我抹了抹沾了泥巴的眼睛，拉扯鬆脫的褲子，從褲襠中撈出一坨泥球，往眼前的泥人丟去。有更多的人衝撞過來，更多泥巴做成的手榴彈在身旁炸開，我們正在點燃國慶煙火。一點都不冷，扭打在一起時熱呼呼的，我的嘴巴、舌頭和鼻孔都是黏稠稠的泥巴。大雨持續下著，血液熱燙，我突然聽見熟悉的尖銳叫喚聲。我和另一個泥人同時停止動作，往橋頭看去。大雨中，一個女人舉著一把紅傘，在橋上叫著彼得——那是張阿姨。

我和彼得停止衝撞，用手背抹去臉上泥巴，他默默跟在我的背後走向張阿姨。我很緊張，我不應該帶彼得來這裡玩。我正在想理由搪塞時，張阿姨箭步躍過我，往前捏住彼得耳朵。彼得叫了起來。「給我進去車子。」我原本想要說些什麼，張阿姨搶先一步說：「你也是，給我進去車子。」司機開著車，我們不敢多說什麼，也不知道無敵太平洋一號會不會在路邊被偷走。

彼得家的狗狗托比不斷大叫，嗅著我們黃濁的腳丫子。

張阿姨把我們趕進廁所，要我們把身子徹底洗過兩次。張阿姨準備了兩套彼得的衣服，一套給我。托比依舊在廁所外吼著，用爪子耙著門。彼得開了門，托比跑了進來，靠著彼得腳邊不斷搖尾巴，趕也趕不走。我和彼得脫了全身衣褲，兩個人光著身子搶蓮蓬頭，直到身體泥巴一點一點洗掉。我們抹著沐浴乳，將剩下來的沐浴乳抹在托比身上，我們一邊搓洗身子，一邊還搓弄托比的濃厚毛髮。我拿起蓮蓬頭，對著托比沖水。托比的前肢搭在我的小腿，盡情擺動臀部。原來托比勃起了，露出紅龜頭。我和彼得好奇地觀察托比的龜頭。接著，我用蓮蓬頭的水沖向彼得。我突襲拍打彼得的下體，說我贏了。彼得害羞勃起，縮在廁所一邊，一手遮著他的下體，另一手想要攻擊我。我們各自護住下體，誰也不肯先放開手。我換了冷水，用水柱潑彼得。彼得大叫一聲，搶過蓮蓬頭，轉熱水。我取笑彼得，說他很容易勃起，以後會生出很多小孩子。我們繼續嬉鬧，繼續洗澡，試圖攻擊對方的下體。我很大方地指著下體給彼得看，說我已經開始長毛了喔。彼得不甘示弱，說沒什麼大不了的。我笑彼得還是一個沒毛雞。他用水柱攻擊我。我們學著托比一樣甩動身子，原地跳動，用毛巾將身體擦得乾乾淨淨。我穿上彼得的衣服，在彼得家裡吃了一頓家常菜，糖醋排骨、炒高麗菜、洋蔥炒蛋和苦瓜雞湯。我很久沒有吃到這麼台灣味的食物了，我甚至覺得我吃的米也是從台灣進口的富里米。不知道為什麼，我總覺得台灣的米比較甜、比較肥，連台灣的肉也是一樣比較甜、比較肥。

我忽然想起遠在台灣的媽媽。

雨停的時候已經晚上了。我穿著彼得的衣服離開彼得的家，一個人跑到橋頭。我們的無敵太平洋一號還擱在那裡，沒有消失。我傾倒舟身，倒出積水，努力拖著舟，默默走回家。奶奶還沒有回來，桌上也沒有飯菜，只有另一張百元鈔。我將鈔票揉成一團，塞進口袋，想著明天可以到學校買雪碧、買可樂、買我最喜歡吃的巧克力奶油夾層餅乾。

無聊的中文課

嚴平老師在講台上講解這學期成績的計算方式，不過沒有人聽，我討厭這種感覺，好像人和人之間都不理會彼此，都不跟別人溝通。嚴平老師似乎習慣了混亂，不在意被忽略，一個人在黑板上寫下讀書、說話、作文與寫字的比重，強調現在多了另一項課堂表現成績。這些都沒有什麼意義，再怎麼說，在番仔島學中文一點好處都沒有。如果我是番仔，我也不會想要學中文，在番仔島生活根本用不到，而且那些方塊字一點都不有趣，愛芮莎說中文字看起來方方正正，很嚴肅，好像是一顆一顆不會跳舞的石頭。課本對我來說實在太簡單了，中文會話又是無聊瑣碎、沒有意義的自我介紹，我每天都聽承善、愛芮莎、彼得和班上同學重複自我介紹，彷彿是要將自己推銷出去一樣。

這些日子以來，老太婆總共氣沖沖來到班上三次，又把同學、嚴平老師和主任訓了一頓，同學們的中文依舊沒有進步。中文課實在很無聊啊，嚴平老師已經教到心灰意冷，現在不會叫我上台翻譯，也不需要我喊起立、立正與敬禮，老師懶得訓斥吵鬧的同學。嚴平老師一聲不響走了進來，有時在黑板上塗塗抹抹，有時站在講台上看著我們聊天，我都不知道到底是嚴平老師還是我們成了幽靈。嚴平老師放棄教學，可是每天下午還是得花一百分鐘打發中文課，於是老師開始播起中文電影。我們喜歡看電影，尤其是喜劇、武打片與鬼片。其中，我最喜歡看的就是殭屍片，我的番仔同學都說殭屍是頑皮鬼，跳來跳去很可愛。看殭屍片可緊張了，同學們一邊專心看著英文字幕，一邊還要提防老太婆上樓突襲。尚愛中學是一間信仰基督教的虔誠學校，上課時絕對不能有怪力亂神的資訊，更何況是中國的殭屍，這可是大逆不道啊。

每次放完殭屍片，彼得就會學著電影裡的殭屍咬我的脖子，我也會學著電影裡的劇情，拿一張紙胡亂寫些鬼字，貼在他的頭上。有一次上課更誇張，承善這個肥殭屍跳來跳去想要咬我，我喝了一口礦泉水，拿出一根斷掉的木椅片當桃花木，往承善吐水，舉起桃花木直直砍去，他一邊跑我一邊追。當全班同學都成了殭屍跳來跳去時，我們早已經忘記這可是堂堂正正的中文課，也不去理會自己到底是不是中國人。

我們只在意四次中文大考，那可是關係到是否留級的重要考試。那些考試對我來說實在沒有挑戰性。有時候，我甚至想要耍耍嚴平老師。第二次大考時，我造了一些很有趣的句子。考卷發下來後，我並沒有得到滿分，甚至連九十分都沒有，嚴平老師將我的句子都畫了叉，扣掉一半成績。造句並沒有錯，我甚至覺得句子需要加分。

1. 假如：我不知道如何造假如的句子。
2. 一定：我討厭造關於一定的句子。
3. 即使：即使這是考試，有打成績，我依舊討厭上中文課。
4. 以後：我想我沒有以後了。
5. 說不定：什麼都說不定，不是嗎？何況夏天那麼熱那麼長，什麼都說不定，不是嗎？

嚴平老師要我下課後去找他。

我覺得我沒有錯，唯一的錯就是必須參加這個愚蠢至極的考試。

嚴平老師丟給我一本《拯救下一代》，副標是《如何落實德行教育》。我看著手上那本橘色書皮的小本子，十分疑惑。那是一本由香港九龍慈雲山的中華道德學會列印的免費書籍，裡頭附了《孝經》、《三字經》和《弟子規》。嚴平老師聽從主任和校長的建議，想要好好拯救我們這一代，準備重振一個有道德、有秩序的學校，而我正是第一個試管嬰孩。嚴平老師說我的中文好，所以由我做起，從《弟子規》開始背誦。我睜大眼睛看著嚴平老師，翻著小本子，不知道該哭還是該笑。是的，我們的確需要被好好拯救。接著，嚴平老師跟我討論起我的中文考卷。嚴平老師的嘴裡依舊含著滷蛋，聲音扭來扭去，問我為什麼沒有以後了，問我為什麼要說什麼都說不定，問我為什麼不要好好造句。我忘記回答嚴平老師什麼，我只記得他要我下禮拜背誦給他聽，而且算成績。

弟子規，聖人訓，首孝悌，次謹信。
汎愛眾，而親仁，有餘力，則學文。

真是他媽的《弟子規》，我就說我沒有以後了，嚴平老師還要找我麻煩。

無敵 Pacific Isa

回到家，屋子又只剩我一個人。我打開屋簷下的燈，用木屑和木塊生火趕蚊。我放著廣播，聽著最流行的美國電子樂和搖滾樂，對著擱淺的小舟發呆。小舟還是有些臭水溝味。地面上放了很多工具，包括小鏟子、美工刀、長鐵釘、鐵鎚以及奶奶用來殺雞的菜刀，我不時更換工具，將小舟磨得更加滑潤。我決定要替小舟上漆。這可是一件大工程，必須考慮很多細節，例如小舟的顏色？要在哪裡塗上無敵太平洋一號？要畫上什麼圖案？第二天，我迫不及待跑到學校，想要跟愛芮莎、承善和彼得討論。

「寫中文還是英文？」彼得問。

「當然是中文。」我沒有任何考慮就回答了。

「我又看不懂這幾個字。」愛芮莎說。

「改成英文好了，大家都看得懂。」承善說。

「如果大家都看得懂就沒意思了。」我說。

「又要大家看得懂，又要大家看不懂，不如有些看得懂有些看不懂。」彼得說。

「乾脆把小舟的名字分為不同語言，就用中文、英文和塔加洛語。」愛芮莎說。

「為什麼沒有韓文？」承善有些不滿。

「太多種語言了，到時候小舟再畫個韓國國旗就好。」我說。

承善還是不滿，不過我們馬上排定要如何畫上舟名，先用中文「無敵」，再用英文「Pacific」，最後是番仔島塔加洛語中的一「Isa」。

接著是刷子和顏料。

「或許可以跟工地的阿良哥哥借。」我說。

承善解決了問題。

「我可以拿到顏料和刷子，不過不知道會是什麼顏色。」承善說。

「哪裡來的?該不會要去偷吧?」彼得說。

「我才不像你們,爸爸媽媽說不能偷東西。」

「那顏料和刷子哪裡來的?」

「我們家正在重新粉刷,啞啞和工人們整天都在樓下忙來忙去,那味道臭死了。我想我可以跟他們拿一些顏料和刷子,他們不敢拒絕。不然,我可以叫查爾幫我。」

「查爾不是被 fire 了嗎?」愛芮莎說。

「上次看到查爾時,他的臉上和脖子上都是瘀青,是不是被你們家裡打了?」

「才不是呢,我家才不會做這種事情。都是你們叫查爾騙走警衛,後來警衛狠狠打了查爾一頓,他到現在還沒有好。」承善說。「算了,反正查爾就是那樣,他不會說什麼,爸爸說番仔都不老實,被打或許是應該的。」

「查爾哪裡不老實,他又沒有做錯事。」愛芮莎的聲音高了起來。

「他偷家裡的米,凱拉啞啞說的,不過,爸爸還是決定讓查爾回來做事。」承善的聲音漸漸衰落下去。

「我覺得查爾沒有做錯事。」愛芮莎說。

「你又不是不知道番仔很窮,沒有錢可以買米,沒有錢可以吃肉,所以都會去當小偷。」

「才不是這樣。」愛芮莎睜著大眼珠,狠狠瞪著承善。

「好了,問題解決了,查爾會借刷子和顏料。」我試著緩和大家的情緒。

承善家提供住宿和伙食,不過發生偷米事件之後,查爾便被趕了出來。承善說,查爾在附近的窮人社區租了房間，一個人住，每天早上五點就到承善家報到，晚上十點才回到家，如果半夜有急事，查爾是不能休假的。每次載承善的爸爸出入番仔島時，都是半夜，到機場要一個小時車程，所以查爾幾乎全天都要上班，薪水只有六千披索，然而在當地已經算是高薪。承善習慣家裡有傭人可以使喚，不太在乎查爾。我不喜歡這種感覺，雖然我也覺得有傭人可以幫我開車、幫我洗衣服是一件讓人愉快的事情。

深夜，有人敲響了門，原來是查爾提著三桶油漆在門外候著。查爾十分疲倦，五官幾乎都要閉了起來，像是一個禮拜都沒有睡覺。查爾將油漆桶和刷子放在小舟旁，對我們鞠躬，四十五度角，嘴裡喊著對不起，那麼晚了還來打擾。奶奶說沒關係。查爾沒有抬起頭，瘦弱的身子躲在陰影，再次鞠了一次躬，說自己有事跑不開真是抱歉。查爾一面道歉一面後退，還差點跌倒。

我們有了三桶油漆，兩桶白的，一桶紅的，還有五把大刷子。

小舟的底是白的，舟的名字是紅的。

漆到第四天，我和彼得都累壞了。第一天愛芮莎和承善還有來幫忙，給意見，第二天之後，就只剩下我和彼得兩個人。那幾天上課，我都刻意不理愛芮莎和承善，我覺得他們不守承諾，很不講義氣，當初明明說好要一起造舟，暑假要一起出去玩。

上課時，承善被叫了出去，我探過頭，發現查爾怯怯懦懦縮靠牆邊，十分緊張地看著承善。我騙老師說要上廁所，跑到辦公室外偷聽承善父親、承善和查爾之間的對話。

「查爾說那些油漆是你要他拿走的，有沒有這回事？」承善的父親問。

「我──我沒有說過。」承善壓低聲音。

「最近家裡一直掉東西。」承善的父親用十分嚴肅的口氣說。

「少爺，是你要我拿的啊。」

「為什麼你要這樣說，我沒有叫你去偷油漆。」

「少爺——」查爾幾乎要哭了出來。

「好了，掉油漆不是什麼大事，只是家裡最近還掉了三萬披索，查爾，這可不是一個小數字，對吧？」

「老爺，我真的沒有偷東西，油漆是我拿的，不過是少爺要我拿的。少爺，你跟老爺說清楚，不要不說話。我也沒有偷錢，三萬披索我不敢拿，太多了。」

「我會查出來的——」

我匆匆跑回教室，覺得自己和承善都做了錯事。

為什麼要騙人呢？拿個油漆又沒有什麼大不了。

愛芮莎和彼得坐在椅子上，用鉛筆畫畫。

承善一臉蒼白走了回來。

我沒有多說什麼，我氣他騙人。

放學後，我背著背包先走了，跑到學校對面的雜貨店買豆花吃，透過窗戶，我看見承善家的轎車停在遠處，查爾用滿懷生氣與不解的表情站在校門口，手掌在肚前緊緊相握，身子顫抖前後搖晃，彷彿充滿報復的強烈欲望。查爾看見承善，承善也看見查爾，兩人都沉默了下來。查爾握緊拳頭，接著又鬆開拳頭，低著頭，無助地喊了一聲少爺。承善走在查爾前面，有些畏縮，又有些鬥雞般的驕傲，黃昏拉長他和查爾的影子，變成一隻大恐龍，彷彿要把所有的人類都吃掉。承善上車，關門，轎車揚起一團灰塵，我覺得他們好像從此不會回來了。

幾天下來，身子都累壞了，我氣憤地把油漆刷丟向已經著色的小舟，嘟著嘴，跑到火堆旁。

「我不要再畫國旗了，為什麼都是我們兩個人在做。」

「愛芮莎要工作，承善這幾天都沒有來學校。」彼得收起油漆刷，看著剛剛那團被我弄髒的汙漬。

「煩死了。」

彼得沒有說話，拿起油漆刷，沾上僅存的白色顏料覆蓋汙漬，接著描繪小舟名字，「無敵Pacific Isa」。

「不要再畫了。」我賭氣地說。

「那要做什麼？」彼得站起身，無奈地看著我。

「什麼都不要做啊。」

彼得依舊看著我，不發一語。

「你回達拉癢吧，張阿姨在等你吃飯。」

「小舟呢？」

「放著吧，夏天還沒有到，而且夏天也不會來了。」我透過旺盛的火看向彼得。

「我可以待晚一點嗎？」

我搖搖頭，趕走彼得。

彼得站在黃昏中，站在柴火中，沒有繼續說些什麼，拿起書包，轉過身，邁開腳步逐漸離去。當我添加木柴時，已經看不見彼得了。有什麼好驕傲，要走就走，我想著。彼得不會對我生氣，就像查爾也不會生氣那樣，只是我感覺自己很差勁，再怎麼說，彼得都是我的好朋友。我突然想起查爾瘦巴巴彷彿沒有吃飯的身子，想起那張奴隸般的臉孔，一個火星飄到我的掌心，刺痛了我。

台灣雞鬥大陸雞

我有很多爸爸，除了親生爸爸之外，還有一大堆一大堆喜歡養鬥雞、賭鬥雞的爸爸。

星期六，我約彼得去鬥雞場玩，我們已經不想理會無敵 Pacific Isa，要把一艘小舟造好真的很麻煩啊。在番茄街坐車，到 Banaue，再轉吉普尼。學校的老師說鬥雞場很亂，要我們不要來，我覺得很奇怪，我已經來鬥雞場二、三十次了，不覺得這裡特別危險，這裡的番仔可是認真地在賭博過日子啊。進去需要買門票。我教彼得，只要跟在一堆大人之後就可以通行無阻。如果有人攔下來，就說要進去找爸爸。這方法我試了十幾次，從來都沒有失敗過。彼得很緊張，說自己不喜歡撒謊。我告訴他沒有什麼好怕的，只是隨意認個爸爸而已，驗票員並不會特別去記住這是誰的孩子。我混進人群，要彼得隨後跟上。鬥雞場是一個小廣場，鬧哄哄，中間用鐵欄杆圍著小圓圈，場內正有兩隻鬥雞在廝殺。我找了位置坐下，等彼得。一場比賽結束了，彼得還是沒有進來。我溜出場，看見彼得怯怯懦懦站在門外。我拉著他的手往場內跑。彼得始終膽小。我要找爸爸，不過就是這麼簡單的一句話。驗票員沒有攔住我們，鬥雞場內有太多愛賭博的爸爸了。

今天，有一場終極對決，要選出這個月的鬥雞王。

進入決賽的鬥雞都有一番來頭，一隻是來自中國山東省的正統魯西鬥雞，另一隻則是從台灣偷渡進口的混種魯西鬥雞。台灣的魯西鬥雞是和日本母鬥雞培育出來的新品種。兩隻鬥雞都贏了不少比賽，殺死了不少同類。剛開始是小比賽，神氣的鬥雞都有彩虹般的羽毛，踏著不可一世的腳步。我曾經在貧民窟看過鬥雞的主人用奶酪、豬肉混著飼料餵食鬥雞，那些食物說不定比我吃的還要好。

彼得一直黏著我，很不適應這種場合。

鬥雞場內一直有人喊價，賭輸贏，拿出一張一張鈔票，收起一張一張鈔票。我很喜歡很多人一起叫囂的感覺，彷彿大家正在共同完成某件任務。輸贏很快，有些鬥雞在三、四十秒就掛了點，躺在地上一動不動，剛開始我覺得殘忍，後來就習慣了，反正看多了就會麻木。這是個挺不錯的消遣，拿些小錢來賭賭運氣與未來似乎是一件挺公平的交易。

鬥雞可以死得轟轟烈烈，死了也可以拿來吃，多好。

我覺得台灣鬥雞會贏，彼得覺得大陸鬥雞會贏，兩隻鬥雞的體形都差不多，都是魯西鬥雞，只是羽毛的顏色不一樣。大陸的魯西鬥雞是黑色的，翅膀中有好幾根白色羽毛。台灣鬥雞是白色的，看起來特別驕傲。鬥雞場內站了好多人，有裁判，有飼主，還有抱著鬥雞準備下一場決鬥的男人。兩個飼主捧著各自的鬥雞，往對方的鬥雞頭上啄，接著拉開，卸下鬥雞腳上的刀片護具。忽然間，兩隻鬥雞變成了老鷹，張開翅膀奔向對方，伸長脖子啄刺對方的雞頭和頸子。翅膀和泥土一起飛了起來。小刀閃啊閃，割出了羽毛。小刀閃啊閃，割出了血。台灣鬥雞躺在地上，白色羽毛染成了紅色。大陸鬥雞不時揮動翅膀，抵抗台灣鬥雞臨死前的反抗與突襲。大陸鬥雞被啄瞎一隻眼，左側翅膀斷掉了。不久，兩隻鬥雞都謹慎了起來。我和彼得大叫著，要鬥雞不要放棄，還有贏的機會。裁判一左一右抓起鬥雞，雞頭對雞頭，嘴喙對嘴喙，讓牠們認清敵人，激起鬥志，而後重新放下兩隻鬥雞，繼續戰鬥。番仔瘋狂叫囂，他們可是下了大筆賭注啊。兩隻鬥雞同時拍動翅膀，準備發動最後一波死亡攻擊，不知從哪突然飛來一隻黑金色的大軍雞控制了場面，掛著小刀的長腳割傷台灣鬥雞的脖子，嘴喙再啄了大陸鬥雞的另一隻眼睛。鬥雞場上大亂了起來，裁判追著那一隻天外飛雞，兩位飼主跑上場抱回各自的寶貴鬥雞。人們衝擠鐵柵欄，罵髒話，吐口水，忙著向賭頭討錢。我拉著彼得，從大人慌亂的腳步間往外奔跑。鬥雞場內傳來怒吼，有人打起架來。我們推啊推，擠啊擠，流了滿身汗，終於逃出鬥雞場。

我高興地從口袋中拿出一張一百披索，在陽光中炫耀著，剛才一陣混亂，我看見掉在地上的錢，也不管被大人踩了幾下，硬是爬了過去。

彼得說他贏了，錢應該歸他。我不服氣地說大陸鬥雞瞎了，沒有贏，何況台灣鬥雞還沒有死，牠還在地上動啊動。到底是哪隻鬥雞贏了比賽？這實在不關我們的事。我們拿撿來的錢買了八罐雪碧，每人四罐，賭誰喝得比較快，說輸的人必須要進去鬥雞場內叫陌生人爸爸，不叫的人雞雞會爛掉。我從來都不知道彼得喝飲料的速度那麼快，竟然贏了我。我喝得肚子圓滾滾的，不斷打嗝，想吐，胃裡冒出一個一個甜氣泡。我要彼得在門外等我，說等一下他就會聽見我在叫爸爸。我又溜進鬥雞場，打著嗝，吸了一大口氣，對著賭博的人們大喊了一聲爸爸，一時間，每個大人都轉過頭來看我——這根本沒有什麼大不了。

陽光刺得眼睛有些痛，我才不在乎誰是爸爸，也不在乎爸爸在不在身邊，我只是想著這些死掉的鬥雞會在哪個攤位變成可口的烤雞。

觀音媽大戰耶穌基督

如果我們只有在地上的父親和母親，那麼我們終將成為孤兒。——老太婆說。

最近上課愈來愈刺激。

無聊的中文課讓觀世音菩薩和耶穌基督搞得熱熱鬧鬧，還以為是在舉辦嘉年華會，事情的起因是中文課的補充教材。嚴平老師希望課堂生動活潑，於是開始增加一些中國文化教材，例如繼續讓我們看中文電影。周潤發演的電影《孔子》講儒家思想，周星馳演的電影《西遊記》講唐僧取經，還有甄子丹主演的《葉問一、二》講日本侵華故事。並不是每一堂課都會播放這些打打殺殺的電影，有時候嚴平老師也會從網路抓些中文短片。那天，老太婆來巡堂，課堂正在播放一段介紹中國佛教的影片，觀世音菩薩成了一位可愛的大姊姊，眼珠子水汪汪，踏著彩雲，在半空中飛行，和一堆牛頭馬面的妖怪打架——這還得了，犯了校長的大忌。

老太婆進入班級，拉了一張椅子坐在後面盯著螢幕。

我叫醒打瞌睡的承善和愛芮莎，推了推彼得和吉祥的手臂，班上瞬間安靜下來。有事情要發生了。

老太婆起身，打開燈，全班同學低著頭竊竊私語。

「這是在播些什麼？」

「報告校長，這是中國文化補充教材。」

「你知道這是間基督教學校嗎？」

「知道，不過——」

「小孩子看這個要做什麼？你不知道這會讓小孩子搞錯真神嗎？神只有一個，就是耶穌基督。〈約翰福音〉第十四章第六節是這樣寫的：『耶穌說：我就是道路、真理、生命；若不藉著我，沒有人能到父那裡去。』你這樣教只會讓孩子迷糊，認不清耶穌基督的大能，而讓孩子成為迷途羔羊。你知不知道自己犯的錯？不，不是錯，是你的罪。」校長的臉色變成豬肝紅，舉起右手狠狠指責嚴平老師。

「校長——」嚴平老師似乎想說些什麼。

「沒什麼好說的，我不准你教這個。主任呢？他怎麼會讓你教這個？」校長看也不看嚴平老師，轉身甩門，接著傳來老太婆對著主任大吼的聲音。

七十幾歲的老太婆，罵起人來還是那麼有精神。

從那堂課開始，中文課就沒有那麼好混了。

沒有鬼怪電影，也不能看武打和喜劇片，校長都會來巡堂，要我們背誦中文詩篇。有時候老太婆一進來，話也不說，發下詩篇，站上講台教起課來。老太婆上課十分無聊，她要我們念詩篇，一次接著一次念。男生念完女生念，女生念完男生念，男女一起念，前排念後排念，左邊念右邊念，一個一個站起來念，我覺得舌頭都要打結了。我們朗誦〈約翰福音〉第十五章第十二節：「你們要彼此相愛，像我愛你們一樣，這就是我的命令。」嚴平老師沒有反抗，不管怎麼說，校長都是學校的老大。直到校長累了，撥了撥落在眼前的紅色大捲髮，挺起脊椎，變成一隻高傲的鬥雞走出教室。全班同學都吐了一口氣，放鬆了心情，繼續聊天，吵著嚴平老師放電影。

這也好，因為校長和主任完全忘記要推行《弟子規》這個鬼點子，我也不用拿著《拯救下一代》這本書，整天白癡般背著：「父母呼，應勿緩，父母命，行勿懶。父母教，須靜聽，父母責，須順承——」我這個人在番仔島沒父沒母，哪裡來的父母呼、父母命、父母教、父母阿祖什麼鬼的。

我只需要熟記詩篇就好了。

嚴平老師沮喪了好幾天，被老太婆罵當然不好受，而且又是在學生面前，我都有些為嚴平老師打抱不平。隔沒幾天，嚴平老師開始反擊，不上課，教起了宗教。先在黑板畫了一個全世界的大地圖，分別標示天主教、基督教、佛教和回教的領地。嚴平老師不說中文，用破爛的英文解釋各個宗教的不同，接著放起影片，這次是 Discovery 所製作的「藏傳佛教」。校長從後門進來時，螢幕上正介紹著浴佛節，一張張鬼臉神臉的面具在螢幕上笑得非常燦爛。

老太婆氣翻了，馬上打開電燈。

「你到底在教些什麼？」老太婆氣得直跺腳。

我雖然閉著嘴巴，卻還是忍不住笑了出來。

「教孩子認識世界上的宗教。」

「不行，這世界上唯一的真神就是耶穌基督，你不能教這些，這些什麼鬼什麼妖怪的。」老太婆的話已經說不太清楚了。

主任走進教室。

嚴平老師掩著嘴巴偷笑。

「你自己看看這中文課上的是什麼？我不是說過很多次了嗎？神愛世人，只有耶穌基督是唯一的真神，〈以弗所書〉第六章第一節裡面是怎麼說的，你們還記得嗎？你們做兒女的，要在主裡聽從父母，這是理所當然的。」老太婆氣得將手中一疊詩篇往上一丟，轉身下樓，嘴裡自言自語著什麼。

中文課成了自習時間，嚴平老師被主任叫去訓話，我和愛芮莎對上了眼，彼此笑了笑。同學們拿著詩篇默默背誦：「詩篇第二十三篇，耶和華是我的牧者，我必不致缺乏，祂使我躺臥在青草地上，領我在可安歇的水邊。祂使我的靈魂甦醒，為自己的名引導我走義路——。」

實在是令人昏昏欲睡的下午。

老太婆終究占了上風，嚴平老師不再激昂，從此成為一隻被拔去雞毛的肉雞，等待被人宰殺。星期五下午，全校忽然停止上課，聚集到四樓大禮堂。我們還以為是要聽哪個牧師講道，我們列隊坐下。老太婆走上講台，擺弄麥克風，試音量，開始冗長且無聊的傳道。

耳朵裡充滿噪音。

嚴平老師被主任拉到最前排，罪人般低著頭。

校長一講起基督就沒完沒了：「我不是在講道，講道是代表天上的神在說話，我只是一個普通的基督徒。我是在分享，分享對主的感激。如果孩子們有問題都可以舉手發問。你們知道在主的眼中，人和人之間是完全平等的。這個世界上沒有好人壞人，所有的人都是罪人。只是有人願意承認自己的罪，有人不願意。因為平等，所以我們相愛，因為相愛，所以主願意看顧我們，因為我們承認自己的罪，〈以賽亞書〉第四十一章第十節所講的：『你不要害怕，因為我與你同在；不要驚惶，因為我是你的神。我必堅固你，我必幫助你；我必用我公義的右手扶持你。』」

彼得低頭玩著橡皮筋，愛芮莎鬆開頭髮，細瘦手指重新綁起一條一條小辮。全班同學都在做自己的事情，除了班上的資優生還專心聽講之外，其他人早就心不在焉。我聽了一會兒，覺得廢話連篇，一堆胡言亂語，我實在搞不懂老太婆為什麼一定要逼我們信基督教。

裸體的人

我常常想起彼得坐進轎車離去的那天傍晚，轎車一去不回，彷彿通向死亡。

一天晚上，我心血來潮打了電話給承善，想去他家看《火影忍者》漫畫，電話沒通。我出了門，坐上吉普尼，走了一小段路來到承善家。

承善家已經完成裝潢，一樓和二樓照射出明亮的日光燈，奇怪的是，門前竟然沒有警衛，而且大門深鎖。我站在大門前左看右看，看不出什麼花樣，於是跑到圍牆邊找了幾塊大石頭，疊起來，兩腳顛顛簸簸踩了上去。我的頭顱躍過水泥圍牆。承善家裡沒有任何動靜，連啞啞、司機和警衛都不見人影。我的身子攀在圍牆上，抓鐵絲網，墊腳尖，屋內瀰漫詭異的氣氛。金叔叔正在大聲訓斥，我看到兩男兩女赤身裸體排成一列，從黑暗中走了出來。他們的臉上看不出羞愧也看不出悲慘，只有蒼白，身上贅著多餘的肥肉。前方的人拿起繩子，將自己套起來，打了結，再一個一個往下套，直到四個人都在同一條繩子上。他們舉起手，一條串燒般立在白蟻飛竄的庭院中，沒有哭泣，沒有求饒，也沒有發出任何哀嚎，彷彿被綁住的身體不屬於他們。

我看呆了。

我抓著鐵絲網，不知不覺被刺出了血，絲毫不覺得痛。有人從屋子裡走了出來，我立即縮下頭，怕被發現。我在圍牆外聽見金叔叔訓斥僕人的聲音，然而聽見了什麼我也不確定，只知道那是非常生氣的聲音。我再度抬起頭偷看幾眼。僕人跪在石子地上，垂著頭，五官沉在陰影當中，金叔叔拿著一條鞭子鞭打他們。我聽見鞭子打在肉上的聲音，聽見喉嚨壓抑住的呻吟聲，聽見血肉綻開的聲音，我不敢看也不敢聽了。

我顫抖著，急忙跑開，內心亂糟糟坐上車，恍恍惚惚回到家。我不知道那是不是一場夢，是不是我胡思亂想，但是那些畫面深深烙印在我的腦海。那真的是承善家嗎？查爾在裡面嗎？承善在嗎？為什麼要做這種事？懲罰？報復？為了被偷竊的油漆？還是為了失竊的三萬披索？

我舔著手掌上的傷口，不敢再想下去，關上燈，昏昏沉沉躲進床。

隔天早上，我相信自己就會忘記這個噩夢。

留鬍子的人很帥氣

我始終缺錢。

為了賺錢，我到叔叔介紹的一家成衣服飾店工作，店老闆叫陳瑞，是一位五十幾歲來自中國廣東的中年叔叔，身上始終散發著古龍水香味，離了婚，獨自南下做生意。

星期六日，早上七點半吃完早餐，我騎著二手腳踏車穿過人群街巷，來到市集地。八點開始掃地，盤點衣服，等十點半開門營業。市集地旁，人潮來來往往，生意卻不好，沒有什麼人會拎著一隻雞、幾條魚、整袋子的黃芒果和青芒果來逛服飾店。我樂得輕鬆。中午，陳瑞叔叔意興闌珊來到店內，午休一小時，帶我去吃飯。我有些害怕陳瑞叔叔的好意，不過後來，我發現陳瑞叔叔純粹只是想要對我好。我們會去吃 Jollibee 炸雞，吃番仔口味的KFC，到SM大超商吃日本壽司和美國披薩。陳瑞叔叔每次都叫我自己點餐，問我喜歡吃什麼，我也不知道要點些什麼，怕花了太多錢。陳瑞叔叔每次都點了太多食物，剩下一堆，還可以打包當作我的下午茶。下午四點，我與另一個小夥子換班。每兩個禮拜，陳瑞叔叔準時發工資，有時還會加薪，另外每個禮拜我還可以挑選一件衣服回家。工資不高，一個小時才七十披索，換算成台幣還不到五十塊。陳瑞叔叔常常會多塞些小鈔給我，他將一雙大手探進我的褲袋，左右掏啊掏，上下掏啊掏，接著我的口袋就會多出一張二十或五十披索。我的年紀小，沒什麼人會僱用我，所以我總是特別感謝陳瑞叔叔。

陳瑞叔叔知道我和奶奶住在一起，常常帶我去買東西，去蛋糕店買杏仁薄片、巧克力餅、布朗尼和牛奶，還會特地載我回家，準備燕窩禮盒說是要給奶奶吃。陳瑞叔叔很喜歡問我問題，例如在哪裡讀書？父母在不在？喜歡吃什麼？平常做些什麼活動？一個人無不無聊？陳瑞叔叔問了我很多問題，有時候我覺得他很煩，但是我還是喜歡他關心我。我也喜歡陳瑞叔叔時不時冒出的小鬍子，跟爸爸的鬍子一樣。我說我以後也要留鬍子。陳瑞叔叔常常拉著我的手，要我摸他的鬍子，我沒有拒絕，我覺得留鬍子的人很帥。

划去外太空

下課時，天空逐漸掉下棉花糖軟度的小雨，灰色的雲層很厚，風一陣一陣打來。我站在空曠的運動場，迎著風，身子微微前傾、微微後退，不倒翁般前後搖晃，很好玩。愛芮莎說有一個芭菲颱風正要來攻擊番仔島。我和彼得抬起頭，雙手張開學習飛行，雨水從額頭上方滴了下來。一滴、兩滴、三滴，我舔著嘴巴上的雨水，有點鹹。

我想起承善，想起噩夢，沒有向任何人透露夜裡發生的事情，我相信那只是一個必須要擺脫的夢境。

「承善好幾天都沒有來學校。」我說。

「大概又跑回韓國。」愛芮莎說。

「說不定是和他媽媽去了日本或是香港，上次他們不是才剛剛跑去美國的迪士尼，聽說是承善的爸爸去談生意，全家順道一起去玩。」彼得猜測著。

「真好命。」我嘟著嘴。

「為什麼這次沒有跟我們說？」愛芮莎說。

「一定忘了，那個胖子就是這樣。」我說。

一樓忽然傳來歡呼聲。

我抓了同學問。

「颱風要來了，下午的課不用上了。」

我吆喝愛芮莎和彼得去拿背包。

「真討厭，每次颱風一來家裡都會積水。」愛芮莎說。

「沒有關係，屋頂漏水的話可以住我家喔。」我說。

我們跑回班上，向導師說再見，背上書包回家。

我和愛芮莎、彼得約好明後天等雨小一點，要一起去ＳＭ逛街。

回家之後，雨就下個沒完沒了，原本還只是小雨，後來竟然變成了大雨。奶奶提一袋麵條、脆瓜罐頭和肉鬆回家，全身都濕了。我趴在二樓的窗戶看雨，不知道自己到底看了多久，累了，聽著雨聲叮叮咚咚打在屋頂上，睡著了，醒來時天空變成一根巨大無比的紫茄子。我繼續在窗戶邊看雨，玩著已經拆了十幾次的木架恐龍模型。茄子色又加了灰色，一堆老鼠在天空爬，接著出現了暗橘色。

這種天氣真是詭異。

爸爸傳來簡訊，說颱風來了，小心一點，要我聽奶奶的話。

晚餐，奶奶終於肯讓我吃肉鬆。平常奶奶不准我吃肉鬆，說有新鮮的食物為什麼不吃。奶奶在屋子的角落探來探去，想找出漏水處。我把放在地上的造船工具一一收好，看著沒有完成的小舟發愣。風愈來愈大，屋外的椰子樹在雨中搖來晃去，變成空心的竹子。我繼續待在房間裡，沒事可做。強風颳過屋頂，搖動窗戶，接著四處響起尖叫。停電了。番茄街瞬間變暗，只剩下幾輛吉普尼在積水中開著車，隨意揿響喇叭。我從抽屜拿出手電筒。奶奶跌倒了，樓梯散落一堆衣服。奶奶喊痛，膝蓋滲著血，附近都瘀青了，我隨意拿著一件衣服擦拭奶奶的傷口。奶奶忍著痛，不再叫喊。我想要背奶奶去客廳沙發，但是我的身子太小，背不動。我告訴自己不能緊張，我是這個屋子裡唯一的男人。我要奶奶扶住我。我的右手拿著手電筒，繞過奶奶的腰，左手拉著奶奶橫在我肩膀的手。一步一步，終於走到沙發。我找出另一根手電筒遞給奶奶。雨水打在椰子樹和屋頂的聲音愈來愈大。我替奶奶擦了優碘，傷口還是不斷吐出白白紅紅的液體，黏稠稠的，有些噁心。我在家裡的轉角都點上蠟燭，扶奶奶到房間休息。奶奶要我關好窗戶，要注意排水孔是否堵住，還要我打開收音機聽廣播。我收好衣服，上了樓，看著爸爸發的簡訊發呆。一封簡訊有什麼用，真是他媽的。蠟燭的火光在黑暗中閃滅，不知從哪跑進來的風咻咻吹動，我看著蠟燭搖晃的光影，不知不覺睡著了。

十月五日晚間，芭菲登陸了呂宋島，晚上風強雨大，我還以為家裡的房子會垮掉。

隔天清晨，我煮了早餐，稀飯配脆瓜與海苔肉鬆，很台灣的味道。大雨下了一整晚，而且沒有停止的跡象。我替奶奶擦藥。奶奶蹙著眉頭，非常擔憂。我跟奶奶說不用擔心，有我在。番仔島經常下大雨，夏日午後都會有一場雷陣雨，可是從來都沒有持續那麼長的時間。下午，雨水依舊沒有減緩，廣播說，颱風的威力已經減弱了，正往西北方向移動。晚上，我煮泡麵給奶奶吃，還加了蛋和青江菜。奶奶誇我以後可以當廚師。廣播說，十月七日的凌晨將把芭菲降為熱帶性低氣壓。依舊沒有電，我又不安穩地睡著了，做了一個我變成魚的夢。半夜睡夢間，奶奶忽然尖叫，我跑下樓，發現水灌了進來，已經淹到了我的小腿。淹水的速度愈來愈快。我扶著奶奶爬上二樓，再下樓時，水已經淹到了腰，根本無法搶救任何物品。我站在二樓的樓梯口，看著家裡變成了太平洋，原來變成魚的夢不是假的。一整夜，我坐在樓梯口，擔心水又要往上漲。萬一水真的漲了上來，我想我和奶奶就只能去天國度假。

這真是一個難纏的颱風。

廣播又說，十月八日凌晨，芭菲颱風於呂宋東側近岸水域重新增強為颱風，並轉西緩慢移動，將於中午第三度登陸呂宋北部。

我搞不懂自已到底被這個颱風困了多少天，整個奎松低窪地區都淹了水，連不曾淹水的地方都淪陷了，而且雨水還是不停落下。真是煩人，整天待在家裡已經快把我逼瘋了，想出去又沒有辦法，家裡也沒有好吃的食物。奶奶拄著雨傘當拐杖，燙了麵條配麻油，我們還剩下一些餅乾和麵包。大部分的食物都在一樓的冰箱中，也被淹了。我整天看著窗外發呆，有時雨大，有時雨小。十月十日是台灣的國慶日，午後雨水小了，風也不再那樣大了。奶奶待在房間休息，睡午覺。我凝視窗外，不時打著瞌睡，夢見太平洋裡多了幾百幾千隻的海豚。

一艘小舟隨著波浪撞擊屋子，我驚醒過來，發現那是我們建造的「無敵 Pacific Isa」。

雨小了，水卻沒有退下的跡象。

我決定要划著「無敵 Pacific Isa」去找愛芮莎、彼得和承善，他們說不定正站在屋頂等待救援，想著我即將變成英雄就讓人十分興奮。廣播說雨已經要停了。我可是不會輕易放棄划著小舟出去救人的機會。我留下紙條，穿上雨衣，戴帽子，趁著奶奶還沒有醒來之前溜了出去。我拿著一根長掃帚勾到舟舷，拉到窗邊，身子穩穩跳上小舟。小舟底下的水可深了，有一層樓高，有些地方說不定有兩到三層樓呢。

我撈了撈漂浮水面的垃圾和木頭，划船的工具從厚紙板變成塑膠板，再換成長筒狀木頭，最後才撈到一片薄長大木板，正好用來當划槳。天空灰濛濛，風在賽跑，水有各種顏色，薑黃色、葉綠色、木炭色和瀝青色，黏稠稠，像是沾上石油。橋和馬路都變成太平洋，番茄街正在我的下方，很黑，很深，一條大鯨魚正緩慢游過來。許多人站在窗戶邊和頂樓跟我打招呼，問我有沒有吃的喝的。我揮揮手，跟他們說馬上就會有人來了。一棟一棟房子都成了水生植物，從水底探出頭來。大水之中，我遇到兩輛救生艇，叔叔們睜大眼睛盯著我，以為看到了怪物。叔叔們問我從哪裡來的？為什麼會有這艘螃蟹船？要划去哪裡？叔叔們逼我穿上救生衣，遞給我兩個便當、四罐芒果汁和兩罐礦泉水，要我乖乖回家，說這可不是鬧著玩。是啊，這可不是鬧著玩，我要去找愛芮莎。

還沒划到愛芮莎的家，我就先聽到她的聲音，她站在二樓窗口大聲呼喚我，喊著那是我們的無敵 Pacific Isa。我划啊划，額頭冒出了汗，終於划到愛芮莎窗邊。我沒有看到其他人，愛芮莎獨自在家。

「我還以為是救生艇，仔細一看才知道是你。哇，原來小舟已經漆好顏色，連名字都寫上去了，我以為還要一段時間才會好呢。」愛芮莎興奮地說。

「誰叫妳都不來幫忙，吶，這裡有便當和麵包。」我遞上食物。

愛芮莎吃著奶酥麵包，嚷著要上舟。

「很危險，下面的水有一層樓深，到時候翻了船，會游泳也沒有用。」

「我不管，這是我們的小舟，我也要划。」

「真的要划？。」

「一起划去達拉癢村莊啊，看看學校淹成什麼樣子，等會兒順便去找彼得和承善。」

「不用先跟叔叔阿姨講一聲嗎？」

「他們不在，出差去了，家裡只剩下我。」愛芮莎說。

「等一下。」我脫去救生衣，要愛芮莎先穿上。「我怕妳跳不準就掉進太平洋裡了。」

「我又不是你。」愛芮莎穿上救生衣，跳進舟心。

小舟內有兩個人，一前一後，重心很穩，不搖晃。

我將長型木板片對折，變成兩枝簡易小槳。

划啊划，搖啊搖，划啊划，搖啊搖。

涼風習習吹來，附近的人看見愛芮莎，紛紛舉起手跟她打招呼，有些人還丟下幾包洋芋片。我忽然想起我們曾經在黑色的 San Francisco River 試舟，當時有四個人，現在卻只有我和愛芮莎。我想起貧民窟的人們對著我們招手，邀請我們一起吃白米加鹽巴，他們的眼神就像現在站在屋頂上的人們一般，有些悲傷又有些新奇。所有的窮人和有錢人都被大水圍困，所有的人都在祈禱大水退去——災難原來十分公平。水面隨著風自在起伏，雨停了，空氣依舊充滿濕氣。愛芮莎在舟前，我在後方控制方向和行駛速度。愛芮莎划右邊，我就划左邊。愛芮莎划左邊，我就划右邊。划到我滿頭大汗，放下木板，大口啃起便當。便當沒有附筷子，我學印度人用手抓飯，用舌頭舔著角落的飯粒。愛芮莎累了，不划了。我們笑了笑，索性讓船自由自在漂浮著，就快要接近達拉癢村莊。這裡的水更深更濁，垃圾更多，我交叉雙腿，靠著舟尾躺下，凝視老鼠灰的天空，依舊有許多大團大團雲朵。我閉起眼睛，吹起口哨，吹得累了便唱起歌。

搖啊搖，搖啊搖，船兒搖到外婆橋。
外婆好，外婆好，外婆對我嘻嘻笑。

愛芮莎跟著我唱。

「這是什麼意思？」愛芮莎問我。

「這是兒歌，說我們搖著船，搖到了外婆家，外婆對著我們笑啊笑，接下去是這樣唱的。」

搖啊搖，搖啊搖，船兒搖到外婆橋。

外婆說，好寶寶，外婆給我一塊糕。

「我喜歡這首歌。」愛芮莎拿起木板片，轉過身，看著前頭，哼唱起〈外婆橋〉。

「你教我唱台灣的兒歌好不好？」愛芮莎奮力划著木板片，濺起水珠，上衣和手臂都濕了。

「都是幼稚園學的，忘記很多首了。」我說。

我唱了〈妹妹背著洋娃娃〉、〈魚兒魚兒水中游〉、〈小星星〉、〈哥哥爸爸真偉大〉和〈抓泥鰍〉。有時候愛芮莎也跟著我唱，有時候她只是靜靜划著船，聽我唱，彷彿她正在欣賞美妙的聲音。

我唱累了，便不再發聲。

有一段時間，我們都不再說話，時間緩慢，停止了下來。

我獨自哼歌，傾過身，伸出右手，在骯髒的水面撫摸汙水，小舟突然劇烈搖晃。愛芮莎發出尖叫，說這樣子我們都會掉進太平洋。

我脫掉雨衣，躺了下來，重心繼續左右搖晃，小舟在水面上持續擺盪。天空很乾淨，灰雲消失了，剩下一些牛奶色薄雲。愛芮莎往我潑水。我還以為是下雨，可是

我聽見了愛芮莎的笑聲，水濺進小舟。我坐起身，不甘示弱，兩手往水裡撈，肆無忌憚往愛芮莎潑去。愛芮莎的頭髮都濕了，兩眼被水扎得睜不開眼睛。她閉著眼，依舊朝我潑水。我的衣服和褲子都濕了，左手抵擋打在臉上的水，右手繼續撈水。小舟在遊戲中左搖右晃，直到喘著大氣，手臂痠麻才停止下來。沒有人求饒。愛芮莎在船頭站起身，說衝啊，我們要划到日本，划到美

國，划到北極。船一搖晃，愛芮莎又立即蹲下身。這次換我站起身，大喊，我們要划到台灣，划到大陸，划到外太空。站在屋頂與窗邊的人們都笑呵呵看著我們。

愛芮莎擰著濕衣。

有些冷，可是沒有乾衣服換，我索性脫去上衣。

我們又不說話了。水面漂浮著稀薄水氣，有些臭水溝味道。一陣雨打了下來，我和愛芮莎無處可躲。我拿著塑膠雨衣往舟心移動，要愛芮莎靠過來。愛芮莎和我擠在一起，雨水在塑膠雨衣上滴答拍打。愛芮莎問我，會不會翻船啊？我想要說些俏皮話，想了想，卻依舊沒有回話。愛芮莎的頭髮都濕了，沾在頭皮上，好幾串頭髮垂在左右額頭邊。我發現愛芮莎說話時，紅通通的嘴唇會冒出一團熱氣，我好想靠近那團暖呼呼的熱氣。我和愛芮莎面對同一個方向坐著，膝蓋彎曲，身子互相靠在一起。愛芮莎的小腿不斷碰撞我的小腿，有點癢。愛芮莎挺起背，靠過來問我：「如果翻船了，我們會不會死掉啊？」我說：「我們會變成兩條魚，兩條自由自在的魚。」愛芮莎和我貼得很近，我可以聞見她身上的味道，不再是穿著死人衣服的味道，而是熱帶水果的濃郁香氣。我說我聽不見，雨聲太大了。愛芮莎在我的耳邊說了些什麼，軟綿綿的聲音滑進我的腦袋，我無法辨別話語的意思，我感覺身體蠢蠢欲動了起來。我的心跳加快。愛芮莎和我對上眼神，我看見那雙眼睛裡有著羞怯與堅持，小心翼翼，怕驚擾什麼。愛芮莎說有些冷，身子在顫抖。我用頭頂著雨衣，捧起她兩隻小手，在我的嘴邊呵著熱氣，我又用兩手摩擦她有些蒼白的臉，直到她的臉頰逐漸紅潤起來。

愛芮莎縮在舟心摩擦自己，時不時發抖，我用兩手撈起積水，往外倒。

我們已經來到達拉癢村莊的尚愛中學。

大水淹沒達拉癢村莊，學校成為一座水中孤島。

愛芮莎恢復體力，拿著木板前划，我們划進了學校。

學校共有四樓，老太婆、警衛和幾位來不及回家的學生站在窗戶邊。我們繞過教學大樓和辦公大樓，划到學校後方的運動場。運動場上原本建蓋遮雨棚，現在則坐滿了人，有貧民，有低窪地區的住戶，附近人家統統跑來避難。遮雨棚上，人們用簡易的木頭和塑膠棚搭起另一個小型遮雨棚，生著火。避難的人們就在裡面搓著手取暖。我們划離學校，往嚴平老師家划去。老師家就在老太婆家隔壁。我們敲了敲老師的窗子，老師看到我們，非常吃驚，嘴巴張得大大的。

「你們怎麼會在這裡？不，你們怎麼會划船划到這裡？颱風天很危險的。」嚴平老師說。

「我來救愛芮莎、彼得和承善。」

愛芮莎還在發抖。

嚴平老師遞出毛巾和兩件寬鬆白上衣。「趕緊換上衣服吧。」

愛芮莎跟嚴平老師要了一件大浴巾，要我用大浴巾圍著她。「不准偷看。」

「妳又沒有什麼好看的，胸部那麼小。」

愛芮莎狠擰我的大腿。

「餓不餓？」嚴平老師縮回屋子，再探出頭。「這裡還有一些餅乾和飲料，你們拿去吃，不要再划著船到處亂跑，萬一翻船怎麼辦？」

「我會抓著他。」愛芮莎指了指我。「大不了就是變成一條魚。」

「有沒有雨衣？還需不需要乾淨的毛巾？」

「不用了。」我說。

「你們剛剛來的時候沒有讓校長看見吧。」嚴平老師有些擔憂。

「才不會呢，老太婆不在家裡，老師放心。老太婆被困在學校動彈不得，剛剛划去學校時，看到她和工友在三樓教室走來走去。」我說。

「那就好。」嚴平老師安下心。

「老師，我們要走了，還要去找彼得和承善。」我說。

嚴平老師變了臉色。「先回家吧，不要繼續在外面遊蕩，很危險，等一下又下起大雨怎麼辦？」

我們假裝答應了嚴平老師。

划啊划，划沒幾下就來到老太婆的家。

二樓窗戶是開的，我探頭探腦想要看清楚裡面的擺設，說不定裡面藏著人啊。我知道那不可能，老太婆一個人住，老師們都說老太婆是女強人，一個人就可以管理學校裡大大小小的事情，很了不起，老師們都有些敬畏她。愛芮莎拉了拉我的衣袖，要我不要做傻事，萬一被校長盯上就麻煩了。

窗戶大概是被強風吹開的吧。

我站在舟心，墊起腳尖想要看個仔細，腦袋裡不由自主想起老太婆那張嚴肅的臉。老太婆說，你們都是上帝的子民，唯有相信上帝、相信耶穌，才能獲得救贖。你想想世界上有哪個神可以死後重生?唯有耶穌基督可以。老太婆的話在我的腦海不斷迴盪，如同咒語。

屋內有些暗，我搖頭晃腦，發現一位男子赤裸上身站在屋子內側，我趕緊縮回頭。

「有人，而且是一個年輕男子喔。」我對愛芮莎說。
「趕緊走吧，被發現就完蛋了，會被退學的。」
我當然不會放過這個機會，我早就懷疑老太婆花錢養著小白臉。聽老師說，老太婆終身未嫁，是個老處女，整個人生都奉獻給耶穌基督，還聽說老太婆之前得了乳癌，病了好久，最後進了手術房，割除右邊的乳房，現在老太婆的右側乳房是假的，都是用矽膠墊厚的。我站起身。愛芮莎依舊拉著我的衣角和褲子。
我看清楚了，眼珠子睜得像是正在發育的小椰子。
那是一個年輕男人，全身長滿肌肉。不，不只一個男人，房間裡有好多全身長滿肌肉的男人，只穿一條細窄內褲，露出健壯肌肉，有些身上還長滿濃毛，看上去像是台灣黑熊。那是一張一張肌肉猛男選美圖，貼在小型祭壇上方，方桌上鋪著白色方巾，供養一只銀色的受難基督十字架。兩根白蠟燭已經熄滅了。我呆住了，沒有辦法思考。我愣頭愣腦縮回小舟，一句話都沒有說。這怎麼可能？愛芮莎看出我的吃驚，怯怯站起身，往老太婆的房間探去，接著也不發一語縮回舟中。我們沒有說話，看著彼此，有些害怕，心中亂糟糟，有種無法解釋的感覺，好像受到了欺騙，也好像整個人被吉普尼撞到。我起身，將老太婆的窗戶關牢了，拿起一根浮木卡住窗外手把。我和愛芮莎回到舟心，各自拿起划槳，一前一後、一左一右划起小舟。天空陰沉，風停了，大水依舊沒有散去。我的身子變得有些沉、有些冷，像是一塊大理石掉進水底。
我們回家吧，這是愛芮莎跟我說的最後一句話。

暴雨過後

學校停課了三個禮拜。

奶奶捏紅我的耳朵，擔心我不小心掉進太平洋變成一條魚。

颱風讓奎松市民都遭了殃，一樓積滿爛泥巴、垃圾、魚群和豬隻屍體，太陽一曬，散出酸腐的蛋白質臭味。廣播說，這場大雨已經導致六十個人意外身亡，兩百多人失蹤，大部分死去的人都住在貧民窟，大雨一來沒有地方可逃，被活活淹死。我被奶奶禁足了好幾天，拿著一桶一桶水沖刷一樓，我耐不住性子，又開始往外跑。村子裡的有錢人不用親自捲褲管鏟爛泥，花了錢，叫來消防隊，用大水柱沖去淤泥，還找來貧民幫忙打掃房子，說這樣可以促進番仔島經濟發展。我們依舊聯絡不到承善。我、彼得和愛芮莎過了下午就會跑來學校。工友和學校的中文、英文和番仔老師捲起褲子，拿起鏟子，提著水桶整理教室，我們也會幫忙整理濕答答的文件，將濕透的課本堆在一起，等著工友一把火痛快燒掉，回家前，我們還可以吃免費的下午茶。

我害怕見到老太婆，害怕聽見老太婆傳教的聲音，躲躲藏藏，能避則避。

我和愛芮莎沒有約定，但是很有默契，絕口不提颱風天的事情。

我們坐著吉普尼來到承善家。

一路上，我始終緊張，不知道自己到底會看見什麼。

我始終相信那天夜晚不過是一個噩夢。

承善家的白建築染成黃色，庭院堆起爛泥巴，隆成一座一座小山丘，好幾群蒼蠅嗡嗡飛舞。

啞啞們拿著抹布擦地，司機忙著將滿地枝葉丟成一團，生起火。一切都很正常。我們站在警衛室旁左看右看，沒有看到查爾，也沒有看到承善和他的父母。

「承善。」我大喊。

啞啞抬起頭，看著我們，接著擰起毛巾繼續擦地。

「你們找不到人的。」警衛說。

「承善出國了嗎？」愛芮莎說。

「可能回不來了。」警衛若有所思地說。「你們沒事趕快回去，不要待在這裡閒晃，說不定等一下又會下起大雨。」

「為什麼回不來了？」我問。

警衛不再理會我們，轉開廣播，哼著小調坐回警衛室。

我們試著叫了幾聲，屋內只有啞啞和司機，沒有其他人。彼得蹲著，拿起小石子在地面塗鴉。愛芮莎靠著牆壁整理小辮子。我繼續伸長頸子，想要看清屋內狀況。之前來承善家不是這副模樣，金阿姨會替我們準備韓國的餅乾和飲料，有時候還會做韓式冷泡麵讓我們辣出一身熱汗，很消暑。我們會窩在承善光亮的大房間，淡藍色的牆壁，有兩張躺椅，坐著或躺著都很舒服。我和彼得搶著承善手中的 iPad，輪流玩遊戲，愛芮莎有時候也會想玩，不過大多時候，她都在看著各式進口的昂貴家具。

「走吧，不要再來了，老爺不想再見到你。」警衛大吼。

我們的眼神望了過去。

番仔臉頰凹陷，彎著腰，膚色像是灰老鼠——那是查爾。

「不要讓我難做人，走吧，不走的話等會兒我也會有麻煩。」警衛說。

「老爺還沒有回來嗎？不是都去警局報警了？都已經過了那麼久——」查爾自言自語。

「你還是滾遠一點比較好，再怎麼說這都是你的責任。」

查爾縮起胸膛，身子前後顫抖，頭顱左右搖晃，激動地睜著兩顆大眼珠，握緊拳頭。「真的不是我，我才不會做這種事情，是那把槍，是那把槍頂著我的腦袋，接著我就被布巾蓋住了頭。我不是同夥，我要跟老爺說清楚才可以。」

警衛擋在前面，架住激動的查爾。「回去吧，不要再來鬧事。」

「我拜託你再跟老爺說說。」查爾掙扎一會兒，洩了力氣，聲音軟弱下來。「我不會希望再回來這裡工作，不過我希望少爺能夠平安回來，不管做什麼都可以，我還有存一些錢，所有的錢都可以拿去。我知道少爺在番茄街，我一定會把少爺找回來。」

「回去吧，去過自己的生活。」警衛說。

查爾失魂落魄坐在地上，兩手交疊壓在脖子後面，頭沉得很低。

「發生了什麼事情？」我緩步走向查爾，怕驚擾什麼。

「是少爺的朋友啊。」查爾試圖從沮喪中擠出微笑。「沒有什麼事情，少爺一定會平安回來。」

「承善怎麼了？」愛芮莎問。

查爾陷入難以自拔的悲傷情緒，咬緊下嘴唇，受到驚嚇般拔腿跑開了。

我們呆愣原地，被查爾嚇到，一時間不知該如何反應。

失蹤的傢伙

夜裡，彼得傳來簡訊，說是有事情想跟我說。

這幾天，我又在作噩夢。一群臉上罩著膚色絲襪的歹徒闖進家裡，拿著機關槍砰砰砰四處掃射，我拉著奶奶往二樓跑。不過慢了一步，奶奶已經被射穿了肚子，肝臟、腸子和胃都跑了出來，身上都是血。奶奶要我趕快跑，一定要好好活著。我忘記自己到底有沒有活著，只記得歹徒拉下絲襪，露出邪惡的笑容，我發著抖，喊爸爸媽媽。沒有人理我，我一直哭，哭到眼淚化成一場洪水，淹沒整條番茄街。那張臉我看得很清楚，不是別人，是查爾。醒來時，我感覺身體十分沉重，床單都是汗。睡夢中，查爾的臉變得非常凶狠，留鬍子，牙齒鋸齒般銳利想要咬我。

查爾是壞人。

我們懷疑承善被查爾抓走了。

金阿姨說，上上禮拜放學後，查爾開車去載承善，結果車子在紅燈前被三個強盜把持。金阿姨又說，承善和查爾都被抓了，為什麼只有查爾被放回來，這一定有詐，何況，平常查爾開車都會鎖車門，為什麼唯獨這次沒有上鎖？金阿姨又擔憂又氣憤，額頭和鼻頭都冒出了汗。我們沒有遇見金叔叔，聽說金叔叔知道消息之後，馬上停下工作，飛來番仔島，四處給警察局的長官塞錢，希望警方能夠盡力找回承善。金阿姨說，金叔叔正在聯絡南韓駐菲代表處長官，說承善如果沒有平安回來，就要告上國際法庭。

我們坐在軟綿綿的沙發上，看著金阿姨悲傷的臉龐，我們完全不知道承善竟然被綁架了。

查爾有鬼。

我們決定要偷偷跟蹤查爾。

我、彼得和愛芮莎約在承善家門前集合，我們猜想，查爾一定會繼續跑來打探消息。一開始，我們不太相信查爾會做出這種事情，愛芮莎更是支持查爾，說查爾是個老好人。然而，說實在的，查爾也有可能綁架承善。承善是個養尊處優的大少爺，喜歡亂發脾氣，對查爾很不好，前陣子又因為油漆與家中失竊的事件，讓查爾丟了工作。查爾可能會想要嚇嚇承善。

查爾跟警衛說了一些話，伸長脖子往別墅內瞧。

我們躲在電線桿和一輛生鏽的推車後面，挨擠著，摀著嘴巴怕發出聲音，鬼鬼祟祟跟在查爾身後。查爾失魂落魄走在村內，轉入番茄街，漫無目的行走著。查爾往西，偶爾停下腳步撥弄短髮和凹陷的臉頰，嘆了口氣繼續往前。我們隔著三根電線桿距離，怕被發現，一路還得假裝路人。我們始終睜大眼珠子，盯著查爾，哪怕查爾看了某一輛吉普尼，跟哪個賣椰子汁、香蕉或麵包攤販說話，跟哪個人打過招呼等等，我們都不希望遺漏。這些都是線索，都是為了拼湊出承善的位置。查爾從番茄街右轉到 Araneta Avenue，再轉進 Masambong，那是番仔居住的社區，少有華人。我們走走停停，彼得踩到一坨狗屎，愛芮莎撞到兩次電線桿，我被吉普尼按了五次喇叭，差點就被撞了。

「查爾不見了。」愛芮莎說。

我們加緊腳步往前跑。

「我看到他跑進這條巷子。」彼得說。

左右各是排排骯髒建築，木板屋、小房子、大房子統統匯聚在一起。番仔穿著破舊衣褲，鋪著紙板，躺在地上睡覺，還有許多攤販推著小推車在賣東西，賣油、賣菜、賣蛋和一堆有的沒的。我領前，走向貧民窟，這可是表現男子氣概的最佳時刻。

「我答應過媽媽不能來這裡。」彼得站在原地動也不動。

「我會保護你的，不用怕，大不了就是身上的東西被搶走。」我說。

彼得一臉焦灼沉下頭。

「真的不會怎樣，何況我們就快要找到承善。現在承善可能餓著肚子，好幾天沒有喝水，還被一堆蚊子咬。」我說。

愛芮莎拉了拉我的衣袖，皺著眉。「算了吧，到時萬一發生什麼事，我們也不能處理啊，說不定我們還會被抓起來。」

彼得蹲下身，發著抖。

「萬一承善死了怎麼辦？」我有些氣憤。

「我就是不要去嘛。」彼得說。「上次我來這裡買炸香蕉就被搶了，我討厭這裡。」

「先回去吧，至少已經知道查爾住在哪裡。」

我沒有說話，抿著嘴，很不高興往回走著。

我必須想辦法弄一把手槍，或者找些武器保護自己和夥伴。

金阿姨放過一段錄音給我們聽，那是歹徒兩個禮拜前打來的勒索電話。歹徒要錢，五百萬披索，我們聽見承善的哭聲和尖叫聲。我跟彼得、愛芮莎爭辯了起來。我說承善說著歹徒聽不懂的中文，說番茄街三個字，是暗號。彼得說他只聽見承善在哭。愛芮莎說她聽見承善用塔加洛語喊救命。承善是不是被藏在番茄街？我不想搭理彼得和愛芮莎，他們太怯懦了，我一邊踢著路邊石子，一邊想著承善的處境，身子忽然冒出冷汗，說不定有一把冰冷冷的刀子正架在承善的脖子上。

回去之後，我從學校撿了一張廢棄的木椅子，一片一片拆了，抽出五根鐵釘，釘在同一塊木片上。鐵釘很長，穿過木片刺了出來。我還撿了兩根長木頭，拿著美工刀仔細削出把手的橢圓凹陷，完成兩根堅硬無比的棒球棍。我認真準備著武器。彼得傳來簡訊，向我道歉，說他有話想要跟我說。

真是一個麻煩的傢伙。

愛芮莎聞起來酸酸甜甜

我問彼得有什麼話想說。

彼得皺起眉，尷尬地笑了笑。

「不是說要告訴我什麼事情嗎？」我看著彼得，伸手摸了摸他剛修剪的三分頭。

彼得呆在原地傻笑，右手不自覺摸了摸自己的小平頭。

我等著彼得要告訴我的話。

彼得扭捏了起來。

「你是女生，你沒有小雞雞。」我故意激怒彼得。

「才不是，你才是女生，你才沒有小雞雞，你的雞雞和米粒一樣小。」

「為什麼你不敢說？」

「誰怕你了，等一下我才要說。」彼得的口氣強硬起來。

「我等你。」

愛芮莎又遲到了。

我和彼得上完第一節課，愛芮莎才背著書包來到學校。

最近每個禮拜三和禮拜五愛芮莎都會遲到，第一堂課是「菲律賓的文化與歷史」，愛芮莎沒有上課也沒有請假，奇怪的是，老師一點都不生氣。老師在點名簿上打了一個勾，好像早就知道她會遲到。不知道為什麼，我總覺得最近愛芮莎身上有些酸臭，味道不明顯，藏在廉價香水味之中。靠近愛芮莎時，我就會聞到那股令人感到不舒服的味道，我的胃會不自覺翻攪在一起。那時，我就會更想要靠近愛芮莎，努力嗅聞，彷彿要在愛芮莎身上找出一隻死老鼠。

穿過酸臭，我才聞到牛奶果的香氣，那是愛芮莎本來的味道，有點甜，會讓我流口水。

「為什麼上課遲到？」彼得問。

「我在 Frisco 忙，最近我要幫媽媽顧攤子，媽媽身體不舒服，需要看醫生。上課前，我都有打電話給老師。」愛芮莎有些緊張。

「我也不想上課，還要背一堆西班牙人名，舌頭都打結了。」我說。

「是什麼病？會不會是登革熱？隔壁班的安和羅伯特都得了登革熱。」彼得說。

「都要十一月了，蚊子還是到處都是，我晚上睡覺還會被蚊子咬，癢得我都受不了。」

「媽媽就是身體不舒服。」愛芮莎低下頭，小聲地說。

我又聞見愛芮莎身上瀰漫的酸甜味。

「妳身上是什麼味道？」

彼得也靠向愛芮莎，想要聞得更清楚。
愛芮莎往側邊躲開幾步。
「哪有什麼味道，不要亂說。對了，什麼時候去找承善？禮拜六還是禮拜天？」
「都可以啊，我已經準備好武器了。」我說。
彼得疑惑地看著我。
「我做了一根狼牙棒和兩根棒球棍，到時候遇見壞人我們可以攻擊他們。」
「會遇見壞人嗎？」彼得用害怕的眼神看著我。
「對付查爾這傢伙，我們三個人再加上武器就夠了。」
「不夠，我們會不小心暴露行蹤，總不能光明正大拿著武器走在路上，跟在查爾後面很容易被發現，我們需要掩護。」愛芮莎若有所思。
「這可是大問題。」我點著頭。
上課鈴聲響了，我們趕緊跑去買餅乾，掰成三塊分著吃，再跑回教室。
困難的數學課，整個腦袋在老師的解說中膨脹了起來，好幾條神經不斷跳動。我翻開數學習題，用鉛筆畫圈，把數學老師畫成一個暴牙、全身長滿肥肉的變態。我拿到兩張傳過來的小紙條，分別是彼得和愛芮莎寫的。
其一：
我們把無敵 Pacific Isa 裝上輪子，裡面放些牛奶果和香蕉假裝成攤販，這樣子又可以賺錢，又不會被發現。

其二：

我要說了喔，我覺得我喜歡上某個人了。

生日

星期天，是我的生日。

爸爸傳來簡訊，說他現在在岷答那峨不能回家，祝我生日快樂。我看完簡訊，心中有些茫然，拉開窗簾，從床上猛然跳了起來，陽光還未亮透。我懶得刷牙，漱了漱口準備出門。奶奶在飯桌上放了難吃的雜糧麵包，我隨便喝了幾口果汁就要去找愛芮莎。今天是星期天，愛芮莎和他的家人會在市集賣青芒果。彼得也不在，彼得和張阿姨會一起去教堂做禮拜。老太婆也會帶著一群乖巧的學生做禮拜。我想，禮拜是假的，懺悔才是真的。我決定去承善家繞繞，看有沒有新線索。

我先繞到學校，警衛和狗兒慵懶地坐在門邊，我穿過鐵門、穿過大樓旁的小道直抵籃球場。三個番仔脫了上衣在打籃球，汗流浹背看起來很噁心。我在校園裡來來回回找樂子。學校來了一團女子讀經班，抱著英文聖經，穿著白衣白裙，看起來高貴聖潔，領頭的是校長。老太婆沒有看見我，不然我一定會被拉去侍奉耶穌基督。我覺得他們是即將被宰殺的羔羊，準備用來做燒串，他們根本不知道老太婆其實很需要人愛，尤其需要男人。

出了學校，我繞到村裡的運動場，週末上午，那裡都會聚集中國老華僑，一群人打太極拳，扯著我聽不懂的中國方言。我在地上撿了好幾顆石子，往垂在半空中的青芒果丟去，始終沒有落下果實。我又丟出另一顆石子，穿過樹葉，越過操場水泥邊緣，準確擊中一輛行駛中的轎車。煞車聲一響，我頭也不回拔腿就跑，跑得氣喘吁吁，心臟猛烈跳動，直到村莊南側的鐵閘門才止住腳步，轎車並沒有追來。我歇息，左手按著膝蓋，右手手背抹去臉上汗水。

天氣很好，太陽是一朵燃燒的向日葵，我想要找人說話，又不想見到和我太熟悉的人。承善家沒有任何動靜，建築物在陽光下老得特別快，住在裡面的人都露出悲傷的表情。我決定騎腳踏車去找陳瑞叔叔。今天已經請了假，不想上班，可是又不知道要去哪裡溜達。陳瑞叔叔看見我來，笑得很開心，腆著大肚走向我。陳瑞叔叔知道今天是我的生日，決定帶我去ＳＭ百貨公司吃飯。我坐在四輪傳動的休旅車中，冷氣吹得我好舒服。陳瑞叔叔選了一家義大利餐廳，專門賣披薩、炸雞、薯條和蔬菜玉米濃湯。陳瑞叔叔點了滿滿一桌，我左手喝著可樂，右手吃著奶油火腿披薩和番茄肉醬披薩，都加了雙起司。我一直吃一直吃，滿嘴油光，想著陳瑞叔叔如果真的是我的爸爸不知道該有多好。我跟陳瑞叔叔說校長試圖感化嚴平老師的趣事，說颱風天划著小舟去找愛芮莎，還跟陳瑞叔叔說承善被綁架了。陳瑞叔叔一邊啃著雞腿，一邊微笑聽著我說，他沒有發表意見，只問我有沒有吃飽，要不要多點一些炸雞。

我們去逛了高級服飾店。陳瑞叔叔一手拿著新上市的格子襯衫，一手替我脫去衣服。陳瑞叔叔說我太瘦了，拍了拍我的肩膀，摸了摸我的背，說我應該吃胖點，說男孩子不應該那麼瘦。我們試了兩件襯衫，藍色和黃色，都很合身。我不知道該買哪一件，猶豫時，陳瑞叔叔把兩件都買了下來。我們又買了一件藍靛色的 Levis 直筒牛仔褲。我走在陳瑞叔叔前面，看著玻璃窗上的倒影，覺得自己似乎長高了一些。陳瑞叔叔摸著我的頭說：「我當你的爸爸好不好？」

我沒有回答，只是笑。

我想要牽陳瑞叔叔的手，心中卻好害怕。

下了車，陳瑞叔叔塞了五百披索在我的口袋，要我去買想吃的零食，我不好意思收下，陳瑞叔叔改口要我買些補品給奶奶吃。我吃得很飽，將裝著新衣服、新褲子的袋子掛在腳踏車把手上，一路哼歌回家。

今天是我的生日。

我討厭回家。

重新看了一次簡訊，只有三個人傳來簡訊祝福我，一個是父親，一個是彼得，另一個是愛芮莎。彼得和愛芮莎約我下午去百貨公司吃蛋糕，我沒有答應，我說我很忙，要參加派對。我躺在床上，拿著鏡子看自己，臉頰冒出了幾顆青春痘，皮膚曬得更黑了，覺得自己快要跟大人一樣成熟。我非常慵懶，在床上翻來滾去，伸手抓日光，卻什麼也抓不到。我開始注意起手的倒影，做了許多特效，一隻恐龍正在攻擊從外太空飛來的異形蟑螂，恐龍伸長了脖子吐火，燒光所有的異形。我的手在床上左右晃動，配合口哨與一堆沒有意義的攻擊聲。累了，我便盯著天花板，想著等會兒天花板就會被炸開，有一堆異形要來占領番仔島。日光暖和，異形沒有來，恐龍依舊是化石，我睡著了，好希望能夠一直睡到隔天都不要醒來。

只要熬過今天就好。

下午四點醒了過來，日頭還是很大，皮膚結出一層薄汗，我舔了舔，有點鹹。我不知道自己要去哪裡。我脫去全身衣服，換上陳瑞叔叔買給我的新衣服新褲子，踏上一雙皮鞋跑出門。

往番茄街東方的市集走去，我決定要去當小偷。

星期天，到處都是人，我撿了一根細木枝，戳破兩位妹妹的 Kitty 貓氣球，再戳破一位弟弟的皮卡丘氣球，接著搶了一位弟弟手中的彈力球，往遠方丟去。我聽見他們在哭，喊爸爸媽媽，死命拉著我的衣角不肯放手，那些哭聲讓我愉快，我露出鬼臉，對他們伸舌頭，拔腿跑開，假裝沒有發生任何事情。

我拿了一個大塑膠袋掩護，偷了炸雞腿、一串香蕉、五粒牛奶果、兩顆黃澄澄的鳳梨和五片卡通盜版光碟。我站在攤子前挑選，直到老闆不耐煩時才下手。老闆通常會打起瞌睡，或者轉頭跟鄰近攤販聊天，那時候就是偷東西的最佳時機。我出手快，神不知鬼不覺，除了偷鳳梨時被老闆娘發現外。老闆娘抓住我的衣領，問我是從哪裡來的野孩子。我卯足力氣撞向老闆娘的肚子，她一痛，手就鬆開了。我拿起落在地面的袋子往市集外跑。沒有人跟上來，只有一隻瘸了左腳、右眼爛掉的小黑狗跟著我。小黑狗知道我的袋子裡藏著食物。我和小黑狗一路走走停停來到橋面。我沒有厚紙板可以鋪在地面，索性坐在橋上，打開袋子吃了起來。

小黑狗坐在我的旁邊，搖尾巴，用僅存的一顆水汪汪眼珠望著我。

我啃了雞腿，吃了香蕉和牛奶果，肚子就飽了，鳳梨只啃了一口就覺得酸。我將剩下來的雞腿餵小黑狗吃。小黑狗很雀躍，不斷搖著尾巴四處跳動，口水沾滿我的手掌。我不知哪來的脾氣，狠狠踹了小黑狗一腳。小黑狗哀叫一聲，無助地看著我，過了不久又靠了過來討食物吃。我變得不像我，對著小黑狗伸舌頭、吐口水，罵小黑狗又臭又髒沒有人愛，罵小黑狗是雜種，最好被車子撞死，被大鱷魚咬死，我用英文罵、中文罵、塔加洛話罵和用台語罵。身體裡有一股憤怒。小黑狗被我嚇到，退了好幾步，瞎眼流出黃黏液體。我也被自己嚇到。我將剩下來的食物丟向河流。最後，我用力掰折光碟。小黑狗又試探性靠了過來。我的雙掌在發抖，用力對小黑狗擲出半片光碟，打在小黑狗的瘸腿上。小黑狗尖銳的叫聲刺進我的耳膜。我想哭。小黑狗的瘸腿上滲出紅色液體，是血。我真的很想哭，往番茄街西側瘋狂跑去，一顆一顆汗水從額頭滲了出來，血液在身體內奔跑，卻不知道要跑去哪裡，沒有任何出口。絕對不要停下腳步，我希望跑到中暑、頭暈甚至沒有呼吸。小黑狗的叫聲傳了過來，彷彿是暴斃前的哀號。

今天是我的生日。

愛芮莎的謊言

這個世界有些不對勁，然而我說不出是哪裡不對勁，好多事情都不是我想要的模樣，例如不能每一餐都吃肯德基和 Jollibee，要留在番仔島，要會說英文和番仔話，一定要讀書考試等等。很多時候，我都感覺有人在背後偷偷看著我，那些人就像我的影子，每一盞燈下都有一個影子，每個影子都標示我的名字。想要踩住影子時，我就會看見那些影子在笑，我也學著他們笑，笑得比他們更大聲，笑得比他們更噁心。

我也想要當一個宇宙無敵的超級大壞蛋，就像查爾。

查爾真的是壞蛋嗎？這些日子以來，我一直懷疑著。

我摘下花朵的每片花瓣。

查爾是壞蛋。

查爾不是壞蛋。

查爾是壞蛋。

查爾不是壞蛋。

查爾是壞蛋。

答案揭曉，查爾是壞蛋。

我一直被欺騙，先是被老太婆騙，再被查爾騙，接著又被愛芮莎騙，雖然這並不是什麼大不了的事。我不知道愛芮莎為什麼要騙我們，一直被騙的感覺很不好，而且很不公平。或許，我也該騙騙他們，當個壞蛋，隨便綁架一個幼稚園學生。

每個禮拜三和禮拜五早上，愛芮莎依舊蹺課。

奶奶下了班，抱著一大袋芋頭坐吉普尼回家，卻在路上昏倒了。鄰居急急忙忙跑來敲門。我找到奶奶時，奶奶依舊躺在路上昏迷不醒，身旁散落一顆一顆芋頭。我還記得奶奶說，前幾天太忙了，沒有給我過生日，為了補償，所以要做我最喜歡吃的八寶芋泥。鄰居抱著奶奶瘦弱的身子到附近屋簷底下，幾張長椅併在一起讓奶奶躺著。我摸著奶奶的額頭，非常燙，鄰居們替奶奶搧風，用乾淨的毛巾擦著奶奶溢出的汗水，用綠色涼膏抹在奶奶的脖子和額頭上。我害怕極了。鄰居們一人一個意見，有些人說奶奶中暑了，有些人說是登革熱，有些人說要叫巫醫來驅魔。一位鄰居開車送我和奶奶上醫院就診。我先抱著一袋芋頭回家，隨意丟到小舟，趕緊跑回奶奶身邊。去醫院的路上，奶奶的氣色依舊不好，身子雖然不再燙熱，卻變得冰冷。奶奶睜著血絲雙眼，看著我說：「好冷。」我搞不懂大熱天的夜裡為什麼會冷，我替奶奶搓手揉腳，脫下身上的衣服蓋在奶奶身上。

奶奶送進了急診室。

醫院裡的冷氣很強，我彷彿感覺得到奶奶身上的冷意。我想要給爸爸打電話，給媽媽打電話，想跟他們說奶奶病倒了。我一個人光著上半身在急診室外等待，醫院裡的病人家屬都看著沒有穿衣服的我，我不在意那些眼神。我又冷又怕，身子縮在椅子上，胳臂抱起發抖的腳。

叔叔沒有接電話。

爸爸說他在忙，我聽見電話裡有女人的聲音。我沒有打電話給媽媽，國際電話太貴了，電話卡內沒有那麼多儲值。一位護士拿了毛巾披在我的身上，我低著頭，雙眼盯著灰色地板，臉頰落下冷汗。或許等一下奶奶就要開刀，打針，吊點滴，還要住院。醫生會要我簽名，要我負責。我會需要一大筆錢，我不知道要去哪裡找來這麼一大筆錢。我覺得奶奶會死掉，留下我一個人。

我打了電話給陳瑞叔叔。

看到陳瑞叔叔時我哭了起來。

陳瑞叔叔抱著我，用他的衣服擦著我的眼淚。我坐在椅子上繼續等待，陳瑞叔叔走出醫院，買了新衣服給我，買了蘋果給奶奶。我不哭了，穿起衣服繼續盯著灰色地板。

護士叫著奶奶和我的名字，說奶奶今天要在急診病房觀察一天，接著要我簽名，付一千五百披索。

我數著皮夾內皺巴巴的鈔票，陳瑞叔叔搶先付了錢。

「去看奶奶吧。」陳瑞叔叔說。

奶奶躺在病床上，身子蓋著我的衣服和綠色棉被。

奶奶恢復了意識。

「芋頭呢？等會兒要做八寶芋泥和芋頭冰啊。」奶奶說。「我怎麼會在醫院？我記得剛剛在坐車，下了車剛要走回家，唉，頭好暈，背怎麼會那麼瘦啊。」

我聽著奶奶說東說西，總算放下了心。

陳瑞叔叔沒有進去病房看奶奶，說有事情，塞給我兩千披索就離開了。

「你叔叔介紹的那個陳老闆真是好人，下次要買些禮盒送過去才是。」奶奶說。

我拉了一張椅子陪奶奶。

凌晨，有一個全身沾滿血的女人被送了進來，接著是兩個中槍的黑道男人，急診室不時有人傳出哀號，不時有人哭著喊痛，要護士給他們打嗎啡。睡睡醒醒，睜開眼，看見奶奶還在呼吸就覺得安心。我在醫院內外走動，空氣中瀰漫消毒水和紅藥水味道，病人們奄奄一息。醫院外有許多番仔只穿一件髒內褲，縮著身子，在壓扁的厚紙板上睡覺，懷抱營養不良的孩子，我不能給他們錢，因為我也很窮。他們很可憐，或許我比他們幸運多了。我回到醫院，趴在奶奶的病床上昏昏沉沉睡著了。奶奶摸著我的頭，摸著我的臉，我感覺自己非常幸福。

隔天早上，我買了兩顆大肉包和一罐蜂蜜綠茶給奶奶吃。直到八點，我們才見到醫生。醫生說最好再觀察幾天。奶奶要我去上課。九點了，我在活力似寇下了車，一點都不想去學校。

一個熟悉的身影。

我偷偷摸摸跑到一輛載著兩個廚餘桶和一大堆瓶瓶罐罐的推車後頭。

我終於知道那股令人噁心的酸甜味道從什麼地方來了。

愛芮莎穿著破爛的上衣和褲子，戴著口罩，正在商家門口的垃圾堆中掏掏揀揀，和她一起工作的還有一位三、四十歲的番仔阿姨。我走到她的身後，想要給她一個驚喜。

「愛——芮——莎——」我大喊。

愛芮莎手中的廚餘桶掉了下來，嘩啦嘩啦，魚、蝦殼、雞腿、青菜和一堆黏稠稠的廚餘落滿愛芮莎的身子。愛芮莎受到了驚嚇，睜著雙眼，愣愣看著我。阿姨立即扶正廚餘桶，撥下愛芮莎身上發臭的食物。廚餘桶上的蒼蠅在愛芮莎身邊飛來飛去。我也嚇呆了，一時間往後退了幾步。

愛芮莎蹲下身，兩手摀著臉哭了起來。我覺得自己做錯了事，往前走了幾步，想要安撫愛芮莎。

「你走開——」愛芮莎的眼淚流成了一條河。

我蹲下身，踩在廚餘中，兩手輕撫愛芮莎的肩膀，說了聲對不起。

「走開，我不想看到你。」愛芮莎拍開我的手。

阿姨撿起廚餘，重新丟回廚餘桶。

我待在愛芮莎身邊看著她哭。「我真的不是故意的。」

愛芮莎推開我，隨意抓起廚餘往我丟來。廚餘打到我的臉，落上衣服，一陣惡臭向我襲來。

「我不要看到你我不要看到你我不要看到你。」

「哼，我才不稀罕，我要告訴同學妳在撿垃圾，妳在吃廚餘，妳是豬。」我一邊生氣叫喊，一邊拔腿跑回家。

我待在家裡沒去學校，害怕見到愛芮莎，擔心她不再跟我講話，不再跟我玩。

我好生氣，氣愛芮莎也氣我自己，原來我才是一隻大笨豬。

我和彼得都戀愛了

我在學校外買了廉價的三十披索義大利麵，分量少，吃不飽，都是噁心的番茄醬，我在麵條內翻了好久才找到幾塊小小的肉屑。我擔心愛芮莎來學校，又擔心愛芮莎不來學校，人真是很矛盾啊。

下午是無聊的中文課和數學課。嚴平老師繼續要我們背誦詩篇，以防老太婆突襲。我不看愛芮莎，卻聞得見愛芮莎的味道，不是臭酸的廚餘味，而是香的，用兩、三種花香調配在一起的味道，這次，我覺得愛芮莎噴的不是廉價香水。我趴在桌上，刻意不去看愛芮莎，有時假裝伸懶腰，眼神在教室中不自覺快速搜尋。上中文課沒有固定座位，想坐哪就坐哪，很自由。愛芮莎和同學湊在一起，拿出香草餅乾請同學吃，笑得很燦爛，聊些有趣的話題。我不想去看她，卻又看著她，我知道她也在偷看我。舉手向老師報備上廁所時，我又看著她，她也看到我在看她，於是我們倆都轉過頭。

老太婆又來班上抽查。

愛芮莎流利地說：

我的英文名字叫做愛芮莎，我的中文名字叫做王美安。我今年十二歲。我喜歡的顏色是紅色，因為基督的血也是紅色。我家裡有四個人，有爸爸、媽媽、我和妹妹。我的爸爸在台灣做生意，我的媽媽在菲律賓賣芒果。我讀尚愛中學六年級。我最喜歡的科目是中文……

我聽著愛芮莎一成不變的自我介紹，彷彿都會背了。

老太婆離去後，班上同學歡呼地拍打書桌，瞬間吵成一團。

我實在無法入睡，一方面是太吵了，另一方面是一閉上眼睛，我就看到奶奶那張沒有血色的臉孔，身子扭成一團躺在床上呻吟，彷彿就要死了。

我拉著彼得陪我聊天。

「星期六我們給小舟裝上輪子吧，看你要幾點來都好。這樣子跟蹤查爾才不會被發現。」

彼得不想跟我聊天，他是乖寶寶，成績始終保持班上前五名，他可不想成為嚴平老師眼中的壞蛋。

「下課再聊好不好？嚴平老師在看我。」

「不管，那就一言為定。你上次不是說喜歡上某個人了？是誰啊？班上同學嗎？別班的？不會是愛芮莎吧？」我提高音量。

彼得紅了臉頰，不知道該不該回話。

「一定是班上同學，你這個孬種，不用不好意思。快點告訴我是誰，不然我要告訴全班你喜歡愛芮莎喔。」

「我才不喜歡愛芮莎，她是我的好朋友，我喜歡的人是——」

「我聽不見。」

彼得不再說話，有些難過地看著我，我不知道那種表情是什麼意思。

「不理你了，我要背詩篇。」彼得拿起講義背誦。

「我絕對不會跟別人說。」我抽走彼得的講義。

彼得看著我，只是這次的表情有些尷尬也有些害臊。

「你不可以告訴別人喔。」

「擔心什麼，趕快說啦，再憋下去你會便祕喔。」

「我喜歡——我喜歡我家的啞啞。」彼得說完後，有些輕鬆地喘著氣。

我忘記奶奶的病情，忘記和愛芮莎的爭吵，拉著彼得到後排坐位，逼迫彼得說出詳情。彼得說，每天啞啞都會跪在地上擦地板，水盆內的水常常沾濕啞啞的衣服。啞啞都不穿內衣，跪在地上時，衣領下面都是一對柔軟的淺咖啡色乳房。那對奶頭就像兩顆大葡萄，而且啞啞的屁股都翹得很高。彼得說到我都勃起了。我告訴彼得，明天我也要去看他喜歡的大姊姊，不，是那對大乳房大咪咪。

放學後，愛芮莎先走了，沒有跟我們說再見，也沒有說好何時要一起去跟蹤查爾。我覺得內心空了一角，不愉快的情緒在腦袋裡轉來轉去，全身力氣都被抽走了。我是大笨蛋，是大蠢蛋，不管怎麼樣，都不應該惹愛芮莎生氣。我想見到愛芮莎，想跟她說話，就算讓她罵我都好。我將書包和口袋裡的錢都掏了出來，發現陳瑞叔叔給我的兩千披索。奶奶會原諒我，陳瑞叔叔也會原諒我亂花錢。我跑到商店買了一條進口的昂貴巧克力，金黃色包裝，很漂亮，兩百八十披索。我接著買了一張小卡片，潦草地寫著對不起，還寫著星期天要一起去找承善。心跳變得很快，腦袋昏沉，額頭冒出汗水。我想著愛芮莎，眼前都是愛芮莎對著我笑的各種模樣。我真蠢。我看見愛芮莎穿著一件輕薄的白色上衣，跪在地面擦地，衣領下露出一對柔軟乳房，乳房中有一顆粉紅大葡萄。我實在是太蠢了。我的雙手往那對乳房摸了過去，就像舌頭舔著布丁的觸覺，軟軟ＱＱ的。

我跑到愛芮莎家，用力敲打大門。

「誰？」愛芮莎喊。

我放下卡片和巧克力，拔腿就跑，怕愛芮莎看見我。

坐吉普尼到醫院，買了晚餐和水果給奶奶吃，奶奶的氣色很好，摸著我的小平頭，說我很懂事。

我的內心踏實了些。

修整裝備

學校的鐵皮籃球場右後方有一間廢棄廁所，工友們將那間廁所當作置物室，被淘汰的桌子、椅子、書櫃、置物箱都隨意擺放裡面，鐵鎚、螺絲起子、釘子和扳手等工具也儲藏其中，平常不曾上鎖。學校工友會拆下舊器具，裝在新器具上面。我依舊沒有告知，借用了從學校舊椅拆下的小滾輪。我總共拆了兩把椅子，拿到六個小滾輪。滾輪上有一根鐵根軸心，看起來有點類似b或是d的模樣。長軸是鐵根，下面是輪子。

我和彼得拆了小舟四腳，小舟歪歪斜斜躺在地面。

「等一下裝完小滾輪，我要去你家看大姊姊喔。」我興奮地說。

彼得沒有說話，尷尬笑著。

「我很認真，我要去你家看啞啞。」我又說了一次。「我也想要看大咪咪。」

「先想辦法裝上輪子吧。」

太陽依舊很大，沒有風，身子在白光下有些發燙，衣服都濕了。要給小舟鑿出一個細長的洞實在充滿難度，必須符合鐵根寬度，滾輪才能固定滑行。我和彼得呆頭晃腦研究了老半天，看著貧乏工具，知道我們不可能完成這項任務。我索性坐在地上，兩手撐著地面，仰頭看著天空，伸出舌頭，學著癲皮狗喘氣。

「十一月了，太陽還是一樣大。」我說。

彼得蹲在小舟旁，拿著滾輪歪頭研究。

「沒辦法，需要鑽子才行。」我吐出一口氣，擦去臉上汗水。「嘿，有沒有錢？」

彼得掏出錢包。「只有兩百披索。」

我抽走所有的錢。

「你要全部花掉嗎？那是媽媽給我的兩天午餐錢。」

我露出微笑。「不用擔心，大不了我們一起餓肚子，六日中午都不要吃，跟我來吧。」

我在小巷內的雜貨店買了兩包菸，還買了大罐的雪碧和可口可樂。我提著菸和飲料走到附近工地。接近中午，工地依舊有許多工人脫著上衣施工，有些人推著水泥三輪車，有些人對著牆壁敲敲打打。

「阿良哥哥。」我大喊。

工地裡的搖滾樂震天價響，我再喊了一次。

阿良哥哥探出頭，走到我的面前，用一雙沾滿汙泥的手抹著我的短髮。「你這小鬼，又來這裡偷東西？有什麼事情快說，我還要忙。」

我遞出菸和飲料。

阿良哥哥疑惑地看著我，笑了。「說吧，又要借什麼？」

「鑽子。」我和彼得異口同聲。

阿良哥哥思索了一會兒，有些為難地看著我們。「借些基本的裝備可以，可是鑽子危險，我怕你們會受傷。你們到底在搞什麼？」

「沒什麼，就是給小舟鑽幾個洞。」

「那好吧，等會兒吃完飯我去幫你們鑽洞。」

我和彼得高興得跳了起來。

回到家，我和彼得坐在小舟旁等阿良哥哥，我用剩下來的錢買來一罐雪碧，一人一口喝了起來。彼得肚子餓。我去廚房找食物，蒸了兩顆大饅頭，打開肉鬆和鮪魚罐頭配著吃。十二點半，阿良哥哥腰間掛著一堆金屬工具叮叮噹噹走來。

我們給阿良哥哥看小舟和滾輪，七嘴八舌說了一堆。

「簡單，鑽幾個洞就好了。」阿良哥哥俐落地說。

我和彼得圍了上去。

阿良哥哥將小舟翻轉過來，立在地面，拿著電鑽往小舟兩側各鑽了三個深長的洞。我和彼得馬上拿著滾輪上的小鐵棍往洞裡塞。尺寸不夠大。阿良哥哥又鑽寬了些。我和彼得各自拿一根鐵槌用力敲擊，把六顆滾輪敲了進去。我和彼得重新立起小舟。雖然有些搖晃，不過小舟可以在路面上行進了，我們只要扶著小舟就不會東倒西歪。

「好熱啊。」我笑著對彼得說。「我們先去洗澡，等一下吃完冰再去你家，我要看啞啞的大咪咪。」

「我沒有帶衣服。」

「上次去你家借穿的衣服還留在我家，不然光著身子也可以啊，你又沒有什麼好看的。」

溜進洗澡間，我脫了全身衣服。彼得害羞了起來，堅持要穿內褲洗澡。

「不用緊張，脫掉啦。」我撲上前，脫去彼得內褲。

彼得害羞地用雙手遮住下體，轉過身，拿著圓盆直往身子潑水。

「害羞什麼，你一定是想起了大咪咪對不對？」我取笑彼得。

「才不是。」

我們胡亂塗了泡沫，沖了涼水，穿上衣服直奔冰店。

我買了牛奶冰棒，彼得買了芒果冰棒，我們在冰櫃前痛快吃起冰來。

「如果承善和愛芮莎在這裡就好了。」我說。

「兩個人在這裡吃冰也不錯啊。」彼得說。

「說不定愛芮莎又說星期天很忙，不來了。承善不知道怎麼樣？這種天氣如果沒有冷氣吹，他一定會哇哇叫。」

彼得的冰化成水流到手掌上，他用舌頭舔著。

「對了，你家的啞啞都是什麼時候擦地？我在那裡會不會很奇怪？不管啦，我要去看彼得喜歡的大咪咪，西瓜那樣圓，氣球那樣大。」

彼得吃完冰棒，低著頭，臉頰圓鼓鼓思考什麼。「你真的要去看啞啞嗎？」

「當然啊。」

「今天啞啞不會擦地，而且說不定啞啞今天會穿胸罩。」

「我不管，我現在就要去你家。」

彼得站起身，咬著下嘴唇，將冰棒棍丟向前方。「你整天就知道要看大胸部，你都不會想想別人，我不要理你了。」

彼得轉過身，往番茄街跑了過去。我跟著跑了兩條街，在他的後面叫喊。彼得不理我，腳步愈來愈快，影子愈來愈小，最後混在一堆車子和人群之中。我跑得累了，停下來喘氣。我不知道自己做錯了什麼，不知道自己說錯了什麼，或許，彼得只是心情鬱悶，想找人發洩，他一定以為我想要霸占他的大咪咪。我踢著碎石回家，看著無敵 Pacific Isa 在院子裡直挺挺站著，感覺再過個幾天承善就會回到學校，而我、彼得和愛芮莎到時一定會變成全校的大英雄。我將一根狼牙棒和兩根棒球棍放進小舟，一個人試著往前推，往後推，將小舟推到牆壁邊躲避陽光。我覺得有些累，踩進小舟，縮在舟心躺著，兩手放在腦袋後方當枕頭，看著棉花般的陽光在天空中緩慢降落，棉被般蓋在我的身上。我看到愛芮莎的臉蛋，在夢裡，她穿著白色蕾絲洋裝，捧著一把紅玫瑰花，她是一位住在城堡裡的公主。

我會脫褲子

我躺在陳瑞叔叔的雙人床上，冷氣機轟隆轟隆傳來涼風，我盯著一盞轉到最暗的黃色燈泡。陳瑞叔叔洗完澡，穿一條寬鬆內褲爬上床，靠近我，輕聲地問：「我可以當你的爸爸嗎？」

那到底是什麼意義？

「不要害怕，我只是想要有一個兒子。」

我沒有出聲，身體忍不住顫抖著。我根本就不該來陳瑞叔叔家中，不該換晚班，不該貪心要吃KFC消夜，不該打電話給奶奶說我不回家。陳瑞叔叔的話很溫柔。陳瑞叔叔在我的耳邊說他有一個寶貝兒子，如果活著的話大概跟我一樣大。陳瑞叔叔的話很溫柔，吐出的氣息籠罩著我的耳朵。「你幾年級了？是不是剛要上中學？」陳瑞叔叔問。我沒有回答，我覺得我說什麼都不會有人聽，也不會有人在意。陳瑞叔叔壓了過來，張開雙手，把我懷抱在他的胸膛中。他肥胖的肚子頂著我的背脊，他的下巴擱在我的脖子上，他的臉頰貼了過來。他說：「我要你抱著我，當我的兒子。」我的身體不由自主顫動了起來。陳瑞叔叔洗完澡的身子散發著肥皂香，一雙毛茸茸的雙手在我的腰間磨蹭，鬍渣將我的脖子與耳朵刺得癢癢的，不知道為什麼，我有點想笑，但是我不敢。陳瑞叔叔說：

「我愛你，兒子，我將永永遠遠愛著你。」那雙手更緊實地抱住我，接著，陳瑞叔叔的手伸進我的褲襠，探啊探，摸啊摸，我的心跳開始加速，被莫名的恐懼嚇呆了。身體顫動，牙齒上下撞擊，血液急速送往心臟，同時也急速送往我的下半身。身體有某個部位堅硬了起來──我成了一隻獨角獸。

我感到興奮，又感到懼怕，下半身在輕撫中十分溫暖。陳瑞叔叔一隻手探著我的乳頭，一隻手繼續挑逗我下半身的敏感帶，我的呼吸聲逐漸大了起來。陳瑞叔叔的下半身動了起來，長著汗斑的鬆軟皮膚貼著我，撒尿的管子在我的屁股與脊椎上溫熱地摩擦。「阿國，我的天使，我的兒子，我是愛你的。」陳瑞叔叔將粗大手掌攥住我的小手，拉至他的下體。「阿國，我的兒子，我的小親親，我的小野獸，你要聽父親的話。不要，我不敢。陳瑞叔叔的手繼續撫摸我的下體。不要，我不敢。陳瑞叔叔的手繼續撫摸我的下體。不你要保守自己，你要犧牲。」我咬著嘴唇說不要，我不敢。陳瑞叔叔的手繼續撫摸我的下體。不知道為什麼，我忽然覺得自己做錯了事，死命拉起褲襠。我想起愛芮莎。我猛然轉過身，毫無預警朝陳瑞叔叔的耳朵咬去。陳瑞叔叔痛得大叫，摑了我一巴掌。我一邊咬住陳瑞叔叔的耳朵，一邊大力捏緊他軟趴下去的命根子。陳瑞叔叔又向我摑了好幾個熱辣辣的巴掌。我的臉頰燒燙，嘴中充滿濃稠血味，不知道是被摑得滲血，還是沾上了陳瑞叔叔的血。我放開手，鬆開牙齒，不知如何是好縮在角落，我覺得自己做了不可饒恕的錯事。陳瑞叔叔成了被宰殺的豬公，不停大吼大叫。我既羞愧又難過。「叔叔對不起，我真的不敢，可不可以下一次。」我拉起褲子跑了出去，騎著腳踏車直奔家門，一路上，我感覺臉頰濕了，有兩條河流正輕巧滑過。被摸沒有什麼，摸人也沒有什麼，我不該這樣傷害陳瑞叔叔。

回到家，我忽然難過了起來。

醫生交代奶奶要多喝水，有任何狀況要立刻到醫院就診。我想起奶奶躺在醫院時，陳瑞叔叔塞給我兩千披索，想起陳瑞叔叔帶我去百貨公司買衣服過生日，想起一起說話吃飯的日子，我知道自己錯了，我沒有了爸爸，也沒有任何大人會聽我說話了。我害怕另一次意外，害怕奶奶昏厥躺在病床上，到時候我就只有一個人，沒有人會再願意幫助我。

我不敢去找陳瑞叔叔，我怕他生氣，怕他不會再給我機會脫褲子。

後來，我騎著腳踏車偷偷經過服飾店，一位番仔男孩已經代替了我的位置，當了陳瑞叔叔的兒子。如果再有一次機會，我一定會自己脫下褲子，或者替陳瑞叔叔脫褲子，我不會裝睡也不會隨意咬人，我會當陳瑞叔叔的乖兒子，或者當陳瑞叔叔的老婆。我會緊緊擁抱陳瑞叔叔，就像他緊緊擁抱著我。

游擊戰上

星期天早上，當我看見愛芮莎從街道遠處走來時，我就知道她已經不生氣了，她對著我伸出調皮的舌頭，臉頰充滿笑意。愛芮莎說：「大笨蛋，我以後都不跟你說話了。」我摸了摸自己的腦袋，說：「是啊，我是個大笨蛋。」

愛芮莎帶來一串香蕉、一串芭蕉和八顆牛奶果。我把擺在餐桌上的蘋果、鳳梨和六顆小橘子丟進小舟。愛芮莎領路，我尾隨，一前一後推動小舟。彼得又丟進三罐礦泉水。我將狼牙棒和棒球棍都丟了進去，拿出一張昨晚製作的地圖和行動流程圖。我畫出河流、番茄街、貧民窟和市集。愛芮莎靠過來時，我又聞到她身體的味道，甜甜的，彷彿有蜂蜜和棉花糖沾上嘴巴。不知道為什麼，我覺得愛芮莎變得不一樣，好像和我之間產生了距離，好像她的身體裡有著什麼正在逐漸成熟。

彼得戴了一頂鴨舌帽，背包裡有三人份的麵包、三明治和牛奶保久乳。

我重新說了一次計畫，當起班長，在小舟前方大喊：「現在聽我的口令。」

愛芮莎和彼得成了小軍人站在我的面前。

「立正。稍息。立——正。稍——息。向右看齊，向前看。彼得你要把手放下，看著我，不要恍神。排頭報數。」

「報告班長，應到三人，實到兩人，未到者金承善，他被壞蛋查爾抓走了。」彼得舉起手，大聲地說。

「很好，手放下，現在聽我的口令，一是左腳二是右腳。一二一二。原地踏步，走。一二一二左右左右。一是左腳二是右腳，一是左腳二是右腳。一二一二，全體立定。」我把愛芮莎和彼得從左到右看了一遍，從右到左看了一遍，點人數，嗯，確實少了金承善。

愛芮莎和彼得覺得我十分滑稽，忍不住笑了起來。

「笑什麼笑，有什麼好笑的，認真點。」

「現在要做什麼？不趕快去番茄街嗎？」愛芮莎問。

「要出發了，尚愛中學六年一班劉彼得出列。」

「喲。」彼得握拳舉手。

「很好，現在目標番茄街，我命令你為總部大司令，負責小舟安全，看到敵人一律格殺無論。現在部隊前進，一起推小舟。」我吆喝著。

我們推著裝上滾輪的小舟來到人群擁擠的番茄街，先經過黑色 San Francisco River，再經過量販店 Save More，過十字路口，遇見賣椰子汁的老先生，越過馬路往右到 Araneta Avenue，再轉進 Masambong。我們長得不像番仔，容易被搶，但是這一次我們並不擔心，小舟裡有武器可以抵抗壞人。愛芮莎和彼得在一間賣水果的小店前等著，我一個人坐車到承善家，我知道查爾每天早上都會來承善家探查敵情。

查爾正在和警衛劇烈爭吵。

金阿姨走了出來，睜大眼珠看著查爾，身子在烈陽下發抖，嘴唇不停震動。

「太太，我知道少爺在哪，少爺在番茄街的貧民窟裡，我花了錢打聽出少爺的消息——」

金阿姨瘦了，黑眼圈，臉頰凹陷，看起來非常憔悴，不停大聲尖叫，夾雜英文和韓語叫查爾滾。

查爾膝蓋一軟跪了下來，摀著臉。

「給我滾。」金阿姨彷彿失去了理智。

查爾跪在地上哭，磕起頭。「我會把少爺找回來的。」

警衛把查爾抬離了承善家。金阿姨失魂落魄站在原地，一動不動。我把帽子壓得很低，有一步沒一步走走停停，左閃右躲，跟緊查爾。我坐上吉普尼，回到番茄街會合。

查爾就要來了。

愛芮莎和彼得都緊張了起來。

「查爾穿灰衣黑褲和藍色夾腳拖，沒有刮鬍子，也沒有剪頭髮。」我將查爾的特徵重複說了好幾次。

愛芮莎假裝在賣香蕉，大聲叫賣了起來。我提醒她不能被發現，要裝作很輕鬆很自在的模樣。彼得在小舟後面，拿著棒球棍，偶爾跟著喊來買香蕉喔。我盯著番茄街左方，愛芮莎盯著番茄街右方，彼得站在一塊石頭上墊起腳尖，一會兒左一會兒右四處亂看。

查爾真的就要來了，我的手心和背脊冒出冷汗。

「在那裡。」愛芮莎發現查爾下車了。

我們緊張地推著車。

左邊。

右邊右邊。

太靠近了，速度放慢一點。
對不起借過一下。
左邊啦。
趕快往前推。
把小舟扶正，要倒了。
真的要倒了。
太快了，查爾要看到我們了。
香蕉怎麼算？
不賣。
先停下。
快，趕快往前。
我們在打戰。天氣熱，蒸出白煙。全身都是汗水。好緊張好害怕。香蕉少了一根，被誰偷吃了？找掩護，趕快，躲進小舟，這是命令。好多垃圾和攤販。有子彈，我被襲擊了。快，找掩護，壓低頭，不然腦袋就開花。吉普尼來襲。黑色是煙，是毒氣，是神經毒，全體摀口鼻。人在前方，趕快往前推。信號響起，進攻啊。小命就要沒了，衝啊。我們在打戰，一塊塊果皮飛上天，一泡泡尿液沉入地。喇叭聲是手榴彈。我的眼睛我的鼻子我的耳朵都瘀青了，我的屁股我的小腿我的腳掌都燙麻麻開花了。我們被包圍，趕快，再一次找掩護。命令，這是命令。趕緊抹上泥巴，掉頭找柱子。敵人突襲，彈孔冒煙。後方有同盟，拿著零錢買水果。不賣。誰在偷芭蕉誰在搶礦泉水。不賣不賣不賣。繼續假裝路人。敵人準備撤退，趕快，不找掩護就找敵人。我們都是英雄。繼續賣香蕉賣鳳梨賣牛奶果。我們在打仗，要戳敵人的肚子，搔敵人的癢，不給敵人穿鞋，不給糖吃。我是宇宙無敵大英雄。一枝衝鋒槍兩顆蘋果三粒小饅頭和十八顆石頭子彈。等著，砲就要響了。轉進去。他轉進去了。

在這裡停下，不要出聲。

不要推了。

停。

我們來到查爾轉進的小巷子。

承善說不定就在裡面。

一排連棟舊房，兩層樓，一樓店面，掛著英文和塔加洛文招牌，一間賣著剛出爐的麵包、一間賣炭烤香雞、一間賣舊式手機、一間賣餅乾和鴨仔蛋，查爾進去的那間店面是賣廉價的二手衣店，有一個很胖很黑的番仔姊姊在顧店。我們將小舟靠著電線桿，要彼得守著。我和愛芮莎擠進人群，在二手衣店中隨意亂走，偶爾拿起幾件衣服假裝成顧客。番仔胖姊姊不太搭理人，坐在椅上，吹電風扇，吃炸香蕉，將電視機的聲音轉到最大聲。我和愛芮莎在二手衣店裡走走停停觀察了十五分鐘，沒有任何發現。

我決定主動出擊。

「可以借廁所嗎？」我顫抖的聲音壓得小小的。

「我也要上廁所。」愛芮莎說。

胖姊姊轉過頭來看著我們，沒什麼反應，往店內指了指。「廁所在簾子後面，左邊。二樓租給人了，不過也有一間公用廁所，走上去就會看到。」

我們緊張地往店內走去，懊悔自己竟然忘記帶狼牙棒和棒球棍防身。

簾子後方擺著許多用塑膠袋包裝起來的衣服，左後方有一間廁所，廁所後方是通往二樓的階梯。我們往二樓怯怯走去，聽見腳步聲便趕緊跑下來，怕被發現。腳步聲沒了，我們又偷偷摸摸壓低身子，爬了上去。

「上面會不會都是壞人？」愛芮莎說。

「噓。」

我們放輕腳步來到二樓。

二樓隔成兩間，沒有陽台，靠近街道的方向有一面大窗，窗旁有一個大書櫃，書櫃旁是廁所，走道上放著一堆舊雜誌和髒衣服，積著厚灰塵。我和愛芮莎往房間慢步走去。木板隔間，左邊的房間沒有開燈也沒有發出任何聲音。右邊開著燈。查爾就住在右邊的小房間中，或許承善也被囚禁在裡頭。愛芮莎蹲下身，輕輕轉動門把，往內推開。房間裡空蕩蕩的，有著發腐的味道，除了一張床和一張舊桌子之外，沒有其他物品。愛芮莎謹慎地關起門，避免發出巨大聲響。

我和愛芮莎將耳朵貼在另一間房間的木板牆上，探聽動靜。查爾在咳嗽，身體似乎有些不舒服。我做出手勢，表示先回到彼得身邊想法子。

我和愛芮莎回到了小舟旁。

「承善在裡面嗎？」彼得問。

我和愛芮莎看著彼此，搖搖頭。

「要不要叫警察？」

「我們只聽見查爾在咳嗽。」

我們沉下頭，有些喪氣，不知道接下來該怎麼辦。

「十二點了，先吃午餐再說吧。」彼得拿出保久乳和三明治。

彼得和愛芮莎坐在小舟裡吃了起來，我在路邊靠著電線桿蹲著吃，一口牛奶一口三明治，擦擦嘴，再拿香蕉吃。接下來要怎麼辦？這真是一個令人苦惱的問題。

「把查爾抓起來逼問他。」我有了點子。

「怎麼可能把查爾抓起來？查爾是大人，力氣很大，我們打不過他。」彼得說。

「萬一房間裡還有其他的壞人呢？太危險了。」愛芮莎擔心了起來。

「我們有武器啊。」我十分自信地說。

查爾出現在門口。

我、愛芮莎和彼得驚慌了起來。

「要不要繼續跟著查爾？」彼得問。

我試著鎮定，決定趁這個空檔闖進查爾的房間，說不定承善就在裡面。

這次換愛芮莎把風。

我和彼得在二手衣店裡繞來逛去。顧店的番仔胖姊姊嘴巴張得很大，打著鼾，睡得很沉，彷彿沒有聽見任何聲音。我和彼得緊張地溜上二樓，直接跑到查爾的房間外，耳朵貼著木板。燈沒開，房間內沒有任何聲音。彼得說他很害怕。我說要當個男子漢，如果真的害怕就回到愛芮莎身邊。我蹲下身，扭開門把。門沒有上鎖。我試著不發出任何聲音，往內推，裡頭很暗，只有一個小窗透著光。眼睛習慣了一陣子，才看清楚房間。一張床，一張書桌擺滿雜物，一個敞開的衣櫃掛著幾件衣服，看起來像是沒有人住，或是有人剛剛搬走。

手機響了起來，是信號。

「查爾回來了，你們趕快隨便找個地方躲起來。」愛芮莎在電話中說。

我立即關了門，拉著彼得往二樓的廁所躲。我聽見自己和彼得的呼吸聲，聽見查爾開門關門的聲音，聽見巷道傳來車子刺耳的喇叭聲。過了一陣子，我拉著彼得滲出冷汗的手，推開廁所的門，快速跑向一樓。彼得的臉色蒼白了起來，兩腳無力倒在小舟旁。我和愛芮莎安撫了他很久。汗水在陽光中蒸發了，我們看著查爾住的二樓，感覺承善離我們非常遙遠。

「我們一定要把查爾抓起來。」我堅定地說。

游擊戰中

查爾被關在房間裡。

晚上，我和愛芮莎在查爾被關住的另一間小房間裡坐著，動也不動，兩頭石獅子般守護著。我在發抖，牙齒互相撞擊時咬到了舌頭。愛芮莎不說話，她用很有個性的不服輸姿態看著天花板。剛剛，我們又爭吵了起來。自從我們搬著大櫃子堵住查爾的房門後，就待在隔壁房間等待，不知道接下來該怎麼辦。彼得說他很害怕，說他不要做這種事情。愛芮莎遲疑著，咬著唇，搖著頭。只有我十分堅定。其實，我也不是那麼堅定，只是彼得和愛芮莎都在害怕，這時候我就不能害怕，我必須堅定我們所做的事情是對的。

彼得買晚餐時，我們再度聽見查爾搥打木板門的聲音。查爾發現門被擋住了，努力想推開門，可是失敗了，開始大聲喊叫。查爾發現沒有人理會他時，便開始用身子撞門，身子在隙縫喘氣，使勁塞擠，直到累了，沉默了一段時間。不知過了多久，房間又傳來一陣辱罵咆哮聲，查爾像發了瘋的野狗咬著門、啃著門，可是一點作用都沒有，依舊被困在房間中。彼得在發抖，愛芮莎摀住耳朵不敢聽，我們不敢發出聲音，待在隔壁的房間靠著牆壁。

「說不定我們錯了，這樣關著查爾也不是辦法，我們沒有權力這樣做。」愛芮莎說。

「晚上問問查爾吧，說不定他會說出承善在哪裡。」我有些無奈。

彼得買回了 Jollibee 四個套餐。

我們沉默吃著薯條，啃著漢堡，喝著可樂，心中一點都不高興。

「還有一份晚餐是買給查爾的。」彼得輕聲說著。

「笨蛋，哪有人買晚餐給囚犯吃。」我說。

「查爾也會肚子餓嘛。」

晚上八點，查爾的房間沒有開燈，也沒有任何聲音。我將薯條和漢堡用一個小塑膠袋裝著，綑緊了，綁成一個小包裹。愛芮莎和彼得在黑暗中睜亮雙眼看著我。查爾的房門抵著一個大書櫃，正好堵住通道，不管再怎麼撞門都不可能出得來。門和櫃子之間有一個被查爾撞出的隙縫，我拿著食物，對準隙縫投了進去。查爾聽見聲音，發現了食物。

「是誰在外面？」查爾的聲音有些沙啞。

我們沒有人敢回應。

「為什麼要把我關起來？你們是老爺派來的嗎？」

查爾又開始撞門，一陣子之後，我們便聽見查爾吃東西的聲音。

我們壓低聲音在房間內討論，沒有任何結果，想要逼問承善的下落，卻又感到害怕，不知道查爾會做出什麼事來。我假裝鎮定，說我們還得繼續關住查爾。我們根本不該讓查爾吃晚餐，應該讓他餓肚子。

明天就要上課了，彼得吵著回家，愛芮莎看著我，一臉不知如何是好。奶奶一定在家裡擔心，但是我們不可以放棄這個機會，我們就要救出承善了。

就在這裡過夜吧。

我們決定明天不去學校。

事實上，我們都因為不用去上課而高興了一陣子。

放我出去吧。

你們要什麼都拿去，房間裡的東西你們都拿去，我不會抵抗。

放我出去吧，你們到底想要做什麼？要錢嗎？我可以把銀行的錢領出來？放了我吧。你們是老爺派來的嗎？你們是要懲罰我嗎？趕快放我出去，我要出去救少爺。

查爾繼續敲打著門。

我們聽著查爾逐漸微弱下去的聲音，心中都有些不捨。

彼得甚至想要推開書櫃。

我勒住彼得肩膀，將他拉回房間。彼得奮力掙扎，於是我們扭打成團。我用全身力氣與重量將彼得壓在地板上，彼得尖叫了起來，我立即鬆開手。彼得推開我，雙腳踹著我的胸膛，緊接縮在地板上啜泣起來，眼淚逐漸沾濕衣服。

「你好自私，每次都只會想到你自己。」彼得背起背包跑出房間。

彼得走了，剩下我和愛芮莎。

我有些難過。

愛芮莎一直將頭埋在膝蓋間，似乎是在沉思什麼。我有些累了，躺在地板上，時不時看著手錶，時不時看著愛芮莎。愛芮莎起了身，在房間裡走來走去，像一隻迷路的美麗小鹿。奇怪的氣氛包圍著我們，愛芮莎想要指責我，卻不知道從何說起，我也想要辯解，卻一再拒絕開口。眼皮愈來愈重，索性閉上雙眼，我以為我睡著了，耳朵卻依舊聽見愛芮莎走動的聲音，聽見屋外偶爾傳來的音樂聲和車子尖銳的喇叭聲。

查爾不再發出聲音。

門打開時，我以為是查爾，立即驚醒過來，摸索身邊的棒球棍準備攻擊。愛芮莎叫了一聲，隨即鎮定下來。

是彼得。

彼得背著背包，低著頭從門口走了進來，眼眶打轉淚水。「對不起。」

我也向彼得道歉。

我們板著一張臉，知道彼此都做錯了事。

半夜，我們靠在一起，武器就在手上隨時可以攻擊。有時彼得睡著，有時愛芮莎睡著，有時是我，我們都是專業的守衛，會好好保護沉睡的朋友。我們淺眠，非常警覺，只要響起任何輕微聲音，馬上便醒來。查爾很安靜，不再發出聲音，我們甚至聽見查爾打鼾的聲音，還以為是老鼠正在咬著肉骨頭。我們都不感覺冷，只是覺得有些涼意，我們蓋著床上唯一一件破爛涼被，拉拉扯扯，愛芮莎睡在我和彼得中間。偶爾，我會聽見彼得和愛芮莎打鼾與拍打蚊子的聲音。蚊子嗡嗡飛鳴，在我的鬆懈中吸飽了血，臉頰和手腳不停發癢。我胡亂揮打蚊子，覺得自己正沉浸於某種危險的幸福中。我靠在愛芮莎身邊，一股芳香包圍我，黑辮很香，脖子與肩膀也很香，我只要一轉過頭就可以聞到愛芮莎的牛奶味，甚至可以靠近她櫻桃般的小嘴，我覺得自己是全世界最幸福的人。

還沒七點，街巷的市集逐漸熱鬧起來，攤販推著餐車賣麵包，許多人趕著上班。走道傳出喀喀喀聲響。

我打開房門往聲音來處探看，查爾的頭顱正卡在書櫃上方，像是一隻只有頭部的大蟲子前後蠕動。我嚇呆了，趕緊縮回身子。

「查爾要爬出來了。」

愛芮莎和彼得立刻驚醒過來，趕緊拿起武器。

「我看見你了，趕快放我出來，不然等我出去我就扒了你的皮。」查爾在房間內叫囂。

我們握住武器，打開門縫偷偷觀望。

查爾又把門縫推開了些，努力攀爬，書櫃上方露出一顆黑漆漆頭顱。「小子，你關住我做什麼？趕快放我出來，媽的，你這畜生。」

我們十分緊張，說不出任何一句話，你看看我，我看看你。

「怎麼辦？要怎麼抓住查爾？」愛芮莎說。

「趕快走吧，我們會被查爾宰了。」彼得說。

「再餓查爾一天。」我說。

「查爾會不會被餓死？」

「趕快走吧，說不定等一下查爾會爬出來。」

我們背上背包，帶走所有食物。推開門時，查爾的頭顱沒有卡在隙縫中，不過依舊可以聽見查爾在房間內的怒罵聲。我們跑出門，看見路上的人群與車潮，心中安心了不少。我在前面跑著，愛芮莎跟著我，最後是彼得。我們拚命奔跑，腳步時不時踩空，直到看見番茄街才停下腳步。我們看著彼此汗流浹背的模樣，都笑了。太陽從雲層中露了出來，又白又黃，是一個懸在天空的巨大荷包蛋，加點鹽巴應該很好吃。

我們都餓了。

關上手機，壓低帽子，在ＳＭ百貨公司吃了早餐和午餐，回到番茄街繞來逛去。太陽好大，時間好難熬，汗水從身體裡溢了出來。我們拿出所有的錢仔細盤算，加起來只有兩百三十六披索，買不了什麼食物。時間非常緩慢，日曬蒸熟水果，身體與腦袋也彷彿即將熟透。

黃昏終於落了下來。

彼得喃喃自語，說他回去一定會被爸爸媽媽罵，被禁足，一個月都不能出來玩。

愛芮莎說學校的老師一定很慌張，以為又有學生被綁架。

我開啟手機，有三十六通未接來電和五則語音信箱，都是奶奶的號碼。

我必須相信我們即將救出承善。

我們隨意買了一些麵包，幾罐礦泉水，重新溜回房間。

查爾還在裡面。

我們悄悄地把耳朵貼在門板上偷聽。

查爾正在房間內不斷呻吟。

「查爾會不會要死了啊？」彼得說。「他已經一整天沒有吃東西也沒有喝水了。」

「這樣子下去不是辦法。」愛芮莎很堅持。

我沒有表示任何意見。

我們決定推開書櫃，敞開一些空間。

書櫃摩擦地板發出尖銳的嘶嘶聲。門是開的，我們停了下來往門縫看去。一隻黑手突然伸了出來，抓住彼得。彼得努力掙扎，尖叫著。愛芮莎緊緊抱住彼得。我呆立一旁，愣了幾秒才回過神，往查爾的手臂大力咬去。查爾依舊不肯放手。我拿起棒球棍往查爾的手大力揮去。查爾哀號一聲，鬆了手。我拉著彼得和愛芮莎躲進隔壁房間。

「你們這群畜生到底想要做什麼？我快要餓死了，給我水，給我水，我出去一定要宰了你們。你們趕快放我出去，我要出去救少爺。」

彼得的手臂浮現一個大瘀青。

愛芮莎替彼得按摩。

我們又在房間待著，什麼也不做，渴了喝水，餓了吃麵包。我們不知道自己到底在這裡做些什麼。查爾為什麼不暈倒？為什麼還有那麼大的力氣？彼得吵著回家，可是這次我不能讓他回家。彼得只要一回家，就會有警察來，這樣子我們會永遠找不到承善。

你會變成凶手，你會害死承善，我對彼得也對自己說。

夜很漫長，煎熬我們的神經。蚊子多了起來，咬著虛軟無力的小腿，腦袋昏昏沉沉，空氣滯悶，彷彿有著什麼東西正在角落發腐，我感覺自己快要吸不到氧氣，手腳和腦袋都不屬於我。我試著吃些牛奶果，試著吃下爛香蕉。愛芮莎、彼得和我都不說話，彷彿我們並不認識。

「如果明天找不到承善，我們就放棄吧。」愛芮莎對著我說，簡簡單單像是命令。

我們依舊靠著睡覺，我睡在中間，左邊是愛芮莎，右邊是彼得。彼得縮著身子，一直往我靠過來，彼得規律的呼吸聲讓我感到安心。我不再覺得自己是全世界最幸福的人了，雖然愛芮莎還在我的身邊，我只要轉個脖子就能聞見她的味道，就能看見她櫻桃般的小嘴和燦爛的笑容，我甚至能感覺從她鼻子呼出的空氣跑進我的胸腔，彷彿我們正在交換身體內的祕密。我想明天無論如何，都要救出承善，沒有任何退路。對，就是明天早上，太陽還沒有露出臉，查爾這個大壞蛋還在昏睡時。

愛芮莎搖醒了我和彼得。

預計推開書櫃的時間還剩下三十分鐘。四點半，我們要趁查爾還在睡覺時把他綁起來。這是十分大膽的計畫，我們甚至不知道會發生什麼事情。黑暗中，我依舊可以感覺到彼得和愛芮莎，他們就在我的身邊，呼吸著，喘息著，試圖讓自己鎮定下來。我們睜亮雙眼，聽著自己篤定的心跳聲。我拿著狼牙棒，愛芮莎和彼得拿著棒球棍，氣氛十分嚴肅，好像等會兒就會有人受傷或是死去。

戰爭就要來了。

「真的要這樣做嗎？說不定是我們搞錯了。」愛芮莎遲疑了起來。

「最後一步了，承善不是說番仔最不牢靠，最喜歡騙人。」

「才不是這樣，為什麼一定要那麼討厭菲律賓人？如果不喜歡這裡，你們可以離開啊。」愛芮莎的聲音逐漸大了起來。

我沉默了。

「我沒有討厭番仔，我媽媽就是番仔婆。我只是不喜歡——」我的聲音卡在喉嚨中。

彼得拿著棒球棍顫抖，嘴邊不知呢喃什麼，似乎是在禱告。

「等一下你們跟在我後面。」我試著安撫彼得。「不要怕。」

我們深吸一口氣，拿著武器，打開門。

我們用力移開書櫃，發出吱吱吱磨地聲，整個房門已經沒有任何阻礙。門關了起來。我吞了一口唾液，緊緊咬住下嘴唇，蹲下身子。左手拿著狼牙棒，手腕套著一團粗繩，一寸一寸推開房門。房間裡只有查爾呼吸的聲音，很安靜。我縮著身子，探進頭顱，裡頭黑漆漆什麼都看不見，接著我深吸一口氣，壯大膽子，把身子探了進去。我想要叫愛芮莎和彼得跟上來時，房門忽然被人關了起來，是查爾。我受到驚嚇，害怕了起來，尖叫著，拿著狼牙棒在我的身邊胡亂揮打，也不知道自己到底打到了什麼。我感覺狼牙棒敲到一個堅硬的物體，針卡了進去就再也拔不起來。我努力想要拔起狼牙棒，一雙大手卻緊緊抓住我的肩膀，用手肘勒住我的脖子往上騰起。我大聲地喊救命——查爾一聽見我的聲音便立即鬆了手。我摔落地面，眼淚伴著哭聲在房間內不斷旋繞。我不知道接下來會發生什麼事情，可能會被挖去雙眼，可能會被打斷手腳，可能會死掉，我縮在牆壁角落不停哭泣，眼睛都腫了。愛芮莎和彼得在房間外著急敲門，尖叫著。

「你們是少爺的朋友——」查爾的聲音十分微弱。

「對不起，我不知道是你們，我不是故意的——」

我止住淚水，眼睛習慣了房裡的黑暗。查爾縮在角落，得了皮膚病般的身體有著濃濃惡臭，聞起來很噁心，讓我想吐。我乾嘔了一會兒，卻吐不出任何東西。查爾喃喃地說對不起真的對不起，一會兒搖著頭，一會兒抓著蓬鬆亂髮，似乎是在懺悔。

「都是我的錯，你們把我抓進警局吧——」

我開了燈，滿臉淚水凝視縮成一團的查爾。

查爾看上去並不像人類。

「把我綁起來吧。」查爾流著淚，眼眶紅腫，伸出瘦長的手要讓我綁。

我害怕極了。

查爾似乎沒有注意我，他繼續沉溺在做錯事情的懺悔中。我不知道該怎麼做，也不敢把查爾綁起來，只是站在牆壁邊愣愣看著查爾哭。查爾重新注意到我，猛然撲了過來，我以為自己要被攻擊，雙腳一軟，跪在地上再次無助哭了起來。查爾的目標是繩子。查爾用嘴巴咬著繩子，繞著自己的手腕綑著一圈又一圈，再吃力打了個結。我看到一隻傷害自己的野獸。我聽見愛芮莎和彼得的聲音，壯起膽子，擦乾眼淚，重新在查爾的手腕再打了兩個死結。查爾被綑著手，縮在角落，繼續呢喃說對不起老爺對不起少爺。

我重新打起精神，打開門，假裝查爾已經被我制伏。

愛芮莎和彼得睜著一雙我不曾見過的大眼睛。

我們一直待在查爾的房間，等待查爾停止身體的顫動與自言自語。愛芮莎餵著查爾吃麵包，讓他喝礦泉水。查爾一會兒呻吟，一會兒道歉，一會兒又叫著承善的名字。那時候，我真心覺得查爾沒有抓走承善，我們錯怪了他。

「承善在哪裡？」我問。

「少爺被壞人抓走，不，是我抓走少爺，是我的錯。」

「承善在番茄街嗎？」愛芮莎問。

「少爺被關在番茄街，是的，我知道少爺在哪裡，都是我做的。喔，都是因為老爺。老爺不讓我繼續工作，所以我抓了少爺報復。老爺以為我偷了油漆又偷了錢。錢是啞啞拿的，我沒有，我要少爺證明我的清白。不，是我，這一切都是我做的。」

我們對望幾眼，不知道查爾到底在說些什麼。

「真的是你抓走承善嗎？」愛芮莎問。

「是我，是我抓走少爺，是我勒索老爺。走，我帶你們去找少爺，我知道少爺在哪，我花了所有的錢才知道少爺在哪。我不要告訴警察，我要自己救出少爺。不，我要放了少爺。」

天亮了。

查爾說好渴，連續喝了兩罐礦泉水。

我拉著綁住查爾的繩子，時不時拉扯，查爾是一隻營養不良的羔羊需要人牽引，愛芮莎和彼得拿著棒球棍跟在後面。

我們要查爾坐進小舟，指引位置。

查爾彎腰，背脊挺不直，走路時重心不穩，腳步左左右右踏進小舟。我們推著小舟，往番茄街中的貧民窟走去。查爾是臨死的病人。我們推得滿身汗水，還要提防查爾會忽然發瘋亂咬人。我將綁住查爾的繩子綁在小舟上，這樣子，查爾就無法跑走了。查爾很安靜，不吵鬧，坐在小舟中甚至不太亂動，一點都沒有囚犯即將失去控制的狂亂。

查爾的臉和衰落的身子受了很多折磨，我不忍看，可是我必須繼續拉著要人命的繩子。

游擊戰下

我們的血液在豔陽下升溫，心臟怦怦跳動，隨著查爾指引的方向往前推動小舟。

查爾坐在小舟內，嘴唇黑紫，嘴巴一張便流出口水與血絲。查爾彎著腰，依靠骨架支撐身子，看上去如一根彎曲的黑色生鏽魚刺。我時不時轉過頭看著查爾，怕遭受攻擊。查爾張著死魚般的眼珠子，嘴皮乾枯，吐出亂七八糟的話。即使貼近查爾，我仍然聽不清楚查爾到底在說些什麼。查爾的肺裡有混濁雜音，牙齦出血，全身上下發出惡臭，讓我有點想吐。

我們行走在貧民窟中。

我試著說話，心中卻覺得說什麼都是多餘的，而且我很渴。

彼得渾身發抖，臉色慘白，帽子壓得很低。愛芮莎也低著頭，不過警覺地看著四周，呼吸聲時大時小。我們戰戰兢兢走在番茄街貧民窟中，提心吊膽，不知何時會發生危險。我時不時拉緊繩子，聽著查爾隨著拉扯而響起的哀號。

滾啊滾。

魚鱗狀的銀色硬幣後面跟著一群小魚滾啊滾。黑炭色的媽媽坐在木椅上，露出一對乳房，抱著嬰孩餵奶。往前。一群鬥雞被關在方形鏤空籠子，翹著鮮豔的尾巴，咕咕嘟嘟。賣報紙和雜誌的番仔在街上兜售。有人在看我們，看黃昏中一艘河面上的船。一個孩子得了腦水腫，沉在水裡，爸爸一邊抽菸一邊搖著鐵搖籃，搖啊搖，將孩子搖進沒有疾病的夢。哥哥們穿著內褲在街道上打籃球，一顆球轉來轉去，轉進籃框轉進三輪車底下，挨了罵，哥哥們呵呵笑起來。賣青芒果的老番仔睡著了，有人偷走水果，乞丐不小心撞到推車，驚醒了睡夢者。左轉，再往前。十幾隻蒼蠅停在老婆婆臉上的傷口，又紅又黑，成了蛆蟲鑽啊鑽。小心，有積水。賣花與賣鈴鐺的婦人舉起商品展示，身體款擺出一條乾淨溪流，鹿群在溪床上走動。幾個光屁股的孩子游了過來，啄食果皮和糖果，有些孩子有兔唇，有些孩子有鬥雞眼，鼻子底下垂著兩條鼻涕，我隨意丟了幾顆牛奶果加快腳步。右轉往前。我們與貧民擦肩，臭酸味四處瀰漫，我分不清是汗臭、體味、死貓、死狗還是死人的味道，我們在腐爛與死亡中穿行。有哭聲，有笑聲，又有孩子在街角誕生。另一個銀硬幣滾啊滾，我伸出腳，踩住，一群頭上長滿爛瘡的弟弟妹妹蹲下身，笑呵呵扭打成團——這是多麼美麗的一天。

不知為何，我有些反胃，身子非常冷，很不舒服，嘴巴像是吃了生苦瓜泛著苦味。

停下。

停。

「就在這裡。」查爾無神地說。「少爺一定受了好幾個禮拜的苦。」

一間大型廢棄工廠，原先做車子零件，工廠左側放滿幾百個廢棄輪胎，右側放著一堆被分解的車子，疊放著，空氣中瀰漫濃烈的機油、汽油和燃燒的塑膠味。工廠的鐵皮牆都生鏽了，野草一片灰，有幾坨乾枯的糞便，幾個病得爬不起來的貧民鋪著厚紙板隨意躺著。

「你們幾個人綁走承善？」愛芮莎噙著口水問。

「我——我不知道，兩個或三個。不，我知道，加上我總共有三個人。」查爾說。「你們放開我吧，我要進去救少爺，你們不要進去，裡面很危險。你們可能會受傷，會流血，會被殺掉，你們是少爺的朋友，絕對不能再受到任何波及。你們放開我吧，我不會逃。」

我們三人面面相覷，沉默一段時間。

「他們會把你們綁起來，不讓你們吃東西，不讓你們喝水，還有大狼狗會咬你們。」查爾恐嚇我們。

「我們有武器，不怕。」我拿著狼牙棒說。「才不會輕易放了你。」

查爾整張臉扭曲在一起。

「承善就在裡面？」愛芮莎問。

查爾點了點頭。「好吧，你們跟在我後面，如果我說跑，你們什麼都不要管就往外面跑。手機有沒有帶，記得，跑出去時要馬上打電話報警。」

我解下繫在小舟的粗繩，繞在左手手腕上。

查爾用繩子拉著我往工廠內走。

工廠非常冷清，走在裡面很不舒服，被遺棄的幽靈在角落看著我們。查爾蹲下，我們也蹲下，推開一扇又冷又重的鐵門，裡面有些暗，吹來冷風。當我們關上門時，工廠內突然響起一陣激烈的狗吠聲。我愣了幾秒，綁住查爾的繩子繼續帶著我往前。到處都是被拆解的車子，鐵皮屋頂很高，透進來的陽光被稀釋了，狗叫聲停了一會兒又繼續吠了起來。有著什麼被我們驚動，是怪物還是野獸？是異形還是外星人？我們沿著鐵皮屋的牆壁緩慢往前走著。彼得拉住愛芮莎，愛芮莎拉住我，我冒出手汗的雙掌拉住綑綁查爾的繩子。

「我不要去了。」彼得哭了，癱軟著身子。

我試著安撫，一手摀住彼得的嘴巴，一手壓低他的身子。「那你就待在這裡吧。」

「回去小舟等著，我們會把承善救出來的。」愛芮莎說。

彼得看著我們，咬著下唇，覺得自己很沒用。「對不起，我不是故意的，每次都是我——」

「去把風吧，如果發生什麼事情，馬上打電話報警。」我說。

彼得堅定地點了點頭。

彼得搥打發軟的雙腳，試著站穩，深吸口氣，邁開步伐跑向大門。

鐵皮門打開時，棉花糖般的陽光在我們眼前膨脹了起來。

查爾壓低身子，繼續帶領我們往前。

狗兒的叫聲愈來愈近。

背脊、四肢和腦袋都在發冷，雙腳有些發麻，難以移動，整個工廠是一個巨大的廢棄冰櫃。我一直拉著查爾的繩子，希望放慢速度，甚至希望查爾帶我們離開這裡。我們越過廢棄的輪胎、被割破的座椅、鐵片、螺絲、銅柱和變形生鏽的鋼筋。前方是通往二樓的樓梯，有人在上面說話。

我們躲在轎車的車門後方。

「少爺就在上面吧。」查爾說。

有人開了二樓房門，抽著菸，吹著口哨走了下來，一路越過被解體的車子走出工廠。番仔又胖又黑，留鬍子，露出衣服的右側脖子刺著一位金髮美女，看起來可以把我從一樓丟到二樓。我緊張了起來，全身不停抖動彷彿就要抽筋，血液在血管內胡亂竄動，心臟就要跳出胸腔。愛芮莎不知何時將她溫暖的、出汗的小手按住我。我冷靜下來，試著放慢呼吸，專注精神，握緊狼牙棒。剛要替查爾解開粗繩時，他突然悶不吭聲往二樓走去，我猛力拉住繩子想阻止他，然而，我彷彿已經沒有時間與機會放開查爾。我們踏在樓梯上的腳步很輕，狗群卻大吠了起來。番仔在怒罵。不祥的感覺從腳底竄起，兩隻大狗不知何時跑了過來，在我們身後敵視，喉嚨發出嗯嗯作響的怒意，前肢攀上樓梯，露出尖牙，隨時都可能撲上來。我驚叫一聲，隨即放開繩子往一樓跑。愛芮莎和我分散了。大狼狗在追趕我們。只有查爾溜了上去，不知何時，他已經解下綑綁手腕的粗繩。番仔依舊在二樓怒罵，拍打桌子。一隻大狼狗追著我跑，吐出白濁泡沫，一排銳利牙齒對準我的屁股。我一邊跑一邊揮舞狼牙棒，好像是一隻被捕上舢舨的魚想跳回大海。兩隻腳始終比四隻腳慢啊，我躲在一個只剩軀殼的轎車中動彈不得。大狼狗惡狠狠盯著我，一排牙齒想把我咬碎。

我縮著身子，用狼牙棒嚇唬大狼狗。

砰，槍聲如打雷。

砰，槍聲再度響起，玻璃乒乒乓乓落了滿地。

我在尖叫。遠處也有人尖叫。大狼狗被我打中鼻子，流著血，憤怒了，更想把我咬成碎片。二樓有人在打架，拳頭猛力打在肉和骨頭上，傳出粉碎的聲音。查爾在怒吼，在哀號，發出混濁的呼吸聲。承善不停哭著，胖小子說著韓語、英文、塔加洛語以及我一點都聽不懂的中文，不停喊著救命。我躲著，覺得自己很懦弱，沒有用。二樓有人倒了下來，翻滾著。警笛聲突然響了起來。我哭了。有人死了，是我害死了人。我繼續哭，鼻涕眼淚流進了嘴巴。哭聲和尖叫聲在工廠裡不斷響起，竄進我的身體。血是冷的。我害死了朋友，再也沒有機會看見他們了。大狼狗又挨了木棍，躺在地上低聲嚎叫——愛芮莎露出微笑站在我的面前。愛芮莎沒有死掉，也沒有被咬成肉塊，烏黑的頭髮披散肩膀，用媽媽般的眼神看著我。警察來了。愛芮莎把我拉出車子，我繼續哭，愛芮莎撫摸我的頭，拍拂我的肩膀——我是個嬰兒。愛芮莎沒有說話，一直看著我哭，直到我落下所有的淚水。一直哭一直哭會長不大喔，愛芮莎說。我笑了笑，盡量壓抑膽怯，用手背抹去眼淚。

愛芮莎說我哭的時候很醜，根本不像跟惡龍對抗的大英雄。

所有的人都被抓進警局。

我們都有罪。

吳榮國

爸爸依舊叫我吳榮國，不是 Dela Cruz, Albert Bradford T，不是吳耀國，也不是阿國，爸爸就是叫我吳榮國，三個字，一字不少。對我而言，吳榮國是個很陌生的名字，除了在台灣的老師和同學叫我這個名字之外，在番仔島，沒有人叫我這個名字。我的兩個中文名字分別是吳榮國和吳耀國。在台灣，我的本名和身分是吳榮國，在番仔島我是吳耀國，可是現在回台灣我只能是番仔島的吳耀國了。我不討厭自己的名字，也不討厭自己有那麼多名字。奶奶說，我的名字很有意義，希望我像這兩個名字一樣，以後能出人頭地，榮耀國家。我不希望出人頭地，也不希望榮耀國家，我只想要爸爸媽媽和我住在一起。我喜歡台灣，也喜歡番仔島，更喜歡事情可以變得簡單一點，餓了就吃漢堡，渴了就喝可樂那樣，想睡覺就上床睡覺。我不知道我要榮耀的國家是菲律賓還是台灣，兩個都是我的國家。

警察伯伯說

警察伯伯說查爾不是壞人。

三個貧民餓昏頭，沒錢買食物，所以借來手槍隨機擄走承善。警察伯伯說承善被關在狗籠裡，穿著尚愛中學的紅白色體育服，小腿、大腿和手臂都被蚊子咬得過敏，不僅紅腫，還起水泡。警察伯伯說承善在狗籠裡大小便，在籠子裡吃三餐，很臭。警察伯伯說還好及時制伏歹徒，現場留下血跡和一隻皺巴巴的耳朵。工廠二樓有兩個歹徒，當時他們把查爾綁起來，關進另一只狗籠，用刀子割了他的左耳。警察伯伯說查爾沒有死，還活著，正在醫院縫耳朵。

槍聲在我的腦袋內悶響，一顆顆子彈從耳邊射過來射過去。警察伯伯給我們做筆錄，問我們去那裡做什麼，問我們為什麼知道承善被關在裡面。警察伯伯打電話給我們家人。張阿姨來了，抱著彼得哭了起來。彼得也哭，哭得非常靦腆。張阿姨向警察伯伯道謝，帶走彼得。彼得轉過頭來對我們揮揮手。奶奶來了，激動地搥打我的腦袋，將我抱進她溫暖的懷抱中。奶奶罵我，一邊罵一邊流出眼淚。我叫奶奶不要哭。我在原地蹦蹦跳跳，伸展四肢給奶奶看，說我一點事情都沒有，不要擔心。

愛芮莎坐在椅子上，沉默地看著我。

我問警察伯伯我可不可以把愛芮莎帶回去，警察伯伯說不行。直到剛才，警察伯伯問我們的背景和家庭時，我才知道愛芮莎其實一直都是一個人，一個人去活力似寇打工，一個人洗衣，一個人煮飯，一個人去教堂，一個人守著爸爸媽媽留給她的房子，一個人撿垃圾，一個人編造謊言與想像。愛芮莎對警察伯伯說，自從爸爸死掉之後，媽媽就跟別的男人跑了，她說她記不得媽媽的臉，也記不得自己從何時開始就一個人生活，已經習慣一個人了。

「那是我阿姨。」愛芮莎對我說。

我疑惑地望了過去。

「那天跟我一起收廚餘的是我的阿姨，我一直都是一個人住喔。」愛芮莎笑了笑。「隔壁家的叔叔和阿姨會照顧我。」

我沒有說話，不捨地看著愛芮莎。

我陪著愛芮莎坐在椅子上，四隻小腿晃成兩只隨風飄盪的鞦韆。

愛芮莎始終是最美麗的公主。

台灣是什麼樣的國家？

爸爸帶回了葛蕾絲姊姊。

葛蕾絲是個好姊姊，很漂亮，眼睛細長，頭髮烏黑，皮膚是健康的棕色，五官輪廓很深，有著原住民般的樣貌。葛蕾絲姊姊比媽媽還漂亮，喜歡穿高跟鞋，和彼得媽媽一樣身上瀰漫玫瑰花香。爸爸說，葛蕾絲姊姊正在讀UST國立大學。我喜歡葛蕾絲姊姊，但是我不喜歡她待在爸爸媽媽的房間，不喜歡她使用媽媽的毛巾、梳妝台和洋裝短裙。我知道葛蕾絲姊姊和爸爸的關係，我在A片上看過，兩團肉會互相絞在一起。我不討厭，有時我趴在床板旁聽見喘息聲和呻吟聲，心臟會跳得特別快，非常興奮。

我只是擔心媽媽回來要怎麼辦。

媽媽一直沒有回來。

這幾天早上，我偷走爸爸和葛蕾絲姊姊口袋裡的鈔票，當少爺，花光所有的錢，直到傍晚餓了才回家。爸爸說他會在家裡待兩個禮拜，接著要去外島工作。我和奶奶吃著飯，都沒有說話，反正我和奶奶已經習慣了兩人生活。我每天都會看到葛蕾絲姊姊坐在媽媽的梳妝台前梳頭髮，有時候我會看著她入神，黑髮變成了海苔包住了我，很溫暖。葛蕾絲姊姊在家裡穿著細肩帶與短褲，露出了豐滿的胸部與細長的腰肢。我有股衝動想要抱住葛蕾絲姊姊，緊緊抱住她，吸吮她的大乳房。

我不能。

我討厭這種感覺，討厭自己喜歡葛蕾絲姊姊，討厭媽媽一直沒有回來。

下了課，我們約好要去看承善。

承善從大胖子變成小胖子，手腳和軀幹都不腫了，坐在床上一會兒吃著香草冰淇淋，一會兒吃著巧克力牛奶餅乾。金阿姨特地叫啞啞去買了肯德基炸雞全家餐。我們陪承善看《變形金剛》，吃炸雞，喝可樂。我們看著承善吃東西的狼狽模樣，都知道他餓壞了，也知道他逐漸恢復正常。金阿姨說，承善還是不敢關燈睡覺，不敢獨自上廁所，常常縮在角落發抖。

「我要回韓國了。」承善說。

我們滿臉疑惑。

「回去度假嗎？」愛芮莎問。

「不，過一、兩個月我就要回韓國，爸爸媽媽都要搬回去，我們不會回來，這裡的房子、車子和土地都會賣掉。爸爸媽媽說住在這裡很危險，番仔都不能信賴。」

「不回來嗎？那我們以後不是看不到你了？」我說。

「你們來韓國玩啊，可以住我家，吃泡菜和韓式小火鍋喔。記得要多穿一點，韓國的冬天非常冷，會下雪。」

「最近還會來學校上課嗎？」彼得問。

「十二月中不是要放長假？媽媽叫我待在家裡，不要亂跑，所以我也不用考試了。」

「真好。」我難過地說。

承善把我們送到大門，揮揮手，說他不能再走出去，會被媽媽罵。

離開時，我們看見查爾，他理了頭髮，刮了鬍子，穿著白襯衫在清洗轎車。

查爾的左耳用一團紗布包裹起來，就像是大白兔的耳朵。

我們十分愧疚，想說對不起，我們一直錯怪了查爾。

「少爺的朋友。」查爾彎腰鞠躬。「有什麼事情要吩咐嗎？」

我們沉默著，低下頭，不知道該如何開口。

「對不起。」愛芮莎怯怯說出口。

「真的對不起，我們不是故意的。」我和彼得不敢注視查爾。

「少爺和少爺的朋友平安就好。」查爾露出微笑，滲著血漬的兔子耳朵在跳動著。

「你們趕快回去吧，等一下又要天黑，很危險。」承善說。「等一下，我去問媽媽看可不可以叫查爾載你們回家。」

「不用了。」我們對承善和查爾揮揮手。

我們三人並肩走著，不說話，我不知道愛芮莎和彼得在想些什麼。

彼得先走了，只剩下我和愛芮莎。

我在風中聞見愛芮莎的味道，她的胸脯好像膨脹了起來，成為一朵綻開的花蕊。

「明年我不會再待在這裡。」愛芮莎說。

我驚訝地轉過頭，看著愛芮莎。「妳也要離開這裡？不讀尚愛中學了嗎？」

「媽媽的遠房親戚說我不能一個人住，太危險了，要我畢業後搬去馬尼拉。」愛芮莎抬起頭，露出無所謂的表情。「這樣子我就不用去撿垃圾，也不用去市集賣東西。阿姨說我快要長大了，不能再跟男孩子一樣整天跑來跑去。阿姨還說我以後要穿裙子，頭髮要留長。」

「我以為還可以一起蹺課說。」

「笨蛋。」愛芮莎對我說再見，逐漸離開我，好像我們不曾走在一起。

我站在原地看著愛芮莎，難過了起來。

愛芮莎朝番茄街走去，身影愈來愈小，有一隻怪獸張開嘴巴將她吞了進去。

「愛芮莎——」我大喊。

愛芮莎聽見我的叫聲，停下腳步，轉過頭。

我的血液熱燙了起來，喉嚨很渴，雙腳發軟顫抖。

「我們以後還要一起去划船喔。」我揮舉雙手大喊，直到聲音沙啞了起來。

葛蕾絲姊姊會問我台灣是怎麼樣的一個國家。

我說，在那裡沒有人在電線桿下尿尿，沒有貧民窟，也沒有吉普尼和三輪車塞滿整條街道。我說我們有全世界最高的建築，有玉山，有台灣黑熊，有好吃的滷肉飯和牛肉麵——我的每句話都在欺騙自己，我對台灣的印象愈來愈模糊，甚至發現自己竟然有些討厭台灣，因為媽媽待在那裡不回來。葛蕾絲姊姊說她以後想要去日本和韓國看看，說那裡才是真正的先進國家，台灣不過是一個開發中的國家罷了。不知道為什麼，我突然討厭起自己與葛蕾絲姊姊。我沒有再對葛蕾絲姊姊說什麼，只是瞪著她，很難過地瞪著她，我不希望她說台灣的壞話。

剩幾天，爸爸就要離開了。

爸爸這次回來，我們只說了幾句話，我和葛蕾絲姊姊說的話還比較多。我在餐桌上問爸爸：「媽媽什麼時候要回來？」爸爸一雙灰溜溜的眼珠看著我，不說話。奶奶說媽媽在台灣很辛苦地賺錢，為了讓我讀書。我丟下碗筷，飯菜都掉了出來，發了瘋般吼著媽媽什麼時候要回來？媽媽什麼時候要回來？媽媽什麼時候要回來？一句比一句還要大聲。我轉頭跑出了家，在番茄街遊蕩，在電線桿下尿尿，在水果攤偷香蕉吃，把自己弄得髒兮兮，拉著大人的衣服要錢。

我好累，好難過。

回家時，奶奶、爸爸和葛蕾絲姊姊都聚在客廳看電視，看見了我也不說話，奶奶要我去洗澡。我很生氣，他們的沉默讓我無法控制自己的行為。我衝到二樓，將葛蕾絲姊姊穿過的衣服全部放進黑色塑膠袋，將葛蕾絲姊姊用過的毛巾、牙刷、床單和她充滿香氣的背包和內衣褲都塞了進去，扛著塑膠袋下樓。我說我要離家出走。爸爸依舊沒有看我。奶奶罵我神經，把門關了起來，不讓我出去。我推倒奶奶，拖著沉重的袋子放到小舟上。奶奶喊痛。我把塑膠袋內的東西統統倒了出來，再倒入備用汽油。我拿著火柴棒擦亮小火，丟了進去。火比我想像中來得大也來得急，火焰在黑暗中灼亮，熱氣襲了上來，我嚇壞了，不知道自己到底做了什麼事。爸爸大吼一聲，衝了過來，給我甩了兩個熱燙燙的巴掌。我的眼淚立即流了下來。我才不稀罕，有什麼好稀罕，我沒有爸爸，我的爸爸媽媽早就已經死了，我憤怒大吼。我轉身跑了出去，心中從來沒有如此憎恨過爸爸，如此憎恨過媽媽。我是個孤兒。我的鼻涕眼淚變成一場雷陣雨落了下來，我在番茄街走來走去，覺得每個人看起來都非常討厭。以後我就是一個沒有人要的孩子，我把口袋裡的硬幣、糖果和手機都丟進黑色河流，不打算回家了。

我徘徊在番茄街，時不時哭了起來。

晚上，我睡在街上，跟一個光屁股的妹妹共同躺在一塊厚紙板上。半夜有點冷，妹妹向我靠了過來，她縮在我的胸膛躲著冷風，我伸出手護住她單薄的身子，她的呼吸噴吐在我的臉頰上。

隔天早上，我踟躕了好久，跺著雙腳，依舊忍不住偷溜回家。

爸爸和葛蕾絲姊姊提早離開了。

我們的小舟焦成一片，黑黑的，被燒掉的舟身都成了一團炭。我敲了敲門，叩了叩窗，喊奶奶。奶奶拄著拐杖走了出來，原本作勢要打我，最後卻在我的臉上用力捏了捏，嘆了一口氣，說爸爸昨天在番茄街找了我一個晚上。爸爸留給我一個白色信封，內有三千披索，附一張小紙條，叫我自己去買喜歡吃的東西，不要給奶奶惹麻煩。一切如同往常，天氣燥熱，街道擁擠，沒有什麼變化，爸爸不在家，媽媽在台灣當女工，奶奶要去二嫂上班，我依舊感到說不出的空虛，冷冷清清的，小舟已經被火燒了。

夏天就要結束

夏天還沒有來，就要結束了。

彼得和我約在達拉癢教堂外見面，說有事情要告訴我。我提早十分鐘抵達，跟警衛打了招呼。彼得還沒有來，我蹲在白色教堂外拿了一顆石頭，在柏油路面畫了一個怪物，西瓜般的頭，三個眼睛比彈珠還要圓，星形耳朵，頭上只有一小撮毛，嘴巴張得好開，咬著一顆紅通通五爪蘋果。

天氣逐漸熱了起來，皮膚發著燙，彼得還是沒有來，我從側門溜了進去，天主教堂跪著幾位禱告的人們。聖母很慈祥，高懸神龕，懷抱孩子，我好希望自己就是那一個孩子。我躺在村人跪著祈禱的軟墊上，扭動身子，找尋舒服的姿勢。陽光白亮亮流瀉進來，照著我閉上的雙眼。我睡著了，又似乎沒有睡著。彼得來了，我認得彼得走路的聲音。陽光照得我暖烘烘的，涼風撫摸我深沉的睡意。一個輪廓擋住白光，緩慢貼近，一片柔軟的紙張貼上我的嘴唇。

我睜開眼睛，看著彼得和嘴裡吻的那一張照片。

我想推開彼得，卻推不開。彼得用左手壓住我的身體，右手透過照片壓住我的嘴唇。不知為何，我感到羞愧，怕被人看見，想要尖叫卻叫不出來，索性放棄抵抗，閉上雙眼，讓照片繼續貼著我的嘴唇。時間好長，似乎就要凝凍。照片聞起來有些塑膠味，我繃緊唇，依舊流出濕黏黏的口水。我彆彆扭扭吻著照片，調皮地用嘴唇與舌頭頂著，彷彿是在戲弄彼得的手掌。彼得放棄了，壓住我嘴巴的手離開我的雙唇，留下了照片。我沒有立即翻身，繼續躺在柔軟的橫墊上。夏天的陽光像削落的細質木屑覆蓋我的臉頰、四肢和身子。我臥躺了很久，聽見人們一個一個離去的腳步聲。我緩緩睜開雙眼，眨啊眨，拿起照片，坐正身子。彼得和我隔著一人座位，低著頭，一臉難過的模樣。我想要跟他說什麼，又不知道要說什麼。

我們沉默了很久，直到我覺得必須要說些什麼。

我轉過頭，想說些俏皮話，說我們何時要約去划船，何時要去吃冰淇淋，何時要一起去番茄街探險，何時要一起去找愛芮莎和承善。彼得依舊低著頭，眼神對上了我便嘟起嘴，站起身，往教堂側門衝了出去。我沒有喊他。我也低著頭，以為自己犯了罪，不敢凝視教堂內的任何人，不敢凝視微笑的聖母。

我看著那一張照片。

背景是在彼得家的客廳拍攝的，照片裡有理著平頭的彼得和一位笑得很燦爛的啞啞。

啞啞送給你，不過我決定以後都不跟你好了——彼得在照片後面胡亂寫著。

我不知道發生了什麼，也不知道自己是否做錯了什麼。

彼得這個大蠢蛋，宇宙中最笨、最孬、最膽小的無敵大蠢蛋。

好熱啊，涼風滲著椰子樹和麵包樹的味道向我漫來，人們彷彿都離開了好久。不知道為什麼，我總覺得夏天還沒有來，就要結束了。我一個人走在番茄街上，望著陽光柔軟成一條亮晃晃的神祕河流，流過整條街道，流過哭泣的孩子，我忽然覺得自己變成一艘不知要划去哪裡的小舟。

（本文榮獲第一屆台積電文學賞副賞）

第二部

我的黃皮膚哥哥

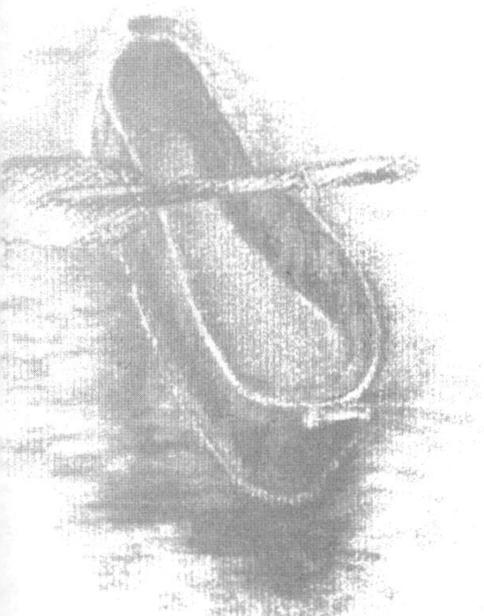

自我介紹

我的名字叫做 Ryan Vinvenz Arcenal。

家裡的人不叫我雷恩，也不叫我蘇孝駒，他們喜歡簡化我的中文名字，叫我小蘇，非常順口溜。我有點討厭我的中文名字，應該說，討厭寫中文。繁體字的筆畫多，筆順又複雜，很容易就會讓方塊字多隻手或少隻腳。我喜歡用簡體字簽名，尤其是蘇字，在艸字頭下的力字兩旁，加上搖搖晃晃的兩點，不管是看起來還是寫起來都相當舒服。我會在考卷的姓名欄位上寫簡體字，常常發神經的中文老師總是要我罰寫兩張稿紙，全部都只有一個字，我的姓氏——蘇。

爸爸叫蘇天順，附近的居民稱呼爸爸為 Moneymaker，因為爸爸擁有好幾家工廠，製作了很多產品，像是廉價香水、高價乳液、運動塑膠夾腳拖和礦石加工等，也在大型百貨公司投資美式、港式和歐式餐廳。當然，我不曾告訴任何人，爸爸還曾經把番仔婆一船一飛機送往杜拜、新加坡、台灣、南韓等國家，有些當國際勞工，有些去賣身體。爸爸常跟我說，小蘇啊，你要把英文、中文、西班牙文和塔加洛語都學好，這樣子以後才會有前途。當時，年紀小的我還無法理解話中的涵義，只能不斷溫習爸爸說過的話，一字一句，像啃碎糖果，這樣子，我才不會對爸爸感到陌生。

我有很多媽媽，胸部大的、皮膚白的、屁股翹的、會定期修剪腿毛的，這些媽媽來來去去，把家裡當作旅館，只要爸爸帶回了新媽媽，舊媽媽就成了一只遭到遺棄的娃娃，沒化妝品可擦，沒項鍊可戴，沒漂亮衣服可穿，全身結上蜘蛛網，最後被丟進垃圾桶，再被撒上一泡尿。爸爸將新媽媽帶回番仔島，快樂了一陣子後便會消失，不是跑到東南沿岸做生意，就是跑去中國內陸洽談跨國的合作建案，說是要回饋祖國同胞，榮耀中華民族。家裡少了爸爸並不會帶來什麼麻煩，反正有傭人就好。爸爸是一個知名的註冊商標，像 Nike、Samsung 或 Apple 一樣，讓家裡有穩定的經濟來源。我不太清楚家裡到底有幾個人，哥哥、我、艾爾頓老司機、不斷替換的媽媽以及好幾位廉價僕人，這些不斷被替換的僕人，只能在記憶中成為毯被上的毛漬，是該被清潔乾淨的。

珍是陪我一起長大的貼身僕人，她就像是我後腦袋上的眼睛，手背上的肉，一個硬幣中比較醜的另外一面。珍會拿著一條米白色毛巾站在浴盆旁，幫我和哥哥沖水、刷背、洗身子。珍很聽我的話，無論我有沒有欺負她，無論我是否瞪著她，無論我口氣多壞，她都能帶著虛假的微笑替我處理日常瑣事，像是幫我拿制服、倒水、買巧克力冰淇淋和打蚊子。雖然她不能脫光衣服和我一起洗澡，但是我不介意，她只要乖乖聽話就好；如果我要她脫光衣服，她也不敢拒絕，當然，我才不會這樣做，因為她很髒、很臭、很噁心。

我們的家十分國際化，速食、方便且變動迅速。有些人隨時都會消失，被替換，我不會感到難過，反正有錢總是會買到替代品。唯一讓我在意的是珍，如果珍消失了，我怕會出現另一位令人難以忍受的番仔婆。對了，珍姓蘇，冠上姓氏是為了標籤，這樣子我就可以知道她屬於蘇家，永不過期。

我、哥哥、新媽媽和珍住在奎松的 Apolonio Samson 高級住宅區，圍牆內外有兩層持槍的番仔守衛，制服白白的，臉黑黑的，長筒靴亮亮的。出入都要登記，守衛會嚴格查看訪客身分，再怎麼說，這裡的住戶都相當有頭有臉。我們的北邊是聖鬥士街（Epifanio Delos Santos Avenue），南邊是番茄街（Delmonte Avenue），兩條大馬路髒兮兮的，路上塞滿不守交通規則的吉普尼和密密麻麻的公車。站在聖門士街時，濃煙、廢氣、垃圾、貧民、隨意大小便的番仔和日夜撳響的喇叭聲讓我渾身都不舒服。我不喜歡大馬路與延伸出去的街道，待在骯髒的地方讓我想吐，糟糕的空氣讓我難以呼吸，而且窮人身上都瀰漫一股強烈的惡臭。我會打噴嚏，流鼻水，背脊發癢，身子不由自主顫抖著。嚴重的話，還會過敏，起疹子，甚至心律不整。唉，真是令人討厭。我喜歡待在乾淨又安全的社區，警衛有禮貌，傭人聽話，鄰居都是體面有錢的華人和韓國人。我和哥哥會吩咐司機開車帶我們去SM百貨逛街，看好萊塢電影，買西班牙襯衫，舒服、清潔且自在，我不斷想起爸爸說的：「當個人，就要有人的模樣。」

哥哥

我和哥哥住過很多地方，馬尼拉住了兩個社區，後來因為安全考量，搬到番仔島第二大城——奎松（Quezon）。我和哥哥先就讀馬尼拉的佛教能仁中學（Philippine Academy of Sakya），我稱為沙咳啞；再轉到奎松的基督教靈惠學院（Grace Christian College），我稱為割蕾絲，之後再轉到尚愛中學（Philadelphia School）就讀，我稱為廢城。我的功課一向很好，不需操心，而且我有禮貌，品性好，走路不會彎腰駝背，是爸爸和老師眼中的資優生。我和哥哥就讀昂貴的私立華校，不讀公立學校，因為跟窮人就讀同一間學校只會降低身分。

爸爸說，我們的祖父母是廈門人，因為戰亂往南逃，帶了一筆錢來番仔島經商，開了礪米廠。生意好，賺了錢，決定賣掉鄉下的工廠、房舍和別墅，辭退大批的傭人、勞役和司機，風塵僕僕遷到馬尼拉開道地的中國餐廳。我會進入蘇家，是因為祖母。原本，我一直以為我擁有蘇家的良好血統，只是比較黑、比較醜、比較胖，後來我才知道我是祖母從孤兒院抱回來的孩子。祖母喜歡我一雙圓滾滾的大眼睛，一對粗短的眉毛和一個圓瓜狀大臉。祖母說，我看起來很可愛，十足道地的番仔，血統絕對純正。我脫離了孤兒院，快樂地生活在蘇家，就算疼愛我的祖父母都已經去世，日子依舊十分快樂，無憂無慮，反正沒有什麼事情好操煩的。

哥哥不要的衣物、玩具、書籍都會變成我的，我喜歡哥哥，應該說，喜歡哥哥的東西。

哥哥叫蘇孝駿，大我兩歲。我是小蘇，他是大蘇。哥哥喜歡鬧我，有時搔我癢，有時故意推我，有時對我吐舌頭，罵我書呆子，說我還在吃奶嘴、包尿布，什麼都不會。我會哭，我會反擊，蹲下身，找石頭朝哥哥丟。哥哥身子輕，腳步快，每次我都無法正中紅心地擊斃他。一不小心露出空檔，哥哥便會從暗處衝撞過來將我撲倒，用指關節清脆彈打我的頭顱，用力擰捏我的耳朵。我的手腳播鼓般蓄滿力氣，身子一個勁左右翻滾。

哥哥一躍而起，雙手拍打褲子上的灰塵，跨上腳踏車，哼著流行歌曲揚長而去。

「大蘇，等等我。」我立起身，踩上踏板朝著哥哥衝去。

「太慢了，我要回家看漫畫。」哥哥大聲吆喝。

我氣得牙癢癢卻沒有任何辦法，我想報復，想要狠狠擊碎哥哥的腦袋，想讓這個混蛋跪在地上求饒。只是，在外面時，哥哥不會讓我受到別人的欺負，總是為我出頭，為我挺身而出，痛毆看輕我的死兔崽子們。我可以依賴哥哥，黏著哥哥，讓自己安全地待在蘇家。同時，我也喜歡挑戰哥哥，每一次的衝突都讓我知道自己正面對著怪獸，我必須突破層層關卡，才可以殺死搶走糧食與公主的大惡魔。我想，如果我多吃肉、多運動、多長肌肉，我便可以打倒哥哥，救出公主，釋放被囚禁的奴隸，拯救國家，成為世界上獨一無二的英雄。

障礙很容易便能克服。

要怎樣才能更像哥哥？怎樣才能比哥哥更像哥哥？

我對著鏡子望向自己，大拇指和食指掐住鼻梁往上扯，希望鼻子挺些；將下巴兩側的肉往下顎猛塞，希望臉蛋看起來瘦些；兩指重重壓住左右眼尾往外拉，讓眼睛變成中國古裝戲中的丹鳳眼。我拿著從香港進口的爽身粉灑在臉上，滿臉粉白。我和哥哥長得很不一樣，身體流著不同的血，幸運的是，這對我們來說並不會構成任何煩惱。不管是誰第一眼看到我們，都不會把我和哥哥當成親兄弟。他們往往睜大雙眼，看過來，望過去，想著我們兩人之中到底誰是私生子、誰是冒牌貨。當人們出現困惑的表情，我和哥哥便會笑得特別開心，我們喜歡找尋彼此之間的相像處，好好捉弄別人一番。我們都有一對眼睛和一個鼻子，耳朵圓鼓鼓的，微笑時臉頰有兩個深酒窩，哥哥還說我們都只有兩個乳頭和一根雞雞。但是，我們之間的差異還是比較多，哥哥比較高，偏瘦，有著乾淨的黃皮膚，五官淺，看上去就像一位體面的華人。我不管換幾面鏡子，用高貴的衣服裝扮成什麼模樣，擠出什麼表情，看上去還是有些番仔，輪廓深，眉毛濃，黑皮膚。我比哥哥胖，脖子粗，胸膛厚，肚子圓滾滾的都是肥肉。

我學著哥哥笑，不露牙齒，眼神必須銳利卻又懶散，眉毛適時上挑，表現出斯文與霸氣——這是我一個人的遊戲。其實，我並不是真的想變成哥哥，有時候，只是怕他，愈是怕他，愈是想要讓他知道，他不能一個人霸占電視，不能一個人吃掉所有烤雞和披薩，不能一個人使喚僕人。

我也擁有權力。

一定要平均使用蘇家的所有東西。

我和哥哥常常為了物品的使用權爭吵，非常義正詞嚴，搬出沒人相信的說詞，例如你必須要聽我的話，因為我姓蘇，因為我有錢，因為我說了算。說詞都是隨口胡謅，沒想到說久了，我也不自覺說服了自己。

哥哥的籃球打得好，跳得高，跑得快，反應迅速；相反的，我的運動細胞很差，因為我有個大肚子，隨便動一下就滿身大汗，心臟變成一隻瘋狂的鬥雞想要跳出胸腔。我的強項是讀書，我理解數學公式，熟記番仔島歷史，能流暢地說多種語言。中文、福建話和西班牙文並不難，老師教的例句我都可以妥善運用於生活。爸爸曾經替我請過專業的華人老師，於是我時常在華人作文、演講、書法比賽中得獎。我不僅可以順暢地閱讀中文童書，還可以調整發音，讓舌頭伸直或捲舌。說實在的，我相當討厭參加各個宗親會舉辦的比賽。爸爸特地挪出原本置酒的玻璃櫃，專門擺放我的獎狀和畫滿中國神州圖騰的龍鳳獎牌。比起獎狀和獎牌，我比較喜歡一張張護貝起來的照片，爸爸把照片放在玻璃櫃中一同展示，大多是合照，例如我和哥哥一起游泳，一起騎腳踏車，一起理光頭，窩在同一個浴缸中洗澡，還有一些我認不得的媽媽，那些消失的、早已被遺忘的媽媽抱著我和哥哥，爸爸站在一旁插腰抽菸。照片上，我們是一個非常親密的家庭。

國小四年級，學校指派我去參加演講比賽，題目是「如何做一個活活潑潑的好學生？如何當一位堂堂正正的中國人？」

各位評審老師大家好，我就讀馬尼拉能仁沙咳啞小學，今年四年級。今天，我要演講的題目是如何做一個活活潑潑的好學生？如何當一位堂堂正正的中國人？我們都知道中國是一個儒、釋、道的文化大國，有著忠、孝、仁、愛、信、義、和、平等傳統美德，有著孔子、孟子博大精深的人倫學說，還有《大學》、《中庸》等等經典典籍。我們擁有其他國家所沒有的文化，這些文化都是要培養我們做一個活潑的學生，當一位頂天立地的中國人，並且為海外眾多華人同胞開創一個新的國際格局。就讀菲律賓華校的華人子弟，無不尊崇中華文化的諸多美德，盡力為華校與僑界完成最根本的責任與義務……

演講稿是沙咳啞學校的台灣替代役老師和大陸志願役老師一起寫的，主任修稿，比賽前還要我在朝會上朗誦。我根本搞不清楚演講稿到底說些什麼，我也不在意，只要一字不漏背起這些沒有意義的東西，就可以得到獎牌，反正，人們總是希望聽見自己想聽的話。我假裝自信地昂起頭，克制緊張，雙手隨著石頭形狀的字詞而活躍擺動。我的聲音宏亮，咬字正確，認真發出墜落般的去聲。每次發出去聲，我總覺得身體被快速旋轉的躲避球打到，非常不舒服。最後，我的右手優雅地在前方空氣畫出半圓，上身順勢折彎，九十度鞠躬。

完美結束。

炸爆竹，放煙火，拍雙掌，拉好紅領結，無庸置疑的第一名。

我拿著獎盃與獎品，站在領獎台上享受榮耀，聽講評。評審說，竟然有菲律賓小孩能將中文說得這麼好，字正腔圓，四聲分明。評審總共用中文、英文和河洛語講評了三次。我鐵青著臉，全身的神經無不緊繃，紅血球一個一個破裂，感覺自己被嚴重羞辱，彷彿被脫光衣服一一檢視。評審都是笨蛋，他們應該要仔細查看學生簡介，上面一字不漏記錄著：「蘇孝駒，祖籍中國福建廈門。」自從被評審誤認是番仔之後，我便拒絕再去參加任何演講比賽，即使獎金和獎盃都是我的，我也不稀罕。

一有空，我便尾隨哥哥身後，想要挑戰他，試圖在哥哥臉上揮出一個一個厚實拳頭。

貼身玩伴

「妳覺得妳上輩子做了什麼錯事？」我認真地問珍。

每次我都會試著激怒珍，問她一些難以啟齒的事情，像是妳為什麼會來蘇家？妳的爸爸媽媽呢？為什麼妳不能上學？為什麼妳家那麼窮？妳喜歡我嗎？妳為什麼長成這副噁心的模樣？妳的乳頭是黑色的嗎？妳的肚臍是不是有個洞？其實，我早就知道答案，只是我會刻意問珍，我希望她生氣。從很早很早開始，珍就是沒有情緒的，或者說，她的情緒被抽走了，彷彿有一層毯子緊緊實實包住了她，軟軟的，厚厚的。我想要拿把刀子把那層毯子割開。

珍咬著被蜂針刺過般的嘴唇，癟著臉頰，用罪人似的眼神望向我。

可憐的醜傢伙。

我喜歡珍，她來到蘇家四、五年了，她一直非常耐心地照顧我。我沒有特地要欺侮她，我只是把她的存在當成我的附屬品。我需要她，真的需要她，尤其在我被哥哥欺負時更需要她。我會問：珍，妳不覺得哥哥變得愈來愈像番仔了嗎？妳覺得哥哥是不是徹頭徹尾的大壞蛋？妳覺得我們要怎樣才能把這次的新媽媽趕走？

珍不是啞巴，她會回答，可惜的是，始終答不對題，而且經常出現一副我不了解的神情，擔心害怕著什麼。我十分著迷那雙受驚的眼睛，眨啊眨，隱藏著什麼。我很壞，很好奇，想知道珍到底是不是外星人？是不是異種？外星人生氣時，眼睛都會射出閃電。我是個尊貴的皇太子，嫌棄她，說她笨手笨腳，說她看著我時不能兩眼直視，說她應該要知道自己當下人的分寸；當她兩眼直視我時，我會說看什麼看，等一下把妳的眼珠子挖出來。我總是半遊戲，半惡意。

夏日午後，日光燃燒著冰涼的水，我和哥哥光著身子坐在蓄滿涼水的浴缸。

哥哥對我潑水，我也不甘示弱反擊著。

「快去冰箱拿冰塊，水都熱了。」哥哥說。

珍捧來盛滿冰塊的鐵鍋，冰塊從浴缸邊緣緩緩滑入，接著放妥鐵鍋，繼續站在浴缸旁等待指令。

我和哥哥比賽誰的嘴巴可以塞進比較多的冰塊。哥哥含一塊，我也含一塊，直到嘴巴鼓滿冰塊再也塞不下，那模樣無疑是兩隻宴席上的鮮紅烤乳豬。我想笑，卻必須憋住，直到冰塊混著冰水喀啦喀啦從嘴巴吐出來。累了，我們便躺著，將頭顱浸入水中，看著冰塊變成一艘艘船艦四處漂浮。我們緩慢吐出氣泡，比賽誰比較會憋氣。我們在水中對望彼此豬肝色的臉龐，誰也不認輸。最後，哥哥張大眼珠，嘴巴吐出團團氣泡，從水中立起身，先深深吸了一口氣，再用手揉揉自己的小桿子，大聲說：「我——要——尿——尿。」我隨即站起身，大剌剌跟著喊：「我——也——要——尿——尿。」

「少爺，馬桶在那邊。」珍說。

「我要在這裡尿。」

珍用手搔著太陽穴想法子。「等等，少爺，我去外面拿尿壺，在這裡尿整盆水都要換掉。」

「妳過來。」哥哥說。

珍遲疑地往前走了幾步。

哥哥用右手抓起小桿子，細細的尿柱對準珍的上半身噴射起來。夏日午後正在燃燒，時間緩慢，停滯了，光化成塵埃，我的腦海清楚烙下珍的臉，那張臉從紅暈轉為白蠟，從白蠟透出顫動。珍石化幾秒，接著輕輕收拾碎裂，重新露出僵硬的微笑。一時間，我也急了，同樣抓起我的小桿子對準珍噴射出體內的水柱。她是我的。哥哥忽然轉移目標，將黃色水柱對準我。整缸水泛著涼氣，整個浴室泛著曙夏的濃濃尿臭。我沒有直視珍，我不敢，也沒必要，她擰了擰被尿淋濕的衣物，用乾淨的水柱沖洗手上的大毛巾。不知為何，我覺得在那當下，被尿淋濕的人不是珍，而是我。不過，我絕對不能在意這種事。

我有著渴望，希望珍能聽見夜裡我作噩夢的心跳聲。

我知道她了解一些我還不了解的事情。

或許有那麼一天，珍會告訴我，她討厭我這麼做，這樣子或許我會好過一點；在那之前，我會繼續頑皮，惡意玩弄她。

番仔婆媽媽

我就讀國小三年級時，爸爸帶回一位在醫院當護士的番仔婆。我和哥哥都不叫她媽媽，爸爸說這樣子有失身分和地位，我們直接叫她的名字——蒂娜。

蒂娜很美麗，二十一歲，長髮，皮膚是健康偏黑的小麥色，有著豐滿的胸部和柔軟的腰。爸爸說，蒂娜有兩個孩子，一男一女，現在託付給鄉下納迦城（Naga City）的父母。我不討厭蒂娜，我喜歡蒂娜烹飪的食物，漢堡、煎香腸配生菜雜糧麵包、燉牛肉、烤魚和酸辣濃湯等等，都很好吃。只有爸爸在家，蒂娜才下廚，因為她想討好爸爸。

哥哥不喜歡蒂娜，尤其討厭蒂娜叫我們大蘇小蘇，覺得這樣子很沒禮貌，很下賤。哥哥說，蒂娜是一個番仔婆，帶著兩個拖油瓶，會接近爸爸不過是覬覦家裡的錢。我沒有同意，也沒有不同意，覺得哥哥的話很沒禮貌，相當偏激。

蒂娜成了家裡的女主人，展現好媽媽的愚蠢模樣，任意叫喚家裡的傭人和司機。蒂娜在家依舊穿著套裝或小禮服，成天蹬著一雙純白鑲嵌紅玫瑰的小高跟鞋，喀啦喀啦，是一隻血統純正的番仔島鬥雞，頸子高，毛髮飄逸。蒂娜喜歡伸出鮮潤潤、彈跳跳的舌頭，輕柔舔拭嘴唇，兩隻深邃的黑眼珠瞇成一線，走到爸爸身邊，傾過身，撫著爸爸的臉頰，接著用整對乳房輕輕撞擊爸爸的胸膛。如果我和哥哥不在，爸爸也會腆著大肚腩往蒂娜撞去。我會聽見蒂娜刻意的、不自然的誇張式笑聲，沒過幾秒，蒂娜彷彿注意到自己的失態，趕緊回復性感撩人的樣貌，繼續撫摸烏黑的長髮，伸出舌頭挑逗。

蒂娜當了女主人之後，就不去上班了。蒂娜不像護士，比較像妓女，屬於比較好、比較乾淨、有天天洗屁股的妓女。哥哥說，就是會挑對象交配的高級妓女。蒂娜喜歡待在房間，很少出來，除了用餐時間之外。蒂娜穿著禮服，優雅地探過頭，喚著我們吃飯。剛開始，哥哥還會和我們一起吃飯，等到哥哥上了國中，就只剩下我和蒂娜。我們三人坐在餐桌，沒有禱告，沒有感謝上帝一次又一次取消世界末日，只是拿起碗筷狼吞虎嚥大蒜飯。蒂娜熱切詢問學校的事情，點點頭，煞有其事給予意見，到了後來，只要爸爸不在，蒂娜也就不再假裝關心我們。我和哥哥只顧吃飯，希望可以早早離開餐桌。

蒂娜很享受晚餐時間，她學爸爸清嗓音，用筷子敲碗，叫喚躲在暗處的啞啞，有時叨念米飯太稠，有時指責茄子餅煮得太老太爛，有時埋怨牛肉燉得不夠爛。蒂娜伸出套著三根金戒指的左手，捧起碗，吩咐啞啞再添一碗飯、再盛一碗湯，那副模樣相當不自然，像妖怪。蒂娜用爸爸的信用卡買了一台液晶螢幕，裝在廚房，吃飯時就打開電視看娛樂節目。蒂娜始終笑得花枝亂顫，樹妖姥姥的十指枯枝手撥動著，沒幾秒又回復神態，挺起背脊，用筷子敲碗，非常認真地當貴婦。蒂娜得意地表示，她必須和我們一起同桌吃飯，因為她是非常負責的媽媽，她說她特別喜歡中國人吃飯時的安靜與謹慎，有些尷尬，卻十足異國風。

我和哥哥的椰子塚

我和哥哥都喜歡喝椰子汁，曙夏午後，拿著十幾塊披索到聖鬥士街買新鮮的椰子汁喝是件快活的事。

聖鬥士街前有一個舊型的、骯髒的、瀰漫水果腐爛氣味的果菜市場，叫做 Family Public Wet&Dry Matket，方形，不大，生鏽的鐵棚子下擺滿香蕉、芭蕉、青芒果、小橘子和準備大批出貨的圓滾滾大西瓜。爸爸說，果菜市場被韓國人買了下來，媽的，那群小鼻子、小眼睛、小嘴巴的傢伙霸占番仔島許多地方，嚴重影響華人的生活，真可恨。我會學爸爸義憤填膺的語氣，握緊拳頭，罵這群小鼻子、小眼睛、小嘴巴的侵略者，他們真該死，應該被拉去槍斃。每天早上，市集會擺滿許多食蔬攤販，擠滿從高級住宅區湧出來的僕人，搖晃一顆顆黑愣愣的螞蟻頭顱。果菜市場前，丟棄成堆被挖掉椰肉的椰子殼，人頭骨般隨意交疊。雖然無法習慣滿地垃圾、果皮和不洗澡的窮人，卻尚可忍耐，因為離家近，要開溜或者回家洗澡都十分方便，而且我也可以去找蘇鬼子玩。對了，蘇鬼子也是我的附屬品，姓氏是我賜給他的，滿足他成為蘇家眾多財產的願望。

我和哥哥拿著自製的彈弓來到攤位前，掏出錢，蘇鬼子的主人用大刀剖開椰子頭，插進吸管，讓我們有一大顆新鮮解渴的椰子喝。這時，蘇鬼子便會從一大堆椰子中竄出頭來，睜亮一雙骨碌碌雙眼。蘇鬼子不能隨意喝椰子汁，中國人說一手交錢一手交貨，要喝就要拿出銀亮亮的硬幣。蘇鬼子只能爬到路邊的椰子樹上採摘瘦巴巴的椰子，自己剖來喝，攤位上的大顆椰子沒有他的份。我喜歡蘇鬼子，他很瘦，身子烏黑發臭，二手懸空吊掛在骨架子上。蘇鬼子有一顆特別大的頭，手比腳長，笑起來會歪著頭，用左手抓撓長著爛瘡的頭。有時我會把喝剩的椰子汁施捨給蘇鬼子，要他陪我和哥哥玩，這樣很公平。蘇鬼子的兩隻老鼠墨色眼珠轉啊轉，十分靈活，一看到我口袋裡的硬幣便射出光芒。我和哥哥喝完椰子，便將椰子殼交給老闆。大刀一剖，椰子一分為二，雪花糕般的椰子肉肥滋滋露了出來。老闆遞來椰子和湯匙，拿穩了，我便開始用力挖，挖剩了，肚子飽了，就交給蘇鬼子。蘇鬼子埋頭吃著我和哥哥賞賜的椰子肉時，我和哥哥便開始每個禮拜固定一次的射靶比賽。

蘇鬼子是我和哥哥的靶。

蘇鬼子將已經被啃得乾乾淨淨的椰子殼戴在腦袋上，猿人般蹦蹦跳跳，嘿，往左挪一點，往右靠一點，不要動，再動就射你雞雞。我和哥哥隨意撿起地上的石頭，彈弓對準蘇鬼子的綠色頭顱，用力彈射子彈，一發接一發。射到是五分，發出響亮的聲響還可加三分，如果連蘇鬼子都喊痛再加兩分，紅不讓是滿分十分。蘇鬼子會發出各式不同的哀嚎聲，讓我們以為打中的不是椰子殼而是他的腦袋。蘇鬼子有很多姿勢，有時固定不動，有時學猴子搖頭晃腦，有時變成不斷扭動的眼鏡蛇，有時則是行動不便的瘸腿大象。

「真沒用。」哥哥故意嘲笑我。

「才不是這樣，剛剛是蘇鬼子亂動，不然我早射到了。」我抗議。「蘇鬼子你趕快變石頭，不然等一下你就死定了。不管，再來一局。」

「再幾局都沒用，乖乖認輸吧。」

「不管，現在再來賭，輸了我就——我就把珍借給你。」我理直氣壯地說。

「我才不要番仔婆整天跟在身邊，煩都煩死了。嗯，我們可以再比一場，不過輸的人要陪蒂娜聊天，要喊她媽媽，還要抄寫一遍爸爸的教條。」

「誰怕你。」我昂起頭。

蘇鬼子轉過頭。「蘇少爺，準備好了嗎？我的頭殼癢癢的呢。」

「石頭不能說話也不能亂動。」我大吼著。

蘇鬼子用烏黑的手指摸摸頭上的椰子殼，他的左手捧著椰子，右手拿著湯匙用力刮著椰肉，嘴角流出噁心的口水。

哥哥先發奪人，射中椰子，得了八分。

蘇鬼子開心地吃椰子肉，沒時間喊疼。

我仔細瞄準不停搖晃的綠色頭顱，調整角度，緩慢吞嚥口水，身子熱出汗水，憋住呼吸，希望連心跳都能暫時止住——射歪了，連蘇鬼子都沒打到。這一定是蘇鬼子搞的鬼。我的呼吸急促起來，好生氣，好憤怒，感覺和哥哥之間的差距愈來愈大。哥哥繼續取笑我，不准我狡辯。我氣不過，將彈弓用力拽向地面，跑到蘇鬼子面前一個巴掌打翻他掌中的椰子。

蘇鬼子呆愣愣望著我，不知道到底發生了什麼事。

我痛恨那種表情。

父親的教條

我拿著發鈍的鉛筆，面對一張空白紙，開始寫下爸爸要我們牢牢記住的教條。

1.顏之推：積財千萬，不如薄技在身。
2.Kung may tinanim, may aanihin : If you plant, you harvest.
3.蘇天順：大便完要自己擦屁股。
4.荀子：鍥而不捨，金石可鏤。
5.蘇東坡：畫竹必先得成竹於胸中。
6.《聖經》：喜樂的心是健康良藥，憂傷的靈使骨頭乾枯。
7.王永慶：成功的祕訣無他，就是吃必要的苦，耐必要的勞。
8.老子：禍莫大於不知足。
9.耶穌：你願人們怎麼待你們，你們就怎麼待人。
10.蘇天順：「根」字會不會寫？

廢話，我當然會寫根，多簡單，木字旁邊一個幹，不，是一個艮。

我將這張寫滿教條的紙丟在哥哥的書桌上。

說話必須算話，如同爸爸教的，大便完要自己擦屁股。

只要我一喊，珍就必須隨時出現在我的面前。她是我的，我可以用任何方式擁有她。珍來自山上，公司的會計每個月會固定轉三千披索到她家人的帳戶。山上的海拔不高，大都位於馬尼拉、奎松往東延伸的廣闊山區。對於沒開化的人來說，包吃包住還給三千披索是很高的價錢了，何況珍沒受過教育，不會說英文，等於沒有任何用途，爸爸替我請的華文家教一個月不過四千披索。

「人呢？」

「蘇少爺，有什麼事情吩咐嗎？」珍趕忙跑上樓。

「趕快準備材料，獵人頭去囉。」我躺在床上滾動。

珍聽見吩咐，趕緊走到書房準備紙張、墨水、炭筆和蠟筆。

我們拿出空白紙塗鴉，把對方想像成土人，隨意抹上顏色。我將珍畫成一個捲髮、大眼睛、塌鼻子的女人，又黑又醜。有時，我會給珍畫個銀亮亮的鼻環，替她的耳朵別上十幾個豔麗的耳墜，有圓形、水鑽形和骨針形。如果同一個模樣畫膩了，我便給珍畫上一些牛角、第三隻眼、兔唇、長在頭頂上的耳朵和一些菱形骨飾。珍的畫一點創意都沒有，她總是仔仔細細畫我，一筆一畫描摹著我，怕畫醜了，我會生氣。接著，我們用剪刀剪下彼此眼中最原始的番仔模樣，交給對方，當作面具貼在臉上。我們的房間是一座原始的、充滿新奇物種的熱帶島嶼。太陽很燙，風很涼，我划著螃蟹船從淺灘的海上回來，用力把船推上岸，繫纜繩，雙手提著肥美的海膽和石斑魚。剛要穿過濃密的樹枝、野芒、藤蔓、芒果與香蕉樹叢林時，忽然發現葉叢間出現人頭，我蹲低身子，警備著，發出呼嚕呼嚕聲驚嚇對方。我放下鮮魚，一手握魚矛一手握山刀，朝著同樣蹲低身子的珍探去。呼嚕呼嚕——我宣告她即將到來的死訊。一個躍步，我來到珍的後方，扯下她的面具。珍痛苦地躺在地面，兩手兩腳抽動，彷彿喝下了致命的毒藥。我的右手順勢併攏成手刀，在她的脖子輕抹三下，割下她的頭顱。我蹲下身，雙腳跨騎在她的身上，伸出舌頭輕輕舔著珍的脖子，咬她的耳朵，喝她的血。

我揉爛面具，丟向遠方。此時，珍復活過來，四肢如同鱷魚鼓動，手腳擊打地板，往面具快速爬去。我呼嚕呼嚕拍拂嘴中呼出的氣體，跑到被揉爛的面具旁，彎身撿起，再往另一處丟去。我立起身，雙掌握拳，學著金剛敲擊胸膛。珍用雙手仔細攤平薄薄的面具，辨認五官，重新貼上臉頰。

之後，我將魚矛和山刀交給她，換她來獵我的人頭。

珍太膽小，她不敢。

我總是可以在這個遊戲中得到無法解釋的樂趣。

作文第一則——〈我就讀的沙咳啞國小與老師們〉

我就讀的第一間學校是馬尼拉聖大古律斯區（Santas Cruz, Manila）的沙咳啞國小，這是一間佛教學校，創辦於一九六〇年，學校在ＬＲＴ捷運的 Bambang Station 附近。

每天早晨，當我和哥哥還在轎車中半醒半睡時，學校外的街口早已擠滿了賣水果、炒花生和塑膠假花的攤販，貧民剛從厚紙板睡醒，占滿了整條紊亂的街道，孩子光著屁股，大人穿著從墳墓挖出來的衣服。艾爾頓老司機會將我和哥哥放在街口。下了車，我戰戰兢兢依偎在哥哥身邊，叫珍當開路先鋒。Bambang 是這個區域的名字，常常無預警爆出槍聲與各式搶案，附近是貧民區，一大群一大群骯髒汙穢的番仔聚集在一起，將學校北側包圍起來。貧民們睜著飢餓的眼神，望著我們這些穿著白色制服、米色褲子的華人學生。跟番仔比起來，我們就是億萬富翁。

學校的大門很中國風，四根灰色的水泥梁柱矗立校門，三層樓高，石梁間是一面紅色鐵門，門簷上翹，有著中國古代深宮大院的規格。進入大門，會見到一叢排列齊整的高聳椰子樹，工人會爬上樹梢摘果解渴，後方是建築主體。

每堂課四十分鐘，前後十分鐘都要念經，上課時間只剩下二十分鐘。我坐在椅子上和同學們一起叫喚文殊菩薩、普賢菩薩、地藏王菩薩和觀世音菩薩，大聲朗誦經文，奇怪的是，我滿腦袋都想著耶穌基督、聖母、約瑟、雅各、宙斯和真神阿拉。不知道東方和西方的神會不會搶奪信徒？菩薩和聖母打起來誰比較厲害？

我們的校長是一位光頭和尚，特別交代用餐前要念經，不然死後一定會下十八層地獄，被拔舌、被火燒、被煮沸。學校是井字型建築，圍著一處可以打籃球、排球和羽球的多功能運動廣場。一樓的食堂旁有一間教室改建的大佛堂，兩側擺著褐色書櫃，裡頭是一堆愚蠢幼稚的華文課本。佛堂的牆壁是淺綠色，神壇後方布置黃色布幔。檀木色的神櫃鋪著一張「金玉滿堂」紅色墊布，上頭置放香爐，擺滿一尊尊來自大陸、香港和台灣的各個傳統神明。有露出大胸脯、大肚子的金色彌勒佛，有聖母樣貌的白色觀世音菩薩，還有從印度偷渡而來的悉達多釋迦牟尼佛，瘦得只剩下骨頭。每天早上，瘦校長和胖主任會一起去佛堂，跪在紅色軟墊上燒三枝香，念經敲磬。

不過，那些都只是儀式罷了，校長和主任都是花和尚，穿著僧服法衣，頭頂戒疤，非常不拘小節——校長特別喜歡吃牛肉，主任喜歡玩女人。

比起渡人為樂的校長和主任，學校的老師們反而比較人模人樣。每一位科任老師都會被搞得一個頭兩個大，教得相當痛苦，最倒楣的就是待人和善的李軟腳。中文課，李軟腳完全不理會班上同學，他講他的，我們做我們的。空中不時還會飛出一根紙棒，不偏不倚打中他的頭，彷彿一記當頭棒喝。李軟腳毫不在意，只會說阿彌陀佛我佛慈悲。我常常懷疑他的腦袋是不是燒壞了。

英文課，班上的同學都變成一架架轟炸機，在教室隨意跑動，同學們自顧吹直笛、睡覺、發呆或大聲聊天，我都快要變成聾子，同學們卻一點都不在意，好像不說話就會變成啞巴。我的英文老師是喬伊斯，很文學的名字，不過他太年輕、太老實，所以同學們才會如此放肆。同學們都說土話，不說英文，我不知道英文老師為什麼可以忍受這種混亂的班級。我不喜歡這位番仔英文老師，他的英文有濃濃番仔腔，發音很難聽，舌頭會亂捲，而且喜歡誇耀他在哈佛念書，十足的假洋人。他要我們有機會一定要多去國外走走看看，不要老是待在國內，會變笨。

數學課，大家都不敢亂走動，王州美老師十分厲害，她有一個大嗓門和大胸部，華人血統百分百，同學都不敢惹她。王州美不打人，喜歡捏同學的耳朵，擰螞蟻一樣，每次上課都會有六、七隻耳朵紅腫成青紅色。我最喜歡王州美老師，她有一張粉亮粉亮的白臉，身上瀰漫濃濃的香水百合味，我喜歡聽老師說她去香港和台灣旅行的故事。王州美長得一點都不像番仔，她的親戚住在台北，每個寒、暑假都會去拜訪親戚。王州美和我很像，所以我喜歡她。

自然老師陳孕婦的脾氣很好，笑口常開，上課相當輕鬆自在，不過自從扣分制度取消之後，同學們便放肆了起來。陳孕婦的肚子特別大，我還以為她懷孕了六、七個月，後來才知道陳孕婦不過是吃太多，胖成了母豬。我覺得陳孕婦應該要減肥，不然半夜睡覺時一定會被自己的肚子壓死。有一次上解剖課，老師將班上同學分為五組，要我們拿出預先準備的昆蟲與動物，有青蛙、鍬形蟲、蝴蝶、瓢蟲、麻雀、金龜子等，我帶著珍不知從哪抓來的螳螂，放在密閉的塑膠杯中。螳螂鐮刀狀的前肢長著刺，頸上是三角形頭，看上去有著縮小版外星人的感覺。螳螂略略轉動細長前胸，將三角形頭顱對準我。

同學們決定要將這隻螳螂做成標本。

我將螳螂倒進容器，滴管滴進幾滴乙醚，蓋子嚴密蓋上。我注視容器內的螳螂，牠伸出銳利前肢，不斷在光滑的容器內攀爬，用畸形的單複眼看著瓶外，想要回到外頭的世界。同學說不夠不夠，螂螳死不了，要我再滴幾滴乙醚。瓶底積了一層乙醚，螳螂還是沒有暈死。為什麼螳螂不簡簡單單死一死？為什麼要死命抵抗呢？同學們拿起容器用力地上下搖晃、左右擺盪，螳螂暈眩了，瞪著雙眼，動作悠悠緩緩變慢。同學滴進更多乙醚，再劇烈搖晃容器。

我沒有制止他們。

我有些難過，一股輕微的窒息感襲了上來。

同學們拿著夾子緊緊鉗住帶刺的爪，拿出刀，依照指示剖開螳螂的身體。

螳螂的眼睛一直無辜地望著我。

真他媽的該死。

墓園

日子是一根盛夏裡逐漸熟爛的香蕉。

清明節一大早，我、哥哥、蒂娜和回番仔島祭祖的爸爸特地早起，我和哥哥吃果醬吐司和現榨蘋果汁，蒂娜和爸爸吃鹹稀飯。用完餐，我們便前往位於馬尼拉郊區的公立墓場。那是一處天主教和基督教共存的高級墓園，草皮寬敞，地勢平坦，需要花上一大筆錢才能買到一塊墓地。我和哥哥在植著青草地的緩坡上隨意晃蕩。天空很藍，晴空下吹來一陣陣風，溫暖而不燥熱。

墓園內的墳墓十分乾淨，沒有垃圾，我們走在青草小徑上踢石頭，沒什麼好擔憂，彷彿唯一的願望就是趕快長大。爸爸叫嚷，要我們不要在墓地亂竄，怕招惹了不乾淨的東西。墓碑白皙潔淨，圓柱形與十字架形的碑柱安靜地矗立於大地。圓柱形的墓碑大都用黑漆畫著醒目的十字，或高或低平立於草地，安詳，平靜，我們的踏入確實驚擾了整天睡覺的鬼魂。有些墓碑旁擺放天使與凋謝的花環，天使的翅膀裂了，露出老舊的混凝土。一位天使捧著斷折的頭顱，對著天空沉靜笑著。我們來祭拜爺爺奶奶。福叔準備了銀紙、線香和鮮花素果。爸爸拿出鐵盆點火，毫無顧忌燒起紙錢，火光閃閃。照片中，爺爺奶奶有著優雅的微笑，白淨年邁的華人面孔，樣貌看起來令人感到安心。

爺爺是位節儉謙遜的人，也被當地人稱為Moneymaker。爺爺賺了錢，在鄉下創辦學校，每個月組織牙醫義診團四處行醫，還和地方華人共同組織了消防隊。爸爸說，當初爺爺來異地打拚，剛好趕上番仔島經濟大好的年代，發達後，常常捐款救助窮人。爸爸拿出毛巾，倒出礦泉水沾濕，仔細擦拭遺照。我看著奶奶的照片，腦海不由自主浮現一位女性的溫柔形象，她用溫暖潮濕的胸脯擁抱年幼的我，我眨著渾圓的、深邃的、被救贖的眼珠子，望著想像中的女人，肥厚的嘴唇貪婪地吸吮她的乳頭。抱著我的女人不是母親，而是早已死去的華人奶奶。

「小蘇，走，比誰先跑到欄杆？」哥哥跨開腳步起跑。

「你們不要太放肆，逃難似的。」爸爸吼著。

我謹慎望向爸爸，沒看出惱怒，馬上拔腿追了上去。

剛開始，我和哥哥在墓碑與墓碑間奔跑，偶爾停下，閱讀碑文，撫摸石碑上的文字。我不知道哥哥在想些什麼，我們沉默不語，互相露出一、兩個詭異笑容。我們鬼扯幾句話，開始跑起來，喘了，便放慢腳步，隨意凝視墓碑上的照片和銘文，想著人們如何度過各自的一生。我撫摸一張看不清死者的照片，以為會很冰，出乎意料，太陽將照片和石碑都曬得溫燙。

哥哥吆喝一聲，說比賽囉，又開始在墓園中的黃土小徑中奔跑著。

躍過墓碑，我踢歪了兩副早已枯萎的暗黃花環。

絕對不可以認輸，我跨大腳步，追逐太陽，逃離陰影，一定一定要追上。哥哥忽然在前方的土坡停下，矗成植物，我一邊喘氣一邊躍過哥哥往柵欄奔去。沒跑幾步，我也停了下來，哥哥並沒有追趕上來。我轉身，看見哥哥緊閉雙唇，一臉呆傻，一雙眼睛似乎受到某種刺激卻又適時收斂。我踮起腳尖，順著哥哥的眼神望去，沒看到什麼特別的，再往前走幾步，立即倒抽了一口氣——那是番仔特地為早夭的孩子設置的墓園，藏身柵欄之後，一處未立案、不合法、骯髒無比的亂葬崗。一隻瘦得只剩下肋骨、利牙和斷尾的餓狗距離我只有七、八公尺。餓狗望了我和哥哥一眼，垂下頭，繼續咬著嘴中的肉塊。我不自覺想往後退，身體的各個關節卻無法動彈。風一來，我的味覺被一股肉腐味與尿騷味填塞住了，我下意識閉起眼，屏住呼吸，吸入身體的空氣在我的肺部脹裂。

餓狗咬住我的靈魂。

哥哥不知何時走來，推動我的後背，我沒有任何反應，轉身想跑，卻依舊被釘在原地。餓狗低吼示警，利牙喀啦喀啦啃著鬆脆的骨頭。哥哥對著我的肩膀猛然一抓，疼痛讓我瞬間驚醒。我看著哥哥，哥哥也用複雜的表情回望著我。簡陋墓碑前，一對捧著花束與豎琴的天使雕像豎立兩側，餓狗用兩隻前爪往泥地刮搔，翻掘出一團肉塊似的小型軀幹，腐肉的惡臭味引來另一隻同樣飢腸轆轆的餓狗。另一隻餓狗露出利牙，咬住對方的脖子，滲出血，發臭著。兩隻狗互相低吼。哥哥抓緊我的手，拖著我往乾淨的、有地位的、植有草皮的墓園跑去，我的眼神傻楞楞凍結著兩隻餓狗互相啃食的模樣。餓狗十分瘦弱，皮膚長滿爛瘡，跛著腳，很想活下去；只是我知道，即使牠們將整個墓園的嬰孩都啃進肚子，還是注定得死。

FedEx 使命必達

祭祖隔週，爸爸搭飛機到杭州談紡織生意，並從遙遠的神州大陸寄回一只方方正正的箱子。爸爸寫電子郵件交代，早上九點到十二點之間，FedEx 使命必達的人員會打來電話，要我們簽收托運物，還吩咐從爺爺奶奶留下來的舊箱中找出一只麒麟形香爐。

我簽收了物品。硬殼箱子畫著一隻炯炯有神的鬍鬚老虎，昂頭長嘯，紅色塑膠繩包裹箱子。塑膠繩綁著兩條彩帶般打油詩，隸書大楷寫著「春來華夏展宏圖，日出神州彰正氣」。我和哥哥捧著硬殼箱子，搖了搖，想知道裡面到底裝了些什麼。箱子沉甸甸的，有著石頭的重量。我和哥哥謹慎地將箱子放在桌上，屏住氣息，解開塑膠繩，打開方型虎圖的蓋頭。錦箱裡竟然擺了一尊氣宇軒昂的雕像。哥哥從箱子中拿出一張收據與一張紙條簡介，上面有爸爸的簽名和神祇的介紹：威風凜凜武聖站姿關公，千年黑檀木，法相莊嚴，香氣濃郁，HK$460。哥哥小心翼翼捧起關公。我從箱子中找出一把雕工細緻的大刀，將大刀旋進關公的右手手掌。我和哥哥好奇地盯著關老爺，希望看到關老爺布袋戲般甩弄大刀。關老爺眼神凌厲，鬍鬚柔順又威武，左手捧著《左氏春秋》，右手持著飛龍大刀，盔甲戰服，脊梁挺拔。我和哥哥都覺得眼前的關老爺實在太帥氣了。

「爸爸的 E-mail 還說了什麼？」哥哥問。

「沒特別交代，只要我們別四處亂跑，連箱子裡裝的是什麼都沒寫到。」

「真麻煩。」哥哥搔搔頭，想著該如何處理。

「對了，爸爸還要我們去找一個麒麟形香爐。」

我和哥哥站在關老爺面前左看看，右看看，上看看，下看看，看不出任何名堂。有時哥哥捧起神像抱在懷中，有時我摸摸木頭質地的神像，我非常小心謹慎，怕神像裡真的住著神明，任何不恰當的言行都會招來嚴厲的責罰。我和哥哥對著神像摸索了半小時，左探右望，直到我們發現這些舉動比一隻吃飽睡、睡飽吃的豬還要愚蠢。

舉頭三尺有神明

我們決定將神像放在客廳桌上，這樣子很醒目，每個人都能看到。

神像沒有跟祖先牌位擺在一起，也沒有插香，我們不知道怎樣做才是對的，爸爸沒有交代。整天，關老爺都站在客廳中央，動也不動，維持同一個英俊挺拔的莊嚴姿態。我會刻意學習關老爺的站姿與神情，左腳在後，右腳在前，立起身子，挺起胸膛，肩膀輕微後縮，左手要優雅捧書，右手要緊握大刀，略略皺眉，讓眉毛與眼睛呈現倒八字型，假裝眼神充滿了銳利英氣。只要一經過客廳，我們都會不自覺注視著神像，還以為自己正在注視好萊塢電影明星。我上網查了關老爺的歷史資料，還特別去租中文電影《關雲長》和《赤壁》參考，螢幕上的關老爺一臉棗紅，威武氣派，我也有樣學樣打了幾個招式，蹲馬步，對著木頭製的櫥櫃用力搥了幾下，不過我的手馬上就紅腫了起來——關老爺的身體結構一定和普通人不太一樣，大概是碳纖做的，或是一體成形的液態金屬，絕對不是什麼千年黑檀木。

一天下午，從市區返家，我透過車窗看見四、五十幾位番仔圍堵社區門口，雙手拿著抗議招牌。社區警衛緊握槍枝嚴詞斥責，要番仔離開，不然就要報警。一群番仔聚集在一起，總是讓我產生強烈的厭惡感。番仔穿短衣短褲，或站或立，播放收音機的音樂，抽菸、捧鬥雞、露出一臉傻笑並隨著搖滾樂跳舞，幾位露出屁股的孩子啃著指甲、抓著泥巴吃。

一點都不正式的抗議。

我們經過時，沒有禮貌的番仔立即湧來，將臉貼向窗戶，雙手不斷擊打車窗。

年輕的蘇伯特司機猛撳喇叭，油門一快一慢終於突破人群。

「真是一群沒文化的番仔。」我受了驚。

「沒辦法，窮人都是同一個模樣。」蘇伯特說。

「這世界該死的人很多，有些人根本不應該被生出來。」我試著平緩情緒，狠狠咒罵。

進門時，珍呆愣愣站在神像前。

「小蘇少爺，您回來了，要喝點什麼嗎？」

「不用。」我卸下背包，身子癱倒沙發。

「這是什麼神明？」珍好奇地問我。

「妳有興趣啊，這可是一尊很厲害的神明呢。」我不知緣由驕傲地說。「在中國、香港和台灣都會拿香拜關老爺，爸爸大老遠從大陸寄回來，一定是因為這尊神明很靈驗。如果妳有什麼願望，都可以跟關老爺說，一定會實現的。幾年前，爸爸帶我和哥哥去大陸玩，還參觀了不少關公廟呢，不過跟妳說妳也不會懂，妳太笨了。」

珍點點頭，表示贊同，臉上露出一絲遲疑。「什麼願望都可以嗎？」

「當然，就像對聖母祈禱一樣，要上天堂或中樂透都可以。」我昂起頭吹噓。

「要拿香嗎？」

我皺著眉，想了想。「這是一個好問題。雖然爸爸都會要我們拿香拜拜，還要燒紙錢，不過妳是外國人應該沒關係，而且像妳這種人種，我也不知道拜了有沒有用，妳有什麼願望可以跟我說啊。」

「沒有，小蘇少爺，我過得很好，沒有願望。」珍萎縮身子，聲音低沉了下去。

「妳知道妳這樣子很令人討厭嗎？」

「真對不起。」珍抬起頭，再低下頭。「我不是故意的。」

我看著我的僕人，我從來沒有認真看過她，現在，我竟然有一股奇妙的衝動想要好好看著她，想知道她到底是怎樣的一個生物，怎樣令人厭惡的人種。我發現，珍已經不是珍。她竟然比我高出半顆頭，捲曲的黑髮用一只蝴蝶形髮髻紮了起來，胸部微微隆起，她的皮膚、嘴唇、眼睛、耳朵、下巴與每一口呼出的氣息都帶著某種誘惑。我不知道誘惑我的是什麼，是珍的性激素、身體或是她低賤的存在本身？我感到厭惡，無比厭惡，彷彿有著什麼正向我壓迫而來，她不應該是個人。

「說啊，妳的願望是什麼？是不是想要離開蘇家？」我的語氣不懷好意。

「沒有，小蘇少爺，真的沒有。」珍咬著豐滿的下唇，露出委屈。

「妳這樣子好像我在欺負妳，真是的，來，我教妳拜關老爺，來這裡跪下。」

我要珍跪在我和關老爺面前。

「首先雙手合十，閉上眼睛，對神明說出姓名和住址，再說出願望。說完後，對神像叩拜三個響頭。」

「小蘇少爺，我不信中國的神啊。」

「妳在蘇家，我們信什麼妳就要信什麼。」

我要珍併攏雙膝，一個彎腰讓上半身平貼地面，手掌向上、向下翻轉再起身，雙手合十。

我不容珍辯駁，仔細審查她每一個僵硬的動作，適時調整。我壓著珍的頭顱往地面撞擊，一次又一次，我說，動作要確實，這樣子神明才會聽見願望。珍輕喊，說痛，頭顱試著抵抗我手掌的力量。珍寬鬆的衣領在磕頭時不斷晃動，我不經意看見米色胸罩內的黑色乳房。兩瓣黑色乳房鮮活著，顫動著，腫脹著，誘惑著我。我感到罪惡，鬆了手，卻又立即回過神，按住珍的頭顱往地面再次撞擊。珍比我想像中還要邪惡。珍沒有再抵抗，蹙著眉，揉著紅腫的額頭看著神像。我的表情十分嚴肅，堂而皇之下了結論：妳永遠都當不成中國人，不，妳永遠都當不成人。

珍笑了笑，彷彿這並不是一件嚴重的事情。

買賣契約

日光在關老爺身上產生陰影，我望了望，忽然想起一件非常重要的事情。

我跑上三樓，在雜亂的置物間中尋找一只皮箱。

「珍，去拿毛巾和冰塊，我快熱死了。」陽光的熱度快將我烤成肉乾。

那是一只老舊的皮革箱，用來擺放爺爺奶奶留下的遺物。我一面搬開瓷碗、不鏽鋼杯、破鐵鍋、龐雜的廢書、泉州筷等，一面回憶箱子的形狀與用途。當初，爺爺就是帶著這只裝滿雜物的皮革箱來到番仔島落地生根。我的雙手與膝蓋沾滿灰塵，鼻子吸進古老、遙遠且發霉的氣味，皮膚滲出一層薄汗，我終於看到那只老舊的暗棕色鹿皮皮革箱。用力拖出箱子，感覺力氣隨著汗水的流逝都用光了。珍拿著冰毛巾替我擦汗，問我要不要喝水。我喘口氣，等待呼吸平順。皮革箱上了兩道鎖，一道是密碼鎖，另外一道是生鏽的大鐵鎖。我沒有鑰匙與密碼，無法打開箱子。

我將珍留在炙熱的三樓，溜了下來，先去浴室潑了滿臉冷水，再跑去客廳喝冰涼的芒果汁，最後跑進哥哥房間。

「沒有密碼和鑰匙。」

哥哥用疑惑的眼神看著我。

「爸爸不是說要給關老爺擺一個麒麟形香爐嗎？香爐在皮革箱中，可是箱子上了鎖。」

哥哥偏著頭想了一會兒。「我跟你上去看看吧。」

珍站在原地，身子被蒸得乾枯枯的。

哥哥蹲身，用手指抹去密碼鎖上的灰塵，一格一格調動號碼。

「現在來猜號碼吧。」我興奮地喊。

哥哥先後試了爺爺、奶奶、爸爸和自己的生日，都沒有用，最後，哥哥試了我的生日，密碼鎖喀啦一聲輕巧鬆開。

「只剩下大鎖了。」我睜大眼珠。

「我把鑰匙都拿上來試試。」哥哥溜下樓。

我和珍待在蒸籠般的三樓，皮膚微微皸裂。

「裡面裝著什麼？」珍好奇地問。

我抬起下巴，十分驕傲地說：「裡面裝著爺爺背來的大陸呢，妳不懂。」

珍點點頭，沉靜幾秒，又發出細微的聲音。「等會兒打開時，會發生什麼事嗎？我是說，需要特別注意什麼嗎？」

「不會有毒的，放心。」我篤定地說。

一連串鑰匙聲響起，哥哥拿起銀亮亮的鑰匙一一插進鎖孔轉動，三十幾把樣式各異的鑰匙都失敗了。我不相信，再次將鑰匙插進鎖孔，依舊沒有任何一把鑰匙能夠打開大鎖。我皺起眉，抓住鎖用力拉扯。

「這樣子沒用的。」哥哥歪頭想了幾秒。「既然是爸爸說的，壞了應該沒差，大鎖再買就好。」

「沒問題，這任務交給我。」我衝下樓，從工具箱中找出鐵槌，跑上樓。

我滿頭大汗，興奮地將鐵槌遞給哥哥。

哥哥握住鐵鎚，注視我兩、三秒，彷彿是徵詢我的同意，接著轉過頭，對準大鎖狠狠敲擊，鐵鎖在撞擊中發出響亮的金屬鉦錚聲。鎖開了，哥哥放下鐵槌，鬆動疼痛的指關節。我們跪在地上一起拉開拉鍊，打開年代久遠的鹿皮箱，一股陳舊的、餿敗的、彷彿被煨熟後的濃密氣味撲鼻而來。哥哥揮了揮竄上鼻子的灰塵。我們傾過身，眼神專注且疑惑地凝視箱子內的各式什物。一雙嬰兒小虎鞋、一塊雙龍戲珠的石製硯台、一套織有壽龜和白鶴的棗紅色手工絲綢旗袍、一頂有彈孔穿透的炭黑色氈皮帽、六盒裝著金戒的漆器粉盒、一只停止運轉的洋式羅馬懷錶、五件織錦繡花絹、一只生鏽的銀質小酒壺、兩幀爺爺奶奶的黑白照片、一大疊發黃枯槁的帳目書契和商票收據等等。我和哥哥睜著一雙龍眼子大的黑眼珠好奇打量，伸出手，探進井般深的鹿皮箱中，搖搖蕩蕩謹謹慎慎吹拂灰塵，審視一個一個從遙遠中國墓塚挖掘而出的遺物。衣服溢出歷史，酒壺泛出酒香，金戒的色澤與質地依舊是金戒。我拿出一套爺爺留下的手工西裝外套，哥哥拿著歷史悠久的文件一一閱讀。一張褪黃的照片從文件中搖晃落下，我撿起，探頭探腦辨識。照片中有一位捲髮的番仔婆，面色慈祥地抱著一位剛出生的肉球男孩。我凝視照片許久。這是誰？我問。哥哥拿過照片，用手指抹去照片上的汙點和灰塵，思索許久，接著倏然大叫，這是我，你看照片後面寫著我的英文名字。我指著照片，取笑哥哥，說他小時候肥得像隻豬。嬰孩都是這副模樣，哥哥說。抱著你的人是誰啊？我好奇地彎身打量。啞啞吧，哥哥說。哥哥收起照片，不讓我看。我繼續甩動直立條紋的黑色西裝外套，襯量身子，雙手套進衣袖。我覺得自己看起來很派頭，只要再留個八字鬍或者拄一根銀製拐杖，就能成為受人敬重的鄉紳之士。

珍拿著毛巾，繼續幫我擦拭額頭汗水。我在某種自得其樂之中，感覺空氣產生了變化。哥哥翻閱一只深褐灰的皮革夾，上有霉，有手指刮痕，內側的紙張發黃粗糙，如樹皮，襲來一股野味。哥哥仔細查看一張一張文件，受了驚嚇忽然止住，臉色慘白，嘴巴略略緊閉。哥哥拿出一張暈黃文件，膝蓋散溢各式老舊文件，如中國的地契、人員名冊與貿易往來紀錄等。我喊了一聲大蘇。哥哥恍神，沒有聽見。我穿著一套衣袖與下襬都過長的黑西裝來到哥哥身後，凝視哥哥眼中的事物。一張極為簡陋的英文契約，上面的商品名稱寫著我的英文名字。

1.COMMODITY（商品）：Michael Vinvenz Arcenal. Ryan Vinvenz Arcenal
2.QUALITY（品質）：Intact. No injure.
3.GENDER（性別）：Boy.
4.UNIT PRICE（單價及總金額）：3600 psei.
5.PACKING（包裝）：Naked.
6.INSPECTION（檢驗）：Goods is to be inspected by an independent inspector and whose certificate of quality and quantity is to be final.

泛黃的契約上有爺爺、奶奶的簽名，還浮著兩只模糊的紅色掌印。

哥哥想收起契約，不讓我看。我的兩顆眼珠子緊緊盯著，伸手搶過契約，從頭到尾一字不漏仔細查看，西裝外套從肩膀滑落至地。那的確是我的名字，在英文名字旁還有四個待選的中文名字，分別是蘇孝騌、蘇孝駒、蘇孝驥和蘇孝馭。契約右上方還有一張出生時的嬰兒照，黑黑的，一團肉球，有一雙純真無邪的大眼睛。

我不敢凝視哥哥，不敢凝視珍，站在原地動也不動，體內的血液如同一群被驚擾的昆蟲高騰飛起，越過叢林，翅膀呼吸般急促起來。我顫抖。我抵抗。我憤怒。我一直以為我是屬於蘇家的，屬於蘇天順的兒子，蘇孝駿的弟弟，屬於奶奶從孤兒院抱回來的。一瞬間，一把刀從我的胸腔刺了下去，刺進心臟，刺進體內深層的部分——然而，我必須說服自己很強壯。這沒什麼大不了，就像珍和蘇鬼子都冠上了蘇字，正常得很。我必須說服自己。哥哥看著我，嘴唇動了動，說了一些話，用我無法解釋的尷尬表情拿回契約，重新放回一大疊藏著祕密的老舊文件中，闔起皮革夾。哥哥隨即移開眼神，不再看我。是我，是我不敢注視哥哥，覺得自己沒有資格，我遠比想像中還要來得渺小，還要沒有價值。哥哥找出鍍金的麒麟香爐，收攏物品，闔上鹿皮皮箱，叫珍下樓拿來一個新鎖，鎖上，重新將箱子置回原位。我顫顫怯怯走下樓，無法集中精神，靈魂也被鎖進窄密的皮箱之中。我聽見哥哥說的話——這又沒什麼，爸爸不是很早就說你是奶奶從外面抱回來的孩子嗎？

別讓人瞧不起

隔了一個禮拜，哥哥被沙咳啞學校記了過，還被學校斥責威脅退學。

爸爸適時捐了錢，辦了一場高格調聯歡會，說是要讓學校蓋個莊嚴盛大的佛堂，答允全權負責下個月的法會，並邀請中國和香港的知名法師來番仔島交流。爸爸很生氣，不是氣花了錢，而是哥哥做了一件不是他該做的事情。

學校外牆擠滿了黑壓壓的番仔，男的女的，老的小的，長瘤的長瘡的長頭蝨的，每個人都餓昏了，張大嘴巴，伸長手，用空洞的眼神望向天空捏抓什麼。蔥花、奶酥、肉鬆麵包和鮪魚三明治成了一顆顆柔軟的石子從天空輕輕墜落，打在番仔的臉上、手上和軀幹上。番仔飢餓地叫囂、吶喊、互相踐踏、彼此推擠搶奪，沒搶到的孩子蹲在地上撿拾掉落的麵包屑，抬起頭，希望取得憐憫。原來哥哥和同學們花錢買下學校福利社所有的麵包，在學校頂樓朝著貧民區丟。

好一陣子，哥哥的行徑給學校帶來了極大的麻煩，每當我們走出校門，一群乞丐便纏在我們身邊，趕也趕不走，嘴巴像魚嘴吐泡般一張一闔，討吃的。爸爸打了哥哥一個巴掌，要哥哥跪在祖先牌位前懺悔，罵他不知分寸，罵他奢侈浪費，說，你應該要記得自己的身分，錢要花在要緊的事情上，這種行為只會讓別人瞧不起我們。

床上的槍桿子

爸爸決定從馬尼拉搬到奎松。

馬尼拉社區不再安全，幾位歹徒同夥持槍翻牆闖了進來。深夜，社區毫無預警停了電，警衛不以為意，拿著手電筒與警棍在守衛室打混，一會兒吃炒花生一會兒聽廣播。我躺在床上，迷迷糊糊聽見狗狺聲。尖叫聲響起，火藥味竄進社區，所有的耳朵都聽見了響亮的槍聲、哭泣與尖叫聲。番仔對我發出恐嚇的怒罵，槍口直抵頭顱，判我死刑。我拉著棉被躲在牆角，恐懼爬滿全身，我大聲地喊珍。房門被打了開來，是珍，她在暗中摸索我。小蘇少爺，你在哪裡？我從來不知道我會如此害怕。腳步聲在庭院外錯亂響起，有人叫，有人哭，有人罵，一發一發子彈從槍口急速射出。狼狗吠。珍拉上窗簾，懷抱著我縮在牆角。我們聽見了警車聲，聽見行軍般的匆促腳步聲，聽見救護車聲，混淆的光影與聲音在我的腦海激烈撞擊——電來了。我下意識鬆開手，狠狠推開珍，平緩呼吸，假裝自己相當鎮定不需要任何幫助。我悄悄拉開窗簾，透過窗縫望向對面庭園中的持槍員警，一輛救護車在黑夜中奔閃而去。哥哥擠在圍觀的人群間，低頭注視一具動也不動的屍體。番仔的右手手肘剛好壓在眼窩，左手擱在肋骨，兩腳交叉摺疊與上半身的方向互相扭曲，頭顱躺在鮮紅的血泊中，整具屍體像是從土裡長出的乾癟肉瘤，土地正緩慢吸吮著血。我知道，這裡不安全，因為有錢，便必須承擔有錢的罪。

我難以入睡，我要珍安靜地站在床邊，不能發出聲音也不能移動腳步。

我要珍守護我。

隔天，我踏在庭院草地，注視對面的華人住戶，我竟然從他們的眼神中看見一灘早已凝乾的血跡，他們透過窗簾隙縫望向我，嘴唇顫抖，面目扭曲，彷彿我也是昨夜的共犯。哥哥說，對面華人住戶有人受了槍傷，現在正在加護病房。歹徒主要有三人，逃走兩個，原本是住戶開設的塑膠工廠所僱用的勞工，因為工作受了傷，被惡性解僱而持槍報復。

「你要注意一點，你住的地方是華人社區。」哥哥語氣平淡地說。

我沒有回應哥哥，我必須遺忘昨夜的恐懼。

青色小蛇纏繞的地方

自從親眼見到了買賣契約之後，我的肚臍眼便開始膨脹了起來，長成一顆拳頭大的肉丸子，上頭布滿奇怪的紅點，還有許多青色小蛇纏繞般的皺褶，我不清楚那是想像，還是我在別人眼中看見真正的自己。我用手指掐擠肚臍，希望從中流出血水，或是擠出吸食血液的邪惡水蛭。我假裝什麼事情都沒有發生，世界很正常，夏天依舊緩緩蒸燙骯髒的街道，貧民瘦得只剩下骨頭伸手討吃，小孩在街道舉著報紙和一串串溢滿香味的白色茉莉花。河是黑的，天是藍的，雲很肥，我的汗水在高燙的溫度中蒸融著。我有些難過，有些驚恐，卻不敢表現出來。

我的話少了，獨自越過果菜市場，面對人潮洶湧的聖鬥士街。我站在太陽底下想著如何蒸發影子。我蹲下身，拿出蠟筆，以一個手長為半徑，以雙腳為核心畫出一個完整的圓將自己包裹起來。陽光以溫燙刺痛全身肌膚，我低頭看著影子，露出牙齒想要嚇唬它，快速抖動身子想要甩開它，不過一點作用都沒有，影子依舊纏住我。我有些喪氣，拍拍笨拙的腦袋站在原地，讓胖嘟嘟的身子泌出汗水，腳下的界線並沒有多少用處。

一分鐘之內，聖鬥士街有二十三輛巴士經過，十八輛吉普尼停下來問我要不要搭車，四十六位番仔從我身邊走過。一位衣衫襤褸的流浪漢停下來，低下頭看著圓圈，看著我，甩動糾結成團的捲曲黑髮，露出缺牙笑了笑，撿起蠟筆也將自己圈畫起來。他對我笑，說著我聽不懂的話，尖長的黑指甲在破爛的衣褲裡翻尋什麼，找出一個二十五角的銅色鎳幣，伸長手，將硬幣放在我的雙手。過不久，來了一位抱著洋娃娃的瘋婆婆，她和我一起擠進窄圓的洞。瘋婆婆注視街道，注視我，睜亮了眼睛窺視我掌上的硬幣。她對我說了一些土話，手再往遠方一指。我沒發現什麼，等到再轉回頭時，硬幣已經不見了，老婆婆一拐一拐瘸進廢氣的汙黑中。

站在圓圈之中，我不知道自己到底想做些什麼，站累了，便蹲下身，好奇打量這個奇怪的世界。

我的腦袋在公車喇叭與人潮呼喊中逐漸清醒卻又逐漸模糊。我試著唱歌，先是發出幾個沒有彈性的單音，接著是一首流行歌〈Rolling In The Deep〉從口中流瀉而出：「There's a fire starting in my heart. Reaching a fever pitch and it's bring me out the dark. Finally, I can see you crystal clear. Go ahead and sell me out and I'll lay your sheet bare. See how I'll leave with every piece of you. Don't underestimate the things that I will do. There's a fire starting in my heart. Reaching a fever pitch and it's bring me out the dark......（我的心中燃起火／焚燒至熊熊烈火，帶領我遠離黑暗／終於，我可以清清楚楚看清你／來吧，出賣我吧，我會揭露你的一切／看著我是如何帶著你的每一部分離開／別低估我所能做的／我的心中燃起火／焚燒至熊熊烈火，帶領我遠離黑暗……）」

整條街道十足活絡，長滿了神經般的爬藤，每個人都急速往上攀緣。我閉上眼睛，想聽清楚各種聲音，我再次睜開眼，清清楚楚看見自己不過是站在某個位置。銀行與餐廳懸掛大而明亮的招牌，警衛持槍，搖晃瘦疼的脖子，被太陽烤成黑炭的番仔坐在通風的吉普尼上搧扇子，鬥雞在街道上啄食米粒，一位番仔在我面前拉下褲子，對著電線桿撒起尿。一隻斷了前肢的黑狗往前嗅了嗅尿液，舔了舔。世界好明亮，好複雜，聖鬥士街一點都沒有改變，我想著被深鎖起來的老舊契約，想著價值三千六百披索的身價，覺著自己真是所費不貲，比付給珍一個月的薪水還要多呢。我深呼口氣，掏出口袋內的錢，一張一張數，紙鈔加上硬幣，可以買上好幾個嬰孩。

我很難過。

抬起腳，踏出圓圈，一口氣跑到果菜市場找蘇鬼子買椰子汁，拿著石子擊射蘇鬼子頭上的椰子殼。

我感覺自己什麼都不明白，不過又有什麼關係呢，管他的。肚臍眼愈來愈大，覆蓋一層指甲般的粉紅硬膜，我彎下腰，雙手壓擠，彎過頸子，用牙齒用力咬嚙肚臍眼上的紅點與膜，整張嘴巴細細吸吮流出的膿。美麗的肉瘤、美麗的膿和美麗的肥腫不斷餵養我。多麼幸福。膿血在嘴巴內溜轉，我一口一口吸食，膿血腥甜，匯成漆黑，逐漸成為陪伴我的影子。

蓋棺不論定

蒂娜開始布置位於奎松的新房子，買了手工編織的火紅窗簾、栗色牛皮沙發躺椅、純木無釘大圓桌、高根檜木流線方椅、龍形圖騰地毯，甚至在屋簷下掛了兩盞火龍果般的中國燈籠。蒂娜找來黃皮膚、細眼睛與淡眉毛的南韓人金錫榮哥哥，問他怎樣才能中西合併、民族融合，打造高貴典雅的生活環境。

「你們覺得怎麼樣呢？瓷盤應該要用白色還是米色？前幾天我看到一組餐盤，上面還有中國字，我特地問服務生是什麼意思。」蒂娜放下銀湯匙，望著我們。

我和哥哥只顧低頭吃飯。

「是福字呢，中國字裡不是有福祿壽嗎，就是那個福字。」蒂娜用發現新大陸的聲音雀躍說著。

「舊的呢？都要丟了嗎？」哥哥問。

蒂娜斜睨哥哥一眼。「捐出去做善事啊，這世界可憐的人可多了，比螞蟻還多，擰都擰不死。」

我沒打算發表意見，任何的措詞都可能引來不必要的戰火。

「隨妳高興。」哥哥捧起盤子離開餐桌。

「現在的孩子真是不可愛。」蒂娜看了我一眼。

「爸爸什麼時候要回來？」我繼續拿湯匙往嘴巴送食物。

「你爸，呵，你爸玩女人玩到不想回來了。」蒂娜冷冷笑著。

隔天，蒂娜一踏進大門就大呼小叫，高跟鞋快速踩著木板地板，興沖沖推開門來到我的房間。

「剛剛買了一個寶貝，你們兄弟倆一定要看看。」蒂娜滿臉喜悅，雙手藏在後腰。

「我還以為發生什麼急事。」哥哥一臉不在意。

蒂娜緩緩從背後拿出新購買的珍奇物品。

那是一只水晶棺，棺蓋寫著「歲歲平安」四個大字，棺身畫著一隻展翅大鳳凰。我捧來看，蒂娜要我小心點，說水晶棺很貴。蒂娜喜孜孜解說這只水晶棺如何晶瑩剔透，如何精細雕磨，簡直是渾然天成，眉筆唇膏等化妝品放在裡面還可以防潮、防腐、防蚊蟲，也可以放些耳環、珠寶、項鍊和鑲鑽戒指。蒂娜說這可是百分之百水晶製成，還有證書，騙不了人，更重要的是，水晶棺代表福氣。我掀開包裹水晶棺的白色布巾，掀開緊密覆蓋的棺蓋，內頭有一張泛著廉價香水味的中文說明書。

說明書指出水晶棺的主要用途是骨灰盒。

蒂娜高興地說，下次準備買一套絲織紅棉被，上面繡滿了方方正正的中國字和中國傳統圖騰，有飛龍、鳳凰和麒麟。

我想那一條棉被可能也是給死人蓋的，蒂娜實在蠢斃了，不過這一點都不關我的事。

平常，蒂娜會用套滿金色戒指的粗肥手指拉窗簾、摸椅套，嫌棄地看著桌巾，說顏色、樣式和品質都有問題。蒂娜會故意在房間外大聲嚷嚷，問我們要不要去百貨挑選家具。我和哥哥懶得回答，待在房間繼續打線上遊戲。每當木質地板傳出一連串喀啦喀啦高跟鞋聲時，我們便知道蒂娜又差遣司機出了門。

「你知道蘇伯特昨晚來過家裡嗎？」哥哥注視螢幕。

「昨天晚上有誰要出門嗎？」我一邊控制遊戲中的武士一邊用餘光覷著哥哥。

「沒有人出門。」哥哥清清嗓音。

「蒂娜大概有什麼事。」

「你真是笨得像豬啊——」哥哥罵我。

「不然還會有什麼事？」

「你不覺得蘇伯特最近很喜歡黏著蒂娜那婊子嗎？」哥哥轉過頭問我。

「他們會有什麼關係嗎？不可能，蒂娜是爸爸的，如果發生了那種事，爸爸會殺了他們。」

「你現在幾年級？國一？你不懂。」哥哥篤定地說。

「我國二了。」

「你又不是不知道蒂娜這個番仔婆是怎樣的人。」

「再怎麼說，她都是我們的媽媽。」我試著反駁。

「是啊，她是媽媽，不過我竟然同情起我的媽媽。」哥哥輕蔑笑著，用鄙棄的表情看著我。

「忘了說，我只承認我的媽媽是中國人。」

我繼續玩著電動，不再出聲。

父歸

車輪軋過地面，車門開闔撞擊出金屬質地的聲音，行李拖拖拉拉劇烈摩擦階梯，有人走了過來，在地板上傳出緩慢且沉重的磨蹭聲。房門打了開來，黝黑的身影站立門口，我迷迷糊糊睜開眼，不知是否作夢。黑影的邊緣鑲著薄光，膨脹著，矗立著，沒有前行，也沒有後退，喉頭發出幾聲低沉的清嗓聲，一股莫名的恐懼在我的心中萌生，我即將被發現、被逮捕、被審視，全身上下瀰漫一股未知的細微疼痛。我揉揉眼睛，發現門關得非常緊密，沒有人站在門口，然而，我知道，爸爸回來了。

隔天一早，蒂娜刻意跑到房間叫醒我。

「你們的爸爸從中國大陸回來了。」蒂娜刻意調高音量。

「什麼時候？」

「昨天深夜。」蒂娜以母親的姿態坐在床沿，用肥短的手替我摺疊涼被。

蒂娜的右手手腕多出一只青翠綠鐲子。

我和哥哥盥洗完，換制服，打起精神走到客廳用餐。

爸爸理短髮，穿米色 Lacost 上衣，灰色硬質短褲，腆著渾圓飽滿的大肚子。爸爸用打火機點燃線香，燃起灰煙，揮熄焰火，聲音宏亮地要我們祭拜。關老爺從客廳桌移到祖先神龕旁，在桃形紅燈的光芒下彷彿晉升官職。每人共九炷香，三炷祭祖，三炷祭觀世音菩薩，三炷祭關老爺。

我拿過香，偷覷爸爸，想起泛黃的買賣契約，想起謊言，想起價格，忽然了解昨晚爬上身體的恐懼。我會不會因此被逐出蘇家？我的身分是否立即降為傭人？我惴惴不安遞上線香，躲在哥哥身後一起進入廚房用餐。一時間，我還是不習慣爸爸回到我們身邊，我不敢看他的臉，不敢注視他的雙眼，爸爸的身體裡有著什麼使我恐懼。爸爸始終來來去去，一下子出現，一下子消失，使我感到冷漠、陌生甚至害怕，只是，我又無比懷念他擁抱我的感覺。

「新學校還好嗎？靈惠中學的校長我認識，七十幾歲了，身體還十分健朗，很愛笑。你們轉學過去時我跟校長和校長夫人打過招呼了。」爸爸坐在椅子上昂起頭，先看著哥哥，再看著我。

「沒什麼不好，反正能仁中學待不下去。」哥哥的語氣有些不耐。

「你們的同學們都是華人，都是有錢人。」爸爸朝我望了過來。「這樣很好。」

「同學們都很會說中文。」我不知為何滿懷愧歉，低頭吃著稀飯。

「等第三階段課程結束，帶你們去上海瞧瞧，是十二月沒錯吧。」爸爸望著蒂娜笑了笑。

「前陣子去了中國沿海城鎮，幾個月不見就變得不一樣，好像換了一個地方似的，真是了不起。中國的建設真快，以前是三年一小變，五年一大變，現在不該以年為單位，都以月計算囉。」

「孩子的功課沒有問題，最近我還想要請個中文家教來教小蘇，這學期的作文和演講比賽又要開始了。」蒂娜殷勤地說。「十二月好，一定會很冷，我還沒遇過真正的冬天呢，是不是啊小蘇？」

我點點頭。

「那就定下來。」爸爸總結。「下午我會把關老爺請到 Epifanio Delos Santos Avenue 餐館，半個月後要開幕，福叔和義叔說已經整修好了，只差布簾和一些裝潢。有空去看看，順便給關老爺上香，討吉利。」

「沒問題，是不是啊小蘇？」蒂娜搶著說。

我厭惡地望向晨光中的蒂娜，她的臉上撲一層厚厚白粉，得意笑著。

我匆匆吃完早餐，背起書包，竄進賓士車中。

Pussy，哥哥狠狠罵了一聲。

哥哥的情緒有些不穩，對身邊的事情似乎特別不滿，皺著眉，冷漠地看著同桌吃飯的爸爸、蒂娜和我。哥哥並沒有什麼激烈行徑，只是壓抑著什麼，減少聚會的時間。我不清楚哥哥為何有這類行為。發現哥哥急促不穩的呼吸時，我便趕緊低頭玩指甲，不然就轉過身，假裝看著牆壁發呆，我不知道我所面對的究竟是什麼。

下午，我繼續跟在哥哥身後。

「你不要跟著我。」哥哥有些鬱悶地看著我。「很煩。」

「我什麼都沒做啊。」我愣愣望著哥哥。

「就是因為你什麼都沒有做才令人討厭。」哥哥的右手結成石子，一拳一拳打在牆壁。「我真討厭這個家，說實在，小蘇，我想離開這裡。」

我不知道哥哥為什麼突然說出這些話。

「你不應該輕易相信任何事。」哥哥思索著。「我是說，你應該懷疑才是，那會讓你知道自己正在幹哪些蠢事。」

「蠢事？」

「我不是在開玩笑。」哥哥望來陰鬱的眼神。「最近我愈來愈討厭自己，雖然爸爸教我們當華人是一件驕傲的事。」

「我們是華人，應該慶幸，應該驕傲，何況爸爸的生意很成功，我們什麼都不必擔心。」我自滿地說。

哥哥瞪著我，雙唇顫抖，身子輕微搖晃。

我知道或許有事情將要發生。

「你知道嗎？你實在太蠢了，你跟爸爸一樣卑鄙。你的驕傲只會讓我厭惡你，你簡直比土人還不如——」

我想要說一些爸爸說過的話來反駁，卻臨時僵住了，腦袋如垃圾堆攪混成一團，無法思考，只是本能地想要反抗，我似乎聽見蒂娜用尖細的笑聲嘲笑我。我不知道該如何回應，甚至不清楚哥哥到底在說什麼鬼扯淡，只好粗魯地回應，你不懂，別以為當哥哥有什麼了不起，狗屁，去吃大便。哥哥看著我，十分專注地看著我，說，天啊，我真的不知道這個世界到底怎麼了，我又怎麼了。

切下乳房的女人

餐館正式開幕當天，出現一位陌生的番仔婆，她用肥腫的嘴唇對爸爸說了一個字，蘇。

天空很藍，一早，我和哥哥換上齊整新穎的白襯衫、黑長褲與深咖啡色皮鞋，噴灑含有橙香、檀香與迷迭香的寶格麗男用香水。爸爸吩咐要刷兩次牙，還要抹上髮油，頭髮柔順地往後梳，露出光亮的額頭。爸爸穿著體面的手工西裝，站在關老爺面前燒香、擲筊並低聲呢喃祈求平安。爸爸小心翼翼打開麒麟形香爐，在香灰中挖出小洞，倒進檀香粉，再點燃，逐漸悶燒出古老的香氣。蒂娜燙直捲曲黑髮，裹起，髻在頭上，臉頰與脖子鋪上一層厚厚的白粉，完全看不出原本的膚色，還塗抹兩團濃濃腮紅，配著紅豔嘴唇活像是位日本藝妓。蒂娜不敢笑，不敢大聲說話，也不敢擠眉弄眼，怕濃妝裂了。蒂娜穿一套牡丹紅手工旗袍，衩開至大腿，配上銀色高跟鞋。

爸爸燒完金紙，爬上神龕，替關老爺的面頰蒙上一層紅布，雙手嚴謹虔誠地捧起神尊，移至胸前。

我們尾隨，進入賓士車。

抵達聖鬥士街，隨即炸起一連串爆響的鞭炮，煙霧瀰漫開來，空氣中充滿火藥的燃燒味，沙塵的粒子在光影中肆意飄浮。福叔與義叔打開車門，我們在鞭炮火光中下車，大大小小的爆裂不斷撞擊身子。我摀著臉，迷迷糊糊站在光霧中搜尋哥哥與爸爸。笑聲。鼓掌聲。人潮湧動聲。推搡聲。尖叫聲。莫名的鼓動聲將我包圍起來，我不知道自己是興奮還是害怕。爸爸捧著關老爺，大步大趨走在紅毯子上進入餐館，蒂娜與大批的人潮湧進餐館子，掌聲與鞭炮聲將我吞沒。兩尊石獅子在大門兩側虎視眈眈望著我。我興起一股從來都沒有過的害怕，以及厭惡感，無意識地停下腳步，不知道身在何處。番仔員工穿著靛藍色唐裝，頂員外帽，帽沿後側縫了一條皺巴巴的黑辮子尾巴。員工擠滿大廳，爭先目睹爸爸與關老爺的風采。皮鼓鼕鼕響，舞獅鏗鏘挪移，轟炸我的耳朵和眼睛。番仔瘋狂了，隨著往外丟灑的糖果與二十披索紅包紙鈔，乞丐、路人、觀望者、衣衫襤褸的小孩與眼神絕望的老人等等，全部擠縮成團，互相踐踏、推擠並扭打。火光與煙霧逐漸散去，空氣清明了起來，我和哥哥站立在賓士車旁，朝內望。我厭惡被包圍，更厭惡被排擠在外。我望向哥哥，他抹上髮油的黑髮在日光底下燦燦發亮。哥哥出現一抹不在乎、近乎輕蔑的鄙陋微笑，我感到非常的不舒服。哥哥轉過身，從口袋拿出打火機與菸盒點火抽菸，深吸一口，再吐出菸霧。

「他們看起來好快樂。」哥哥說。

人群在鞭炮的餘光中移動，低著頭，尋找遺漏的糖果與紅包。

「快樂又悲慘，不知道自己到底有多麼愚蠢。」哥哥面無表情地說著，聲音混在續而響起的鼓聲中。

我感覺哥哥沒有帶著惡意。

「真是令人羨慕。」哥哥的話像一顆一顆爆裂的鞭炮。

太陽浮躁，背部與頸子因為熱氣而滲出一層薄汗，每一口呼吸都在燃燒。煙霧散去後，一位番仔婆站在賓士車後，沒有隨著人潮往餐館內推擠，也沒有露出貧困模樣乞討紙鈔錢幣，她只是站立著，臉上露出焦灼。

神龕前的大廳圓桌擠滿了人，除了爸爸、蒂娜、哥哥、福叔、義叔、我和遠近宗親之外，還有坐在我正對面的番仔婆。爸爸給關老爺上香、敬酒、膜拜，發表一段冠冕堂皇的感言。我很無聊，拿著筷子夾炸花生、炸豬皮與泡菜吃，順手拿起菜單閱讀：荷葉煨白蝦、韭黃炸春捲、清蒸龍宮鮮、西湖肥東坡、翡翠珊瑚羹、香茅皇焗肉、港澳芋頭糕等等。我一面挑出菜單上的錯字，一面四處亂看。我注意起她。為什麼她坐在主桌呢？我沒有見過這位陌生的番仔婆。她的眉毛很粗，捲髮，露出淺笑卻很有防備，眼神與低頭的模樣充滿了青苔般的憂鬱。

只有她。

她跟家族沒有任何關係，卻與我們同桌吃飯，或許，她是爸爸的新情婦。

番仔婆低著頭，臉上有著胎記般不想讓人看見。她會偷偷覷著爸爸，覷著同桌笑談的人們。我先發現她，接著，她才發現我和哥哥。她偷偷摸摸窺視我們，低下頭，咬著唇。菜餚陸續上桌，我什麼都不想管，只顧著吃飯，喝飲料，有時拿出智慧型手機打電動。爸爸發起酒瘋，找人拚酒，大聲吆喝同桌的親族再來一杯。我討厭爸爸酒醉的蠢樣。爸爸在各個餐桌間移動，敬酒，高聲闊談該如何復興番仔島華僑義勇軍同志會組織，說要成立基金會，並且與海外同胞定期聯誼等等。番仔婆悄然走至爸爸身後，沒有發聲，沒有叫喚，也沒有輕柔拍擊爸爸的肩膀，僕人般站著。爸爸轉過身，發現了她。爸爸恍然張開嘴巴，左手端著酒杯，右手大剌剌摟住她的腰。她沒有躲。她扶著爸爸回到座位，替爸爸斟酒，側站在爸爸身後。爸爸有些不耐，轉過身，滿身酒氣對她吼了幾聲。爸爸的怒吼混在吵鬧的武術表演中，皮鼓聲與武術喝斥聲節節升起，番仔婆呆愣幾秒，抿抿唇，回到座位。

我立起身，握住半杯飲料走到她身旁，發出嗓音。

她抬起頭，望著我。

「真抱歉，爸爸醉了。」我很有禮貌地說。

「沒關係。」她直勾勾望著我。「你是他兒子？」

「是的，他是我爸爸，坐在他旁邊的是我的繼母蒂娜，穿著白色襯衫的人是我的哥哥。」

她急切地握住我的雙手。

我嚇了一跳，趕緊縮回手，果汁不小心潑灑出來。

「真抱歉，我不應該這樣。」她低著頭，急忙從口袋拿出紙巾擦拭。

我往後退了一步，有些厭煩，覺得番仔婆真的很沒有教養。

「你叫William嗎？」

「不是，我的名字是Ryan蘇，William是我哥哥，很高興認識妳，不過我想我該回去了。」

我微微點頭，退回座位。

宴席後半段，我只顧吃著芒果、椰子凍涼湯與甜膩的雞蛋蛋糕，不想再自找麻煩。

她用絕望與渴求的眼神望著我們，眼睛像兩顆乾涸的深色果核，肥厚的嘴唇緊密閉鎖，在經歷一番掙扎之後，才輕輕發出一聲相當舒緩的單音——蘇。

作文第二則——〈我就讀的割蕾絲學校與眾多耶穌修女們〉

割蕾絲比沙咳啞還要大，稱得上是奎松最好的華僑學校，當然，學費也像舶來品般昂貴，每學期大約要七萬五千披索，普通人是無法負擔的。學校有很多華文女老師，平均年紀超過五十歲，同學們常常私底下調侃女老師，說她們都是老處女，嫁不出去。爸爸說，她們不想嫁給番仔，不僅文化差異大，生活習慣也不同，更何況，很多番仔都是窮光蛋，女老師們在狹窄的華人圈中根本找不到老公。

學校很有規模，設備新穎、昂貴且現代化，和沙咳啞完全不同。自從去年發生火災之後，學校又準備建立新規格的體育館，估計要花上億披索，而且還煞有其事成立了大學部。現在，我們的學校可以從國小讀到大學畢業，還可以跟不同國家的學校交流，當短期留學生。我喜歡這個制度，可以去香港、韓國和台灣遊學讓我十分興奮。學校採用中文、英文和塔加洛語三種語言教學，老師教注音符號，不教國際拼音，讓我厭煩的是，老師使用繁體字教學，不准我寫簡體字。我實在搞不懂，爸爸的祖國同胞都在使用簡體字，為什麼我還要學習繁體字呢？不管中文老師如何解釋中文字的演變，我還是覺得非常不實際，生活中又用不上。

學校裡有庭園、假石、流水、景觀造景、籃球排球場、好幾棟豪華堅固的高樓建築。就讀這間學校最讓我不習慣的，就是這裡有太多的耶穌基督和聖母修女了。老師清一色都是虔誠的信徒，同學們也是，我不能再念佛經，必須改念聖經。每節課一百分鐘，每間教室都沒有裝設冷氣，夏天一到，我只能捲起褲管衣袖，將考卷摺成扇子搧風解熱。這裡有許多奇怪的規定，像是不能跳舞，男生、女生不能牽手也絕對禁止走在一起，走廊不能奔跑，不能邊走邊吃，看到師長要用中文大聲打招呼。我們教室的廊柱貼著八股般的格言，像是「天生我才必有用」、「早睡早起身體好」、「尊敬師長親愛朋友」、「勤勉是通向成功的唯一道路」等等。我們被教導成要跪在十字架前愛上帝，瘋狂地愛，唱詩歌時還要誠心呼喚，心思純正地跟上帝交媾。不愛的人就有罪，不僅是精神的罪，還是成績上的罪。

學校會固定舉辦作文、話劇、演講、書法等等比賽，可是在這裡不管參加什麼比賽，我都無法得獎，因為有些臭屁的學生從中國大陸轉學過來，他們的中文十分標準，腔調正確，不必像我一樣刻意模仿。我不喜歡這裡，我不再是資優生，不再被老師注意，而且同學們有著莫名的優越感，他們看我的眼神帶著一絲絲鄙視。我最討厭從大陸來的中文女老師，六、七十歲了，聲音嘶啞，好像喉嚨長了繭。每天她都穿著暗棗色套裝、蹬著咖啡色鞋子站在講台傳道。她會說，喔，小蘇，你應該上教堂，我以前也執迷不悟，還好後來我受到主的大能感召，感動了，昇華了，知道自己的使命了。喔，小蘇，來，你怎麼還沒信教？只要是人都應該相信上帝？為什麼你還沒受洗？你知道你死後要受審判嗎？不信教的人只能下地獄。

她完全不專心教學，大多數時間都在恐嚇我們。

上帝相當憤怒，彷彿要將人毀滅，但是你們完全沒有感受到。上帝對你們邪惡的行徑將要展開復仇，審判，沒錯，上帝將再次用洪水和烈火審判罪人。你們的言行都已經被惡魔附身，你們每天都在積累罪惡。每天，我都對大能的上帝祈禱，祈求寬恕，但是你們不能比那些毒蛇、猛獸、蜘蛛、蠍子還不知進取，你們要低下頭，服從，懺悔。不然，你們將被斬首，死後將被鞭屍，就像〈彼得後書〉所寫：「現在的天地還是憑著那命存留，直留到不敬虔之人受審判、遭沉淪的日子，用火焚燒。主所應許的尚未成就，有人以為他是耽延，其實不是耽延，乃是寬容你們，不願有一人沉淪，乃願人人都悔改。但主的日子要像賊來到一樣。那日，天必大有響聲廢去，有形質的都要被烈火銷化，地和其上的物都要燒盡了……」

我只得跪下膝蓋，並在心底詛咒謾罵。

厭惡威嚇，厭惡她叫喚我的方式，厭惡她刻意關心我的噁心模樣，厭惡她說的任何關於上帝與地獄的鬼話。然而，我必須讓自己適應，即使必須被迫受洗，必須下跪頂禮膜拜，必須當一位虔誠的華人信徒。不過，我有意志，會反抗，雖然無法選擇，但這很好，這代表我長大了，知道自己想要的是什麼，只是短時間必須假裝成信徒。Putang ina mo。幹你娘。Fuck you。

自我警惕

爸爸出國前，特地把我和哥哥叫到房間進行長時間的訓誨，除了要我們背誦十則教條之外，還要我們對蒂娜好一點。爸爸說，雖然蒂娜是番仔婆，是低一級的人種，可是再怎麼說也是新媽媽，我們要有愛心，要對她好，陪她吃飯聊天，陪她去百貨公司或去 Malate 逛逛，不能欺負她。爸爸還交代，萬一吃不慣啞啞煮的食物，直接去餐館子吃，福叔和義叔都會在餐館子內招呼；順便記得給關老爺上香，這樣餐館的生意才會興旺，有人潮就有錢潮。

蒂娜回復了原貌，甚至變本加厲。

蒂娜一點都不在乎我和哥哥怎麼對她，我們也不在乎。蒂娜繼續生活在她精心裝潢的別墅中，指甲彩繪，購物，燙頭髮，指使傭人，去水療中心按摩，繼續當有錢的貴婦。蒂娜開始有了奇怪的習慣，吃晚飯，會先閉上眼睛，傾身向前，用鼻翼嗅聞一束餐桌中央的白茉莉花，滿足地坐回椅子，接著在她的指示下緩慢上菜。開了餐館子之後，蒂娜喜歡直接從餐廳叫菜，燉牛肉、烤肉排與清蒸蠔油石斑魚等等。啞啞會擺上透明高腳杯，款款注入珍藏多年的波爾多葡萄酒。哥哥不喜歡蒂娜假裝出來的優雅，故意紅肉配白酒，白肉配紅酒，想讓蒂娜生氣。蒂娜紅著臉，輕捧酒杯，將清亮的酒搖啊搖，舔嘴唇，一古腦將酒倒進花瓶。蒂娜笑著說，明天茉莉花就會變成紅玫瑰。

哥哥望著蒂娜的眼神愈來愈富有攻擊性。

我們應該把她趕走，哥哥說。

週末，用完午餐，蒂娜問我們要不要去ＳＭ百貨買花瓶，說她看上一只中國景德鎮製作的花紋陶瓷，上面繪一隻金色鳳凰，還看上一套仿宋窯的茶具組。哥哥不搭理，我則左右為難，必須去買幾本筆記本和課堂用的海報紙，卻不想跟蒂娜出去。轎車只有一輛，爸爸不准我們搭吉普尼，說危險，會被搶，想了想，還是硬著頭皮答應。蒂娜驚訝地看著我，用疑惑的語氣反覆問我，真的要去嗎？

我也相當無奈。

蘇伯特當司機，我坐前座，蒂娜坐後座。我們先去奎松市中心載金哥哥，再轉去ＳＭ百貨。金哥哥上車後，車內就瀰漫奇怪的氣氛。蒂娜說天氣熱，好像又有颱風。平常，小學畢業的蘇伯特載著我和哥哥上學時，話特別多，喜歡問我們在學校學些什麼？學費多少？總共幾項科目？學校舉辦哪些活動？現在蘇伯特一句話都不說，只是專心開車，加速前進，粗魯地揿響喇叭。

我們橫衝直撞抵達了百貨公司。

我的臉色蒼白，想吐，趕緊打開車門雙腳踩踏在瓷磚地上，試著活動身體各個關節。我們拋下蘇伯特，走進百貨公司。三個人，我走在他們身邊彷彿成了他們的孩子。嘔吐的欲望愈來愈強烈。金哥哥問我怎麼了，需不需要去看醫生。蒂娜嫌惡地望著我。我說我想要一個人逛逛，這裡太多人了，我們約定兩個小時之後大門見。我向前奔跑了起來。身體輕鬆了，肌肉使得出力量，胃液也不再翻滾，我在擁擠的人潮中前行，不知道到底跑了多遠，直到氣喘吁吁才停下腳步。是真的嗎？我不知道腦袋為何會浮現這種令人感到噁心的畫面——金哥哥伸出右手，抱著蒂娜的腰，手掌在蒂娜的身體游動，像撫摸易碎的中國瓷器。金哥哥說，我帶妳走，我帶妳去首爾。蒂娜靠向金哥哥，左扭右搖，轉過身，將一雙搖晃的乳房貼向金哥哥的胸膛。蒂娜昂起臉，閉上眼睛，一雙嘴唇如蝸牛顫動。我繼續向前跑，想要將他們留在原地，然而不管跑得多遠，蒂娜魅惑天真的笑容依舊出現在我的腦海。我得出一個奇怪卻正確無比的結論，嚴厲警惕自己，永遠不要淪為一位賣肉的高級妓女。

面具中的面具少年

我躺在床上滾動，一會兒翻閱美國超人漫畫，一會兒打開電視看日本卡通，一會兒拿著哥哥的平板電腦玩憤怒鳥，無聊時，跑到客廳打開擺放獎座與獎牌的櫃子，逐一把玩歷來的比賽成果。我在二樓陽台探頭探腦望向遠方，幾位番仔穿著內褲坐在屋簷下納涼，野孩子圍著一株結果的椰子樹，一位平頭男孩手腳俐落爬了上去，搖下椰子。

我在等著事情發生，地震、海嘯、火山爆發或者外星人進攻什麼都好。

來做點什麼好呢？我呢喃著。原本，想叫珍陪我去外面買芒果口味的髒冰淇淋（Dirty Ice Cream），珍喜歡陪我去社區外圍的小店家買東西，珍會表現得特別殷勤，在別人面前大聲地喊：少爺，要不要吃巧克力餅乾？少爺，要不要喝可樂？少爺，我們什麼時候還要再去宿霧（Cebu）玩呢？有時，我也會胡說八道，說下個月就要帶著珍去新加坡玩。珍很喜歡在別人面前說這些完全不可能實現的旅遊計畫，好像是藉此來滿足想像，以及滿足她在一堆番仔之間莫名其妙的虛榮感。我一邊愉快演戲，一邊在心中厭惡珍這種愚蠢的行為。

珍不發一語看著我，像是準備要對我說些什麼。

「不要這樣子看我，我最討厭妳這種眼神了，不要裝無辜了。妳說，來玩點什麼好呢？」

「要不要去騎腳踏車？」

「我都快熱死了。」

「要不要吃冰？冰箱還有綜合口味的脆皮冰淇淋。」

「算了。」我百無聊賴地說。「我不應該問的。」

無奈與疲倦充斥身體，我看著珍，我想如果我要她跪下，要她假扮一隻狗或一隻貓，她也會答應的，完全不具有挑戰性；只是不知為何，我竟然開始厭惡自己這種想法，這讓我感到可恥，我竟然對於所處的角色感到不適，真是奇怪，一定是太熱了。

「妳知道蒂娜是用什麼方式迷惑爸爸嗎？」

珍似乎對於我所提出的問題感到恐懼。

「算了，這也不需要妳來告訴我。」

「小蘇少爺如果無聊，我們可以繼續玩獵人頭遊戲。」珍依舊用柔順的語氣說話。

珍備妥器具，我們像往常一樣將對方描繪成土人。

我臨時改變想法，說這次不把對方畫成番仔，而把對方畫成有頭有臉的高貴華人。珍十分開心，說小蘇少爺真聰明，這真是一個好主意。

這根本是自找麻煩，我實在很難想像珍有著乾淨的臉龐、細長的眼睛和飄逸的長髮，畫了好幾次都不滿意，索性揉爛了紙，丟了。珍仔仔細細描繪我，粗眉、扁鼻、肥唇和圓瓜臉，她拿出粉彩蠟筆，先將我的臉塗上淡淡膚色，再用白色蠟筆調和。

當珍把華人面孔剪下來交給我時，我的意識深處瞬間湧起憤怒，身體不由自主地顫抖，我想殺了她。我氣狠狠望向她，覺得她是一面無比骯髒的鏡子，是我厭惡至極的角色。我瞧不起她的溫順與服從，瞧不起她的卑賤，瞧不起她依附在蘇家的吸血蟲模樣。她正在向我報復，每當她看見我時就像要我看見自己。我知道她正對我說，沒什麼了不起，其實你也只是這副愚蠢模樣罷了。我當著她的面把一張漂亮的臉蛋撕成碎片，往她的臉上砸去。我大吼一聲，要她滾蛋，滾得愈遠愈好。我不知道我為何會發這麼大的脾氣。

身分

家裡無緣無故闖進另一位番仔婆。

有一雙眼睛圍繞在我和哥哥身邊。我們被窺視，被間諜入侵，被一雙焦急的眼光積極尋覓。老司機艾爾頓說我太敏感，想太多。哥哥說，如果我有這麼多時間擔心，倒不如好好打一場籃球比賽，流流汗，或者下注猜猜哪隻鬥雞會贏。

番仔婆真的出現了，幽魂般徘徊在學校、轎車與屋子附近，眼珠子烏溜溜盯著我們，帶著遲疑，帶著惡意，尋找我們的弱點。一天放學，她從同學身旁竄到車子邊，輕輕敲打車窗。艾爾頓轉過頭，看見她時忽然一臉吃驚。艾爾頓遲疑幾秒，回過神，向我們道歉，說要耽誤一段時間，接著緊張地出了車門，拉著番仔婆往牆角走去。

「你認得那個番仔婆嗎？」我問。

「我沒注意。」

「就是餐館開幕時跟我們坐同桌的人，她還知道你的名字呢。」

哥哥轉過頭，看著她。「認得又怎樣？我想是她沒錯——雖然番仔婆差不多都是同一個模樣，黑黑的，有些難辨認。」

「她看起來很眼熟。」

哥哥皺著眉，像要辨認什麼新奇物種。「是照片中的人嗎？嗯，應該沒錯，就是在爺爺奶奶的箱子中發現的照片。當時，啞啞抱著我呢——」

艾爾頓和番仔婆發生爭執，聲音大了起來，我透過窗戶縫模模糊糊聽見艾爾頓要趕她走，強硬地說妳不應該在這裡出現，趕快走，不然會惹上麻煩。艾爾頓從口袋掏出幾張鈔票塞進番仔婆手中。

她柔弱的望向車子，彷彿想說些什麼。

艾爾頓回到轎車，踩油門，轉方向盤，表情相當不對勁。

「是以前的啞啞嗎？」

「我在爺爺奶奶的箱子中看過照片，她還抱著我呢。」哥哥說。

艾爾頓握緊方向盤，謹慎地選擇辭彙。「以前的啞啞，照顧過大蘇少爺，後來走了。」

「為什麼又回來？」我問。

「蘇奶奶說啞啞手腳不乾淨，來這裡——唉，來這裡是要討錢的。」艾爾頓有些結巴。

「還好爸爸不在，不然爸爸一定會揍死她。」我說。

艾爾頓煞車，轉過頭，咬著下唇非常誠懇地說：「其實她是一位善良的人。」

半個月後，我和哥哥從學校回家時又看見了她。

番仔婆笑盈盈從沙發站了起來，客廳內坐著福叔、義叔和蒂娜。蒂娜站了起來，搖晃身子如走伸展台來到哥哥面前。

「回來啦，大蘇，趕快放下書包，要不要先去洗澡？」蒂娜刻意替哥哥卸下書包。

哥哥越過蒂娜，向福叔和義叔禮貌性地點點頭。「沒什麼事情吧？」

「大蘇少爺，沒什麼事，是蘇老闆要我們有空多來家裡看看，多照應。」福叔露出僵硬的笑容。「對了，我想你們沒見過，蘇少奶奶過世後都是這位啞啞照顧少爺的。」

哥哥沒有說什麼，禮貌性點點頭。「見過面，是要回來工作嗎？」

「沒有。」她低著頭，十分緊張囁嚅著什麼。

「我先上去了。」哥哥說。

「啞啞說十幾年沒見到面，要見見你，你以前可是吸過她的奶呢，算是半個母親。」蒂娜刻意調高音調。「這次拿完錢又要走了，沒錯吧。」

哥哥回過頭，仔細打量眼前的番仔婆。

番仔婆低著頭，雙手擰捏，向前走了一步，忽然張開雙手抱住哥哥，身子震顫了起來，她用右手輕撫哥哥的短髮：「寶寶，我以前都叫你寶寶的。」

哥哥受了驚，臉色蒼白，兩手立即推開番仔婆。

番仔婆鬆了手，一臉罪惡地向後退去。

哥哥睜大眼珠瞪著她。

她不敢看哥哥，雙手垂落，左手緊擰一摞用報紙裹起來的紙鈔，像是想起什麼，直覺地將紙鈔藏在身後。

哥哥繼續望著她，表情從驚嚇到質疑，再到審視，最後是深切的鄙棄。

番仔婆十分懊惱，左右找尋什麼，最後在沙發椅旁找到一只白色塑膠袋，從袋中匆忙掏出四、五件套著透明塑膠袋的棉質上衣，上頭還印有小叮噹、米老鼠和蜘蛛人的卡通圖案。番仔婆拍掉灰塵，靦腆地笑了笑，將衣服遞給哥哥，說是禮物。

哥哥鄙視地睨了一眼，禮貌性收下，還說了聲謝謝。

我知道哥哥早就不穿這些過氣的衣服，更何況，衣服看起來很髒，一定是地攤貨。

「等會兒留下來吃飯吧。」蒂娜對著福叔和義叔說。

「還要回去看館子呢。」義叔說。「改天等蘇老闆回來再一起吃。」

哥哥對福叔和義叔點點頭，說要上樓換下制服，整理東西。

福叔摸著我的頭說長高了不少。

我點頭，趕緊跟上哥哥。

上樓時，我無意間轉過頭，凝視相當沒有禮貌的番仔婆，她是照片中抱著哥哥的啞啞。我看見她充滿悲傷、壓抑、被烈陽炙傷的臉龐，雙眉糾結，汗水在她的身體凝出一層薄膜。她看著我，眼神穿越我的身軀，望向哥哥。多麼醜陋又令人感到可憐的傢伙啊。我走上樓，想著她真是一位令人討厭的番仔婆，就像是天生缺了一隻手或斷了一隻腳，看了真是令人不舒服。

Mars Language

祕密。

Su 伯特 niè shǒu 躡脚 zǒujìn mansion，zǒujìn 蒂娜 de silid，silently，zǒuxiàng punishment。蒂娜 bì 受罚，tā yǐ betrayer de zī tài 将自己 becomes 双面 spy，zài Chinese、Korean、Philippines yǔ yángrén 间纠缠，Su 伯特 knows，Su 伯特 xiǎngbìshì Philippines government pài lái 监禁蒂娜，bìng shīyǐ 嚴刑 kǎodǎ。

Su 伯特压住蒂娜 de nose、mouth and breast，压在 tā de 身上，two tuán 黑黝黝 de 肉 rú ghost 晃动晃动。蒂娜发出 bèi 蹂躪、bèi 鞭刑、bèi batihin bānde 求饶 voice，asking for 帮助，如此怜悯 dào lìngrén 感到 sexy。多么性感。

Wǒ 透过黑夜 covert de voice lái chǔ search，stomp on 布满 dàxiǎo 岩块 de 火星地表，yǒu 单细胞 creature děngzhǔ bèi 命名，Wǒ kàn jiàn 远处 yǒu Sun，烈焰 de sunshine zài 冰冷 de 干枯 biǎomiàn burns it out，Wǒ walks into 命案现场，discover 罪。

Sin——Wǒ yǐ 苏天顺之名，yǐ 神 de justice rekord 并怒斥。

Bastard and 贱人。

不可饶恕。

再來一根菸桿子

老師臨時缺課，我和一群同學藉口去做勞動服務，跑出教室四處溜達，我在體育場看見了蹺課的哥哥。哥哥獨自坐在樹蔭底下的木製桌椅，捲起袖子抽菸，吹風，一副吊兒郎當。大樹面對方形體育場，搭蓋四層樓高的斜頂鐵皮。樹幹後方設置鐵圍欄，無數個菱形將灰色的街道與高級的住戶割裂成塊狀。我很喜歡從圍欄看出去的世界，因為我知道我是安全的，同時，也有些討厭這種被拘禁般的安全。

「在這裡做什麼？」

哥哥冷漠地看著我，沒回話。

不知道為什麼，我覺得哥哥正在策畫某件陰謀。

我彎著腰，在地面搜尋著小石頭。

「你知道鹿皮箱的故事嗎？」哥哥吐出煙圈。「一定沒人告訴你，哼，反正在這個世界，真相總是被掩蓋的。」

「是大陸帶來的箱子嗎？」

「不知道該不該說。」哥哥靠著樹幹仰起頭顱。「會傷人的，不過，我覺得你應該要知道，至於信不信，那是你的事情。」

我等著哥哥開口。

「抽不抽？」哥哥遞出香菸。

我拿起香菸聞了聞，退了回去。「很臭。」

「不抽是好的，菸這種東西本來就沒有多大的意義。」

我找到一塊紅磚屑，用腳跟踩著，在水泥地板上隨意作畫。

「其實，鹿皮箱不是我們家的，應該說，是蘇老爺的，只是我們原本不姓蘇。爺爺在大陸時可是個忠實的僕人，專門伺候蘇老爺，後來發生了戰爭，到處都找不到食物，只好往南逃。蘇老爺在逃亡中得了瘧疾，請了大夫，吃了藥，還是治不好，上吐下瀉死了。爺爺決定繼續往南逃，留下了原本的蘇家，聽說當時同行的還有蘇老爺的大老婆、二老婆和五個孩子。爺爺帶走了鹿皮箱和許多條金子，上了船，跑到番仔島，改頭換面用了主人的名字。這你都不知道吧。爺爺做了生意，發了跡，心中十分後悔，將蘇老爺說成是他的親生大哥，說當時要不是有日本兵一路往下打，國民黨和共產黨鬧分裂，就不會發生這種事情。一切都來不及了，雖然後來曾經試圖想找回蘇老爺的親屬，不過怎麼可能？真正的蘇家說不定早被日本鬼子和共產黨殺死了。這些你都不知道吧，知道了，也沒什麼用，反正我們什麼都做不了——」

炎熱的風一陣陣吹拂身體，我不知道該如何質疑哥哥。

「我想你也不知道為什麼會來到這裡吧，我們之中沒有任何一個人知道。」哥哥將右腳蹺在左腳上。「生在哪裡就長在哪裡，就像畜生，你不覺得嗎？連要去哪裡都無法選擇，不過，要是真能選擇，我想大部分的人都無法承受。」

我點頭，假裝懂，雙腳放開紅石子，地面出現一團一團糾結的紅色條紋。

「奶奶把你抱回來，可不是什麼冠冕堂皇的理由。」哥哥笑了笑。「我跟你一樣，也感覺自己是被抱回來養的孩子，這樣子，或許還能輕鬆些。」

「我知道我是奶奶買回來的。」

「我看過箱子內的文件——是因為你夠黑、夠土、夠番仔，血統什麼的都很純正，沒有混到其他的血。」哥哥的聲音不帶感情，也不帶輕蔑，彷彿是在述說一件相當日常的事情。

「這沒什麼。」我感到有些忿怒。

「那時候，奶奶得了大腸癌，工廠被縱火，爺爺還摔了一跤不能走路，整天說報應要來了，該來的總是逃不掉啊。家裡請來算命仙，買了八卦鏡掛在大廳，改了墳地，還囑咐要積福做善事，說這樣才能消災解厄，後來，奶奶就從孤兒院把你抱了回來，相信這樣一定能積德。你不覺得很好笑嗎？」

我惡狠狠瞪著哥哥，卻不知道要如何反擊，捏緊拳頭，身體不停顫抖。「你是故意的，你根本就不會知道——」

哥哥抿抿嘴，望著我，想說些什麼卻又有些遲疑。

「為什麼我要相信你的蠢話？」我唐突且憤怒。

「我沒要你相信我啊，說實在，我自己也不信。不過愈是重要的事情，我們都是到了最後才願意面對。」哥哥吐出煙，丟掉菸蒂，用腳尖用力抹了抹。「你該去上課了，你不應該跟我一樣。你要知道，我一直很羨慕你，非常道地、非常番仔味的你。」

我的身體空蕩蕩的，靈魂從某個孔竅緩緩溢出。頭一次，我感覺哥哥正在傷害我，傷害他自己。哥哥從褲袋中翻出菸盒與打火機，再抽一根菸，對著濾嘴深深吸了一口。我相信哥哥還有許多話沒有說，只是我沒有勇氣再聽下去了。

「你不該胡說八道。」我糊裡糊塗丟下這句話，轉過身，快速跑向教室。

我搞不懂自己有什麼好羨慕的。

丟石者

我刻意和哥哥保持距離，不想再聽見這些不知是捏造還是真實的故事，不想哥哥以一副事不關己的面貌望向我，彷彿希望我能夠說些話來反駁他。我沒有，我不敢，我嘗試忘記一切。我可以不去想家族的故事，不去想哥哥說過的話，因為再怎麼想都沒有用，我希望簡簡單單過著蘇孝駒的華僑生活。每天起床，我就對著陽光眨眼，吃早餐，換制服，搭車去學校上課，學習，聊天，拉小提琴，做科學實驗，打屁聊天，回家，打電動，洗澡，看著雞雞長毛，上床睡覺。

過了多久呢？我和哥哥又開始說起話，好像什麼事情都沒有發生，日子確實還長成同一副模樣。

週末下午，哥哥把我拉到牆角，說有個計畫，問我有沒有興趣。

我們先去找蘇鬼子。

夏日，有些昏昏欲睡，血液在躁動著，我突然好想用力揍一揍討厭的傢伙，蘇鬼子躺在椰子後方睡午覺，嘴巴張得跟牛環一樣大。哥哥踹著蘇鬼子乾枯的人皮。蘇鬼子揉眼摳鼻，立起身，大喊蘇少爺好。哥哥鬼頭鬼腦從口袋掏出一百披索，在蘇鬼子兩顆黑濁的眼珠前晃了晃。

「我們要去餐館子，需要保鑣，去不去？」

「去，下地獄都要去，不過，保鑣要做些什麼？」蘇鬼子張大眼珠。「可以順便在餐館子吃炸魚或烤肉串嗎？喝一杯芒果汁也好啦。」

哥哥將錢遞給蘇鬼子。「我叫你做什麼你就做什麼，放心，死不了人。」

我們三人晃晃蕩蕩招招搖搖來到聖門士街，腳步輕盈往餐館前進。我以為要去吃大餐，拜關老爺，巡視廚房與員工的服務態度，順便找福叔和義叔聊天、喝茶、嗑瓜子。餐廳員工戴著縫有辮子的員外帽，紅壽衣，黑馬褂，站在石獅子旁對著路人大喊口齒不清的歡迎光臨，非常中國風。

我們在餐廳外左瞧右望，蘇鬼子伸出吊死鬼般的舌頭滴著口水，說渴，真渴。

「現在去找石頭。」哥哥沒打算用餐。

蘇鬼子吐出舌頭低頭尋找，像一隻流浪狗。

我沒找著石子，只找到半剖的椰子殼和幾只被壓扁的鐵罐。蘇鬼子不知從哪找來一塊沉重的紅磚頭。哥哥掌中的石子圓滾滾的，如同握緊的拳頭。哥哥要我們繼續找。我站在原地，有些呆愣，透過大片落地窗望向餐廳。福叔坐在關老爺神龕下方的椅子，十分專注地算帳。義叔忙進忙出招呼客人，在廚房與櫃檯間巡視。蘇鬼子又找來瓶口碎裂的玻璃瓶、一只台灣形狀的鞋底和一個鋼杯蓋。

「等一下要做什麼？」我有些緊張，汗水從眉間流至下巴。

「砸館子，你們跟我一起丟，出什麼事我負責。」哥哥拍著胸脯，不懷好意地笑著。

蘇鬼子用奇怪的眼神望著我們。「不是來吃大餐的喔。」

「事情先辦好再去吃飯，要吃KFC、快樂蜂、麥當勞還是義大利麵都隨你開心。」

「真的要砸嗎？」

「砸。」哥哥冷靜地說。

蘇鬼子的眼珠子膨脹得像豬睪丸，伸出細長的手指朝向前方。「為什麼要砸少爺的店？萬一被抓了怎麼辦？」

「怕什麼。」哥哥審視排列腳底的各式廢棄物，拿起，掂掂重量再放下。

「會不會砸到人？」我的不安比以往更加強烈。「要不然隨便砸個洞就溜，福叔和義叔還在裡面呢。」

哥哥睨了我一眼，指責我的懦弱。

仔細觀察方位地勢，找不到遮掩，四處沒有大樹、護欄、招牌或者大型變電箱。吉普尼從身後競馳而過，有時出現幾位賣花生、鴨仔蛋、香菸與木製裝飾品的攤販。我們決定採遠距離攻擊，斜角面對窗戶，躲在停車場內。哥哥轉換陣地，思索攻擊的角度。我籠罩在深深的罪惡感中，不知道是否要阻止哥哥，或者就這樣幹下去。哥哥說，滿地的垃圾都是紅色憤怒鳥，必須攻擊玻璃窗內的肥豬。哥哥又說，選好物品，手當彈弓調整角度，要特別注意重力加速度。

我選了壓扁的鐵罐。哥哥選了石子。蘇鬼子搔著頭蝨短髮，最後選了鋼杯蓋子。

「沒問題吧。」哥哥沉穩說著。

原來惡作劇會讓人如此亢奮緊張，心臟撲通撲通，我緊握鐵罐，朝向玻璃。

「Attack。」哥哥大喊一聲。

去死吧——

我們蹲低身，同時丟擲，盯著垃圾往前、往下快速墜落。砰——蘇鬼子拔腿跑了，我跟在蘇鬼子後面，最後是哥哥。我和蘇鬼子都失敗了，只有哥哥丟的石頭撞上玻璃。我們繼續往前跑，跑得雙腿緊繃，喘不過氣，蘇鬼子一轉眼溜回椰子塚，像隻鼴鼠往椰子殼中鑽啊鑽。

陽光刺得眼睛睜不開，我拿起一塊椰子殼往蘇鬼子丟去。

「跑那麼快做什麼？玻璃都還沒破呢。」哥哥說。

我和蘇鬼子噤了聲。

哥哥的臉相當嚴肅。「你們這群雜碎。」

「我才不怕，有什麼好怕！」我拿起腳邊的椰子殼丟向哥哥。

哥哥立即回擊，衝撞而來。我在堅硬的椰子殼中滑動著，翻滾著，扭轉著，椰子殼嘩啦嘩啦響著，我往上抓，抓住哥哥肩膀，雙手使力按住，再用雙腳夾住哥哥，想要用力翻轉反壓哥哥。第一次失敗了，我繼續在嘩啦嘩啦流動的椰子殼中找尋支撐，再一次用力翻轉。哥哥弱了力氣，我拚盡力，一個倒旋反壓哥哥。我的雙手雙腳夾住哥哥猛力掙扎的身軀，害怕空隙處會冒出哥哥的拳頭。近乎三分鐘，我徹底壓制住哥哥。哥哥繼續扭動，尋到空檔，拳頭捶上我肥厚的肚子和胸膛。我無法再壓制哥哥的力量了，立即膝蓋跪地，雙手一撐立起身子，緊接往後彈跳兩步。哥哥從椰子殼中爬起身，雙手握拳，準備好隨時戰鬥的姿勢。蘇鬼子在我們中間左看看、右望望，不發一語，他不知道我們是否真的打了起來。

哥哥先鬆弛警備，垂下手，毫無預警露出笑容，說，你這混蛋，長大了。哥哥走向我，抹了抹我的頭，再理順我剛弄髒的領子和衣袖，拍去灰塵，最後右手手肘勒住我的脖子，左手朝我的胸膛輕輕捶了一拳。

我縮起身，有些不好意思地笑了。

瞎眼海盜

星期四下午，中、小學臨時放了假，全國的吉普尼與公車工會組織決定集體罷工，抗議薪水低廉，真是有種的傢伙，應該天天抗議才是，這樣我就不必乖乖去學校了。我和哥哥溜去果菜市場喝椰子汁。蘇鬼子當起海盜戴起黑眼罩，看上去剽悍卻滑稽。蘇鬼子不願意戴上椰子殼，拉出褲袋，十指對著空氣快速抓掏，指了指乾癟的嘴巴。蘇鬼子要錢，卻不好意思說出口。真神奇，窮鬼竟然還懂得廉恥。蘇鬼子拉開眼罩，揮揮手，要我們仔細瞧。我不敢看，也不想看，蘇鬼子的眼珠子受了傷，只要從眼窩輕輕一擠，紅腫的眼珠子就會像彈珠一樣溜出來，真是低等生物。

「你口袋有多少錢？」

我摸索口袋，掏出一張一百披索和兩個十披索硬幣。

「拿去，小雜碎。」哥哥掏光口袋，將所有的錢遞給蘇鬼子。

蘇鬼子笑得很開心，親吻鈔票，立即拿二十披索買了一粒新鮮椰子，喝了幾口，彷彿記起什麼，走到椰子塚間拿起一片褐色椰子殼罩在頭上。蘇鬼子坐在椰子塚中，指關節用力敲了椰子殼三下，示意我們拿出彈弓射擊。

「等一下連另外一隻眼睛也瞎了。」哥哥說。

我跑到蘇鬼子旁，原本想坐在他身邊，只是我已經忍受新款運動鞋踩進了椰子殼，不想再弄髒衣服。

「眼睛怎麼了？」我指著蘇鬼子的黑眼罩。

蘇鬼子捧著椰子，露出天真鬼臉，不時吸吮手指上的椰子汁。

「瞎了，醫生說以後看不見了。」

「誰把你弄瞎的？」

蘇鬼子做了一個射彈弓的姿勢。「很多少爺朝著我射，子彈像是煙火一樣開了花，好漂亮。一顆石子射進我的眼珠子，流了好多血。」

「會痛嗎？」我發現自己問了一個蠢問題，只好自我安慰，說不定窮鬼的反應是不一樣的。

「不痛的，不過是沒了一顆眼珠子。」

我害怕看到脹滿血絲的腐肉。

「還有一隻眼睛可以看，以後戴上椰子殼只需要閉上一隻眼珠，輕鬆多了。」蘇鬼子樂滋滋喝著椰子汁。「我覺得這就像是在演海盜，每個人都會怕我喔。」

「笨蛋。」我咒罵蘇鬼子。「是哪個渾蛋把你射傷？我和哥哥替你報仇。」

「不痛，真的不痛，只是流了很多血，反正還有一隻眼珠子嘛，不要緊。」蘇鬼子敲響頭顱上的椰子殼。「少爺射啊，我準備好了，以後我都會戴兩層椰子殼，一定會乖乖閉上眼睛。」

「你姓蘇，不能隨便被欺負。」

「蘇少爺放心，我這隻眼睛是留給您的。」蘇鬼子笑著說。

我尷尬地在蘇鬼子身邊坐下，沒過一會兒又全身發癢站了起來，我受不了蘇鬼子身上的惡臭，也受不了我對他以及他對我的善意，真噁心。

My heart keeps dark

我不知道那天晚上發生的事情到底是不是真的，我似乎還可以感覺身子不由自主的顫抖，真真切切感覺得到。我必須將整件事情當成惡作劇，某種友善的變質，哥哥其實是透過這樣的方式想要告訴我什麼。

哥哥留在學校跟同學討論功課，我和蒂娜兩人吃著晚飯，蒂娜憐憫地看著我，好像我被遺棄了。其實，我說了謊。哥哥離開學校後，穿著整齊的制服皮鞋走到教堂前的大馬路上，坐上三輪車搖搖晃晃抵達番茄街，再招手攔下計程車。我偷偷跟在哥哥身後，站在人潮洶湧的番茄街，看著計程車爬上緩坡愈來愈小，最後消失在一叢一叢芭蕉葉般的黑煙中。

哥哥變了，我不知道那是什麼改變，是往好的？還是往我所恐懼的方向？哥哥的身軀多出一些氣味，像是獸物聳起毛髮露出爪子，十分躁動。哥哥回來後，我都會刻意站起身，靠向他，問哥哥到底去了哪裡？我想要辨別清楚腥臊的味道，除了身體發育的刺激味之外，還沾抹上一種香水的、果熟的、撩搔昏眩的甜膩感。

哥哥躺在床上玩 iPad，完全不想理我。我說，我想去ＳＭ百貨逛逛。哥哥說，自己出去，不要像個孩子整天纏著我。我走到哥哥面前，朝他的耳朵任性且大聲地說，帶我去。哥哥厭倦地望著我，大吼一聲走開。蒂娜來到門口，問我們是不是吵架了。我釘在原地，動彈不得，竟然哭了。蒂娜要哥哥道歉。哥哥撇過頭，不理會任何人。

我發下毒誓，再也不跟哥哥說話，再也不跟哥哥出去玩。

夜晚，哥哥來到我的床邊向我道歉。

我聽見哥哥的呼吸聲，很平順，很穩定，我打定主意不想理他。哥哥窩進我的床，拉上涼被，蓋住我們的身子。我很早就不跟哥哥同床睡覺，現在，即使一個人睡覺，我也很少會感到害怕，鬼魂、怪獸和吸血鬼只會出現在電影中。空氣像一隻剛從沉沉睡夢中醒來的老虎，從陰暗處走來，伸出肉爪子。我聞得見，感覺得到，哥哥的呼吸、頭髮、手指的接觸、胸膛的碰觸都成了肉爪子輕輕刮著我的身體。哥哥覆蓋住我的身子，摸索我的手。我握緊拳頭。我感覺到了什麼，如同叫喚，於是鬆開緊繃的手，毫無保留地將自己交付出去。有個堅硬的物體頂撞我的下半身，十分溫柔的頂撞，我沒有轉身，我和哥哥縮成兩隻蜷曲的蝦子。我們在深深的海底，始終無光。哥哥拉著我的手往他的褲子。我摸到了。哥哥已經脫下了褲子。我真的摸到了，摸到一根溫燙的、青硬的香蕉，濃密的毛髮撩撥我的指尖。我縮了手，神經緊繃，全身不由自主顫抖了起來，彷彿我觸碰的不是哥哥的下體，而是更巨大、更無法言說的什麼。心臟的跳動聲無比清晰，無比震撼——是性的氣味，是純粹的躁動與欲望。哥哥的呼吸急促起來，我的呼吸也急促起來，我們只呼吸，不說話，從胸腔深處噴出濕熱的氣息。哥哥沒有再拉著我的手。我試著放鬆身子，平緩呼吸，哥哥並不想傷害我。我依舊感到害怕，像是犯了錯，可能是罪，也可能是惡，哥哥帶領我走進陌生的領域，而我，而我必須愛他。

我不知道接下來會發生什麼。

或許只是夢遊，或許什麼事情都沒有發生，哥哥挪移身子，伸出手，靜靜抱著我。睡吧，哥哥說。我感到安心，同時也感到恐懼，我察覺出自己的每一口呼吸也同樣漫出老虎般的侵略氣息。我聆聽獸腳貼上另一雙獸腳的聲音，感覺胸腔凹陷了下去，我真的好害怕。

激戰，聖鬥士的犯罪

我和哥哥一前一後走在聖鬥士街上，搖頭晃腦，保持三、四步距離，天空陰沉，涼風捲起塵灰吹拂瘦巴巴的貧民，還不算冷，穿著長褲短衣剛剛好。有時哥哥轉過頭來看我，皺著眉，罵我一聲渾蛋，有時哥哥抬起腳，在柏油路面單腳跳動。我學著哥哥的動作。左腳提，右腳立。右腳提，左腳立。大腳一甩，對準被壓扁的鳳梨汁鐵罐狠狠踹踢，鐵罐子噹啷噹啷四處亂竄，我跑上前，搶先哥哥踢一腳。遠了，再追上去。我們無所事事，踢鐵罐子踢了將近半小時，直到鐵罐子被一輛公車捲進輪胎底下。

哥哥隨手撿起樹枝，胡亂戳刺牆面，枝幹斷成好幾截。街道灰濛濛，幾百隻老鼠跑動般，我們繼續走，擦汗，摸口袋，掏出幾張漂亮的新鈔票。哥哥將百披索鈔收成一攏，平均攤成一薄紙扇，朝著我的頭顱拍打。我的紙鈔不夠厚，拿著十幾個硬幣丟向哥哥。硬幣在街道上滾動，幾個根本不該出生的小鬼頭跟在我們身邊撿銅板。哥哥累了，我也累了。哥哥靠在電線桿上，從菸盒中遞來一根菸，我搖頭拒絕，曾經試過一次，濃煙在喉嚨與口腔內賽跑，微小的火焰在燃燒，並沒有很舒服，我不喜歡。

「找些事情做吧。」哥哥抽菸，百無聊賴地說。「有什麼好建議？」

我捶了捶痠麻的腳，蹲在地上仰望哥哥。

「你的腦袋到底都裝些什麼？真沒用。」

「去 Makati 或者 Manila Bay？」

「沒別的地方可以去了嗎？算了，該回家了，不然咱們的妓女媽媽又會跟爸爸說些有的沒的。」哥哥用鞋底抹平菸火。

我們從聖鬥士街出發，朝南前進。

轉進果菜市場，哥哥停下腳步想著什麼。我躍過哥哥，繼續往前走。

「蘇孝駒。」哥哥大吼。

我轉過身，哥哥離我已經有十幾公尺遠了。

「走，帶你去玩。」哥哥走向前，露出曖昧的表情。「不過，你不能告訴爸爸，當然也不能告訴福叔、義叔和艾爾頓。」

「去哪？」

「去不去？別婆婆媽媽。」哥哥不厭煩了起來。「真沒用。」

我用白淨手帕擦拭額頭汗水。

「又不是要你的命有什麼好擔心。」哥哥瞪著我。「算了，當我沒說，膽小鬼。」

「去。」我的聲音大得像鐘聲。

我們在黃昏的車陣中穿越黑壓壓的人群，坐上計程車，我望著窗外，不知道自己是否有膽量打開車門。我們要去哪裡？要做些什麼？又可以做些什麼？

我們來到了 Quezon Avenu，位於捷運LRT與MRT交線，是奎松通往馬尼拉的一條大馬路。奎松大道亮起街燈，紅的、紫的、白的、橘的、銀的招牌以流線形光芒跳動，街道兩側有小酒吧、大舞池、高級餐廳、私人俱樂部與專賣調酒的歐風調酒館，體內湧起緊張與亢奮，不斷抽動神經。我們在 Jollibee 用餐，各點一份漢堡套餐。肚子雖然有些餓，不過薯條和漢堡吃了一半就沒有胃口，只好猛喝可樂，啃著冰塊。

十點，哥哥沒頭沒腦地說。

我們坐在塑膠椅子上，望向街道，望向光河。

夜色沉沉吞噬了貧民，掩蓋骯髒的衣物，掩蓋膚色，掩蓋乾癟臉孔，只露出一雙雙混濁眼珠。番仔凝視我，輕敲玻璃，露出缺牙、伸出舌頭討食物吃，眼神帶著無辜，也有些嫉妒的惡意，彷彿說著我們是同伴，有義務幫助他們。剩下的食物給番仔吃吧，哥哥說。我拿著薯條和半個漢堡，推開門，幾位小孩急忙撲上來。沒搶到的孩子用汙穢的手掌拉著我的乾淨襯衫，要我從口袋再掏出一些什麼，薯條、肉塊或者幾個硬幣都好。我沒有理會，走回速食店，朝著窗外揮手趕他們走。我和哥哥洗了手，漱了口，離開速食店，在馬路中走著，我一一辨識每個充滿想像的招牌，Desire、Sex Ladies、Lovers、Kiss、Speedy、Touching 等，光亮的英文字母旁往往有一位面容姣好的女子圖樣，厚唇，大眼珠，豐滿的乳房讓我聯想起一隻吃得太營養的美國乳牛。我看著招牌，心中興起一股犯罪的欲望。擦著香水的番仔婆探出身，向我吐氣，對我耳語，說很便宜喔。一位比我還小的女孩蹬高跟鞋，穿紅短褲，亮片胸罩外裸著枯木般的軀幹，她醉了，伸出舌頭緩慢走向我，撫摸自己營養不良的身體。三百，一起來玩嘛，她說。哥哥急忙把我拉走。我轉過頭，發現她消失在另一群沒有臉孔的番仔婆女孩之中。

哥哥說，她們非常不乾淨，會得病的。

哥哥熟門熟路選了一家粉色螢光大招牌 Obession——Disco & KTV Bar，入場費每人八百披索。入口處，兩位壯碩的保鑣檢查隨身物品，搜口袋，再由一位理光頭、穿紅西裝衣褲、紫皮鞋的男經理帶領我們進入。窄巷的牆壁擺滿了原住民木製臉譜雕刻，大大小小的，嘴角笑得都裂開了，我們穿越三大盆巴西鐵樹、一扇黑銅板門與三間包廂，最後來到了大舞台。經理分別遞給我和哥哥一張名片。名片左側粗筆勾勒經理面貌。經理說，需要任何服務都可以找他。經理伸出舌頭，順時針舔了一圈嘴唇，左手抓著陰莖，再次強調了一次，什麼服務都包噢，叫我 Daddy Boy 就可以了。半開放式的包廂用紫色玻璃隔了起來，店裡充滿炸洋蔥圈味、香菸味、威士忌味、香水味和嘔吐物味，我們坐在左側，相當靠近舞台。哥哥點了一打冰啤酒。我低頭，拿著菜單遮遮掩掩怕被人發現，露出大腿的番仔婆姊姊很有耐心地等我點餐。我緊張地翻閱菜單，隨意點了一盤紐奧良雞翅和炸薯片。哥哥遞來一罐冰涼的 San Miguel 啤酒，要我喝。

我嚥了口水，拿著酒瓶靠向嘴邊，呼嚕呼嚕喝了起來。

「原來你喜歡喝啤酒。」哥哥笑。

啤酒冒著泡，在體內激流竄動，好像準備沖毀某道圍牆，我勉強擠出一絲笑容。

舞台敞開一百八十度，半圓形，邊緣有三層階梯，舞台中央站著幾位看不出年紀的番仔婆女孩，有些是姊姊，有些稚幼的臉像是妹妹。米色、紅色和紫色的聚光燈在舞台兩側往中央打去，乾冰吐了出來。我親愛的姊姊和妹妹們都穿著高跟鞋，亮片短裙，玫瑰胸罩再加一件牛仔夾克。捲髮與直髮在肩膀兩側肆意搖曳，在舞台上走著，從左邊走到右邊，看著觀眾，伸出舌頭，雙手緩慢撫摸下體，輕輕呻吟一聲；再從右邊走到左邊，轉過身，彎下腰，雙手從腳尖、腳踝、小腿撫摸至大腿，隱約露出裙底下的洞穴。她們有時在紅光中燃燒，有時在黑暗中凝成化石，有時在白光中突然出現一隻手臂、一對乳房甚至是一顆白蠟般的頭顱。哥哥塞給我一百披索，要我去給小費。許多韓國人、中國人和大鼻子洋人擠在舞台階下，伸出揉著紙鈔的手。女孩熟練地走了過去，左搖右晃，拉開胸罩與內褲，夾住紙鈔往內褲塞，呻吟著，說，拜託來滿足我。女孩繼續燃燒，繼續被黑暗吞下，繼續支解身體各個器官。我顫抖著，酒精在體內悶燒，哥哥看我傻愣愣坐在沙發上，跟我說了一些話，我聽不清楚。哥哥向我靠來，貼在耳旁，說，爸爸都帶客人來這裡。那又沒什麼，我裝出一副理所當然的表情。我的臉突然紅了，紅得很蒼白。爸爸說，來這裡是可憐她們的生活，真是狗屁，哥哥握著酒瓶又灌了一口。女孩脫下夾克，往台下丟去，走幾步，緩慢解下胸罩，丟向觀眾，掩住胸部一步一步走來。我告訴自己，必須表現出不在意的模樣，沒什麼好怕的，然而，我的全身無法控制地起了紅疹，我開始厭惡自己與眼前的女孩們，我的下體被一股更強大的欲望掌握。我用雙腳夾住下體，希望沒人發現。親愛的姊姊和妹妹們脫得一絲不掛，吻著鈔票，走回舞台內側。瞬間，舞台亮了起來，霓虹燈伴隨一群年輕番仔的熱舞而打轉旋繞，舞台前的男子紛紛散開。

走，哥哥說。

我的左手伸進褲袋壓住勃起的陰莖，右手拿著冰啤酒跟上哥哥。舞台右側有一條暗巷，哥哥帶領我走了進去，右邊是蜂巢般的小房，左邊是一間外表嵌著安全玻璃的小溫室，亮著淺金色的光，像錫箔，裝扮濃豔的女孩坐在沙發椅子上，無神地望向窗外。天使女孩抽菸，吐出煙，鐵翅膀慵懶地卸在桌上。兔女郎女孩害羞地撫摸乳房，棉質耳朵斷了一只。吸血鬼女孩露出純潔的笑容，彷彿在說，咬一口不會痛。魔鬼女孩凝視房間外，褲襪破了一個洞，拿著皮鞭輕拍大腿。日本藝妓女孩穿著和服，很白的臉，眼珠子非常無神。狐仙女孩、旗袍女孩、草裙女孩、骷髏頭女孩、金絲雀女孩、芭蕾舞女孩——都吸了毒，哥哥說。女孩們轉過頭來看我們，沒有勾引，也沒有激情，慵慵懶懶癱軟在香水中。選一個姊姊？還是妹妹？沒什麼差，都是番仔婆，哥哥說。不知為何，對於眼前的女孩們，我竟然感到異常的羞愧與憤怒，她們怎麼這麼沒有羞恥心？哥哥選了一位和我差不多大的女孩，穿著長裙，身上有著濃濃香水味。哥哥露出報復性的表情，雙手伸向袒露的乳房，捏著乳頭。哥哥把我拉過去，笑著說，她叫白蛇，是爸爸選過的女孩。

我陷在無法抽離的罪惡中，香氣濃得讓我想吐。女孩握住我的手，貼在她的嘴唇、頸子、滑過鎖骨上的空心塑膠珍珠，再移動到隆起的柔軟乳房。我摸到了。她笑著，看著我，像乞求。我觸碰到她的渴望與絕望。一起玩，玩什麼都可以喔，她說。我猛然抽出手，緊張地四處張望，一古腦掏出口袋中的硬幣，慌慌張張撒在菸灰缸與酒杯之中。我低著頭，像做錯事不敢見人。對不起，真的很對不起，我不知道自己到底在說些什麼。我轉過身，帶著愧疚與憤怒推開哥哥，獨自跑到深夜的大馬路上，暫時離開了廉價香水、香菸與性的世界。

作文第三則——〈我就讀的廢城學校與豬八戒迷魂記〉

我和哥哥從割蕾絲流浪到廢城。

這段時間，我整天都在唱 Linkin Park 的〈Leave out All the Rest〉，我不喜歡這種不斷搬遷、適應新環境的生活，真令人厭煩。我將 iPod 耳機塞入耳中，哼著歌：「I dreamed I was missing, you were so scared. But no one would listen, 'cause no one else cared. After my dreaming, I woke with this fear. What am I leaving when I'm done here?（我夢見我在夢中消失，你是如此驚慌／但是沒有人聆聽這份恐懼，因為沒有人在乎我的存在／夢醒之後，我始終帶著那股恐懼與憂傷／如果我真的離開了這個世界，到底會留下什麼呢？）」我陷入一股莫名的恐懼與無奈，或許再過一、兩個月，我又會跟隨哥哥的腳步轉到另一間華校。

大部分被割蕾絲辭退的學生都會來廢城，因為學費便宜，設備差，學校占地小，唯一的好處就是上課有冷氣吹。廢城比割蕾絲開放多了，信仰基督教，可以高聲唱歌，同學們手牽手雙雙成對走在走廊，團體活動時還可以熱歌勁舞。我不討厭廢城，也說不上喜歡，老師開明多了，可是我就是無法打起精神認真上課。廢城真的很廢，上課一點都不嚴格，同學的程度非常差，不需要讀書就能維持班上前三名。同學們不在意成績，也不太理睬我，這很好，我本來就不太想跟這些蠢材有太多關連。我又開始被老師指派參加各種校內校外的華文競賽，作文、朗誦、吟詩比賽等等，我可以決定去不去，就看我在不在意其實一點意義都沒有的名次與成績。

我就讀廢城中學二年級，哥哥四年級。

明年三月，哥哥就畢業了，不知道他是否要申請大學，或者直接出去工作，想來想去，這兩個選項都像被啃過的骨頭般無趣。

在廢城讀書有許多好處，這裡有許多土番仔，沒人在意血統，我不會遭到歧視，也可以自在地隱瞞身分，這讓我感到輕鬆自在。在這裡學中文也比較簡單，老師不僅會寫上注音，還會寫上國際音標，每天複習的基本中文會話就像無趣的繞口令，只要記熟了，就不會惹上任何麻煩。上課時，我可以聽音樂、寫作業、打電動、發呆、睡覺，以及等待午後一場雷陣雨，反正我的成績相當好，老師不太管我。

九月初，學校來了兩位實習女老師，是廢城與台灣中原大學共同簽署的建教合作，女老師將待在這裡一個多禮拜。中文課不用上了，班上四十幾位同學分成戲劇組和勁舞組，每組各由一位老師帶領。我理所當然選了戲劇組，我可不想在大太陽底下滿頭大汗練舞，這樣實在太不文明了。

我們的老師叫做莎莉娜。

莎莉娜穿涼鞋，臀上包著短牛仔褲，配上橘色上衣，一頭黑人捲髮。莎莉娜的聲音非常柔軟，像是涼風，充滿了力量，當同學不聽指揮時，她就會走到我們身後一個個擰起耳朵。她用英文說，Dear, I love you。我們的劇本是〈唐三藏取經記〉。我對於劇本並不陌生，爸爸常從中國大陸買來盜版ＤＶＤ，我看過兩、三個版本，還看過港星周星馳演的電影《大話西遊》。

我懶得演戲，懶得背台詞，最好擔任一點都不重要的角色，例如孫悟空沒有屁用的分身，或是剛出現就被殺死的青面妖怪，偏偏我被選上主要的演員——豬八戒。豬八戒有著大肚子，豬耳朵像扇子般啪吋啪吋晃動，還有凸起成螺旋狀的豬鼻子，看起來相當愚蠢。一場戲十五分鐘，不長，我們只有一個禮拜的時間排演，接著就得上台表演。我們練習走台步，背台詞，用口音獨特的番仔式中文對話。我在孫悟空、沙悟淨和唐僧旁邊，挺著大肚子，拿著掃把當耙子，時不時學豬叫。雖然不願意，不過我總是能做到最好，發音標準，不快不慢。我的蠢同學一點都不認真，台詞說得亂七八糟，有時孫悟空多說一句，有時唐僧少說一句，更多時候乾脆說英文與塔加洛話。剛開始我很生氣，後來想通了，覺得沒有什麼好氣的，反正我不必在廢城當最優秀的學生，因為我已經是最優秀的了，就算亂演一通也會滿堂彩。

莎莉娜看起來很女人，我喜歡她的聲音、頭髮、脖子和臀部的形狀，我甚至是因為她才參加戲劇組的。每當她走近，我都能聞見她的汗味與乳香味，聞起來非常舒服，絕對和番仔婆的臭味不同。

唐僧老爺啊，去右邊站好，她說。

我的老天，孫悟空，你剛剛遇見妖怪了，應該要有受到驚嚇的表情，她說。

豬八戒，來，要記得自己的走位喔，她說。

她說起話來十分性感，垂著頭，咬著唇，像春天的花苞，我真希望她能當我的啞啞。

表演前一天，戲還是沒排好，走位也出錯。她站在舞台上搖頭嘆氣，不知道該怎麼辦。我們只希望下課的鐘聲早點響起，到時就可以自由自在，想去哪裡就去哪裡。四點十分，我們一窩蜂下了課，她沒有留住我們，只說要把道具弄得像樣點，別忘了。她很美，午後的陽光亮晶晶灑在她的皮膚上，開了花，她走路的姿勢相當優雅，很有華人女人該有的模樣。我偷偷跟在她的身後，往前踩住她拉長的影子，想聞她，想抱她，想親吻她，心臟快速跳動——真糟糕，我覺得我戀愛了。莎莉娜發現了我，轉過身，露出櫻桃般的微笑，她舉起手，摸我的頭，說明天要好好演豬八戒。我說不用演，我本來就是了。我注意到她說話時的紅唇和喉嚨的弧線，注意到她從額頭滑下臉頰的幾滴汗水，注意到她脖子左側有一顆小小的黑痣，她的黑髮在肩膀上晃蕩，幾根髮絲貼上額頭，每一個細微動作都觸動著我。我凝視她。透過手臂往袖內望去，望見胳肢窩中未修剪的蓬鬆腋毛，再看見毛髮旁的棉質米色胸罩，緊緊繃繃罩著乳房。我真的好想好想給她一個擁抱，撫摸她，占有她，甚至是玩弄她——我的女人，我的莎莉娜，我願意花大錢購買的美麗啞啞。

「你是菲律賓人嗎？」她問。

我先是搖頭，再傻傻點頭。

「真好，我很喜歡菲律賓喔，所以才決定來這裡實習。」她摟住我的肩膀。「該回家了，對了，明天記得要帶戲服來喔。」

「老師有男朋友嗎？」我的肩膀挨著她的乳房。

莎莉娜聳肩彎腰，在我的耳邊說：「小豬八戒，我沒有男朋友，女朋友倒是很多。好了，你真的該回家了。」

我下樓拿書包，到校門口找哥哥，每一個步伐都相當不真實，心臟跳得好快，有點喘不過氣。這是不是戀愛的感覺呢？

隔天，唐僧四人要去取經囉。

從倉庫找來耙子，用美工紙剪貼豬鼻子和豬耳朵，我脫掉制服，肚子綁著一個壓縮成圓球狀的椅墊，乳頭用黑膠帶貼成兩個大圓形，中間有個叉叉，我不時發出咯咯咯笑聲，大聲喊著師父啊，路怎麼那麼長，徒弟肚子餓，不走了。我頹然低下頭，摸著胖肚子。

表演前，莎莉娜召集演員，說，等會兒台下除了有全校師生，還有中文和英文部主任、校長以及外校貴賓，好好表演，不用緊張。我們走台步，在舞台後方練習對白與誇張的動作。我不知道自己是如何站上舞台，我的聲音發抖，雙腿發軟，完全不知道自己到底說了些什麼鬼話。我知道每次朗讀或華文演說比賽，我都能做到最好，只是，現在的我卻比往常還要緊張。燈光打在臉上，我走上前，拿出耙子對付蜘蛛精，休息時就躺在地面喝水、吃西瓜、流口水，時不時渾身搔癢。我們打敗搶奪唐僧肉的怪物，來到聖地，最後取得了無比神聖的經文。莎莉娜著淡妝，臉頰灑上亮粉，穿著米白色長裙，露出兩隻細長的手臂。我不知道自己如何度過這齣心不在焉的戲碼，我只想親吻莎莉娜，親吻勾引我的觀音。

表演結束後，學校發了一罐芒果汁和一塊雞肉馬鈴薯泥三明治。我在走廊上焦急地來回走動，想跟莎莉娜說些話，又不知道該說些什麼才好。我走到校長的辦公室外，透過窗廉的空隙看見了莎莉娜，她和另一位女老師坐在方桌前的沙發上，主任、校長和外校貴賓全都圍著她們聊天。手機響起，哥哥和艾爾頓在找我，我不知道自己到底等了多久，也不知道該如何是好，我急得想哭。我拖延了半小時，生氣地說要自己回家，艾爾頓不同意，說發生了事情怎麼辦。我不管。我偷窺他們，偷窺永遠無法觸及的生活，突然間，我感到非常難過，如同被我所愛的人否定，我的戀愛還沒開始就已經結束——淫蕩的觀音即將離去。

草擬作戰計畫

月初，福叔照例拿著一本厚重的帳簿報備。爸爸不在，沒有按時歸國，決定多待在香港幾天。福叔坐在客廳沙發上，臉色鐵青，掌心緊捏帳簿。

「出了什麼事嗎？」哥哥問。

「沒什麼，大蘇少爺，別擔心，我和義仔會將事情處理好。」福叔將帳簿方方正正放在桌上。「工廠的進度很順利，訂單也很穩定，就是新開的餐館子有些麻煩。」

我和哥哥用餘光探看彼此，神經緊繃了起來。

「之前還有人砸窗，真是混蛋。」福叔捏緊拳頭，氣得牙癢癢。「怕是生意做大了，有人眼紅。」

「玻璃碎了嗎？」哥哥問。

「沒破，不過成了麻子臉喔，花錢是小事，主要是麻煩。現在用一張招財進寶的賀喜圖遮起來。唉，真是一群混蛋。」

我不敢直視福叔，目光閃爍，內心瀰漫愧疚。

門鈴響起，金哥哥踏進玄關，脫了鞋走了進來，對我們點頭，我和福叔很有默契地立起身。

「蒂娜。」哥哥火氣十足朝著樓上喊。

二樓傳來尖銳的回聲，說要我們等等。

哥哥將金哥哥請到客廳，幾個人尷尬地看著彼此，也不知道該說些什麼。

蒂娜穿著鵝黃蕾絲長裙一階一階踏下，望見滿客廳的人，驚訝地止住腳步。

「我想是找妳的吧。」哥哥說。

蒂娜試著鎮定。「福叔，什麼時候來的？來了怎麼不叫我一聲？我在二樓打電話呢。對了，忘記跟你說蘇老闆隔幾天才會回來。」

「我在樓下跟少爺們說話，怕打擾，帳本我放在桌上，隔幾天我再來。」福叔說。

「別客氣，再坐會兒看看電視。」蒂娜走下樓梯。「喝杯茶嘛。」

「不了，餐館子還要有人照應。」福叔對著蒂娜點頭，轉身前，仔細打量了金哥哥。

蒂娜氣急敗壞拉著金哥哥往二樓走，沒過一會兒，房間便傳出激烈的爭吵。

我翻著福叔留下的帳目，聽著樓上的聲響，在一長串爭執後，房間安靜了下來。金哥哥打開房門，下了樓，頭也不回地離開房子。

「留下來吃個飯吧。」蒂娜故意用尖細的聲音叫嚷。

這時候最好不要招惹任何人，我想。

哥哥上樓，重重敲打蒂娜的房門。「妳可以繼續當婊子。不過，請不要把男人帶進家裡，爸爸雖然不在，好歹也請妳假裝一下。」

「注意你的身分，我是你媽媽。」蒂娜說。

「妳不是。」哥哥的口氣相當冷淡。

「別自大了，你說誰是你的媽媽？還以為自己有個體面的華人媽媽？笑死人，我都替你感到可憐。」蒂娜打開門，走到哥哥面前，伸出塗著蔻丹的手指撥撓哥哥的頭髮。「跟你說吧，你比你弟弟還不如，你媽沒死，還活著呢。那個女的，就是在樓下抱住你的那個番仔婆，她在你家當過啞啞，那個女的才是你媽媽——這都是你老爸幹的好事喔。」

哥哥臨時縮緊喉嚨，無法吞嚥口水，惡狠狠瞪著蒂娜。

「其實也不關我的事，就當我多嘴，我這個人就是喜歡說閒話，當然你可以繼續去相信你老爸的狗屁鬼話，不過我可不吃這一套。」

哥哥咬著唇，握緊雙掌。「我要——」

「蘇大主人過幾天回來，記得要繼續當個乖兒子，我也會繼續當你們的好媽媽。我很愛你們，也很愛很愛你們的老爸，不管怎樣，一家人都要快快樂樂生活在一起，不能隨意分開。」蒂娜昂起下巴，露出微笑。

「我一定要——」哥哥正在發抖。

「不要激動，對身體不好，要不要喝些人奶消消火？你爸爸最喜歡菲律賓口味的。」蒂娜撫摸自己的乳房，往上輕輕一抬。

「我一定要殺了妳。」哥哥氣憤地強調每一個字。

我和哥哥開始草擬殺死蒂娜的計畫。

只要時機成熟，便能依照明確的計畫除掉蒂娜，讓生活回到常軌。

方案一：放狗咬人。

切斷電話，關緊門，暫時撤除僕人與司機，放狗咬人。缺點是必須養一隻聽話的大狼狗，還要處理屎尿，空氣會變不好，地板會髒，大狼狗身上還可能有蝨子和跳蚤。Reject。

方案二：買砒霜下毒。

缺點是不知去哪裡買，而且會留下交易紀錄，用量過多還會引來警方關切。Reject。

方案三：向蘇老爸檢舉告發。

沒有檢舉獎金，不過執行起來簡單明瞭，不拖泥帶水。缺點是沒有想像力、創造性與刺激感。Reject。

方案四：偽裝成謀財害命的社會寫實案件。

花錢找番仔執行，買槍，上子彈，午夜時闖入，搶奪房間內的珠寶首飾，先姦後殺。缺點是難以支開僕人和司機，無法突破社區警衛。Reject。

方案五：意外事故。

製造假車禍，蒂娜最好腦袋開花直接喪命。或許可以趁著車禍，找歹徒來擄人撕票。缺點是艾爾頓老司機可能會受傷，車禍後沒有車子代步，要去哪裡都嫌麻煩。Reject。

方案六：借刀殺人。

最好讓金哥哥和蘇伯特為了蒂娜爭鋒相對，互相吃醋，最後因為忌妒而殺人。我愛你，你愛他。我不愛你，你不愛他。愛，不愛。缺點是實在太有想像力、創造性與刺激感。Reject。

方案七：天曉得要幹掉一個人還真難啊，待補。

消失是非常簡單的事情，就像去市場買幾根蘿蔔、幾顆高麗菜、幾粒蕪菁或幾顆雞蛋似的沒什麼困難。說實在，我不喜歡身邊的人無緣無故消失，如果真的要消失，至少也必須要告訴我一聲，如同爸爸常說的，要報備；無奈的是，大多時候，現實很捉弄人，照鏡子一般左右相反，必須反著看。

前陣子，蒂娜的嗜好是蒐集銀亮亮的韓國金屬扁筷，上面刻著桃子、馬、鶴，以及方方正正看不懂的韓國字吉祥話，餐桌出現番仔島化的泡菜、海鮮醬和味噌醬，每次用完餐，整張嘴巴都麻辣辣的，起了小火，麻得連筷子都拿不好。自從蒂娜和金哥哥吵了架，餐桌上又回復傳統的中國碗筷，白飯，炒高麗菜、滷豬腳、烤魚等傳統菜餚。我和哥哥一點都不想理會蒂娜，尤其是她善於變心的情感，她在蘇家還是女主人，還暫時占有一席之地，所以我和哥哥只好容忍，以免被番仔婆說中國人沒有肚量。我可是知道蒂娜是個騙子，是個徹頭徹尾的賤骨頭，我盡量不讓珍接近蒂娜，擔心珍會被頤指氣使，會被叫喚來叫喚去，蒂娜可以對其他人這樣做，唯獨對珍不行。

當珍說她必須要離開，我才發現一切都是有徵兆的，只是過去的我並不太關心珍。我以為只要她待在蘇家，做好僕人該做的事情，一切就可以永遠維持原狀。我不在乎珍已經不能進入浴室替我和哥哥刷背，我不在乎珍用哀傷的眼神望著我，我也不在乎珍是不是隱藏了什麼事情沒告訴我。珍說，她要離開蘇家了。蒂娜竟然已經答應，真是賤人。

我知道這是一樁邪惡的報復，蒂娜知道我們要殺死她，所以率先展開攻擊。我非常生氣，握起拳頭要找蒂娜理論，想拿槍轟開她的頭，想用槌子將她敲昏，想用鋸子將她分解，不管什麼理由都不能趕走珍，她在蘇家長大，應該屬於這裡。珍哭了，跪在地上磕頭，說不是蒂娜主人的錯。珍像一隻被子彈射穿腹部而躺臥在地的母鹿，滿臉淚水，說，我一定會記住您的，小蘇少爺。誰稀罕，我怒罵著。珍沒有被嚇跑，她繼續跪在地上，頭顱敲著地板向我道歉。住在遙遠山區的生母替她下了決定，找了一門親事，用一張照片，談定了三萬六披索再加上幾條牛和每年固定的米糧。她的生母和另一個家庭簽下了契約，無法變更，對象是一位剛剛死了老婆的老男人，已經生了五位小孩。我從來不知道珍可以這麼廉價，如此輕易便被交換。珍提醒了我的過去，只是我不想，我不想面對。我早就應該察覺出珍這幾個禮拜以來魂不守舍，早就應該在她的眉間與面色中得出訊息。或許，我看見了，只是我不在意，我的過分關心無疑是麻煩與困擾，我以為我不該對珍好。三萬六披索，不多的，我負擔得起，蘇家絕對負擔得起，爸爸收藏的每一件名家陶瓷或者一幅萬馬奔馳圖就要十幾萬。蘇家可以負擔的，沒有問題，我們甚至可以將珍的老公一起買下來。

我去找蒂娜，這一定是她的報復。冷氣很強，蒂娜躺在床上動也不動，屍體般裹了一條純白浴巾，從按摩店請來的女師傅正在按摩她的背部。蒂娜用同情的眼神看著我，恥笑我，她說，珍嫁過去是要生孩子的，我和你爸爸每天晚上都做那檔子事，就像買一隻母豬給公豬交配，要脫褲子的。蒂娜用輕佻的語氣問我，你也準備跟珍一起脫褲子嗎？我的臉瞬間漲紅。不，珍生下的孩子是骯髒的，帶著罪惡，會汙染下一代，我只是想要再把珍買回來。我無法回答蒂娜，我懦弱，不敢說。我站在蒂娜的房間門口發抖，看著女師傅用柔軟的掌心揉捏她的手臂、肩膀、頸子與頭顱，我想要伸出雙手緊緊掐住她的脖子。

結果，我什麼都沒做，任性地踹了門，真是沒用。

我相信哥哥會支持我，但是沒有。

哥哥靠著牆壁，喃喃說著什麼，一會兒仰起頭，一會兒又抓了抓耳朵，偶爾發呆，偶爾笑。

哥哥撐起身子側坐窗戶，坐蹺蹺板般將雙腳跨在窗戶的溝槽上，半身在外，半身在內。一點都不危險，不管哥哥面對什麼事情，都能處理得很好。炎熱的下午，誰都需要好好吹風。哥哥說，這高度摔下去死不了人的。珍要離開了，我難過地說。哥哥要我從書桌上拿香菸和打火機給他，我遞過去，再說了一次珍要離開了。哥哥沒有什麼反應，抽著菸，向窗外吐氣。我搖動哥哥的胳膊。哥哥非常冷漠，轉過頭對我說，你知道嗎？我也是半個番仔，半個，對，就是半個，不是一個，就好像是半個人一樣什麼都不是。你當然什麼都不知道，你是一個人，不是半個人。一個人很好，可以做很多事，半個人就不行，什麼都做不了，尤其身上流的還是土人的血。你看，就像我們無法趕走蒂娜，什麼事情都做不了。不過還好我們姓蘇，不是嗎？現在你比我好多了，你是真正的蘇家人，我不是。我是爸爸和番仔婆生的雜種孩子，我比你還不如，真的。我比大部分人都不如，我甚至不知道她是我媽媽——我推開了她。

再一次，我用力搖了搖哥哥的胳膊，香菸墜到衣服下襬，燒黑了一個洞。

珍要被買走了，我朝著哥哥的耳朵大吼。

哥哥用空洞的眼神看著我。

這很好啊，你不應該一直黏著珍，你現在是蘇家的主人，不應該操心一個沒用的番仔婆女傭，爸爸說過，他們和我們不同，不管是身分還是經濟階級，不，我和你們是不同的，我才應該被排除在外。你知道嗎？我也希望自己是被買來的，這樣子簡單多了，不會再發現什麼齷齪的事

情。侖你媽的，簡單多了不是嗎？你應該高興，我已經不再是你的哥哥。你應該恨我，我假裝了

太多年，連我都不知道自己在假裝，我可憐他們，可是我不希望他們可憐我。

侖你媽的，我學哥哥說。

你們沒有一個人願意聽我說話，沒有一個人願意幫我，我的珍要被買走了你們知道嗎？我將沒有傭人可以相信，沒有人願意讓我指使，沒有一個誠心的奴隸願意讓我玩弄，讓我處決，我擔心，我也要失去在這家中的權利。我厭惡哥哥，他什麼都不知道，他就跟蒂娜一樣討人厭，只在乎自己。就算被欺騙又怎樣？這不是很正常嗎？這不是天天都在發生的事情嗎？我反抗著。啊，就算珍被買走又怎樣？不，珍不像其他人一樣隨時都可以被替換，珍是我存在蘇家的替身。這遠比我想像得還要痛苦，彷彿被賣掉的人不是珍，而是我。

夜裡，珍來到我的房間。

一隻白鹿踏了進來，沒燈光，沒膚色，沒聲音，沒道別。她的呼吸如雨，我假裝沉睡，假裝不在乎，只是愈是假裝愈顯得在意。珍也將離去，不留痕跡，薄薄的氣泡往天空飄，破了也沒人在意，反正醒來的人將繼續看見刺眼的光。我不知道珍到底在房間待了多久，我不敢看她，甚至不敢張開眼，我害怕。她就坐在我身邊，坐在木板地上，坐在經歷一切的羞辱上。她看著我，我知道，就像知道月亮還掛在天空的那種感覺。我不需要伸手確認，因為每天夜裡，月亮會固定從海裡升起。我以為可以挽回，不過就是花些錢，沒什麼大不了。我可以再跟爸爸說我要一個啞啞，這次要用買的，不再支付月薪。我想要站起身，抱住珍，緊緊抱住她，告訴她不要擔心，明天我就會找福叔借錢，她可以繼續待在蘇家當月亮。抱我，緊緊抱住我好嗎？我伸出手抓住月光，感覺她，她和我一樣有著動物般的溫度，抱起來非常舒服，而且暖和。我的眼珠子變成深深

的井，映照月光，我沉了下去，浮起來，我被她包容。她抱著我，雙手按住我的脖子，緊實地，像用揑的、用掐的、用繩子綁的，要我死。她在報復。我願意被報復。我用月亮清洗後的井水清洗她的面孔，用掛念的語氣對她說，珍，妳要守住貞操，妳是蘇家人，是土著的女兒。我帶著愧疚與笑意沉入黑井，又從黑井探出朝月亮爬。月亮說，照瞎他的眼睛。水說，淹死他。井說，讓他墜落。

我被珍掐緊脖子，昏昏沉沉失去了意識。

蝴蝶刀

爸爸帶回來好幾樣禮物，哥哥有一把木柄鐵身的蝴蝶刀，我有一本竹編書套的筆記本，蘇家有一位新媽媽狐狸妖。

狐狸妖三十出頭，來自香港，長髮，綁馬尾，臉上撲一層白粉，塗口紅。她會說中文，說得比我和哥哥好，只是她喜歡用英文跟我們溝通，說這樣簡單多了。我和哥哥私底下叫她狐狸妖，因為她化妝後十分漂亮，長長的假睫毛，濃眼影，臉上灑著亮粉。哥哥說她一定有拜狐仙，專門吸取男人的精氣。

我們並不需要執行任何一個趕走蒂娜的縝密計畫。爸爸不知從哪知曉了祕密，要蘇伯特滾，說不想斷手斷腳的話滾得愈遠愈好。現在，家裡有了兩個媽媽。新媽媽和舊媽媽。蒂娜從大套房搬到與啞啞同住的無窗房間，將新買來的衣服、裙子、手工鞋、義大利香水、法國名牌包都留了下來。蒂娜從女主人變成女僕人，奇怪的是，蒂娜沒有抗議，也沒有變成一隻亂咬人的母狗，她很乖，如同一隻即將被宰殺的羊。多吃一點，再肥些，等會兒就可以宰了。我和哥哥不再在意她，繼續過著自己的生活。

不知不覺，我沉迷起蝴蝶刀。

每個星期天下午，哥哥會定期替刀子上油，翻轉刀，熟悉一百八十度迴轉，握住沒有鎖頭的一側，甩動手腕，刀面瞬間翻身，喀噠響亮一聲刀柄便自動闔上，露出光亮的刀刃。哥哥閉著眼，摸著刀片上的小洞、刀的弧線，熟悉刀的形影與重量。

哥哥隨身攜帶小刀，不輕易示人。我只能在哥哥練習結束後向他暫時借來玩玩。我拿著刀，感到一股無法形容的興奮與恐懼。我知道只要一個不小心就可能受傷，或是傷了如我等高貴的人。我拿著蝴蝶刀，用冰涼的刀刃刮著發癢的手臂，在皮膚上磨啊磨。金屬堅硬、銳利，只要再多用點力，我的手就會受傷。我想，刀子也擁有血液的屬性，是一對兄弟。我用刀鋒感覺脖子上的脈搏。翻轉刀，左手右手，右手左手，我非常著迷刀刃上的光。冷冷的，涼涼的，需要時還可以用來摩擦自己。為什麼小刀可以冠上蝴蝶的名字呢？或許，人的身體也可以冠上蝴蝶的名字。西方諺語說 To have butterflies in one's stomach，我喜歡這種美麗的想像，十幾隻不同品種的蝴蝶在胃裡飛來飛去，多漂亮啊。

下午，陽光徐徐，我和哥哥在聖鬥士街悠悠哉哉來回晃蕩，不知該去哪裡，踢著石子，偶爾互相推來推去，買巧克力布朗寧一起吃。響亮的喇叭和煞車聲從身後響起，一輛吉普尼停在路邊，橘色車身，畫著聖母、肥胖的英文字母、露出乳房的西洋波霸和一尊頭顱被切掉的佛陀，司機下了車，蹲下身往車底望了望。

一只皮球狀的物體在車底兀自彈動。

司機若無其事上了車，猛按喇叭，車子排放團團煙霧揚長而去。皮球不斷彈跳，落了地，立即上彈，彷彿地面插滿鱷魚的利牙。我向前走了好幾步，等到灰塵逐漸散去，全身悚然了起來。我看清楚了，那不是一只皮球，而是貓咪。

一隻剛剛被輾過的貓咪。

空氣中，一股新鮮的血味溜進鼻腔，流進身體，胃囊抽痛了起來，我閉緊呼吸，摀住鼻子轉過身，想要找哥哥。哥哥的臉在充足的陽光下冰凍著，沒有表情。隨著每一次彈跳，貓咪噴出更多的血。哥哥向前走，踩在血水中。哥哥的眼神成了漩渦，左手拿出口袋裡的蝴蝶刀，停頓幾秒，石化了。那是一隻暹羅貓，毛色亮麗，眼瞳非常深邃。還活著。哥哥的左手抓住貓咪的細長脖子，捏住，接著雙膝跪地，將貓咪放在大腿上。貓咪還在掙扎，心臟和內臟從被輾過的傷口處露了出來。哥哥用力掐住貓咪的脖子，拿著鋒利的蝴蝶刀刺進貓咪的脖子。鮮血從刀口處噴了出來，貓咪修長、柔軟的身體顫動了幾下，最後安穩地躺在哥哥的大腿上。哥哥緩緩轉過頭，望著我，又像穿越了我。我愣住了。哥哥從貓身中抽出刀，看著天空，似乎是在證明什麼，接著低下頭，撫摸著剛剛死去的貓咪。

牠太痛苦，而且沒救了，哥哥說。

或許，死了比較簡單。我告訴自己別慌張，這樣子對貓咪是好事，手腳卻不聽使喚，不知道自己像根木頭愣了多久。回過神時，身子依舊顫抖，雙手無意識交叉胸前，下意識防備隨時可能到來的攻擊。我不知道我面對的是什麼，又該如何面對。太陽燒壞腦袋，我想我正在胡思亂想，編造一個個我所討厭的場景。我甚至覺得是我拿著刀，殺了貓咪。我害怕，近乎失能，不知道該如何去恐懼。我沒有任何表情，甚至不知道哥哥為什麼要做出這種事情。我一點都不想弄清，這只會讓我頭昏腦脹，手腳失去控制，神經在體內猛然抽動。我彷彿看見預兆，看見必須存在的殺害，而這一切只會讓我對自己感到愈來愈厭惡。然而，我必須克服，我知道哥哥做的事情是對的。

我也想要一把蝴蝶刀，雖然我並不知道是否有勇氣拿穩刀子。

哥哥捧著貓咪，我尾隨，走了很長一段路來到 San Francisco River 下游。我們從橋墩旁繞進河邊，踩著雞糞、碎碗、舊衣、廚餘與小石子。河是黑的，在蟒蛇的內部流動得非常沉穩，這樣很好，黑色的河可以吞進所有的過錯。哥哥蹲下身，將僵硬的貓咪浸泡在水中，讓河流擁有牠。我站在哥哥身邊，我們不知道在河邊佇立了多久。我們望去，遠遠望去，河流不急不緩，往下游的貧民窟流去，偶爾掀起蟒蛇斑紋般的漩渦。

河的終點會是海。

吃晚餐時，我們還是會替蒂娜留下位置，只是她不能坐在爸爸身邊，這有分階級和輩分。有時，我們會看見蒂娜穿著僕人服裝坐在角落巴望我們，有時，蒂娜會躲起來吃飯，不停咒罵。狐狸妖和蒂娜有著完全不同的品味，不管是家中的裝潢還是食物的偏好。狐狸妖有著簡潔明快的態度，要求現代化，不喜歡蒂娜購買的古色古香的瓷器、盤子與茶壺，不喜歡水晶棺材，也不喜歡中國式的編織毛毯與踏墊。我們的餐桌禮儀變成西式。刀叉、圓盤與玻璃高腳杯，餐前來一杯葡萄酒開胃，吃生菜沙拉、牛排與加了很多鮮奶油的蔬菜濃湯。

我不討厭西式食物，也不討厭狐狸妖，她不會刻意討好我們，說當媽媽就是要怎樣怎樣的鬼話。狐狸妖在乎番仔島的氣候、美食、熱帶椰味風情與跳島漫遊。她在餐桌上問我們哪個小島比較好玩？有沒有度假村與高級別墅？有沒有私人珊瑚海域？有沒有新鮮的海膽、螃蟹和椰子汁？坐飛機能否抵達？遠不遠？狐狸妖抵達隔天，就開始對全家僕人進行身家調查，還另外請了一位啞啞當作她的貼身僕人，任意叫喚，她的眼中完全沒有蒂娜。當蒂娜和狐狸妖同時出現，蒂娜不敢發聲，似乎是一種完全的服從與敗北。狐狸妖富有都市氣息，帶著一股驕傲，聰明又俐落的神情是蒂娜永遠都學不會的。

家裡從中國傳統古味演變成西式洋風，不管是飲食、服飾、電視娛樂節目，甚至說話語調也自動轉成美腔和英腔。狐狸妖的貼身僕人將蒂娜的香水、薄裙、鑲鑽圓領衫和一堆有的沒的飾品裝進黑塑膠袋，送到 Market Market 二手市場便宜拍賣。剛開始，蒂娜還試圖拉攏我和哥哥，想同盟，打游擊。蒂娜買新衣服給我，請我吃從唐人街買來的旺旺仙貝餅乾、義美夾心酥、海苔肉鬆和王老吉，說都是從中國來的上等貨。蒂娜泡綠茶，配上一盤子的蓉子綠豆糕、肉桂豆沙餅、鳳梨酥、核桃餅和蛋黃酥來到房間，坐在床邊，示意她是媽媽，應該要和我聊聊心事，拉近彼此間的距離。蒂娜動不動就在爸爸面前將手擱在我的肩膀，摸著我的頭，說，小蘇，該去讀書了喔。小蘇，襯衫怎麼沒有燙出線，真沒禮貌。小蘇，教我說幾句中文吧。小蘇，過來這兒，來陪陪我。我的同學來家裡寫作業，蒂娜還會拿出點心熱情招待，誇我是多麼善解人意。蒂娜也會用彈性的屁股頂撞爸爸的鼠蹊部，拋媚眼，伸舌頭，磨蹭身子，可惜的是，這些努力都徒勞無功。蒂娜成了一隻老的、肥胖的、飛不起來的老母雞，偶爾掀動翅膀，聒噪幾聲就沒了聲音。老母雞的肉質很硬，不好吃。蒂娜早就輸了，即使好幾次當著狐狸妖的面直視她，罵她不要臉，搶人老公，腿開開專給人肏，但是一點用處都沒有。狐狸妖從不爭吵，因為顯得低俗、自我作賤與無理取鬧，她不屑。蒂娜隱身在僕人和前任女主人之間，緩慢泯除界線，再也沒有能力抵抗。爸爸依舊去蒂娜的房間脫衣服脫褲子，蒂娜唯一的聲音似乎只剩下殺豬般的叫床聲，左一刀，右一刀，脖子抹上油光光的唾沫，乾癟的叫聲成了掛在窗沿的風乾肉。這很正常，因為抵抗的下場只有被逐出蘇家，待在蘇家，至少還有得吃、有得穿、有得睡。

長時間的沉默只為了自我的療癒，蒂娜是病了，還是放棄了呢？

服裝最後只剩下兩套華麗的中國手工旗袍，其中一套棗紅衣料還是奶奶的遺物。所以算起來，蒂娜只擁有一套專屬旗袍。每當蒂娜換上這兩套一白一紅的旗袍，蹬著高跟鞋在屋內走動時，我總覺得她正在享受某種不復存在的風光。她高傲，自大，聲音銀鈴般響。她的臀部依舊豐滿，如一隻上了蜜糖的烤乳豬。她擠出的乳房被剖成椰子肉。她肥胖的手指用修長的假指甲修飾得相當窈窕。

她笑著，十分悲傷地笑著說：「噢，小蘇，我最後、最忠誠的愛人小蘇，你來陪陪我，我承認我是個小婊子，不過我們曾經那麼快樂過，不是嗎？」

蒂娜養成了怪習慣，喜歡站在二樓窗前，窗簾遮住她半張臉孔，若隱若現，羊蹄甲長出爪子從陽台攀爬而上，要將她包裹，將她吞噬，將她當成養分，蒂娜在衰落的光中癡傻傻望向窗外，等著她眾多的愛人。我看見她。她的臉滿是厚粉，胭脂在臉頰抹成兩團，嘴唇剛剛吸了經血。她的耳垂勾著生鏽的墜子，頭髮用四、五條橡皮筋綁成一束，胸前大環小環套著尺寸不一的渾圓塑膠珠，雙手掛著五顏六色的廉價鐲子，撫摸著珠子，拿到唇邊親吻。她笑，一幀遺照般地笑，兩側燒滿了一大捆一大捆白花花銀紙。

蒂娜選擇了離開。

我並不清楚蒂娜是何時離開蘇家的。

一天，當狐狸妖用銀湯匙輕輕敲打餐具發出響聲時，我忽然發現蒂娜消失了，無聲無息，沒有說再見，也沒有留下任何記號。然而，卻沒有人在乎她，一剎那，我思念著蒂娜，鼻間彷彿還可以聞到她身體的香水味，我驚訝自己會有心疼她的念頭。她的做作，穿著旗袍露出大腿誘惑男人的模樣，學習當中國人的偽裝，當婊子時的淫蕩笑聲，以及用紅色蔻丹在指甲畫上喜字的喜悅都讓我懷念。我竟然希望她能成為她想要成為的某種人，或者，她也可以再去勾搭另一位有錢的華人、韓國人或者是人高馬大滿身是毛的洋鬼子。她的模仿都失敗了，讓我想笑，怎麼會這麼天真又這麼愚蠢，好似我自己，然而，最令我難過的是，至少蒂娜敢承認。

沉默的決鬥

不確定到底發生了什麼，或許是疲倦，或許是冷漠，我和哥哥之間逐漸沉默了起來，我們的沉寂轉變成另一種語言，糟糕的那種。我感到警訊，察覺突襲時響起的哨聲與霧茫茫的炮煙，疲倦與無來由的厭惡愈來愈嚴重，做什麼事情都沒勁，只想打人，或者被人狠狠打上一頓。什麼事情都沒有發生，日子好比是臉上冒出的青春痘，發炎、紅腫並潰爛，我用指尖用力擠壓，疼痛讓我恢復精神，也讓我更加厭倦。

我沒有留辮子，不是穿著長袍馬褂的中國貴族。

漸漸不在乎衣服和褲子是否乾淨了，我常常會站在聖鬥士街看著來往的人群，或者蹲下身，雙手拿著石子和各種垃圾，對準吉普尼狠狠丟去。一次。再一次。再來一次。我不想思考，也不知道自己到底在做什麼荒唐事，只是覺得體內的血液冰冷冷的，藏著一條咬住尾巴的蛇。爸爸回來之後，家裡的熱鬧氣氛大約只維持了兩、三天，我和哥哥又感覺到一股不知從哪兒冒出的肅殺氣息。我們嚴嚴謹謹地起床、上課、下課，待在房間，做錯事或者說錯話就乖乖抄寫蘇氏家訓，我和哥哥在餐桌上的時間愈來愈少。

我真想痛擊這個世界。

不知從何時開始，我對爸爸的敵意愈來愈濃，尤其當爸爸在餐桌上胡說八道。爸爸會說些我從來都沒有聽過的地方見聞，像是上海的房地產、蘇州的餐飲事業、台灣的塑化劑或是在某個大陸縣城發生的暴動。當然，不僅如此，爸爸還會談論南北韓的緊繃關係、談西藏的達賴喇嘛、談中國和越南的交界、談緬甸的和尚和軍人、談泰國人妖和四面佛。爸爸就跟以前一樣，只是對於那些話我不再輕易相信，甚至認為有很大的一部分都是捏造的。我偷偷看著哥哥的反應，哥哥只是保持沉默，彷彿已經無法抗辯任何事情。

下午，爸爸穿著整齊的白襯衫、黑西裝來到學校。老司機艾爾頓左手提一籃水果禮盒，右手提陶瓷餐具組跟在爸爸身後。艾爾頓對我點點頭，喊了聲少爺，進入了校長辦公室。我的內心倏然有股憤怒，不希望爸爸又來攀關係，不想被特別關注，也不想受到特殊禮遇，只希望我和其他不同血統的同學一樣，平凡，醜陋，低賤，不必去參加什麼狗屁的演講比賽，偶爾缺錢沒東西吃也沒關係。然而，另一個我卻在竊笑，我多麼想要讓別人知道我無比尊貴的身分，我可是蘇家尊貴的二少爺，很有錢。我什麼都沒做，只是站在原地，鐘聲響了還是站在原地，我必須等爸爸出來，保持沉默，或者說出想法。我不希望因為蘇家有錢而染上罪惡，同時，我卻喜歡所有的好處。

我多麼希望自己是道道地地的蘇家人，不必假扮什麼。掌心滲出冷汗，咬著唇，感覺血液的腥味在口腔內擴散開來。我感到茫然。校長笑盈盈將爸爸送了出來，右手搭在我的肩膀上，討好地說，小夥子，別擔心，在學校遇上什麼麻煩事都可以直接來校長室。爸爸摸我的頭，說要去餐館子處理一些事情。校長對爸爸說，這孩子看起來真聰明，家教好，一定不會有什麼大問題，我會叫華文老師特別關照他的。校長接續對我說，如果要給些忠告，可能就是要多多運動，大熱天的流流汗最舒服了，回教室去吧，同學和老師都在等著你呢。

我僵在原地，徹徹底底知道自己是一項上了標籤的物品。

保持沉默。

我逐漸發現自己略略了解哥哥沉默的原因，因為無法抗拒，無法脫離，唯一的辦法就是保持原狀繼續假裝，或者閉起眼睛。我想傷害自己，卻又怯懦，我知道我連傷害自己的能力都沒有。我想要一把蝴蝶刀，用刀面輕輕刮著暗紫色的血管。我想要割開血管，探探裡面，探探想要傷害人的躁動。同學膚淺的玩笑都讓我憤怒，老師教授的課程都很無趣，我對於日以繼夜的生活失去興趣，為什麼有人可以活得這麼理直氣壯？為什麼可以毫無疑慮地上下課？不耐。虛假。困惑。沉默，成了我唯一的抵抗。

餐館子的生意不如預期，爸爸和福叔、義叔討論餐館子該如何轉型，還帶我們去拜訪幾位蘇家親族。我繼續丟著石子，數著有幾輛車子經過聖鬥士街，有幾輛吉普尼擺放了聖母的雕像，有幾個人踩到雞屎，有幾位未開化的番仔因為天氣炎熱而只穿一件內褲。我打蒼蠅，打蚊子，肚子餓時就吃豆花和巧克力冰淇淋。颱風來了好幾個，下大雨，學校淹到一樓，停課了一個禮拜。

雨聲淅瀝淅瀝，哥哥一邊磨刀一邊詛咒。我們沒有旅行，被困住了。十月底，爸爸帶著狐狸妖到Sabang Beach 度假了一個禮拜，留下我和哥哥。

一天下課，哥哥接到福叔打來的電話，說要我們把關老爺的神像搬回家。福叔說，關老爺是蘇老爺請來的，也應該由蘇家人請回去，不然就是對神明不敬。

我和哥哥直接穿著制服出了門。哥哥說，在家裡吃膩了，晚上去餐館子吃飯吧。

黃昏的陽光油亮亮的，有著橘子皮色澤，拖鞋啪啦啪啦拍擊腳掌，有些熱，微風吹動衣袖。柏油路旁有幾隻新生的小貓在圍欄草叢底下搔弄耳朵，十分害羞。我深吸一口氣，有晚餐的燉牛肉味、被壓扁的青蛙味以及餿物的臭酸味。一瞬間，我似乎感覺好多了，不管什麼麻煩都是自找的。只是，舒服的感覺並沒有持續，抑鬱與躁動又開始侵蝕我。我多麼想要捏緊拳頭，朝自己的臉頰狠狠揍上一拳。我用指關節敲敲腦袋，想知道裡面到底裝了些什麼，為什麼我無法控制自己呢？我長出智齒。偷抽菸。嘔吐。下載色情電影。下體在身體內外都劇烈膨脹著。我的聲音變得低沉。我長高了，骨骼壯大了，拖鞋繼續啪啦啪啦拍擊腳掌。

我向哥哥學習。

「活著真是一件雞巴的事。」哥哥打破沉默。「我是指，應該知道自己還活著，不該沉默，不該變成這樣。」

我瞪著哥哥，用力踢著碎石與鐵罐。「我知道自己在幹些什麼，至於我在想些什麼或者不想些什麼，都是我自己的事情。」

「我不是要罵你。」哥哥的語氣溫柔了起來。「如果你知道他媽的自己正在幹些什麼，那樣很好，可是如果什麼都不去想就危險了。我一直覺得直覺很恐怖，會將人帶往毀滅，不過，誰說毀滅一定不好？」

我想著哥哥說的話，倔強地說：「我才不會輕易相信你的屁話。」

我繼續跟在哥哥身後，走過布滿竹簍菜葉的果菜市場，哥哥轉過身，朝著椰子汁攤位指了指，問我渴不渴。我搖頭，走在哥哥身後，踩著哥哥的影子，彼此間似乎沒有什麼隔閡。果子熟了，蔬菜爛了，番仔散發出特有的體味，我很高興和哥哥可以走在一起，不用因為沉默而感到尷尬，不用刻意找尋話題，我也很高興哥哥有時會說些無厘頭的話，只要繼續跟在哥哥身後便讓我感到滿足。我怯懦哥哥，更怯懦自己。

我們繼續行走，陪伴彼此，彷彿沒有目的。

餐館子正在整修。十幾罐油漆桶子和刷子放置在門廊邊，塵灰紛紛揚揚，幾疊長形木板放在地板上，工人流滿汗水，正在梯子上刷牆壁。福叔叫廚師隨意燒了幾道菜，下水餃，一夥人圍著圓桌吃了起來。福叔和義叔有一搭沒一搭，說中國餐館子開在全都是番仔的地方就是不行，要開就要開在中國城，生意才會興旺。福叔很無奈，說這些番仔只喜歡吃魚乾、豬內臟和香蕉椰子，口味很野蠻，實在不文明。現在餐館子要改口味，走歐風，賣各式醬味的義大利麵、蒜味麵包和披薩。我一口一口咬著餃子，肚子滿足了起來。

關老爺子用紅布包裹，露出一張臉，黑眼珠炯炯有神。

福叔和義叔點了一大把香，吩咐我們虔誠祭上，嘴裡喃喃誦念經文，燃符籙。香燒了一半，福叔站上鐵椅，畢恭畢敬捧起關老爺。福叔將神像捧在懷中，走向哥哥，再把神像緩緩移至哥哥手中，吩咐要抱緊、抱穩，雙手別滑了。義叔點香，插進香爐，要我捧著香爐，說千萬不要燙著了。我走在哥哥前方導路。福叔說，這裡是國外，神明認不得番仔字，也沒有神駒可騎，所以要用香來引路。我們一踏出門口，隨即響起鞭炮，劈里啪啦非常熱鬧。我們向福叔和義叔道別，兩人捧著神像和麒麟香爐招招搖搖癲癲狂狂踏起腳步，這一陣子的陰霾彷彿都不見了。

「要再找些樂子嗎？」哥哥轉過頭對我說。

我搖頭。

「晚上再去喝？」哥哥問。「女孩子比珍聽話喔，你還想著珍吧。」

我想罵髒話。「才沒有這種事，珍只是一位土人。」

「土人很好啊，血統像你一樣純正。」哥哥故意激怒我。

「是啊，總比你生下來就是畸形好。」

哥哥不再出聲。

我和哥哥都沉默起來，背棄彼此，卻前往同一個方向。

「嘿。」哥哥露出有些絕望的微笑。「一起來找些樂子吧。」

「這世界無聊透了。」

哥哥左手揣著神像，右手搔著額頭。「是啊，這世界不僅無聊，還無理取鬧，能有什麼好玩的呢？」

我的手一抖，香灰燙麻麻掉落手臂。

哥哥睜大雙眼詭異地笑：「就對關老爺下手吧。反正中國餐館子倒了，擺在家裡又占空間，倒不如丟了。」

我驚懼了起來。「會惹麻煩的。」

「就說被搶，頂多就是花錢再從大陸寄來另外一尊，更大、更貴、更狗屁的一尊，沒什麼大不了不是嗎？」

我杵在原地，不知道哥哥有何打算，到底想對關老爺做些什麼。哥哥卸下包覆的紅色方巾，摺成領帶狀，綁在自己的額頭上，捧著關老爺嚷一聲，走，去找蘇鬼子，接著邁開腳步奔跑了起來。

蘇鬼子躺在椰子殼上，朝著天空打呵欠，右腳疊在左膝蓋上。

哥哥將關老爺丟在地上，拉著蘇鬼子的耳朵，說打仗啦。

蘇鬼子喊痛，跳起身，接著立即趴在地面成了隻步行蟲，好奇地打量關老爺，碰了碰，嗅了嗅，用髒牙咬了咬。

「來塗個大花臉吧。」哥哥說。

「大蘇少爺受傷了嗎？」蘇鬼子抓著瘌痢頭，指著哥哥額頭上的方巾。

「別多嘴，現在去找顏料準備讓關老爺出巡。」哥哥探著地面各種廢棄物。

「要做些什麼？小蘇少爺，不會要給木偶化妝吧，這尊木偶很有氣勢，是神吧。」蘇鬼子模仿起神尊站立的姿態。

我十分焦急，哥哥又要惹麻煩了。我應該適時制止哥哥，但是我沒有，我在關老爺身邊來來回回走著，看著哥哥和蘇鬼子蒐集了一堆破爛的菜葉、布料、原子筆與塑膠包裝紙，廢棄物隆起小丘圍繞關老爺。關老爺威風凜凜，雙眼眨也不眨。哥哥先在關老爺面前雙手合十，拜了拜，蹲下身，卸下關老爺的青龍偃月刀，選了一片破爛的香蕉皮給關老爺當腰帶，選了沾了屎尿的黑布當盔甲，摘了甘葉菜當雲彩，拿了紅辣椒在關老爺的臉上用力地抹。蘇鬼子也加入行列，他的嘴中叼著青龍偃月刀剔牙，用剩餘的紅辣椒抹紅關老爺，我聞見辣椒火辣辣的嗆鼻味，心中有著毀滅、作惡與搗蛋的念頭。管不了這麼多了，動手就動手吧，去他媽的。我馬上擒拿了關老爺，來上一招格鬥術抱頭勾足，讓神尊吃上一技後空翻，再來是手肘壓制，雙腳猛踹。我拿著黑炭筆在關公臉上畫了個熊貓眼，在眉間寫上王八。哥哥搶過神尊，用石子四處刮磨。蘇鬼子舔了舔滿手辣椒，一邊喊辣一邊用甘蔗菜給關老爺浴身。我、蘇鬼子和哥哥為了搶奪神尊而糾纏了起來，我疊著你，你壓著他，他踹著我，我勾著你，你勒著他。關老爺成了抹上唇膏脂粉的大花臉，在我們懷中滾動著。蘇鬼子喊餓。我罵髒話。哥哥狠狠詛咒這個世界。我們喘著氣，停了下來，彼此齜牙咧嘴叫罵。你媽媽好。他爸爸好。爺爺奶奶祖宗沒病沒痛很好。我們都很好，都笑了。

我們在 San Francisco River 橋上，將千年黑檀關公丟進同樣千年黑汙的河中，撲通一聲，神尊浮浮沉沉掉進了奎松的黑水溝中。我們對關老爺行慎重的注目禮，拍著掌，以歡呼當禮炮——此次任務如有神助。

我想，其實我可以不必保持沉默。

Ang taong nagigipit, sa patalim kumakapit：A desperate person will grab at a knife.

有時，我覺得世界很大，可以快活無憂地過下去，可是更多時候，我只是不知為何窩在房間，睜開眼，認為世界不過就是眼前一個小小的角落，由天花板、窗戶、床與書桌組成。我一向都知道最難對付、最難纏的傢伙就是自己，只是我希望有一垛軟牆豎立在前方，可以擋風，可以遮雨，可以告訴我不必再往前了，這裡就是邊界，就在這裡好好休息吧。哥哥又躁動了起來，我不清楚那是青春期必定產生的反抗，還是一種更大的、毀滅般的欲望。我和哥哥跪在神龕前，面對蘇氏祖宗牌位和神尊，背脊因為長時間的僵硬而無法挺直，大腿痠麻，哥哥惡狠狠瞪著神龕，隨時都要動怒。我不像以前，哭得滿臉眼淚鼻涕，哥哥沒哭，所以理所當然不能哭，要向哥哥學習，不需要為反抗所受的代價而哭。

我們在充滿香霧的神龕前跪了一個黃昏，非常認命，甚至覺得自己就要成仙，每一口呼吸都是濃濃的香火味。我原本還想找些理由搪塞，說遇上搶匪、被車子撞飛、家裡遭了小偷等等，哥哥說關老爺丟了就是丟了，不需要什麼理由，我不知道哥哥面對爸爸，為什麼硬是要針鋒相對。之後，我們各自被鎖進房間。我知道事情並不會因此結束。我看見哥哥在笑，十分詭異的笑容，讓我打從心底害怕了起來。我有種感覺，哥哥將果決展開報復，然而，令我氣餒的是，我甚至不清楚哥哥為何要報復，難道只是因為罰跪嗎？

哥哥沒有開口爭吵，一切就結束了。

哥哥帶回一位我也曾經見過的女孩，白蛇。

白蛇有著黑麥汁般的膚色，嘴唇肥厚，非常黑的眼珠，不同於她中國式的古典名字。日光燈下，我認不得眼前的女孩就是當初拉著我的手撫摸她乳房的女孩，我呆愣看著她瘦弱的身子與淺淺的微笑。她沒有化妝，看起來有些憔悴，有著比膚色深的黑眼圈，眼神渙散像吸了毒。她試著笑，非常噁心、慘淡且緊張的笑，看起來非常令人討厭。白蛇說，她十四歲。我不敢置信地望著她，望著一位比我還年輕的女孩。我假裝不曾見過她，假裝頭一次碰面，假裝她是哥哥心中的純潔女孩。我們一家子不動聲色圍坐餐桌，爸爸別過頭，繃著臉不發一語。狐狸妖試著跟白蛇說話，可惜白蛇認識的英文辭彙非常有限，只能呆呆微笑。哥哥說，白蛇是他的女朋友，他們已經交往了一段時間。爸爸嚴肅地轉過頭，看著哥哥，清嗓，指著白蛇，毫無顧忌說她很髒，是個不折不扣的番仔婆。白蛇不知道我們在說些什麼，低著頭，嘗試拿著筷子夾菜。

白蛇是無辜的。

不想這麼做，卻還是這麼做了，我表達善意，用塔加洛話跟白蛇聊天，她來自離島，沒受過教育，當地說的語言是方言，家裡有五女二男，排行老三。她和家裡的兄弟姊妹一樣外出賺錢，白蛇其實是她的藝名，她叫 Rose，一朵嚮往純真愛情的紅玫瑰。這是頭一次，有人不是因為想跟她上床而對她好。白蛇有些介意我們知道她的出身與工作，壓低聲音，說，之後要換工作。

爸爸很生氣，是極度憤怒不知該如何是好的生氣，沒吃幾口飯，甩了碗筷，離了席。

我和老司機艾爾頓將白蛇送回洞穴，送回 Obsession Club。

白蛇說謝謝，說我是一位溫柔體貼的哥哥。

我說，妳很漂亮喔，一定要好好照顧自己，語氣就像我們即將訣別。她靦腆的笑容其實有些醜，卻天真，我發現她有酒窩，兩顆香甜的櫻桃陷進臉頰般。她一直笑著，整張臉看起來卻好老。我不捨她，憐憫她，同時又非常嫌棄她。她點頭，向我道謝，拉著我的手撫摸她的乳房。這一次，我沒有驚慌失措地逃跑，也沒有一古腦將口袋裡的零錢和鈔票掏出來要她收下，我伸出雙手，伸進她的上衣下襬，觸碰她溫暖的腰肢，而後，我靠近她，再靠近她，感覺全身的血液都往我的陰莖流去。我的褲襠毫無遮攔鼓脹了起來。她把手放在我的褲襠上，笑著。我的手不自覺從她的腰肢摸上她的胸罩，再往上，摸上軟軟的彈性乳房。我低下頭，輕輕吻著，不自覺伸出舌頭。我將我的嘴喙包住她身體的某個部分，而後再度往上，包住她黝黑熟爛的乳頭。她還是笑著，非常不要臉地笑著。她抬起手，擁住我的脖子與我的頭顱。她正在勾引我，愛護我，疼惜我。我輕柔咬囓她的乳頭，並沒有我想像中的乳香，夏日發汗的臭味和廉價的香水味混在一起。哥哥和爸爸都曾經咬過她春心蕩漾的乳頭，我也要成為其中一位，即使我必須忍受她的體味。我真想拿一根針刺進她熟爛的乳頭。我覺得自己比往常還要勇敢，還具有尊貴的身分，因為當她拉開我的褲襠、低下頭時，我讓她的嘴喙包住我的陰莖，我的手掌抓住她的頭髮上下移動，我想要占有她，肉慾地占有她。當她忘情地閉上眼，微微立起身子要脫衣時，我竟比勃起還要興奮地賞了她好幾個巴掌。我多麼喜愛這個賤女孩，我多麼欣賞她疼痛驚慌時的表情與呻吟。或許，對我而言，她被多次占有的身體其實已經預告了我的存在。只是，她慢了，我也慢了，直到分開，才知道我們會是可能愛上對方的人。她離去後，座位留著她屁股的形狀，空氣中泛著噁心的香水氣味，她的面孔與憔悴的身影在夜中消失，如熄滅的火。我知道，我們不可能會再見面。

Estimado, Ciao!

戰火已熄，爸爸將哥哥鎖了起來。

整個禮拜，哥哥沒有上學也沒有走出房門，三餐都是僕人送進房間。房間內靜悄悄的，僕人躲避地雷般，謹慎踩在地板上，爸爸和狐狸妖白天去視察工廠，晚上待在房間盡情交配。真熱，從窗戶外吹進來的風都是熱的，我全身都散了架，沒什麼勁，懶得寫作業，懶得玩電腦，更懶得到戶外隨意走走到處看看。身體成了沙漠，不管喝了多少鳳梨汁、芒果汁和椰子汁都無法解渴。我躡手躡腳走到哥哥的房間外，將耳朵貼向房門，偷聽房間內的聲音，除了偶爾的嘆息聲外就沒有其他的聲音了。哥哥的沉默讓我恐懼。好幾次，我扯緊鎖，硬是將房門打開一道細縫，裡面很黑，什麼都看不清楚。過了一個禮拜，爸爸開了鎖，哥哥依舊待在房間不肯出來。我不敢進入哥哥的房間，裡頭有一股陰鬱的氣息，很危險，被哥哥殺死的貓咪彷彿正用尖銳的爪子刮地，吱吱喀喀，發出痛苦的聲音。

我忍不住偷偷進入房間，叫喚哥哥。我踩在地板上，看見一股墨流，聽見整片椰子樹葉搖擺震盪，走向前，一個力量抓住了我。我沒有逃，試著拉開窗簾，讓陽光洩漏下來，哥哥用冰冷的爪子抓著我的胳臂，阻止我。我望著哥哥自棄的眼珠子。

「我真傻。」哥哥看著我。「小蘇，是不是，我真是傻，像畸形兒和雜種一樣。」

「不是這樣的。」被抓住的胳臂忍不住顫抖了起來。

「我太沒用了。這幾天，我一直在想，如果沒有被生下來有多好，如果真的要被生下來，當個蘇鬼子也好，有錢就吃飯，沒錢就睡覺，沒人會對窮鬼感興趣。多好，反正什麼都沒了，最糟的不過是死。想一想，死也沒那麼糟，死了也很好，不過是睡著。」

「別說傻話了。」我用力扯開哥哥的手掌。

「你還不懂，很好，不必懂，根本什麼都沒有發生，是我叫爸爸把我關起來的，這世界根本就沒有什麼大不了，會發生的事情早就發生過了。」

哥哥正在甩動蝴蝶刀，喀啦一聲，再用小拇指指尖扣住卡榫。刀在黑暗中亮動，光芒刺進我的眼珠。

「你有沒有想過人是怎麼死的？這一點都不恐怖，也離我們很近，只要一刀，簡簡單單。我以前就在想，被親愛的人殺死，就跟被親愛的人生出來一樣。你要不要試試看？試試痛？試試流血？就好像再次被生出來一樣。」哥哥說。

「你到底在說些什麼？」我大吼一聲。

「痛啊，就像用錢汙辱人，就像被欺騙，就像無感，我感覺到那種疼痛了。那真是痛苦卻又愉快的經驗，你一定要親身體驗過才知道我在說些什麼。你不懂，爸爸不懂，我想大多數的人都不懂。我也不知道這是好是壞，我很開心，也很難過，是非常難過的那種難過，好像肚子裡長了腫瘤——」哥哥搖晃身子，如即將斷裂的樹枝。

我和哥哥同時癱軟了身子，跌坐地面。

「我也很難過。」我流出淚水。「我不知道這到底是怎麼一回事，為什麼我會這麼懦弱？我不知道，我難過得沒有辦法說話了。」

哥哥往前攏住我的身子，手肘向上勒緊我的脖子。「要不要試試？」

我不能呼吸，喉嚨發出尖銳的叫喊聲。

哥哥瞬間鬆手，笑了笑，拍拍我的頭。「我是問你要不要試試抽菸。」

我竟如此害怕失去明天。

「你乾乾淨淨的，不是我。」哥哥用雙手護住我的右手，一指一指扒開我的手指，將蝴蝶刀遞進掌心，再一指一指壓住我的手。「緊緊握住這把刀子，千萬別鬆開。現在我們要做的不是實驗，也不是什麼任務，現在要做的純粹就是你該做的，完成我，取代我。弟弟，我相信你。我試過了，我真的親自試過了，但是我一個人沒有辦法做到。」

我轉身想逃，完全沒有辦法思考哥哥到底在說些什麼，想甩開刀子，卻發現刀子緊緊黏掌心，成為身體的一部分。我怯懦，無能，甚至憤怒，我終於了解，這並非只是一場遊戲。

我甩開刀子，死命地爬，痙攣地爬出房間，耳朵還能聽見哥哥說，拜託，請拿著刀。

Pluto’s Language

Wǒ 不是 Wǒ。 Wǒ rèn bùdé zìjǐ original de 样貌， Wǒ gǎndào 羞愧，què zhīdào no one kěyǐ tulong me。Kapatid na lalaki 想要 hurts me，but Wǒ 不想 nasaktan him。Gēge hěn 痛苦，suǒyǐ gēge 希望 Wǒ kěyǐ terminate tā de 痛苦。Wǒ 沒有 courage，Wǒ 膽小，Wǒ lián resist de 力量 dōu ràng wǒ 退卻。

Wǒ 希望 life kěyǐ 一直 guò xiàqù，no beginning no end，even bù need to 思考， yīqiè dōu full of 痛苦 yǔ 根深柢固 de 谬误。Dànshì Wǒ 懦弱，Wǒ do not have xuéxí yǔ 仿效 de 對象，Wǒ 厭倦 myself zhǐ néng zài narrow de 角落 write some nobody bù kěyǐ 了解 de 語言。Pagbabago，对，改变。First of all， Wǒ bì xū yào 伤害 de shì wǒ zìjǐ，摒除 wúnéng 怯懦 de characteristic，Wǒ need to 掩埋 de nà ge Wǒ find it out。Jiù xiàng 哥哥 says de，Wǒ bì xiān 鄙弃 myself。

Wǒ 感觉 zìjǐ zhàn zài 悬崖 biān，seeing gēge 拿著蝴蝶刀 jiāng zìjǐ de 肉 xiāo chéng yī piàn yī piàn，jiāng zìjǐ de 骨头 páiliè chéng yī ge 警告。Wǒ kàn jiàn 弹跳跳、xiě lín lín de puso zài Wǒ de 手掌 zhōng，Wǒ need to decide 心脏 de future。Zài 动脉 terminate 跳动 zhīqián，zài 活着 zhīqián，Wǒ kěyǐ jiāng 血 pēn chéng 警语，huòzhě plant 土地。Wǒ stand by 悬崖 biān，again and again，kànzhǔ zìjǐ 选择 lì chéng yī kē 坚硬 de 石头，砸人？Or become 一堵 matigas 的围墙？

親愛的哥哥

親愛的哥哥，我必須對你說，我是多麼、多麼愛你。你讓我看見自己，讓我學習，讓我痛苦，讓我親近，讓我更相信也更加抗拒，我無法傷害你。即使我知道你是多麼痛恨這個帶著惡意的地方。多麼久了，我不曾懷疑，不曾思考，雖然察覺出異樣，依舊不願意相信自己的感覺。我不知道是哪裡出了錯，我不知道事情為什麼會變成這副模樣。我感到無能為力，不知道該做些什麼才好，到底剩下什麼可以相信？真糟糕。我知道，你已經不再希望是你原本的自己，寧願毀壞，完全不介意眾人的眼光。願意壞。願意惡。我非常痛苦，我無法再相信你，在你溜進房間撫摸我時，甚至是你拿著蝴蝶刀要我傷害你時，之前還是之後，我必須相信什麼？能忘掉嗎？將一切當作完全沒有發生？我記不得時間，實在太糟糕了。我依舊愛你，恨你，身體內外都有熔漿。我知道你的痛苦，清楚知道，我也知道你在保護我，試著了解我。我無法不繼續愛你，但是我不能相信你，你所說的每一句話我都會仔細聆聽，但是我不會盲目了。我有意志。我會下決定。我有些想要放棄了，我一點都不想跟你競賽，願意輸給你，永永遠遠輸給你，當聽話的弟弟，但是請別要我傷害你。我做不來，我怕變得卑鄙、苛刻、自利，我已經是如此了，我怕我會愈來愈鄙視自己擁有的一切，我害怕去改變已經擁有與即將到來的利益。親愛的哥哥，我必須對你說，我是多麼多麼愛你，即使看著你的時候我會害怕、忌妒、羞愧、怨恨。我怕你會傷害我，要我認清事實，然而，我更害怕的，是看見你決定傷害自己。

Mahal kita : I love you.

之一：寂靜的聲音

哥哥讓沉默占據了，開始，只是話少，使用單字表達，再來便是運用身體的肢體語言，最後，語言被鎖進喉嚨，入了冬。是暫時性的沉默，還是帶有抗議的緘默？為什麼不說些話？為什麼不詛咒？沉默暫時居住在哥哥身上。

爸爸坐在客廳看拳王曼尼・帕奎奧（Manny Packquiao）的比賽，看國際鬥雞大賽和拚搏見血的暴力摔角。爸爸說，這是男人才懂的藝術。爸爸不在意哥哥的沉默，也不在意學校的課程，反正有沒有文憑都不重要，爸爸很早就告訴過我們，書讀太多其實沒有什麼用，人生還可以在很多地方上進。狐狸妖倒是擔心了起來，說這樣子很不健康，男孩子應該多出去走動走動，打打架什麼都好。我不必在意狐狸妖，說不定幾個月之後，又有人要從蘇家打包走人。狐狸妖說，她和我們的年紀比較近，所以多多少少知道我們在想些什麼。我覺得很奇怪，因為我都不太知道自己到底在想些什麼，她為什麼會比我還要清楚？狐狸妖不會特別想聽我叫她一聲母親，或者繼母，她自認還沒有那麼老，也不想承認自己有兩個無緣無故冒出來的野孩子。她叫我弟弟，叫大蘇哥哥。我喜歡她的聲音、咬字與腔調，軟軟的，讓我想到冰淇淋，很好聽，但是我不喜歡她的自以為是，她比我想像中還要看不起人。

滿桌菜餚，都是餐館子的老師傅煮的，有筍乾肉片、東坡肉、糖醋排骨、滷豬腳和幾盤熱炒青菜。哥哥不願同桌吃飯，要啞啞送，爸爸說就餓死他吧。我不知道狐狸妖到底怎麼說服哥哥，大概是用妖術或者下蠱吧，當狐狸妖帶著哥哥從房間走到飯桌前時，我真的非常高興。哥哥瘦了，一撮小鬍子爬滿下巴，臉頰冒出好幾顆青春痘。爸爸皺眉，喉嚨沉沉發出幾道聲響，罵一聲不成體統。哥哥並沒有換上乾淨的衣服。狐狸妖拍拍哥哥的肩脊，要他安心，說，沒什麼好怕的。我拉開椅子，要哥哥坐，要哥哥一起吃飯。只要看見哥哥還活著，還呼吸著，還能動著，不管是什麼醜陋的模樣都讓我高興。

爸爸從酒櫃中拿出一瓶從台灣金門飄洋過海的陳年高粱，替自己和哥哥各倒一杯。爸爸輕拍哥哥肩膀，說，喝吧，喝給我看。我也想喝，但是爸爸並沒有倒給我，我知道那杯酒代表了某種意義。哥哥拿起杯子，沒有遲疑就往嘴裡灌。第一杯，敬爸爸，第二杯，敬蘇家，第三杯，敬死去的母親，哥哥沒頭沒腦說著。哥哥整張臉熱辣了起來，嘴角流出酒，說還要再喝，還要再敬。爸爸制止了。喝了酒的爸爸開始胡言亂語，說他在四川遇見一位非常標致的女孩，小臉蛋，大眼珠，長頭髮，唱起少數民族的山歌簡直讓石頭都滾動了起來，原本想要買回來給蘇家當媳婦，可惜老闆開高價，說要用一牛車的金子換。爸爸還說，在泰國與朋友吃飯時，遇上脫衣舞孃來敬酒，奶子一摸，不對勁，才發現原來是個人妖，下面割得乾乾淨淨。爸爸大嗓門，哈哈大笑，雙手對著空中捏著一對奶子。爸爸站起身，摸哥哥的頭，說乖一點，下次帶你去見見世面。哥哥看著爸爸，隨即避開眼神。做生意不簡單啊，爸爸拍著哥哥的肩膀笑著說。狐狸妖瞪了爸爸一眼，搶過酒杯，要爸爸不准再喝也不准再鬼扯。哥哥沉著臉，不搭理任何人，拿著碗筷吞進飯菜。

真的令人非常無奈。

爸爸只在家裡待了一個多月就出差去了，說是要去巴拉望（Palawan）洽談海鮮與旅館生意。我摸透爸爸出遊的目的，其實是帶著大把鈔票去玩乾淨的女人，去喝乾淨的酒，吃乾淨的肉，吸乾淨的乳頭，順便宣揚國威。狐狸妖留了下來。我原本以為狐狸妖會大呼小叫，出乎意料，狐狸妖很幹練，用力擰了爸爸的屁股，要他別染病，記得要戴套。

狐狸妖在我和哥哥之間，形成一層奇怪的薄膜。有時，狐狸妖會命令哥哥和我去百貨公司逛逛，或者要艾爾頓帶她去住宅邊緣的教堂和貧民窟。狐狸妖說：「我想要好好看看菲律賓到底有多麼落後，沒想到這個世界上什麼人都有，男的女的，老的小的，沒手沒腳的，這些人到底是怎麼活的？沒有飯吃，沒有乾淨的水喝，光著屁股睡在地上也不知道害羞，到處都是雞屎呢，真是太不可思議了。」

哥哥表情冷淡地望著窗外。

「沒什麼好大驚小怪，每根電線桿都會有人撒尿，每塊厚紙板都會有人拿來當涼被，每個腐爛的果子都會有人吃。路上掛滿剛剛洗過的衣服，抹布一樣，不管洗了幾次還是一樣臭。我和哥哥還認養了一個蘇鬼子，是隻猴子喔，沒進化，蘇鬼子最喜歡我們用子彈射他。」我傲氣地說。

「真可憐，不如不要被生下來，只要生下來，似乎所有的事情都已經注定好了，任誰都無法改變。」狐狸妖說。「這地方待不下來，天氣動不動就熱死人，真要命，整條街道都是番仔，到處都是屎尿，臭死了，政府難道都不管嗎？你們到底是怎麼適應的？真應該去香港見見世面。」

哥哥憤怒了起來。

「你們的老爸騙我說這地方有多好多好，我就不明白這裡哪裡好了，除了有僕人和司機可用，除了幣值比較低，我就想不出哪裡好。有了，這裡大概是男人的天堂，聽說雛妓一晚還不到兩千披索。嘿，你們試過沒？」車窗外，有位黑漆漆的孩子舉著成串玉蘭花沿街叫賣。「跟你們說實話，只是實話最難聽，我看你們的蘇大主子也不是什麼好人，不管去過多少國家，不管工廠開得再多、再有錢，骨子裡還不是一副鄉下人的模樣。我不是說菲律賓人不好，說得我好像在歧視誰一樣，這樣子太沒水準，我們香港人也不覺得大陸人不好，只是他們實在太沒有文化。唉，說實在，這些人也不是故意長成這副窮酸樣。我們那邊的人寧願往獨裁的共產黨跑，也不願來這落後的國家。喔，我是指跑去財大氣粗的中國大陸，只要有錢，自由不自由都無所謂。剛開始肚子要吃飽，吃飽了要穿暖，穿暖了要買房子土地，一間還不夠，沒有保障，土地都是國家的，最好能在海外置產，接下來玩房地產和股票，最好移民到美國和歐洲。這世界很大的，留在這裡只會喪失競爭力——」

「夠了。」哥哥大吼一聲。

我和狐狸妖都因為哥哥的怒吼而沉默下來。

艾爾頓轉過頭：「大蘇少爺，沒什麼事吧？」

狐狸妖看向窗外，抱怨著：「真沒禮貌，怎麼這國家的人都沒一個人樣啊。」

之二：更深層的內在形狀

爸爸沒有回來，永遠不會回來那樣，這樣很好，非常好，隔著距離的爸爸讓我們擁有不被控制的安全感。我不用理會爸爸到底在哪，坐著飛機去了什麼地方，談了幾筆生意，玩了多少女人。爸爸不在時，家裡更自由，不必理會蘇氏家訓，可以大聲說話，光著腳在庭院玩彈珠，捏死螞蟻，將土司塗上厚厚一層花生巧克力醬，稍微鬆開彷彿要掐死我的白領子，跟僕人肆意說話而不被指責，或者跑進貧民窟觀察我和他們之間到底有什麼不同。哥哥誰都不太理睬，卻漸漸恢復氣力，以我不了解的方式；反正，並沒有什麼特別重要的事情值得困擾這麼久，這世界就是這麼無厘頭，認真起來只會令人感到沮喪。我希望哥哥能夠趕快恢復，我們可以像往常一樣，毫無罪惡感地猜測新媽媽是哪個罩杯？混了哪地方的血？會在蘇家待多久？

哥哥從爸爸的保險櫃中找出一把手槍，是菲製的 Sti40Cal。

第一次看到哥哥在爸爸的房間把玩手槍，哥哥將槍口對準我的額頭中央，嘴裡輕輕發出一聲砰。我知道哥哥沒有惡意，倒在地上假裝中彈。哥哥接續將槍口對準我的左腕、右腕與腳踝。我連續叫了好幾聲，配合大小不一的髒話。幹。你媽媽的。肏。去死吧。死番仔。土人。最後，我假裝自己是受難的耶穌基督躺在床上，睜大雙眼望著哥哥。救我，救救我。哥哥用槍口在我的胸膛與臉頰上檢視。我伸出手，搶過槍，好奇地研究起來。槍枝比想像中還沉，金屬槍身摸起來非常冰涼，我將槍枝貼在臉上、脖子上和肚子上，植入電子晶片般演起了科幻電影。

沒有子彈的槍就跟玩具一樣。

「這是真槍。」哥哥謹慎地收起槍。

「沒什麼大不了，只要有錢就買得到，每個警衛都會配戴槍，而且每枝都是衝鋒槍。」

「你要知道，我現在可是有能力殺人。」哥哥將槍口對準我的心臟。

「這又沒什麼，我根本不需要擔心這種事情，對吧？」我張開右手手掌，吸盤般包住槍管。

哥哥的右手甩動槍托，再緊握，瞇起眼，瞄準鏡中自己的額頭，扣下扳機，接著將槍枝重新放入槍盒。

「這世界很不正常。」我說。「不過，人也沒那麼容易掛。」

「一切都是狗屁。」哥哥將槍枝重新放回保險櫃。

哥哥花了八萬六千披索買了槍，鈔票來自爸爸的保險箱。

登記人掛在死去的爺爺名下，讓死人擁有一枝槍很簡單，只要多花一些錢就可以。哥哥仔細解說，說他買的槍是 GI Expert™，口徑點四五 ACP，半自動，五英寸不鏽鋼槍管，槍身八・五英寸，槍高五・七五英寸，重量三十九盎司等等，還跟我說這把槍經由特殊的設計，可以有效降低後座力，槍托還有避震等神奇功能。我看不出哥哥是否認真，我在哥哥的臉上與語氣中找不到可以理解的訊息。我開始期待真正的狩獵，刺激、危險又暴力，毫無疑問，我始終會是最後的勝利者。哥哥十分謹慎，不管是收藏或者拿出來觀賞把玩，怕一不小心就會發生意外。我畏懼上了子彈的槍，我更畏懼哥哥突發的憤怒與難以抵抗的惡意。有時，我也希望自己跟以前一樣，可以擁有勇氣想要打倒哥哥，出風頭，只是現在我不這麼想了，我不應該懼怕哥哥，或者企圖打倒他。我相信哥哥比我想像中還要勇敢，充滿了力量。

哥哥偽裝成一名攻擊手，帶著槍，坐上吉普尼到兩公里遠的射擊場練習。我央求哥哥帶我去過一次。簽名。付帳。等候。檢查裝備。練習持槍動作並次次縮短準備時間。瞄準。確認。射擊。躲避。移動。喘口氣。卸槍。查看成績。懊悔。握緊拳頭。重新等候。檢查裝備。我一邊等著哥哥一邊躲在椰子樹下，拿石頭將蚯蚓切成兩半，讓蚯蚓變成兩個生命體。耳朵不時傳來射擊聲，槍手平穩情緒，瞄準目標，射出子彈。一剎那，我彷彿在槍手的臉龐看見了巨大的力量，堅定的，毀滅性的，向未知投射出去的某種臨界。雄性，具侵略性。不過瞬間，我又對侵略的力量感到厭惡與恐懼。旋轉。提腳。轉身。彎腰。匍匐前進。想像自己奔馳在子彈奔嘯的戰場，大火燒著頭髮與臉頰，燒著繡在胸口的名字，同袍死了，耶穌掛了，觀音翹辮子了，一切化成灰燼。我聽見一首最嬉皮的搖滾旋律從槍彈中響起。一個轉身，一個止步，鬥志多麼激昂。手疊著腳，好性感，腳疊著手，好誘惑，我們貼近死亡，支解的身體多麼漂亮。咻。至今，我仍然時不時想起小時候某個片段記憶，想起陽光，想起海水，想起隨風搖曳的椰子樹，我們坐船跳島，臉孔被曬得發燙。爸爸用嫌棄的表情看著暈船嘔吐的我，眼神露出不滿，我感覺隨時都可能被拋下。我跳下船，放鬆身體，浮沉海水之中，試著洗去滿身嘔吐味。等到我從海中探出身時，才發現整艘船和島嶼都已經變得渺小。我讓海潮漂遠了，只能使勁往前划，再往前划，害怕死亡，更害怕被遺棄，我竟然渴望爸爸巨大的影子繼續籠罩著我。咻。子彈對準腦袋，抵達血管。我用中文唱歌，用英文罵髒話，用塔加洛話讚美撒旦，用西班牙文說出謙卑的祈禱，最後，再用不熟練的福建話向世界打招呼。早安。午安。晚安。我聽見腦漿噴發的聲音，聽見低沉的打鼓聲和貝斯聲，臨死前，一定要聽些抒情搖滾樂，和耶穌跳舞，吸聖母奶頭，取笑佛陀青春痘般的頭顱。嘶吼，呻吟，蹉步，野牛般搖擺身體——咻，我只是想要靜靜聽著世界逐漸安靜下來。

始終被迫面對我所抵抗的。

我想要脫離困境，放棄遺留下來的一切，甚至放棄對你們的依賴，可惜，我無法輕意化解龐大的恐懼，不管是忌妒我純正的血統或是仇視我的存在，更或者，想要乘機將我滅口，我都知道，那是一場預謀。我知道得太多了——

知道真相，必須付出的代價就是被換上另一顆腦袋，被收買，被處決，甚至被遺忘。我從來都沒有意識到死亡可能這麼的近，真的，比想像中還近。嘿，醒醒吧。哥哥表示，他已經幫我報了「實地槍戰邀請賽」，由馬尼拉槍枝協會主辦。我們參加的是未成年組，三人一隊。哥哥要我什麼都不用管，只要參與，他會負責殺死所有的敵人，我當然不相信。我開始害怕起槍，擔心意外受傷，而且我們少了第三名隊員。哥哥說，名單和報名費都已經交出去了，第三個人是蘇鬼子，主辦單位會準備好所有的槍枝和子彈。

槍是屬於沒有安全感的人。我們來到果菜市場，接近公園內側有一片香蕉樹和椰子樹，已經廢棄成垃圾場，散布著五顏六色的沙發、衣服、褲子、骨頭、塑膠袋、帽子、拖鞋和幾隻貓咪。蘇鬼子先將椰子殼擺在遠處，在上面畫上一個星星、圓圈或叉叉，接著，哥哥拿槍射擊。我站得很遠，不知道到底該不該參與。槍擊一聲接一聲，哥哥和蘇鬼子一點都不怕。哥哥專心瞄準，熟練開槍的標準動作。蘇鬼子拿著被打中的椰子殼大呼小叫，只要打中目標就跳起來轉圈，說他絕對可以去當獵人。子彈穿過風與椰子殼，熱帶的廢棄叢林在大火中燃燒，驚慌失措的獸物在奔跑中跌倒了，我站得很遠，恐懼著，不想開槍，這不是電玩遊戲，也不是生存遊戲，會要人命的。蘇鬼子笑得比往常還高興，聽著哥哥解說拿槍的正確姿勢與相關注意事項，瞄準死掉的蟑螂與老鼠。蘇鬼子說，有槍真好，有槍就可以做很多事情。

熟爛的香蕉流出濃稠的汁液。

日期到來，我們三人整裝待發，隊伍的名稱是「太平日子」。

日光好強，照得眼睛都要瞎了。我們打扮一致，靛色排汗上衣，卡其短褲，黑色短襪白色Nike運動鞋，配上深藍色的運動護目鏡與綠色鴨舌帽。哥哥檢視每一位成員的配件行頭，得要風光氣派才行。蘇鬼子摸新衣、抓新褲，很滿意，說自己真是人模人樣，比穿西裝還帥。坐上車，艾爾頓將我們送至槍聲隆隆的會場，擠進人潮，拿出證件報到，隔著護欄觀看比賽，等待通知。比賽非常盛大，每一顆即將爆裂的腦袋瓜現在還安穩待在頸子上，參與比賽的傢伙充滿了幹勁與肌肉，裝備齊全，訓練有素，高昂地喊著口號。我不斷說服自己，被敵人射了沒什麼大不了，四肢殘廢也沒什麼大不了，反正死了也就是死了；其實，我真正害怕的是別人看我的眼光。殺戮的眼光充滿了鄙視，他們打從心底瞧不起我，不斷對我恥笑。我想逃避。這不是單純的比賽。我無法把握自己不會被擊倒。來了，準備上場最後一搏。裁判呼喚隊名，準備子彈與槍械，替我們戴上護耳器具，替我們在腰間套上繫著槍與子彈的黑色腰帶。

我們的對手是「中國一定強」，三位來自馬尼拉聖公會中學的華僑學生。

我低著頭，不敢直視對手，心不在焉聽著裁判說明比賽規定以及勝負準則。對手目光炯炯，直視我，一顆顆手榴彈將不留情地將我擊潰，一顆顆飽滿的彩色漆彈裝滿我即將爆發的憤怒，等待擊發，等待迸裂。我跟在哥哥身後，繼續踩著哥哥的影子，試圖讓哥哥的身體扛住即將傾斜下來的天空。

我們使用紅色的漆彈，中國一定強使用黃色的漆彈。

真沒用。

矮垣。高牆。破窗。石頭碎裂。障礙物。如何進攻？真的要開槍嗎？哥哥說，躲好。雜草。子彈。泥中的腳印。蘇鬼子跟好，看到敵人就射，就像我們射你那樣，凶一點，把他們幹掉，狠狠報復。太陽爆炸了。風從東邊跳過來。土地晃動，一隻大象衝了過來。一場遊戲。木頭架起的掩護在動搖。影子滾過來，椰子人頭般滾過來。注意。流汗。打仗。我們面對敵人。我們無比興奮聽著可疑的腳步聲。我們長出蝴蝶翅膀。射擊。被射擊。戰役尚未完成。急救。來人啊。蘇鬼子被射中了，全身膚黃不再黝黑。急救無效。蘇鬼子重傷，我們失去一名夥伴。躲進矮牆。藏進影子。槍聲響，發射。二對一。我們二，對方一。哥哥當餌，輪到我射擊。我搖搖頭。哥哥說，不能遲疑，會沒命。我的手繼續發抖。哥哥再當一次餌。不，哥哥拔槍突襲，發射子彈。我中了陷阱縮在角落。這裡很安全，我等著，等待哥哥，等待推翻一切的光榮時刻。

到底經過幾場戰役？從白天到中午，從中午至黃昏，從被生下來的那刻開始，我們開始傷害彼此。

哥哥的面目在一次次的戰役中變了，變得怨恨，變得殘忍，變得無比麻木。我不知道到底會發生什麼，不，我是知道的。

這一刻終於到來。

光在燃燒。

哥哥拿出槍，槍口正對準我。

我一點都不驚訝，我以為這一刻不會到來卻終究到來。

你逃啊，為什麼不逃？我們已經幹掉了敵人，為什麼你還不逃？你不知道剩下來的只有你嗎？逃啊，給你機會逃得遠遠的，永遠不要回來。我好難過，感覺整個世界正被擊毀。我聽見哥哥自殘的聲音，帶著摧毀般的詛咒。哥哥說，我已經殺死爸爸幾百次了，到了後來，我反而捨不得殺死爸爸。我可憐他，非常可憐他，奇怪的是，到了後來我卻可憐起自己，我甚至欺騙了自己。你知道，我也以為可以過得很好，他媽的很好。沒有。我早已經被決定。我想抵抗，後悔做過的事情。我感到慚愧，內疚，比你還要恐懼，不知道未來會怎樣懲罰我，我不知道他媽的到底在擔心什麼。我現在什麼都不信。你不逃，好，那麼我逃。我會逃到你的面前，要你直視醜陋的我。現在你的目標只有我，你只需要殺了我，你就可以獲得一切。多麼簡單。拜託，小蘇。幫忙殺死一個不想要活下去的人。勇敢地按下扳機，你比自己想像得還要勇敢。

哥哥踹擊我的肩膀，踩住我的手，彎下腰，將槍拽進我紅腫的掌心，雙掌護住我持槍的手，緊緊掐住。

哥哥離開了，一步一步踏進牆壁，踏進黑影，踏進石子。

對不起，這個世界留給你照顧。

之三：黃昏時的狙擊

黃昏了。

我握住槍枝，不斷顫抖，一股強烈不安將我和世界隔離開來，陽光與陰影進入了我的身體。來了。

哥哥來了，準備燒光田野般走來。

哥哥空著手，昂然卻又自棄，走在血跡斑斑的石頭上，一雙清亮又絕望的眼。

哥哥十分激動，有股電流從體內穿過，擁有意志的眼睛望向我，帶著痛與傷害，帶著奇特的光芒——有個聲音從哥哥未發聲的喉嚨中傳出，有個需要被執行的使命。哥哥凝視我，深情的眼光把我逼入絕境，把我吞噬。哥哥對我說，殺了我，求求你。我不知道接下來會發生什麼，我的身體與意志背叛了我。哥哥一臉期盼，充滿等待毀滅時的安詳，沒有不安與敵意，他的平靜穿越我的脆弱，將我擊潰。我愛他，如此深愛，我知道那雙眼神藏匿一些什麼，而我必須去毀滅，那是我來到蘇家的使命，永遠都無法逃避。

知道嗎？不管怎樣，最後的結果就是如此。砲彈炸花，碎片長刺。有陷阱，有死角，肏他媽的子彈越過矮牆炸裂碉堡，硝煙沖天。不找掩體，不必掩護，認命接受射擊。我已經殺了爸爸，接下來，你要殺了我，弟弟，你要親手殺了我，我其實是不存在的。子彈下雨，槍聲打雷，毒氣旋繞成霧。誰帶槍衝撞？誰投擲炸彈？來吧，弟弟，這一刻我已經等待了很久，不要遲疑，不用感傷，這些只會傷害你。來吧，弟弟，我將生命交給你，讓我享受，讓我死。我知道你的不捨，但是我沒有辦法這樣繼續活下去。

我拿著槍，對準哥哥的面容，對準頭顱。哥哥的臉怯懦卻又堅毅，預見必然的下場，如注視下雨的喪禮，注視必須割除的腫瘤。啊，黃昏，椰子樹在燃燒，箭鏃的火光射進哥哥的臉頰、脖子、四肢、軀幹以及扭曲的影子。哥哥甦醒了過來，帶著一種我從未見過的自在，有些恍惚，充滿了感情。我因為那樣的存在狀態而顫動。哥哥動了起來，活了過來，十分緩慢，經過數十年般，滿眼淚水凝視著我。

哥哥的等待使我改變，現在的我，已經不是之前的我。

親手殺死所愛——我瞬間老了，老得沒有辦法看清楚眼前發生的事情。

我必須下決定，探詢內心深處。

黃昏伴著鴉群籠罩而來，椰子水滾燙，時間冰凍，我老得拿不起槍。槍枝在掌心顫抖著，溫燙著。槍口緩緩對準了哥哥。我閉緊雙眼，不敢看，另一方面，我知道必須見證這一切。我不想成為哥哥，不想代替任何人，一隻巨大的手擰捏心臟，我在火光中睜開眼。再見，我說。我的身體內出現一股力量，古老、飽滿、具有毀滅性甚至是卑鄙的惡意。我隱忍著，以看似無能為力的方式轉換著。我咬著下唇，骯髒的血，汙穢的自己，夏日的芒果、香蕉與一整片椰子樹在火中萎縮，在搖晃的土上，在被射擊的矮垣斷壁中斷裂，自私與懦弱正在死去。我反抗，雙掌持槍，帶著絕別般的戰慄。

再見了，我對著自己說。

我平靜了下來，呼吸很順暢，指甲與頭髮還在成長，肌肉與骨頭完好無缺，內在漸漸敞開。我深呼吸，露出微笑，扣下扳機，慷慨且豁達地射出了子彈。

結束了。

後腦杓有些發癢，有個孔洞鑽進了腦袋。我謹慎扒開肉屑，手指探了進去，裡頭熱呼呼的，像是血管正在跳動，腦袋汩出黃昏，我和哥哥的頭顱和身子都沾染了大片大片的血紅色彩彈黏液——原來，我們的內在如此相同。我感到痛，因為感覺到痛而高興得流了眼淚，我靜靜掏出子彈。世界安靜了下來，椰子在樹上墜落，蛙鳴脹大，草葉唏嚇唏嚇搖晃著，我坐在火藥的翅膀上，隨著一顆射進腦袋的子彈射向了天空。我告訴自己，抓好，千萬別掉下來。

我與我的黑皮膚哥哥

狐狸妖甩了爸爸，回到香港，帶走好幾只昂貴的鑽戒金錶。我的心情很平靜，反正我從來就沒叫過她一聲媽媽，比較起來，我還比較想念愛穿旗袍的蒂娜。這幾天，我跑去頂樓想把鹿皮箱搬下樓，想知道裡面到底藏了些什麼。透明水晶棺被遺棄在角落，上面覆滿灰塵。水晶棺雕工精細，品質良好，摸起來冰涼涼的，可以降溫也可以當作裝飾，擺上花一定很好看——只要別想起這是用來擺放骨灰的容器。蘇家又來了一位新媽媽，爸爸在馬尼拉機場勾搭上她，是位空姐，華僑與番仔混血，除了一束黑髮、五官比較淺之外，幾乎看不出中國人的特徵。她不會說中文也不會說福建話，愛吃炒米粉、炸豬皮與青芒果。我不知道她會在家裡待多久，這種事情就像猜測颱風到底會不會來，就算猜對也不值得特別高興。

我保持前三名，繼續就讀廢城中學，感覺人生可能就這樣浪費下去。

哥哥畢業了。

哥哥搬到靠近學區的馬尼拉，每兩個禮拜我們才會碰上一次面，不過見到面也不知道要聊些什麼才好。艾爾頓會開車載哥哥回來，有時待兩、三個小時，有時過夜，我和哥哥躺在床上看漫畫，聽搖滾樂，扯些無關緊要的閒話，找不到事情做時也會一起打電動殺殭屍或出去吃飯。我們之間的距離更大了。哥哥是大人，我依舊是小孩。哥哥搭三輪車、吉普尼、公車和擁擠的捷運，結交許多番仔島、韓國和中國朋友。哥哥也開始自己買生活用品、吃不衛生的烤肉串和炸魚、一個人走在貧民窟找樂子，這一點都不妨礙生活。突然間，哥哥就長得比爸爸高，肌肉發達，曬得跟我一樣黑，不再是黃皮膚了。哥哥問我中學畢業後想念什麼，我搔著頭想了想，念建築設計似乎不錯，念語言也好，念商學院也沒有太大問題，我覺得自己還不需要考慮這些煩人的事情。哥哥說，很快，日子總是過得比想像中還要快。最近，哥哥和爸爸的關係有了改變，或許是哥哥度過了叛逆的青春期，或許是爸爸不再逼哥哥背誦家訓。哥哥和爸爸會一起抽菸，一起嚼花生，一起喝紅馬啤酒（Red Horse）看拳擊賽，哥哥也會主動詢問家裡的各種生意，發表一些成熟的看法。好像什麼都變了，也好像什麼都沒有變，哥哥說，再過幾年我就會比較了解，不過，哥哥並沒有透露到底會了解些什麼。

反正，哥哥和爸爸活得好好的，槍都在，沒有人被幹掉。

哥哥送了一把新的蝴蝶刀給我，我把刀子放在口袋，可以用來削青芒果，或者戳刺影子。

現在，我喜歡一個人待在聖鬥士街望著人群，不管是乞討的瘸腿、垃圾堆中光腳打球的小孩、下雨天洗衣服的婦女、將鳳梨削成黃色燈籠般的攤販，還是飢餓的老人等等——番仔依舊無比骯髒，而且臭，不過卻像蘇鬼子般可愛了起來。他們有時會借走我口袋裡的錢，有時會扯我的衣服，有時會搶我的冰淇淋和炸雞腿，我還是會生氣，只是，我不再打從心底厭惡他們了。我只是剛好多了幾個硬幣，他們只是剛好少了幾張鈔票，我們沒有什麼不同，一同被遺棄般生了下來。或許某天醒來，我也會無緣無故變成蘇鬼子，求著別人拿彈弓射瞎我的眼睛，割下舌頭，取走耳朵，賣掉身上的器官，一隻手或一雙腳。我送出帽子、襯衫、領帶、皮帶、褲子、皮鞋、襪子以及口袋內的鈔票和零錢，好像我本來就不需要這些東西。

教會的捐獻箱始終裝不滿。

啊，真他媽的輕鬆。

太陽很大，有點睜不開眼，我赤裸裸走在聖鬥士街，不知為何停了下來，仰起頭，雙手掌心朝向天空，原來這個世界即使充滿黑暗，卻從來沒有少過陽光。

第三部

情人們

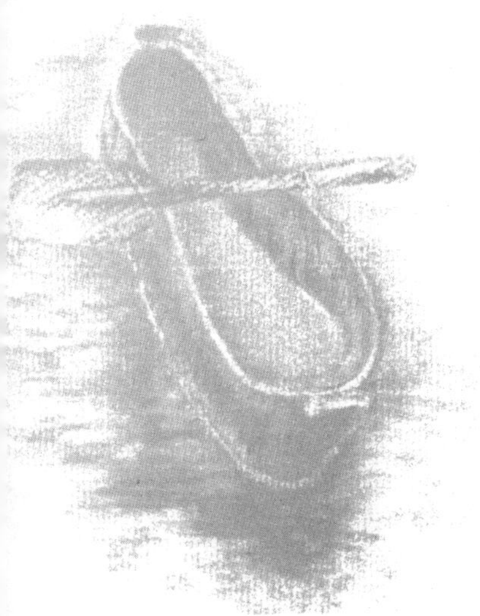

詛咒

我的名字叫做 Huang, Jeff Brian S。

我和奶奶相依為命，住的地方不是富足區也不是貧民區。奶奶有很多情人，我都把爺爺們當成半個家人，因為沒啥屁用的爺爺們追不到一點都不堅貞的奶奶，所以不能算是完整的家人。我的家庭隱藏許多神祕故事，充滿謎團，親族常常無故離去或者消失，這一切始終引起我強烈的探索欲望。對於爸爸媽媽，我並沒有什麼印象，自從有記憶以來，一直就是奶奶陪著我。當然不只奶奶，還有奶奶一大票操著福建話、中文、番仔話和英文的牌友兼生意夥伴，好幾種語言隨意交雜，讓我想起喜鵲奶奶最喜歡罵人的口頭禪，雜種。

雜種說的是雜話，吃的是雜飯，拉的是香噴噴的雜屎。

奶奶說過，喜歡櫻花的日本人發動盧溝橋事變之後，緊接爆發了太平洋戰爭，所有的中國人都忙著逃難，曾祖父決定往南。曾祖父不知從哪搞來黃金，賄賂廚房，跑上軍艦假裝幫手。軍艦可以運送幾百架飛機，兩側機翼都載著好幾顆椰子形狀的金剛彈頭，準備轟炸小鼻子小眼睛的日本鬼子。一艘載著幾百幾千個白皮膚、金頭髮的洋鬼子特大號軍艦，不知不覺間，正運載著我家族的命運。當時，輝煌的遠景正在眼前展開，曾祖父搭上一艘勇猛的美國軍艦，即使是神風特攻隊也無法擊毀。人高馬大的美國人擁有非常大的土地，控制全世界的經濟，曾經養過黑人奴隸，甚至統治過番仔島。不管怎樣，我們都應該是美國籍，擁有光明未來，說一口沒有奇特口音的完美英文，動不動就能攻打伊拉克。日本投降之後，緊接爆發國共內戰，戰事不斷，外曾祖父一家人受不了，同樣決定搭船往南，打算偷溜到美國改頭換面，當假洋鬼子。不過，歷史的發展始終出乎意料，如同一則笑不出來的笑話。我的家族並沒有成功抵達整天吃漢堡、咬薯條、喝可樂的美利堅合眾國，沒有辦法甩鞭子當牛仔，也沒有辦法在唐人街中闖出響噹噹的名號，載著我們家族命運的船與軍艦沒有開回美國，而是來到番仔島——一個充滿椰子、青芒果和野生香蕉的熱帶國度。於是，我只能在電視的旅遊節目上看自由女神舉著火把，看恐怖份子攻擊世貿大樓，看一堆好萊塢災難電影一次又一次毀滅世界。落難的家族湊合一群離鄉背井的逃難者，開始跟沒教養的死番仔糾纏在一起。

我曾經讀過新聞報導，說人類的遷徙路線是從非洲大陸不斷往外擴張，曾經在中國落地生根的華人因為經商、避難或其他鬼屁原因大量進入番仔島，和當地人生出很有東南亞風的混血兒，報導稱我們是菲律賓華人。這一點都不荒唐，也不神祕，我會來到這裡其實很正常，只是跟著祖先移動的步伐罷了。以前，我很早就從網路和電視知道這個世界有很多種人，皮膚白的、黃的、黑的，說不一樣的語言，窮人多，有錢人也很多。每個人都想要過好日子，不過每個人都只是渾渾噩噩過日子。我在學校裡學了很多知識，包含身體的組成、氧與碳、數學公式、自轉與公轉、暴風與颱風、河流與平原的形成原因等等，上華校的我還必須學習筆畫多、一點都不實用的中國字。關於中國與菲律賓華人，我只能從生活中拼湊出詭異的模樣。我問奶奶，為什麼我們是華人？為什麼不乖乖待在中國讓日本人、共產黨和國民黨雞姦一下？為什麼要來都是番仔的地方？奶奶說，這不需要理由，說有什麼問題就去問春爺爺。愛吹牛的春爺爺說，咱是中國人，不過你這輩子看樣子注定要當番仔，別想去大陸尋根。

我在這裡過得不錯，對大陸不感興趣，也沒什麼根不根的疑惑，比較在意的可能是肚臍底下的命根子。

去年，我們包了廂型車前往百勝灘（Pagsanjan），下車後，轉搭小舟逆流而上，一路上，導遊說起當地傳說。很久以前，世界只分為大地和天堂，創物者巴撒拉（Bathala）只有一個人，沒有任何朋友。巴撒拉無所事事，非常無聊，於是便開始創造萬物，說有雨就有雨，說有鳥就有鳥，說有樹就有樹。當萬能的巴撒拉捏造人類時，雙手突然滑了，只好趕緊抓住墜落的人形泥塊。泥塊過於柔軟，拉長之後再度滑落。巴撒拉很生氣，一方面賦與泥塊生命，一方面詛咒泥塊永遠生活在樹上。泥塊變成長尾巴的猴子，接著演化成人類。我一直記得這則導遊鬼扯的故事。

當時舟槳上溯，一群野猴子鬼吼鬼叫從叢林跑了出來，搶奪我的椰香麵包和布朗尼蛋糕。我撿起石頭丟擲，野猴子張大嘴巴，用爪子刮傷我的手，學我丟石頭，船夫趕緊揮動木槳驅趕猴子。

忽然間，天空下起大雨。

春爺爺和喜鵲奶奶撐著傘，說等雨停再出發。奶奶全身都淋濕了，很不舒服，嫌掃興，想要回家。

我搞不懂巴撒拉為什麼要詛咒猴子，詛咒人類，這明明這就是祂的錯，為什麼要把過錯怪罪在我們身上？真無恥。另外，為什麼要把世界造成這副鳥屎模樣？如果有一天遇上巴撒拉，我真想好好問一問祂，只是我不知道創物者長什麼模樣，真的遇上了又要怎麼辨認？這真是難題。我試著歸納人類的起源，巴撒拉創造猴子，幾百幾千年基因突變，逐漸演化成人類，調皮的猴子悠悠閒閒沒事幹，在土地上跳來跳去，隨便交配，胡亂打架，精子和卵子隨著欲望到處旅遊，結果亂七八糟就有了我，這樣子的演變實在有些瑣碎無趣，缺乏震撼，也毫無爆點。

我的中文名字叫做黃安祿，奶奶習慣叫我安安，而我的另一個名字叫妖妖。

六百六十六種酊劑

家裡有一間客房，大部分時間都沒有人住，有時奶奶和春爺爺吵得不可開交，奶奶就會將春爺爺踢下床，春爺爺跑到客房睡覺，後來雜物愈積愈多，只好改睡客廳沙發。「香氣太濃了，睡在裡面簡直要被吃掉。」春爺爺說。客房原本沒有什麼味道，太陽整天把房間烤來曬去，頂多就是把床單、衣櫃、棉被、枕頭、窗櫺、牆壁和空氣烘烤出一股焦味，後來奶奶結束精油生意，索性將客房改成儲放精油的小倉庫。奶奶是老闆，入股精油生意的還有喜鵲奶奶、小奶奶和大尻川奶奶。精油生意只做了一年半，收支打平，沒賺到錢，也沒賠到錢。奶奶的興趣廣泛，善於交際，懂得見人說人話見鬼說鬼話，遇上不人不鬼的就說不人不鬼話，嘴巴、舌頭和牙齒都厲害，會舔人，會咬人，還特別會親人，是隻斑紋豔麗的母老虎。驢子爺爺說，如果奶奶待在大陸，說不定已經混出女梟雄的名堂來。我喜歡驢子爺爺，他看著我長大，後來離開奶奶跟小奶奶在一起。有一段時間，我非常不能諒解驢子爺爺，覺得他背叛我，實在該死，這種行為根本就是近親相姦，無法原諒。

我一點都不屑理會近親相姦的正確用法。

奶奶看起來不像超過七十歲，如果外人猜測，一定覺得奶奶不過六十歲左右。

奶奶定期將頭髮燙捲，染橘紅，塗抹滋潤液。洗完澡，我都會幫奶奶塗乳液。奶奶坐在床上，光裸上身，頭髮淌著水滴攏在左側肩膀，露出光滑背脊。我將乳液抹在手上，再抹在奶奶的肩膀和背部，將雙掌捏成雲吞小拳頭，由上至下，緩慢輕擰奶奶。我可以感覺到奶奶的溫度，聽見奶奶從胸膛深處吐出的呼吸聲，貼近，施力，擰開糾結，我想讓奶奶安穩入睡。奶奶會將乳液塗抹在乳房、腹肚、臀部和大小腿，穿起花紋胸罩，坐到梳妝台前左左右右照著鏡子，在臉上擦拭我永遠搞不懂的各種菁華液。臉部各個區域必須擦拭不同的精油與乳液，才能去除皺紋，消除黑斑，返老還童活成萬年妖婆。奶奶喜孜孜向喜鵲奶奶推薦產品，說精油所萃取的草本植物都經過有機認證，絕對不採合成香料、矽和礦物油脂，不使用基因改造植物，傳統萃取，不透過可能隱藏危險因子的奈米科技。我沒興趣聽奶奶說有的沒的一大堆術語。沒過多久，喜鵲奶奶、小奶奶和大尻川奶奶便一頭栽進滑潤潤的精油之中。四人圍著打麻將，話題離不開精油花卉，說金雀花、銀杏、法國菊、玫瑰和茉莉各有神奇療效，一旁還擺放精油蒸發器。東風圈滴玉露金盞，西風圈滴油桐花草，南風圈滴尤加利木，北風圈滴冷杉凝液。麻將還沒打完，整間屋子便充滿各種花卉與植蔬芳香。

精油店近二十坪，日光燈白亮，透明展示櫃內擺滿各式精油，輕旋蓋子，花的靈魂就在空氣中旋繞飛翔，響起催眠曲，緩慢滲進身體，喚起輕微的愉悅感。我從來沒有告訴過任何人，過多的愉悅會讓我興奮，不只是心情，更是肉體，尤其當許多不同精油一起在空氣中搞雜交派對。

奶奶化濃妝，穿套裝，蹬高跟鞋，面帶微笑坐在櫃檯後方，一有客人進門，立即起身迎客。下課後，我會搭吉普尼到賣場，坐在展示櫃前方的旋轉椅上玩手機。喜鵲奶奶也會來顧店。奶奶私下嘀咕：「你那喜鵲奶奶妝化得不好，說話尖酸刻薄，客人都被嚇跑了。」喜鵲奶奶也會嘀咕：「娃兒啊，我跟你說，你奶奶天生就是個淫蕩骨頭，不管是男的、女的、老的、小的，都愛死她水性楊花的個性；別人都以為她騷進骨頭，沒得救，只有我們幾個才知道其實是不得不騷啊。雖然不想承認，但是你奶奶就是能無縫插針，去裁縫店做個旗袍能打六五折，去唐人街買糕餅還送綠豆酥，去茶莊買鐵觀音還送西湖龍井，好事都讓你奶奶給沾上了，還好，老天爺是公平的，壞事也沾上不少。」說歸說，奶奶還是挺高興喜鵲奶奶來陪她，兩個人才有話聊嘛，要抱怨或者要詛咒都方便。小奶奶和大尻川奶奶比較少出現在店裡。小奶奶有了驢子爺爺陪伴，怕奶奶眼紅，脾氣一來心臟跳得太快就提早掛點。大尻川奶奶討厭番仔島亂七八糟的交通，不喜外出，比較喜歡待在家裡逐漸長成一株仙人掌，享受獨居生活。

在我眼中，精油簡簡單單分為兩種，一種是真的精油，就是奶奶擺在梳妝檯上的昂貴精油，瓶內裝的都是花朵精華；另一種精油，就是賣給客人的假精油。真的精油大多產自歐洲。假的精油雖然標示產自歐洲，實際產自本地，或來自印尼、泰國和馬來西亞，全都是化學藥劑調配而成，裡頭裝的是返老還童的騙術，跟天然藥草一點關係都沒有。我近乎可以一字不漏念出奶奶的推銷術語：這瓶藥用草本萃取精油，共有六百六十六種酊劑，產於法國。晨間，手工摘取花瓣，將花朵加入有機認證的酒精及純水，靜置氣密式容器，浸泡三週，再將花朵與精油倒入細緻的亞麻布袋內，放置於大型不鏽鋼圓筒，壓榨，過濾，分離出精油。再以低溫進行第二次過濾，將花的靈魂徹底鎖進瓶中——

七月梨花開不開

奶奶在我的心中是一朵七月梨花。梨子會不會開花？會的，只是我從來都沒有看過梨樹，更別說看過梨樹開花。聽說中國有很多梨樹，梨樹結的果子就叫梨子，也稱水梨。梨樹結果之前會開花，白色的花，小小朵，風一來飄飄蕩蕩下起一場雪。春爺爺告訴我，梨樹之所以會開花是因為要受精，這樣才會結出香甜的果子。關於這些，都是從春爺爺口中東拼西湊出來，我會說給自己和同學聽。同學總是被我唬得一愣一愣。我說，奶奶的家鄉種滿梨樹，不管是春天、夏天還是秋天，梨樹會先開出梨花，接著結果，果子表皮是奶油色，黃黃的，一咬下去，裡頭便會露出水仙花瓣般的白色，非常甜，是番仔島不產的梨子。我繼續誇說梨樹開花時，曾經去過奶奶的家鄉，那裡的土地比女人的乳房還肥，白花花的，一踩下去都是水，放眼望去，到處都是大片的湖泊、牛群、水綠綠黃澄澄的稻田，有青木垂柳，有比中國城還大的古老牌樓，有中國字和春聯，轉角處藏著會吃人的年獸，還有綠色嫩芽在磚牆、稻稈、昆蟲和男人女人的肚臍眼上不斷冒出，涼風吃了春藥，葉子跟泥土調情說愛。有光影，有時時交配的牲畜，有深井，遇見了情人動不動就能永不後悔愛上幾百年。我炫耀家裡一年四季都有從中國寄來的水梨，一公斤比黃金還要貴呢。當然，我的腸胃相當兼容並蓄，很有教養，實施多元主義，並不排斥番仔島的水果。奶奶的名字叫做林桂梨，每次聽見別人喊奶奶桂梨時，我彷彿都可以聞見淡淡的梨香，舌頭在搔癢，有著枝葉剛要從體內萌芽。大部分的時間，奶奶叫做桂梨，不過總有許多其他時間，奶奶有著不同的名字，對於客人與不熟識的華人，奶奶一律稱自己為燕鶯。燕鶯的發音非常好聽，如同哼著小調，很愉快。我曾經好奇地打開奶奶摺疊在檀木櫃底層的書信，有爺爺、爸爸和我的命狀，有幾封爺爺寫給奶奶的情書，還有從中國寄來的家書。我在薄紙上辨認潦草的中文字，發現從中國寄來的書信都會提到小桃。我不想讓奶奶發現我偷看她的書信，只好問小奶奶，小桃是誰？小奶奶說，小桃就是林桂梨啊。如果小桃是奶奶，那麼想像中的七月梨花就得變成七月桃花。依照梨樹的自然定律，桃樹也會先開桃花，再結出桃子。梨子不常見，不過去到羅賓森（Robinson）超級市場和中國城還是買得到，至於桃子我就沒什麼機會吃了，一公斤可能比鑽石還貴。為什麼大陸人不會想把桃子做成桃子乾？番仔島會把香蕉做成香蕉乾，把芒果做成芒果乾，這樣子水果乾就能賣到全世界，賺光外國人的錢，想來想去，都覺得這是一筆穩賺不賠的好生意。

祭拜喜鴿奶奶的喜鵲奶奶

喜鴿奶奶去世很多年了。

我從來沒有機會親眼見她，只能從喜鵲奶奶的樣貌想像喜鴿奶奶。喜鵲奶奶分享的黑白照片都已泛黃，一個大家族，母親綁小腿，父親長袍馬褂戴頂員外帽，五個孩子圍繞身旁。喜鴿奶奶是大姊，喜鵲奶奶是老二。喜鵲奶奶說過，她和喜鴿奶奶一點都不親，喜鴿奶奶從小就頂起家務重擔，幫忙砍柴、取水、炊煮、買雜貨甚至外出牽牛。喜鴿奶奶沒有上過學，除了自己的名字之外，認不得其他的字。喜鵲奶奶原本應該跟喜鴿奶奶一起工作，但是喜鵲奶奶長得比較好，眼睛亮，鼻子挺，皮膚白，頭髮烏黑，再加上喜鴿奶奶捨不得漂亮的妹妹弄髒手腳，於是更加認分地工作。

國共戰爭沒完沒了，喜鵲奶奶的爸爸只能帶走兩個孩子，一男一女，男孩用來傳宗接代，女孩平常幫忙家務，長大後還可以嫁人賣錢。喜鵲奶奶的爸爸考量，等一切穩定下來，再回來接走家族。家族的人都要喜鴿奶奶陪著去，喜鴿奶奶勤勞，做事不苟且，不偷懶，人雖然長得不漂亮，不過女大十八變，小時候的醜不是醜。喜鴿奶奶說她不去，要留在家裡幫忙，於是喜鵲奶奶便糊裡糊塗來到番仔島。喜鵲奶奶有一雙大鳳眼，不常笑，是個得理不饒人的奶奶，說話帶刺，見不得別人好，凡事都要往壞裡想，奶奶說她雞蛋裡挑骨頭，沒事找碴。我受不了喜鵲奶奶睥睨人的模樣，非常高傲，眼睛帶著惡意，總是讓我感受到強烈的壓迫。當喜鵲奶奶坐在藤椅上，拿著照片望向遠方，那雙惡毒的眼睛便會變得橢圓，充滿柔情。

小時候，喜鵲奶奶喜歡叫我坐在她的大腿上陪她，她摸著我的短髮，告訴我，以前喜鴿奶奶是如何梳她的髮，教她如何綁小辮子。七年前，喜鵲奶奶在翠兒阿姨陪同下，終於帶著父親的骨灰罈回到大陸，見到將近半輩子都沒再見到的喜鴿奶奶和弟妹們。老母親去世了，兩個妹妹都已經當了奶奶，都老了。喜鴿奶奶比喜鵲奶奶想得還要老，髮白了，腰駝了，腳瘸了，臉上溝渠遍布，看得出受了很多苦。喜鵲奶奶說，一家族圍在一起，也不知道是高興還是難過，離開並沒有比留下來好。比起來，大陸老家的經濟狀況還是差了些，不過，大夥兒似乎也都還能過下去，許多晚輩都往上海、北京和武漢工作去了，大城市機會多，比較可能發跡。喜鵲奶奶想裝闊也裝不起來，身上沒錢，最後將金戒和玉鐲留給喜鴿奶奶。

喜鵲奶奶說：「走也不是，留下來也不是，老了才知道自己沒地方可去。」

五年前，喜鴿奶奶過世，翠兒阿姨收到電子郵件，輾轉告訴母親。那陣子，喜鵲奶奶很憂鬱，不喝茶，不打牌，也不找老男人軟桿子解悶，待在家裡念經文，整天唉聲嘆氣不發一語，在藤椅上看著遠方天空，以為不可能來臨的冬天就要來臨。我記得特別清楚，有一次我坐在喜鵲奶奶的大腿上，我們在藤椅之中搖來晃去，喜鵲奶奶的桂花香水籠罩著我，一張一張照片從喜鵲奶奶手中滑落至胸膛。我不自覺靠向喜鵲奶奶，想收攏照片，無意間撫摸到喜鵲奶奶的心跳，溫熱、略帶疲倦卻又倔強的心跳。我拿起照片，發現黑白照片也在跳動，彷彿連繫著喜鵲奶奶的心臟。血液逐漸冒騰，我不清楚那到底是什麼原因造成的。喜鵲奶奶睡著了，垂落的臉龐鋪著厚粉，塗著口紅，雙耳各打了九個妖精耳洞，垂掛銀色圓形吊飾。喜鵲奶奶的面容如此美麗，如此憂傷。我再一次靠向喜鵲奶奶，用食指輕彈喜鵲奶奶金髮下的耳洞吊飾。喜鵲奶奶一邊打呵欠，一邊搖晃鬆垂的耳垂。

蒼老好美，我想提早靠向之後的世界。

喜鵲奶奶突然半睜著眼，發囈語，全身顫抖地說：「別再恨我，我也恨死我自己了。」

妖妖么么

當我十八歲醒來的那天早上，身邊躺的情人會是女人還是男人，還是說，會是個可以任意變換性別的天使？

奶奶說過，我瘦弱的身子、不知為何憔悴的面容以及蒼白的臉色，都輕易讓人以為我得了重病，不是登革熱，就是肝炎，一副剛剛動完重大手術的模樣。從小到大，我都特別容易發高燒，全身出紅疹，哭鬧兩、三天沒完沒了。父親到處借錢帶我上醫院，吃藥，打針，可惜一點作用都沒有，好幾次還以為我活不下去。母親祈神拜佛，說西醫看不好就看中醫，再不行，就求當地巫師。我總感覺家裡的人都不希望我活下來，因為我一旦活下來，就會成為沉重的負擔。然而，我終究是個生命力旺盛的小雜種。春爺爺說，是長命鎖救了我一命。從小，我的胸前就戴著一只長命鎖，紅繩綑綁，緊緊圈套細長脖子。長命鎖是銀子打造，有著鎖頭和鎖洞，小歸小，卻沉，狀似棺材。我問，可以打開長命鎖嗎？裡面藏著什麼？奶奶表示，長命鎖不能打開，一旦打開，我就會魂飛魄散。我認分地戴著長命鎖，不想讓魂魄與身體離得太遠。

春爺爺曾經告訴過我，說我可能有一個姊姊或一個妹妹。什麼是可能有一個姊姊或一個妹妹？是說早逝的父親在母親的肚子捏出另一隻小猴子？還是說，離去的母親讓其他的男人在她的身體捏出小猴子？春爺爺露出似笑非笑的奇怪表情，不肯再次透露。春爺爺扯開話題，說下個禮拜他要登台表演新魔術。我沒有繼續追問下去。很多時候，我並不清楚春爺爺說的話到底是真的還是假的。春爺爺喜歡主導場面，愛編故事，同一件事情都會出現五、六個不同版本，不是誇大，就是離奇，聽得我心神蕩漾，圍著春爺爺不肯離去。只是，這種招數對奶奶一點作用都沒有。「老天爺是個王八蛋，不會無緣無故讓一個人活著，一定會給予天賦和才能，來完成某些雞巴的任務。」老掉牙的話說在春爺爺嘴中，一點都不八股。後來，我驗證了春爺爺的話，因為我竟然發現我有迷惑人的奇特才能。由於虛弱，旁人總是對我產生楚楚可憐的情感，掛念我，憐惜我，疼愛我。我不自覺地使用這種才能，增強虛弱，近乎夭折，於是他們便會毫無顧忌將我擁進懷中，把我當成受傷的、衰弱的、需要擁抱的孩子。

我受過傷，只是不想這麼快就承認。

我用手指玩弄胸前的長命鎖，親吻著，在銀鎖中注入體溫——請來愛我，不然我會被拋離這個世界。

十八歲，奶奶說我十八歲時就可以拿下長命鎖，成為真正的一個人，能夠保護自己。在那之前，我必須讓更多的人愛上我，我要躺在他們強壯的胸膛，或者讓他們躺在我弱小的胸膛，互相窺探體內所有未被填滿的鎖孔。

喜鵲奶奶最初在人之初當點唱櫃檯老小姐，經營出現問題之後，索性籌了錢，接下店。奶奶、小奶奶和大尻川奶奶共同出資，決定一起經營。人之初原本只讓客人點唱，喝啤酒，吃烤肉串和美式漢堡，在奶奶嚴整規畫下，大張旗鼓，重金裝潢，轉型為高格調酒吧，聘請了兩位光頭猛男保鑣。奶奶們親自選了一批長駐小姐，專門陪客人聊天，一小時收費五百披索。不用入場費。紅馬啤酒從批發價二十披索直接跳到一百披索，調酒統一兩百披索。如果客人要帶小姐出場，必須請小姐喝杯調酒當作場地費。人之初共有三十位長駐小姐，都是奶奶們精挑細選，非常年輕，長得各有特色，乳房大的、屁股翹的、混血兒、丹鳳眼等等。

姊妹們叫我小哥，對於這個外號，我沒有任何意見，只是我學奶奶，替自己取了另一個名字——妖妖。

姊妹們坐檯都是為了賺錢。如果是一般番仔島公司行員，每個月的薪水只有六、七千披索，政府基層人員有一萬二到一萬三。來這裡工作，如果談妥價錢帶出場，一個晚上就有兩、三千披索收入。大尻川奶奶和小奶奶剛開始覺得這種生意不該做，說賺這種錢很骯髒，而且玷汙了中國人。奶奶舌粲蓮花不斷說服，說這不過就是服務業，沒什麼大不了，跟中國人、日本人、韓國人、馬來西亞人或者印度人並沒有什麼直接關係，而且把女孩們聚在一起，也算保護。奶奶說：「難道要這些女孩一輩子待在鄉下？一輩子替觀光客按摩？」大尻川奶奶和小奶奶最終答應了下來。奶奶是強悍的老鴇，當地人非常眼紅，卻不敢惹奶奶，紛紛傳言奶奶有種中國式的女巫氣質，心情不好時，瞪大雙眼就能讓人瞬間燃燒。唉，都什麼年代了。奶奶確實有一雙銳利的眼睛，想在一瞬之間看清對方底細，並且時不時透露使人折服的傲慢；然而大多時候，奶奶會隱藏刀刃般的眼神，刻意收攏，表現出無傷大雅的柔情。

生意愈發興旺，奶奶租賃好幾間公寓張羅住宿，姊妹們很多都是從外島來到呂宋島，人生地不熟。奶奶提供許多服務，例如每月定期健康檢查、員工聚餐、抽成換匯、清潔環境等，將姊妹們照顧得很好。奶奶細心照料這些年紀接近十八歲的女孩們，訂下規則，不准吸毒，不准互相搶客，不准向外透露真實年紀，做愛時要戴套，每天必須在清晨回到酒吧或宿舍以免發生意外。奶奶替每位長駐的姊妹們開了銀行帳戶，規定每個月至少存進兩千披索，差不多是一次性交費用，只能多存，不能少。酒吧每年還會定期捐款給慈善團體，救濟流浪街頭的孤兒。我喜歡在酒吧內廝混，也會充當小弟替客人點酒拿小費。奶奶濃妝豔抹，隨著心情改變造型，戴一頂金灰、純銀或亮紫假髮，穿緊繃肥肉的旗袍，雙腳兩側露出裹上黑絲襪的發福大小腿。酒吧內的空調特別強，奶奶上半身還會披白貂衣、銀狐氅、豹紋衫或是粉色羽毛披肩。露出晶亮脖子，露出椰肉雙臂，露出米糠般白皙乳房，奶奶在紅圓桌與紫高椅間徘徊，在客人身上潑灑濃郁的春藥香水。

喜鵲奶奶是生意好夥伴。

喜鵲奶奶偏好亮色系，尤其喜歡紅色、金色和銀色，頂一頭純金大波浪爆炸假髮。小奶奶不常來，驢子爺爺依舊不贊同這個生意，說遲早會出事。小奶奶不想驢子爺爺來酒吧，這裡的年輕女孩這麼多，屁股那麼翹，她擔心驢子爺爺遲早會嫌棄她小而可愛的嬌滴滴乳房，天地良心被狗啃，狠心拋棄她，這裡可沒長城讓她哭倒。大尻川奶奶搖著蘑菇狀尻川來時，都會帶著小太監。大尻川奶奶不會招呼客人，坐在左側角落享受寂寞，喝杯取名為「海灘男孩」和「皇帝恩寵」的調酒。小太監是一隻有些神經質的公兔，全身白，毛茸茸，有著非常明亮且深邃的眼珠，喜歡從大尻川奶奶的左側肩膀跳到右側，再跳回左側，沿上臂、前臂跳到手腕，啄著金鐲子和玉鐲子，再跳回桌面啃著乾牧草。大尻川奶奶說：「你那田福爺爺一輩子吝慳小氣，一毛錢都不捨得花，結果存的錢全部拿去買藥做化療，一條老命還是救不回，真不值。」田福爺爺不曾買過什麼東西給大尻川奶奶，兩人慶祝佳節時，頂多就是去中國小館子吃頓飯。

田福爺爺和春爺爺是好兄弟，兩人整天喊著要離開番仔島，最後卻還是留了下來，說命啊。田福爺爺臨死前，買了一隻很容易勃起的小太監送給大尻川奶奶。我不知道田福爺爺是為了什麼原因而選了這隻公兔，為什麼要叫小太監？田福爺爺去世後，大尻川奶奶除了小太監之外，就舉目無親了。大尻川奶奶曾經有一個兒子，死在一場交通意外。奶奶們很想再替大尻川奶奶介紹對象。大尻川奶奶每次都拒絕，說：「老了，沒人愛，出去也只是丟臉，尻川不管怎樣按摩都還是下垂，唉，番仔男人分明就是另一個世界的人。」大尻川奶奶待在酒吧內喝酒，看表演，點些食物吃。大尻川奶奶特別愛吃魷魚，不管是烤的、炸的還是汆燙的，只是年紀大了，逐漸咬不動，只好吃起烤魷魚丸。

我曾經被小太監咬過一次，流了很多血，直到現在我的右手掌還看得見傷痕。

小太監算是溫馴，很聽話，不會亂跑，也不會被震耳欲聾的音樂嚇死，我想小太監大概是一隻天生耳聾的兔子。被小太監咬的那幾天，我恨死這隻畜生，恨不得把牠的眼珠子狠狠挖出來，不過想想，又覺得這其實是我的錯。我太喜歡玩弄小太監，每當這畜生啃著牧草，我都會在各種顏色的霓虹燈中看見牠勃起的陰莖，紅紅的，黏黏的，我將手放了上去，不懷好意搓弄著，當小太監快要高潮時，這隻不知死活的畜生便狠狠咬了我一口，讓我也高潮了。

後來我學會，搓弄四、五下就趕緊縮手，等過一段時間再繼續遊戲。我喜歡看著小太監欲求不滿的痴呆模樣，跳也不是，蹲也不是，爬也不是，動也不是，睜著水汪汪雙眼向我苦苦哀求。那副模樣根本就是某些上了年紀的恩客，他們將雙手放在姊妹們的屁股、乳房、鎖骨、臉頰和嘴唇，流滿口水，滿臉沉醉，散發各種充滿顏色與味道的欲望，只是我並不會去搓弄這些恩客的臭陰莖。

不管從外形、年紀或可愛度考量，小太監還是有趣多了，而且這隻容易充血的畜生還是大尻川奶奶的精神寄託，如果隨便宰了牠，接下來就會換我被宰。

別輕易愛上阿斯旺

人之初的裝潢與擺設經過奶奶們精心設計。

入口處擺一只覆蓋紅布的辟邪八卦鏡，白色牆面，右側是開敞式半圓弧酒吧，弧形桌面外放置三百六十度金屬旋轉椅。吧台擺滿紅色、黃色、藍色、綠色、米色和透明酒瓶，閃著光澤的玻璃高腳杯倒掛金屬旋架。小圓桌散布在右側吧台和左側舞台之間，通過圓桌高椅，撥開布幕，再往前，內有一條散發紅光的隱密通道。通道兩側，各自懸掛白色帘布，遮蓋起一間一間蜂巢小房，門口放置一只地毯，房間專門提供給恩客做特殊的按摩服務。奶奶說：「別想太多，真的只是純按摩，或許有時摸乳房，有時舔陰莖，不過就只是這樣而已。」奶奶說過，如果真的要辦事，就請恩客直接帶出場，可以去附近的小旅館，一個小時才三、四百披索而已，很便宜，或者要帶回去辦事也行。姊妹們都知道，一定要再向恩客拿兩百披索坐計程車回來，得把恩客的皮一層一層扒下來。

通道牆壁擺滿上百個面具。

喜鵲奶奶有個奇怪嗜好，喜歡收集各地的木雕笑臉，有些雕工細緻，有些粗製仿造，並不是所有的面具都是藝術品。春爺爺抱怨：「每個面具都有兩只大眼珠，走在通道內還以為自己全身光溜溜被誰盯著看，實在不舒服。」喜鵲奶奶瞪著春爺爺。春爺爺嘻皮笑臉地說：「妳這老不死的那麼喜歡被偷窺，應該參加國外很流行的什麼真人實境秀，二十四小時全程錄影。唉，只可惜老了喔，不管什麼神丹妙藥都救不了下垂的乳房與肥胖的大屁股，到時候參加了實境秀，我一定第一個拿椅子砸電視。」喜鵲奶奶不好惹，說：「你什麼都短，就是舌頭長。」喜鵲奶奶著迷木雕面具，不是為了收集藝術品，也不是為了保存傳統文化，應該有更隱密的什麼原因。其實著迷什麼，並不需要原因，可能純粹只是潛意識作祟，例如我喜歡盯著人們露出欲望時的表情，例如我喜歡研究奶奶屁股上的老人斑，例如我喜歡用食指按擰乳頭，再看著凹陷的乳頭逐漸恢復原狀。太陽和月亮形狀的木雕笑臉特別多，接著是原住民式笑臉，最後才是零散的魚、老虎、烏龜、貓頭鷹和鱷魚等圖騰。每張笑臉看起來都差不多，一盞盞燈光打下來之後，又變得完全不一樣。有些缺牙，有些伸舌，有些只有一只眼珠子，有些表情狡猾，有些表情邪惡，有些表情無比純真。我時常走在這條通道之間，閉起眼睛，往前，往後，踏在每一塊讓欲望沾染的地毯上，旋轉，想像，享受菸味、汗臭味、炸豬皮味、洋蔥圈味、可樂味、口臭味、香水味和濃濃腳臭味，這些味道融成一股強勁氣流向我席捲而來，忘情的男人脫下褲子，忘我的女人解下胸罩，聲音誘惑響起——來吧，一起來分泌體液。奶水與精液，唾液與汗水，我在濃郁的性的味道中行走，張開眼，木雕笑臉在燈光中呈現各種詭異角度，拖曳出各種長短陰影。笑臉裡有勾引，有挑逗，有必須探觸的禁忌。我伸出手，在姊妹們和男人們的呻吟聲中，撫摸模糊的界線，沉浸膨脹起來的潮濕，進入，被包圍，感到一種不知該如何形容的滿足。

而後，受了啟示般清醒過來，紅海將為我開道。

姊妹們的鋼管舞秀已經結束，掌聲響起，我走出曖昧通道，來到舞台前找空位，觀看春爺爺愚蠢的表演。

我是最忠誠的觀眾。

春爺爺有許多稀奇古怪的點子，腦袋內充滿天方夜譚的想法，看見春爺爺口沫橫飛手舞足蹈，我的心情也會不自覺開朗起來。我喜歡春爺爺，也喜歡他胡謅故事。春爺爺再次發揮過人想像力，決定打扮成阿斯旺（Aswang）。

奶奶不相信番仔島鬼怪，覺得番仔未開化才會被迷惑，奇怪的是，奶奶自己卻很相信中國鬼怪，尤其是符咒、鬼魂、殭屍和茅山道術等等，客廳還供奉祖先牌位和觀世音菩薩雕像，早晚三炷香，心情好時便燃燒檀香木屑。我看過很多篇千奇百怪的謀殺報導，有開槍的，有拿刀砍人的，有下藥的，還有用繩勒人等等，謀殺者都說死去的人不是人類，而是阿斯旺——可以隨意變換長相的妖怪。經過警方調查，證據確鑿之後，謀殺者才不得不承認自己謀財害命。阿斯旺實在可憐，一直被拿來當藉口，被汙名化，說不定真正的阿斯旺不愛吃肉，不愛喝血，是講究養生的素食主義者。

在春爺爺誇張的形容中，阿斯旺有一頭亂七八糟的長髮，有時是男性，有時是女性，指甲很長，黑舌頭從嘴中吐出來一晃一蕩。白天跟正常人一樣沒什麼不同，到了晚上，阿斯旺就開始準備獵食，漆黑著一張臉，眼白分岔血絲，發出炯炯綠光。

春爺爺煞有其事地說：「阿斯旺最喜歡變成黑狗和黑野豬，一到晚上就跑進叢林。」

「奎松和馬尼拉沒有叢林，黑狗很少見，黑野豬都變成塗上蜂蜜的烤乳豬，這樣子阿斯旺怎麼活？」我非常疑惑。

「不要隨意打斷我嘛，阿斯旺最喜歡吃人的心臟，尤其是小孩和女人的心臟」。春爺爺彎曲左手，勒住右手上臂，一隻大象鼻子搖來晃去。「阿斯旺有一個長吻可以伸進孕婦體內，吸取胎兒血氣，讓嬰兒胎死腹中，和你一起出生的女嬰說不定就是被阿斯旺吃掉了。」

我以為聽錯了，重複著話：「被阿斯旺吃掉了？」

春爺爺一張笑臉瞬間僵化，急忙改口：「很多嬰兒都會被吃掉，所以一定要小心一點，這裡是番仔島，不是中國。」

我從春爺爺的反應中得知驚人的事實，春爺爺沒有說錯，我也沒有聽錯。母親懷了兩個孩子，其中一個女嬰死在母親肚中，只有我苟活了下來。

真他媽的嚇人，也真他媽的迷人。

春爺爺昂起頭，增加手勢，試圖再次抓住我的注意力。「如果遇上阿斯旺，撒鹽就對了，薑和大蒜也可以，這些東西都會讓阿斯旺的皮膚產生劇烈灼燒。如果臨時找不到——」

「那不就完蛋了。」

春爺爺停下話，露出一臉邪惡，抓弄我的頭髮說：「如果臨時找不到，褲子脫下來搓一搓雞雞也可以，對啦，精液也有用啦。」

我真受不了春爺爺一把年紀了，還用雞雞這種幼稚的詞彙。不過直到現在，我才知道春爺爺不僅是個小人，也可以是個正人君子，具有正義感，不僅想驅除奶奶身上的阿斯旺，還想在奶奶全身上下塗抹一層趨吉避凶的精液。春爺爺又說了些什麼，然而我並沒有注意聽，我滿腦袋想著陪我出生卻已經死去的女嬰，她可能是姊姊，也可能是妹妹，她是我從身體中分離出去的一部分。

她怎麼死的？

很長一段時間，我懷疑母親與我相連的臍帶勒死我的親姊妹，也想著醜陋的阿斯旺伸出細長的嘴吻，從母親的肚臍或嘴巴鑽進來，一口一口吃掉我的姊妹。或許，我有許多兄弟姊妹，只是都被阿斯旺吃得一乾二淨，最後只剩下死去的屍骸和倖存下來的我。我實在不懂，為什麼不把我也一起吃掉？難道嫌我不好吃？阿斯旺應該在我的身體中留下了什麼，可惜的是，我努力搜尋卻未發現，我擔心一旦發現時，自己已經做了許多毫無意識的事，讓原本的我不再是我。我的兄弟姊妹是另一個我，我必須為我和另一個我努力活著。

從按摩與思索的通道中走了出來，再次來到春爺爺面前。

春爺爺張開雙手，向觀眾鞠躬。

「歡迎來到阿斯旺恐怖劇場，這是一個充滿愛與歡笑的神奇地方，嘿嘿嘿，我的各位老祖宗們千萬別被嚇跑。」春爺爺塗著滿臉白粉，灑亮片，抹口紅，戴上奶奶灰金色蓬亂大捲髮，頂個七爺「一見吉祥」白色高筒帽，穿白襯衫與貼身黑西裝褲，用骷髏頭皮帶勒緊肚子，繫一條近乎觸地的外黑內紅帥氣大披風。走動轉身，大披風晃動出波浪般線條。春爺爺一寸一寸吐出用墨魚汁染黑的假舌頭，垂至下巴，晃啊晃，咧出一口白色大獠牙，再伸出戴著金戒與碧玉的右手食指，朝空中優雅旋轉了好幾圈，最後將食指指向木桌上一只黑箱。木桌鋪紅巾，擺放一只方型黑箱。春爺爺的左手拿著七爺的鐐銬吭啷吭啷，打開黑蓋，傾斜箱子，讓觀眾見證裡頭確實空無一物，再闔上蓋子，旋繞鐐銬，懸疑配樂瞬間響起。春爺爺的右手食指往下頂住黑箱，晃蕩舌頭，隨著音樂順時針旋轉三圈，音樂止住，雙手握住黑箱搖了搖，裡頭傳出撞擊聲，打開蓋子，空無一物的黑箱內竟然多出三顆煮熟的鴨仔蛋。春爺爺走下台，分送熟蛋，而後回到舞台黑箱旁，讓觀眾確認箱子再度空了。音樂再次響起，春爺爺繞著黑箱逆時針旋轉三圈，腳步和音樂同時止住，打開蓋子，內頭出現一條嘶嘶吐舌的虎斑小蟒蛇。春爺爺抓住蛇身，溫柔舉起，讓小蟒蛇纏住脖子當圍巾。再次蓋住黑箱，指關節叩出聲響，打開蓋子，裡頭出現一顆蘋果。春爺爺說不對，真抱歉，闔上蓋子，指關節續而叩彈，打開，裡頭出現一顆青芒果。春爺爺又搖搖頭，接續變出綵帶、鳳梨、小老鼠、葡萄、白鴿和漢堡可樂，最後以七爺的鎖鏈鞭打，披風緊護黑箱，說：「我以阿斯旺之名，命令世界服從於我。」春爺爺上半身往舞台右側移動，下半身卻停留原地，一時驚慌失措趕緊回位。春爺爺掀開披風，再度打開蓋子，裡頭出現一打冰涼紅馬啤酒。直到這時，才有人注意起魔術表演，隨意拍起掌聲。

春爺爺鞠躬，推著桌子與黑箱下了台。

姊妹們開始上台熱歌勁舞，將乳房擠成兩顆圓滾滾南國夜光珠。

這麼荒唐的表演，到底怎麼從春爺爺的腦袋中想出來？魔術道具從哪裡買來？黑箱內怎麼會出現奇怪的物品？愈是想要搞清楚，我愈是困惑。春爺爺保持神祕，堅決不肯透露玄機。後來我決定放棄思索，不再追問，一旦破解魔術，就會發現那只是騙人的伎倆罷了。奶奶對春爺爺的表演一點興趣都沒有，滿臉不屑，覺得無聊透頂，好幾次還要春爺爺行行好，別再上台當小丑，說客人來這裡是買女人，難看的魔術表演只會影響生意。春爺爺非常堅持，說即使沒人欣賞，還是要繼續表演下去，說這是原則。「真該死。」奶奶不客氣罵了一句。春爺爺也是怪人，喜歡看奶奶生氣，說奶奶瞪人的模樣很性感，被瞪得下面都癢了起來。春爺爺對於奶奶的容忍度，始終非常魔術，如果是我，早就對奶奶喪失興趣，更別說忍受奶奶無止盡的冷嘲熱諷。

大尻川奶奶酒後不僅吐穢物，還吐真言，說情人們就是冤家路窄，上輩子欠了債，這輩子來還。

不來自唐山的唐山信

我持續在恨意中愛著奶奶。

很多人都跟我一樣深愛奶奶，除了喜鵲奶奶、小奶奶和大尻川奶奶之外，還有其他人不斷流連在奶奶身邊，試圖勾引我親密的愛人。我不討厭春爺爺和驢子爺爺，他們都曾經躺在我和奶奶共同枕臥的眠床上，我可以聞見各個男人不同的雄性味道，他們會在床上留下許多東西，例如頭髮、指甲與腳皮。春爺爺愛抽菸，又愛使用味道濃郁的消魂香水，身上始終有一股混雜檀木、精液與香菸的味道。春爺爺花了大筆大筆錢在頭皮上塗抹薑汁和生髮液，只是沒啥屁用，頭髮還是不留情地離家出走。我蒐集過春爺爺的灰髮，藏在一只生鏽的餅乾鐵盒中。我也蒐集過驢子爺爺的痰和腳皮，我把這兩樣東西丟進另一只餅乾鐵盒，過了幾天再打開鐵蓋，痰和腳皮混在一起，乾成薄膜，聞起來有著炒花生的味道。後來，我開始收集奶奶的情人們，不要問我為什麼要做這些事情，說實在，我也不知道，我只是覺得把一個人所遺棄的身體緩慢搜集起來，是非常有趣的。

叔爺們都對我不錯，為了討好我，他們常常買些綠豆糕、芋頭餅和椰子派給我吃，也會替家裡帶來一、兩只昂貴的水果禮盒。每當奶奶和某個老男人相好，我都會感覺到某種無形的壓迫，他們分食了我和奶奶的相處時間，霸占了奶奶的肉體；另一方面，我又覺得自己已經長大了，不必再依靠奶奶，於是裝出一副無所謂的模樣。我還是會和奶奶睡在同一間房間，如果奶奶的情人想要留下，就必須接受我也睡在他們即將恩恩愛愛的床上，或許不該用「接受」這個詞彙，應該用「容忍」。叔爺們只會安分十幾分鐘，而後就自然而然把我當作隱形人，先將自己剝個精光，再將奶奶的外衣、短裙、胸罩和內褲一一脫掉，撫摸，擰捏，呻吟，將奶奶的身體摺來疊去，翻過來，滾過去，玩起兩人身體極限特技比賽——我永遠是唯一的裁判。

在來之不易的高潮中，叔爺們一次一次忽略我。

我會仔仔細細替每個叔爺們分類，包括：胖瘦，陽具勃起時間，包皮長短，最喜歡的性愛動作，射精和無法射精時的臉部表情，呻吟的節奏等等。經由這些分類，讓我了解原來人有這麼多的樣貌，還有這麼多不輕易透露的性癖好。我清醒著。奶奶和我對望，對我笑，而我也用又淫蕩又優雅的笑容對著奶奶笑。奶奶不介意我觀賞她的欲望，欣賞她風騷的身體，奶奶非常開放，想要透過這樣的方式告訴我人生大道理，不透過言教，而透過身教。奶奶曾經對客人說，所謂的春秋大義和孔孟遺教，簡單來說，就是做人的道理，後來，我才知道這其實是個不好笑的色情笑話，原來做人和幹人是差不多意思。叔爺們光裸身子時，都會依照奶奶要求，叫奶奶另一個名字，繡兒。我不知道這是為了什麼。叔爺們會隨便敷衍幾句，親切地呼喚幾聲繡兒，來了勁，便急急忙忙進入奶奶身體，猛烈撞擊，吐出滿口髒話，例如賤貨、不要臉、母豬、肏予死等等。

叔爺們會親自寫唐山信給奶奶，不是用鉛筆、原子筆或鋼筆，而是用毛筆，一筆一畫，很多轉折，裡面描寫一堆風花雪月，只是看來看去不過就是幾個字詞重複運用，例如枯藤、遠山、哀戚、大雪、曙夏、執子之手等等。奶奶非常愛惜這些不來自唐山卻偽造成唐山信的情書，自欺欺人，說是從遠方寄來，從長城以北寄來，從老中國寄來，每一封情書還會用透明塑膠袋仔細包裹，膠帶黏貼封口，小心謹慎地收藏起來。奶奶會隨口念起一、兩句情書中的肉麻詩句。每當我追問，奶奶就假裝沒這回事，說我耳朵塞滿耳屎，聽錯了。奶奶很懂人心，尤其懂得照顧老男人特別脆弱的心，她還有非常柔軟的手指、舌頭、乳房和身體下面的嘴唇，不會嫌棄叔爺們的陽具不夠大，不夠堅挺，也不會嘲笑老男人體力不好，才不到一、兩分鐘就滿身大汗軟趴趴。叔爺們都很愛奶奶。其實，奶奶對待叔爺們的方式很制式，上班打卡一般，假裝認真招待每個客人，好像怕他們等會兒不肯掏出鈔票似的。叔爺們迂迴輾轉從中國渡海而來，即使擁有家庭，也難抵奶奶的魅力。

我並不反對奶奶如此淫蕩，我是允許的，奶奶想要有男人陪，需要有人滿足欲望，只是奶奶愈來愈不懂得控制自己的情感，開始對於叔爺們動了真感情。叔爺們留在家裡的時間愈來愈長，有時還會左右奶奶的決定，例如晚餐要吃湯麵還是水餃？上館子還是叫啞啞煮？買圓米還是長米？這使我非常擔心，也非常嫉妒。我甚至發現，心中產生一股無法理解的恨意。我怕奶奶不再找更多男人，怕奶奶找了一個不是我的男人，怕失去所愛。

我必須要有所行動。

我發明狡猾的言詞，展現妖嬈的打扮，喚起可能被我害死的另一位姊妹，愚弄自己，更愚弄別人，這對我來說，一點都不難，比塗上紫口紅還簡單。

島與島

每一年，我們都會坐上宿霧航空，從馬尼拉飛到巴拉望公主港（Puerto Princessa）。機票非常便宜，都是特價時購買，票價通常都是一披索或十披索。千里迢迢飛去巴拉望，並不是為了將近八公里的世界新七大奇景地下河，也不是為了要到北部愛妮島（El Nido）跳島。番仔島到處都是島嶼，根本不需要跑到那麼遠去度假，我們最主要的目的，是要探望爺爺奶奶認識的白酒大哥。

白酒大哥和爺爺是拜把兄弟，感情好得不得了，飯一起吃，酒一起喝，菸一起抽，連內褲都可以穿同一條。白酒大哥在公主港的海堤附近經營旅館，去世後，留下玉貴奶奶和兩個孩子。剛開始，奶奶覺得玉貴奶奶不夠大方，小鼻子小眼睛，非常吝嗇，兩人不投緣。奶奶和玉貴奶奶又開始密切往來，是因為借錢。有一陣子，奶奶從事家電器材生意，資金臨時無法周轉。奶奶不想向身邊的人開口，覺得沒面子，後來腦海中突然浮現了玉貴奶奶，覺得玉貴奶奶不肯借錢是預料之事，以後也不必客套聯絡。出乎意料，玉貴奶奶馬上轉來周轉金，堅持不收利息。奶奶徹頭徹尾對玉貴奶奶改觀，特地寄去幾盒燕窩禮盒，知道玉貴奶奶平常是吝嗇了些，不過要是遇上什麼麻煩，絕對願意幫忙。玉貴奶奶是位樸素老女人，一頭灰髮，不長不短剛好留到肩膀，不喜歡化妝，不會掛著五顏六色的珠寶和手環，耳朵與胸前也不曾有任何吊飾，衣服偏於白色或米色，偶爾搭配黑衣，走在路上很難引起注意。玉貴奶奶不打扮，非常低調，只想安安分分過日子。

我喜歡靠海的城市，巴拉望比奎松和馬尼拉乾淨，雖然路上擠著幾百、幾千輛三輪車，卻很有秩序，馬路上也看不到伸手要錢的番仔。「即使公主港是菲律賓的模範城市，還是要小心，以免被搶啊。」玉貴奶奶指著報紙說：「大陸不准中國人來菲律賓旅遊，因為之前有好幾位中國商人都被槍殺了。」玉貴奶奶苦口婆心，要我們小心點，出去街上別太招搖，會有危險。玉貴奶奶安排值得信賴的司機，帶我們去知名的景點閒逛，幾次下來，都麻木了，景點再怎麼看都是同一個模樣：鱷魚養殖場、監獄農場、紅樹林、一八七二年西班牙殖民時期建立的藍白色巴拉望教堂等等。剩下來的時間，奶奶便待在旅館裡吹冷氣，和玉貴奶奶聊天，喝藥草咖啡茶，吃核果和香蕉乾，去大賣場買衣服。市中心不遠，走路十分鐘就會到，晚上吹著涼風到海堤散步也非常舒服，我都會跑去買烤肉串和烤魷魚串吃，向一個化妝技術很爛、胸部又小的人妖買巧克力冰沙喝。

不管白天晚上，我都喜歡在海堤晃來蕩去，逐漸肥碩的椰子在海風吹拂下輕微晃動，遠方的海，鳥的翅膀，浪的形狀，沙的影子，腦海緩慢浮現某種直覺──我將會在這座島嶼遇見我的情人。

情人

我遇見他，他不是我的情人，他是奶奶的情人。

我們一同來巴拉望，住在玉貴奶奶經營的小旅館。我不喜歡他，只能強迫自己假裝喜歡他。他必須愛上我，我也必須強迫自己假裝愛上他，這是我與生俱來的良善。我叫他虎牙，發音方式跟塔加洛語稱呼大哥的發音雷同。虎牙光頭，手腳毛茸茸，始終裝模作樣表現出上流社會的有錢模樣，讓我覺得很可笑。虎牙戴一只墨鏡，穿黑西裝，內頭搭配白襯衫、粉襯衫或條紋襯衫，走起路來抬頭挺胸，跟一隻雄性激素過甚的鬥雞差不多。虎牙會帶我和奶奶去中國餐館子，吃麻婆豆腐、蠔油蒸石斑、炒茄子、烤雞和鮮蝦炒芹菜，有時搭配米飯，有時啃白饅頭。虎牙寬額大嘴，吃飯不忘搭配啤酒，說能解油膩，還能退火。虎牙喜歡說大話，奶奶不插嘴，任由虎牙胡言亂語，說他如何從一個逃難的貧窮小夥子徹底大翻身，說他做過很多工作，當過搬米工，賣過盜版光碟，擺過地攤賣炒花生、炸豬皮、小漢堡、椰汁飲料和燒賣，後來借錢經營塑膠產品商店，賣折不斷的雨傘和各式各樣的大小燈泡，最後在股海中躲過金融海嘯成功翻身。虎牙說話時眉飛色舞，完全不在意旁人，一次又一次享受發跡的輝煌歷程。

虎牙住在馬尼拉的天壇島社區，曾經帶我和奶奶去高級俱樂部打過好幾次網球，俱樂部內還有附屬的私人雅座餐廳和水療健身中心，年費非常昂貴。奶奶是個運動白癡，抓著網球拍還以為自己抓著馬匹的巨大陰莖，甩沒幾下就覺得噁心。天氣非常熱，我搞不懂奶奶為什麼要化濃妝打網球，流了汗便變成老不死妖怪，只好手忙腳亂不停補妝。我也搞不懂虎牙為何這麼熱心教導奶奶打網球。虎牙穿得比網球選手還專業，戴網球帽，雙膝和雙腕戴上護套，將白襪子拉到肥胖的小腿肚上。虎牙不再工作，成天泡在運動中心的熱水池和冷水池中，去茶餐廳喝高麗人參茶、凍頂烏龍茶和西湖龍井茶。虎牙還要奶奶收掉酒吧，說可以養奶奶和我，把我送去美國和加拿大讀書也沒有問題。奶奶有些心動。虎牙並沒有什麼缺點，年紀比奶奶大三歲，精力很好，嗓門嘹亮，更重要的是，虎牙很喜歡奶奶，而且有錢。春爺爺並不生氣奶奶找了另一個男人，春爺爺知道，畜生般的男人來來去去，奶奶根本看不上眼，不過這次春爺爺竟然也緊張了起來。搭飛機前，春爺爺特地把我拉到角落，要我仔細看好奶奶和虎牙這對狗男女，絕對不能讓奶奶誤入歧途。真是有趣，原來身體怎麼動都沒關係，就是不能動真心。我不能讓色衰肉弛的奶奶談戀愛，不能讓別的男人任意叫奶奶繡兒，於是必須行動，我想我可以的，玩弄一個男人，勾引一個男人，摧毀一個男人，這根本不算什麼，我已經從姊妹們身上學到許多方法與技術。

我的舌頭非常靈活。

我要讓陪我一同出生卻早已死去的姊妹重新活過來，我是妖妖。

坐在梳妝台前，懷著愉悅與惡意，慎重打開奶奶旅行專用的鑲鑽化妝包。肉色粉底，桃紅妝扮，眉筆描眉，塗抹豔紫唇膏，臉頰灑上金色、銀色和米色亮粉，指甲染蔻丹。或許可以穿一件中國式傳統旗袍，我的軀幹小，無贅肉，穿上旗袍絕對漂亮，能夠突顯細緻骨感。我還在耳後、胸膛、手腕和下體陰毛處滴了纖體花香精油。我是玫瑰，是牡丹，是茶花，是杜鵑，是海棠，是梨花，是菊花，是野生的雞蛋花，等著被摘下，等著成熟，等著被揉捏，放進花盆，放進掌心，放進吻中，放進濃濃的腿毛中，可惜的是，我找不到正式的旗袍。

我選了一件純白色棉質睡袍，下襬從左側大腿一路拖曳到右腳膝蓋，我喜歡睡袍本身的皺褶，曲線加深性感。我站起身，面對長鏡，左手自然垂下，右手擺在鎖骨附近，彎曲手指，左側膝蓋向前露出桃子橢圓，微墊腳尖，擺出撩人姿勢。短髮過於陽剛，於是我用口水沾濕頭髮，在鏡子前複習必須記得的性感姿勢。接著，便是等待時機。我和虎牙待在貼滿深紫色瓷磚的浴室之中。我熟練上妝，換上薄衫衣物，主動闖入浴室，我不在乎接下來可能的質問與瞬間的尷尬。我愛極了草苔壁癌的味道，也恨極了，老舊門鎖一推就開，虎牙脫了褲子坐在馬桶上，露出粗肥大腿以及萎縮陽具，睜大雙眼看著已經變成妖妖的我。「出去吧，等會兒浴室就讓給你。」虎牙皺著眉說。我一動不動站在虎牙面前，露出微笑，胸膛忍不住亢奮而顫動著，我將自己交給欲望流淌時的興奮、害怕與預想得到的沮喪。我和虎牙被兩種極度濃烈的氣味籠罩，糞便味與極度濃郁的花香味互相混合，竟然分外契合。紫色瓷磚貼到肩膀高，再上去，便是白漆水泥牆，因為長期潮濕，牆面都已經斑駁剝落。百葉窗洩下了光，照亮浴室，有一陣熱帶的、放蕩的、海洋的涼風吹拂進來，我和虎牙看著彼此的臉、身體和影子，不知道該開口說些什麼。地板潮濕，鏡子留下水漬，空氣中充滿身體內側和外側的各種味道。我傾身向前，靠近虎牙。虎牙有些驚慌，伸出手，抵住我的右側肩膀。我微側過頭，親吻虎牙的手掌，看著虎牙的雙眼，用假音說：「我漂亮嗎？如果需要什麼特別服務都可以告訴我喔。」虎牙鎮定下來，他看我的眼神讓我感覺自己做了一件骯髒的事情。海風持續湧來，藤蔓從皮膚毛孔鑽了出來，癢癢的，麻麻的，刺刺的。濕潤，濃郁，有著什麼纖細植物從泥中萌芽。「出去吧。」虎牙說。我擺出練習許久的曖昧姿勢。虎牙站起身，臃腫的兩隻大腿夾著一處叢林，有一條肥蛆正在蠕動。他捲起衛生紙，擦拭身體其中一個鎖孔，沖馬桶，穿上褲子。我依舊站在我們共享的空氣中，等待虎牙。虎牙轉過身，清洗雙手和臉頰，伸出大掌用力抹去我臉上的桃紅脂粉。「真該死。」虎牙說。他把我留在浴室之中，莖葉分叉緩慢舒展，長出葉紋，結出逐漸膨脹的花苞。

我獨自待在浴室中許久，看著鏡中的自己，妝花了，露出原本的我。

心中湧起某種至今仍感到恐懼的得意，虎牙並沒有拒絕我，他只是受了驚嚇，或許他更希望我沒有化妝，以我原本的面貌迎向他。虎牙是奶奶的情人，也是我的情人，我感謝他，他讓我感覺早已死去的姊妹又回到我的身邊，即使用各種奇怪的方式，我都要代替她活著。

枯藤一路南下頻回頭

我喜歡聽玉貴奶奶說故事，她說話時語調緩慢，不疾不徐，讓我覺得快一點或慢一點都可能傷害了什麼。玉貴奶奶會來到我們的房間，坐在床上，叫番仔泡茶送進來，聊些生活近況，感嘆時間的流逝與人生的轉變。玉貴奶奶漫不經心說著：「原本公主港沒那麼有名，也沒有那麼多遊客，旅館只有假日和暑假旺季才可能客滿，平常只是隨意接些散客，沒有特地想要賺錢，日子過得去就好。」奶奶說：「馬尼拉和奎松的交通一樣亂，颱風一來照樣淹水，不過街道變得比以前乾淨，經濟也好多了。」不到半小時，玉貴奶奶因為吹了冷氣，臉色有些蒼白，我們轉移到旅館大廳。

旅館門口貼著春聯，白壁面，橘色方塊瓷磚地，左側壁面用綠漆彩繪花草圖樣，下面栽著兩株性感盆栽，開枝吐葉，非常有生長力。盆栽間，還有一只迷路的古老石獅，左側石牙斷了，尾巴和背脊被水蠟筆塗上各種不一樣的花彩顏色。門面開敞，沒有安裝自動玻璃，也沒有冷氣。大廳擺放三張方形木桌，周邊各擺一張竹製靠背椅，桌子因為長年油漬而黏膩，桌腳也有些彎曲。大廊底端放著飲水機和深綠色熱水瓶，懸掛十幾只馬克杯。整體而言，是個相當古老的旅館。陽光非常強烈，燻黑皮膚，烤乾水氣，四處瀰漫無所不在的野性，向我吐露狂花野草，由於花色濃豔，竟然產生昆蟲喜好的濃烈惡臭。

身體逐漸被花朵吃了進去。

奶奶和玉貴奶奶坐在門口的竹搖椅上，看著盛夏，說著碎語，死去之後彷彿馬上就能再活過來，銀紙和棺材都來不及準備。玉貴奶奶穿白素上衣，領口和下襬編織米色花草紋，身體隨著搖椅前後晃蕩，瞇細眼，說起大半輩子的荒唐過去。我聆聽著，讓遷徙道路彎來折去，轉幾個圈再往回走，變換姿勢，或者持續裸身，等待命運將我帶向另一個地方。山路，海路，漫漫長路，走得動就走，走不動就買馬代步。沒錢，還是得走，餓得受不了只能自力更生，田裡有野草和稻稈，山裡有鳥蛋和瘦兔，海裡有魚群和蝦蟹，說什麼也要活下去，總比被共產黨、國民黨和日本鬼子戳出十幾個血窟窿好。我記不得玉貴奶奶大老遠從大陸一路南下的各個據點，太繁複，太絢麗，每一個短暫停留都浮現無數的悲傷面孔，那些眼神美麗得像一場激烈性愛，都痙攣了。我查看智慧型手機地圖，看著沿海的陌生城市，北京、天津、上海、杭州、廣州、海南島等等，玉貴奶奶凌空細數城市，時而在北，時而在南，時而成為沒有盡頭的東方西方夢境，說自己的歷程，說親族的逃亡，說友朋的離散，說墓塚的位置。行走，停留，搭船，停留，再行走，伸展苦痛的姿勢，扭轉脖子，晃動奶子，搖擺臀子，完成不斷顫動的呻吟——歷史昂起帶刺的陽具，再次進入玉貴奶奶的身體。玉貴奶奶發出和奶奶不一樣的苦痛聲音，節制、細緻且羞澀。我也好想經歷諸多苦難，彷彿只有這樣，才能真正貼近日夜揣想的粉味歷史、胭脂大陸，只是我擔心這樣子過於邪惡，過於浪漫，我竟然希望能夠享受別人的苦難。

嘿，在我還沒化妝之前，千萬別想輕易進入我，我的雙腳夾得可緊呢。

我們在棺槨掩蓋的黃昏中等待，卻不知道自己要等待什麼。

茶涼了，奶奶拿來冰塊加入茶中，說這種天氣就應該喝冰茶才不會中暑。玉貴奶奶打開好幾包椰子乾、香蕉乾、芒果乾，放在一只純白塑膠圓盤上。水果乾裏一層糖漿，蔗糖顆粒依稀可見。我將水果乾放進嘴巴，用唾液滋潤，用舌頭翻滾，用上顎與下顎仔細呵護，想像歷史進入玉貴奶奶般進入水果乾的內在，緩慢咀嚼，吸收甜意與精華，一口一口吞進身體。我們繼續一路往南，卻頻頻向北回頭，喊著妖妖，喊著繡兒，喊著愛人。

虎牙注定離開奶奶，我並不知道虎牙是否透露我和他共同完成的招魂儀式。我和奶奶繼續尋覓各自的愛人，當然，我並不避諱分享彼此的愛人。奶奶享受我的青春，我享受奶奶的衰老，對我來說，這是一場考古般的探險。

我親吻的骨骸是玫瑰色的。

耳垂的上游

強悍的中國女巫會是什麼模樣？

奶奶會被聯想上女巫、邪術或者符咒等詞彙，是有些奇怪的事情，在我眼中，奶奶其實是個很容易受傷的女人，而且無法遏止地衰老下去，沒有法力，沒有神通，也沒有天兵神將可以派遣。奶奶親臨眠床教導，示範著，告訴我身體的愉悅就是一場自由自在的遊戲，不過即使放蕩身體，打開鎖孔，奶奶還是不會輕易向別人展示玻璃質地般的內在，若有人輕觸探索，就會留下不必要的指紋。驢子爺爺曾經觸碰奶奶的內在，可惜最後選擇離去。

「為什麼喜歡奶奶？」我問過驢子爺爺和春爺爺。

春爺爺說：「我喜歡你的奶奶高傲的模樣。」

我覺得這個答案非常草率。

驢子爺爺說：「因為你的奶奶耳垂很性感。」

我無法想像這是寡言、靦腆、時而口吃的驢子爺爺會說的話。我左看、右看、上看、下看都不覺得奶奶的耳垂性感，難道耳朵也有身材可言？硬是要說的話，只能說奶奶的耳垂長得很中國，精緻，未受歲月啃食。我一再發揮想像力，試著體會奶奶的耳垂如何性感。奶奶的耳垂確實靈巧，成熟，有著葡萄般的飽滿，椰肉般的白皙，山竹果肉般的粉嫩。擁有完美耳垂的奶奶為何在番仔眼中帶有巫性？我實在搞不懂。難道這樣的形容是誇讚？奶奶日日夜夜塗抹植物精華液，身上瀰漫各式各樣的營養，皮膚不知不覺開始滲出土壤氣息，皺紋藤蔓般生長，毛細孔冒出草苔與黑木耳。

奶奶的耳朵，是一朵含有劇毒的豔色蕈菇。

親人陸續離去之後，奶奶低潮了一陣子，後來竟然有了劇烈改變，肩膀挺得直，奶子繃得緊，走路走得愈加妖嬈多姿，對於各種生意都興致盎然。驢子爺爺說，那時大夥兒還是會約出去喝茶，聊天，打麻將，包車去活火山大雅台（Tagaytay）和避暑勝地碧瑤（Baguio）玩。奶奶刻意表現活力，拒絕別人憐愛。愈是如此，奶奶的偽裝愈是明顯。奶奶太過敏感，心中時時防備，拒絕別人有意無意的親近，那陣子脾氣還特別火爆，任何不順心的事情都荒唐地指責別人。驢子爺爺死了老婆，於是自然而然陪伴在奶奶身邊，兩人之間沒有談戀愛，沒有激情，沒有承諾，只是長時間互相撫慰。我問，春爺爺那時在哪？是跑去拈花惹草嗎？驢子爺爺告訴我，春爺爺也一直待在奶奶身邊，不過春爺爺沒定性，說番仔島實在待不下去，遲早有一天要回大陸。奶奶曾說，春爺爺不是不好，就是玩性重，要我以後絕對不要成為這種沒有擔當的雞巴男人。春爺爺身邊不乏桃花，不管是好桃花、爛桃花、鮮桃花或是老桃花，春爺爺腳踏多條船，且船過水無痕，一直保持若即若離的曖昧態度，一下子對奶奶好，整天耍嘴皮討喜，一下子又嬉戲花叢嫖妓去。奶奶懶得理會春爺爺，將春爺爺當作一隻睪丸激素太多的死猴子。

我知道當時的奶奶，正處在一股自我否定的悲傷之中。驢子爺爺是個無趣傢伙，沒有春爺爺的口才，也不會花言巧語，甚至太過安靜，容易讓人忽略。奶奶原本打算一輩子封鎖心房，不對任何男人動心，反正身體有需要時就靠電動按摩棒解決。後來，有一次奶奶感冒發燒，看了醫生，打了針，吃了藥，病了一個月都好不了，這才忽然發現驢子爺爺的存在。驢子爺爺一直陪在我和奶奶身邊。奶奶不是省油的燈，知道等待與愛情是兩回事，長久的陪伴並非等同於愛情，只是經歷了疾病之後，奶奶對於異鄉的愛情有了不同的體悟，認為驢子爺爺這種雞肋似的伴侶或許會是不錯的選擇。驢子爺爺木訥，不多話，理齊整短髮，穿寬鬆發黃襯衫，繫一條皮革剝落的皮帶，西裝褲穿了十幾年還是不捨得丟。奶奶用許多理由說服自己千萬不要去愛，嫌驢子爺爺長得不好看，鼻子扁，牙齒不夠整齊，整天彎腰駝背，沒有胸肌，手心會流汗，有腳臭，還說驢子爺爺的手掌情感線看起來太亂，一定是個沒良心的傢伙。奶奶愈是想找理由抗拒，愈是察覺自己正逐漸走出悲傷，重新鼓足精力面對身邊的人，而且愈發滋潤。然而，奶奶拉不下臉，整天嫌棄，說東罵西，說驢子爺爺是個不折不扣的木頭人。驢子爺爺受不了奶奶的無理取鬧，站得直挺挺，不發一語，睜著雙眼看著奶奶。奶奶轉過頭，當作什麼都沒看見。有時，奶奶為了要氣驢子爺爺，還會刻意跟春心蕩漾的春爺爺拉近關係，溫柔地看著春爺爺，甚者親暱挽手。驢子爺爺不會立即翻臉，也不會表現出一絲不快。奶奶說：「你的驢子爺爺實在太懦弱。」一夜晚，我洗完澡躺在床上，奶奶和驢子爺爺陸續上床後，驢子爺爺才會發出微弱的抗議。我很敏感，不容易睡著，驢子爺爺卻始終等到我熟睡時才願意發出聲。我不常聽見兩人爭吵。好幾次，我在深夜被吵醒，傳進耳朵的並非是激烈言詞，而是青苔般的綿長述說，連續、誠懇、不加油添醋。

「不要這樣子好不好，為什麼一定要這樣對我？難道我做得不夠？」驢子爺爺不斷懇求。

「會這樣說，就是做得還不夠。」奶奶說。

我聽見冷氣機運轉的聲音，聽見身體摩擦涼被的聲音，聽見街道車子呼嘯來去的聲音，感覺到驢子爺爺近乎絕望的無奈。

驢子爺爺並沒有生氣，他只是耐著性子，用枯燥的詞彙與單調的聲音繼續述說：「不要這樣子，難道一定要我求妳嗎？為什麼妳就不能為我想想？」

驢子爺爺試著感化奶奶，或者該說，卑賤地懇求。

這是愛嗎？為何如此痛苦？

偶爾，我會聽見驢子爺爺和奶奶互相摩擦身體的聲音。

真的只是摩擦身體。

兩人脫去衣褲，用舌頭、嘴唇、臉頰、手指、掌心、乳房和臀部互相摩擦對方，時間長的話可能有十分鐘，時間短的話就只有兩、三分鐘，奶奶剛要呻吟就結束了。驢子爺爺光裸起身，走進浴室，拿來毛巾擦拭自己和奶奶微微潮熱的身體。驢子爺爺的身體過於乾癟，肋骨條條分明，全身上下沒什麼肌肉，抱起來一點都沒有安全感，也不舒服。我不懂驢子爺爺為何不進入奶奶的身體。驢子爺爺的身體算是健朗，和奶奶互相取暖時，我除了看見奶奶肥美的乳房與臀部外，還會看見驢子爺爺勃起的陰莖，細長細長，很秀氣。後來我發現，並不是驢子爺爺怯退，而是奶奶過於懦弱。奶奶不肯承認自己已經對驢子爺爺產生了愛情，於是擺出嚴厲的拒絕姿態，想要否定自己。驢子爺爺繼續等待奶奶，只是漫長的等待不僅害了自己，也害了奶奶。兩人都擔心，一旦將鑰匙放進鎖孔就會打開什麼，而釋放出來的世界，是兩人都不敢去想像與承擔的。

驢子爺爺和春爺爺一直陪在奶奶身邊，一個安安靜靜，一個吵吵鬧鬧，大家都覺得奶奶和驢子爺爺應該是一對，沒人認真理會偶爾跑出來鬧場的春爺爺。奶奶不動聲色，我卻察覺得出來，奶奶比誰都還要悔恨。驢子爺爺包辦廚房事，炒菜、蒸魚、熬燉雞湯，每個月給奶奶六千披索當家用，還會帶我去逛市場和百貨公司。不管如何比較，驢子爺爺都略勝一籌。

我不知道驢子爺爺是否很早就預謀這場騙局。轉變來得太快，我和奶奶都措手不及，同時也來得太慢。我一直不敢相信驢子爺爺會爬到另一個情人的床上，另一張沒有我的床上。我不能怪罪驢子爺爺，他和奶奶所犯的錯，就是太多情，以及過於謹慎。

奶奶還沒打開真正的身體，而小奶奶提早打開了——這都是一隻蚊子的關係。

我們的戰火如此溫柔

中學畢業後，我不想再上學，華校的老師說大學是個很有趣的地方，會遇見很多人，接受不同文化的衝擊，最重要的，是能夠吸收寶貴的知識。我並不懷疑老師說的，只是教科書讀來讀去，並沒有讓我覺得獲得了什麼，有時，我甚至感覺課本和老師教授的知識讓我變得更笨。奶奶讓我讀華校，想讓我沉浸在中國的文化禮教之中，感受古聖先賢的智慧，覺得把我送進華校就能解決一切。奶奶不在意我的成績，也不在意我到底學了些什麼。這或許是好事，只要我不惹麻煩，不發生意外，健健康康長大就好。

奶奶說：「平安長大就是祖先保佑，萬幸啊。」

姊妹們很早就教會我抽菸，化妝，玩保險套，穿高跟鞋，用舌頭給櫻桃梗打結，用眼睛、淫笑、猥褻的笑話和柔軟的身體挑逗客人，當然，我還學會如何模仿高潮的聲音。姊妹們告訴我，每個人高潮的聲音都不一樣，有的是跑了百米呼呼喘氣，有的是被人掐住脖子掙扎般，有的則是從喉嚨深處擠出尖銳高音，自以為演唱歌劇。姊妹們說，不管假裝哪種高潮聲，都要配合對方的節奏和韻律，最好能突顯自我特色，也可以自然而然伴隨其他動作，例如抽搐、拍屁股、顫動全身，或者香汗淋漓癱軟無力。高潮音以及一系列的忘情動作，絕對能帶給客人身體和心靈上的無限滿足感，是性愛的註冊商標。我學會平常人接觸不到的專門技術，吸收各種關於防範性病的資訊，還從其他奶奶身上學到很多豐富知識，包含鑑賞真假珠寶，衣料材質好壞，香水品質良莠，如何罵人不帶髒字，如何罵人帶髒字時顯得無比高尚，如何用特殊的眼神與姿勢勾引壯年人和老年人，如何穿出最妖嬌豔麗的服裝，又如何刁鑽伶俐跟路邊攤販討價還價。我也常常代奶出征打麻將，學會摸牌，虛張聲勢，死纏爛打之後再來一圈絕地逢春。

自從決定不申請大學之後，奶奶便改變了態度，變成一位囉唆婆娘。

「唉，我並不是貪求什麼，把娃兒養大是我的責任，以前你爸媽還在，我用不著操心，我們都希望你長大後能有一番事業；不過，現在你爸媽不在，我不敢奢想什麼，也沒時間管你，想做什麼都隨你，只是不覺得上大學似乎是不錯的選擇嗎？看對什麼有興趣，都可以去學，只有中學畢業畢竟不好找工作。」奶奶清了清喉嚨，疼惜地看著我。「你看小奶奶的姪子從聖道頓瑪示大學（U.S.T.）的醫學系畢業，前陣子還通過政府的醫院會試，小奶奶向《世界日報》買了版面，刊了好大一張，除了有照片，還寫著什麼前程無量、仁心仁術、濟世為懷的賀詞。你要是申請上法律系或醫學系，奶奶我也替你買個大版面盛大慶祝。」

奶奶苦口婆心，我卻覺得奶奶變得不像奶奶。

奶奶動用人脈，施展人海戰術，陸續叫喜鵲奶奶、春爺爺、大尻川奶奶來說服我。我依舊不為所動。奶奶拉下臉面，叫來跟我比較親近的驢子爺爺。我很高興看到驢子爺爺，心中卻有些惱怒，為什麼所有的人都是奶奶的小嘍囉？我準備好一套正經說詞，說想先搞清楚對什麼感興趣再上大學，以免後悔，然而，或許是受到春爺爺影響，我的小腦袋瓜突然異想天開，跑出奇怪的想法，我說：「上大學前，我想先當人妖。」我對說出的藉口感到無比荒唐，差點穿幫笑場，也差點急忙否認。驢子爺爺驚訝幾秒，看著我，緊抿下唇，深吸口氣，鎮定地回復笑容，準備迎接任何詭異的說詞。

「你知道什麼是人妖嗎？」

我點點頭。

「就是把男生變成女生，就像變魔術一樣。」

驢子爺爺皺著眉問我：「有沒有跟奶奶討論過？這是很大的決定，說不定要動手術，花一大筆錢，而且真的想當人妖嗎？人妖得打針，吃女性荷爾蒙，身體會很不舒服，之後想要變性還要隆乳，得割掉生殖器，做人工陰道。」

我搖搖頭，又點點頭，假裝下定決心。「我還沒告訴奶奶。」

驢子爺爺若有所思抬起頭，右手握拳敲擊左手手掌，似乎想替我解決未來可能會遇到的各種難題，接著低下頭，看著我說：「知道自己想做什麼很好，只是這件事情我沒有辦法給你意見，也還不清楚到底是不是在開玩笑；要從男生變成女生是很辛苦的，說不定還會被別人看不起。」

「沒關係，我很堅強。」我說。

驢子爺爺問：「為什麼想當人妖？為什麼想變成女生？」

我隨意捏造了理由：「因為很喜歡女生啊，女生可以穿很漂亮的衣服，可以化妝，可以穿高跟鞋，可以擦一堆有的沒的精油和乳液，還會很受歡迎，酒吧裡的姊妹們身邊總是圍著好多男人，他們都想要把錢塞進姊妹們的身體。」

「我以為你是因為喜歡男人的生殖器才想當人妖的。」

「不會特別喜歡，也不會特別討厭，不過有時候覺得有些麻煩。」

驢子爺爺抿起嘴唇，臉龐紅了起來，有些不好意思地說：「奶奶有告訴過你，生殖器除了用來尿尿之外，還會變大嗎？」

我點頭。「當然知道，我在酒吧裡看過很多變大的生殖器，也知道生殖器是用來做愛的。」

驢子爺爺對於我說的話感到吃驚，很不自在，露出尷尬的微笑說：「知道就好。」

我覺得驢子爺爺說起「生殖器」這個詞彙時的表情非常羞澀，好像想用別的字詞代替，卻又臨時想不出合適的字詞。

花也是植物的生殖器，於是我想像我的胯下長了一朵毛茸茸的花。

我想笑，卻必須忍著，真是痛苦。

一時之間，我們不知道該說些什麼才好。

「需要我跟奶奶說嗎？我會盡量說得婉轉，因為你知道，奶奶其實在某些方面非常保守，非常中國，她還是希望有一個傳統定義下的家庭。」

「奶奶自己並沒有這樣做啊，奶奶還和許多男人上了床。」剛說出口，我就覺得自己說錯了話。

驢子爺爺沒有責怪我，只說：「奶奶有她的苦衷。」

「我也有我的苦衷。」

我告訴驢子爺爺，說這種重大的事情還是自己親口告訴奶奶比較好。我和驢子爺爺避開這個話題，聊起酒吧生意，聊姊妹們如何利用賺來的錢改善家裡的生活，聊下一次應該再去宿霧（Cebu）看巧克力山丘和可愛的眼鏡猴。驢子爺爺答應我，下次要一起出遊。

驢子爺爺依舊值得信賴，提供了許多意見，告訴我怎麼做可能會比較好。我的心中有些不安。我欺騙了驢子爺爺，而親耳聽見自己說出這麼多亂七八糟的話，讓我覺得自己真是一個大渾蛋，同時也是一個百年難得一見的天才。說實在的，我純粹就是不想上大學罷了。我仔細想著說過的話，覺得當個人妖或許也不錯，如果大部分的人類都是人妖，這樣當人妖就會是很自然的事情，正常與不正常、自然與不自然這些價值觀，純粹只是無聊的數量所造成的。

奶奶成天在我的耳邊催眠我，要我申請大學。我沒說好，也沒說不好，只是曖昧笑著。奶奶即使想生氣也沒轍，只好怨嘆，說自己上輩子一定造了太多孽。

美國大兵搖啊搖

每個人都有各自的故事，我喜歡聆聽三八的姊妹們述說自己如何輾轉來到這裡，遇上什麼人，受過什麼傷害，將身體交給多少男人女人。

茉莉和紫羅蘭是一對好姊妹，在酒吧內非常顯眼，一看過去就是不同，皮膚白，鼻子挺，輪廓深，眼睛水汪水汪，眼睫毛特別長，身材相較起來略顯高大，乳房特別豐滿。我看過茉莉和紫羅蘭的身體，毛髮旺盛，皮膚附著一層金色細毛，乳暈大，私處的嘴唇也比較厚，和中國女人和番仔婆不一樣。茉莉和紫羅蘭的父親都是美國大兵，母親則是番仔島妓女，兩人都是混血兒，成長的歷程並不快樂，她們都不知道親生父親到底是誰，又到底在哪裡，被美國殖民與被下種的恥辱烙印在她們的臉龐和身體。

茉莉和紫羅蘭離開美軍基地天使城（Angeles City），來到馬尼拉和奎松，尋找不一樣的生活。

「母親說過，爸爸是一位金髮帥氣的美國人，個子高，鼻子挺，鼠蹊右上方刺著錨，旁邊還有一個方塊字，應該是中文或日文。」茉莉將方塊字端端正正寫下來，交給刺青師傅，在同一個地方刺上同一個字。

茉莉鬆開緊身牛仔褲鈕釦，拉下褲子展示，要我告訴她方塊字的聲音和意義——幹。

我遲疑著，不知該不該說真話，腦袋浮現另一個字，「敢」，接近幹字的發音，我解釋這個字代表勇敢、勇氣以及英勇。

茉莉努力學習發音，非常滿意這個字所代表的意義。

茉莉不懂音調，所以念起字時的聲音其實非常接近，我安慰自己，認為這並非欺騙。

如果是欺騙，也是善意的欺騙。

「每次我都會主動跟年老的金髮美國人攀談，勾引他們，挑逗他們，並且迫不及待脫下他們的內褲，當然不是為了性愛，我是為了看美國大砲右上方到底有沒有刺著『幹』字。我很喜歡這個刺青，很多時候，我都會摸著刺青睡覺。」茉莉撫著柔順頭髮，繼續說：「好幾次，我脫光了衣服和中國人上床，中國人看到刺青都在笑，我實在不懂有什麼好笑的。」

對於父親母親，茉莉除了生氣，還感到無可奈何。茉莉的父親答應母親會回到番仔島，把母親帶到美國，許多年過去了，母親沒有再見到父親，連一張照片都沒有留下來。茉莉知道，父親可能只是順道拜訪天使城，選了母親，包養三、四個禮拜之後便滾回肯德基和麥當勞的故鄉。茉莉會在這工作，除了走投無路之外，她還想繼續尋找父親。

「如果遇到父親，我一定會光著身體、摸著乳房、翹著屁股跟他說，你好，我是你最親愛的女兒。我會跪下，張開嘴巴，用舌頭舔著自己的來處，將父親的大屌滋潤地包裹起來——我愛父親，也恨父親。」

茉莉一直沒有遇見她的父親，也沒有機會說出想了十幾年的台詞，這應該算是一件好事還是壞事？

紫羅蘭和茉莉有著如出一轍的故事。

紫羅蘭活潑，比較聒噪，腦袋簡單，一點都不想花腦筋報復，只想快樂地生活。

「真巧啊，我父親也是個金髮美國老兵，下面還垂著一根老屌。」紫羅蘭的母親並沒有告訴她如何去找尋遺棄她的父親，她的母親已經忘記她的熱狗大兵情人到底長什麼模樣，只說他有口臭，身體有一股發霉起司的味道，而且喜歡肛交。紫羅蘭無法從這些特徵尋找出父親，於是採取另一種策略，主動勾搭金髮外國人，除了錢比較好賺之外，還會把每一個不舉的金髮外國人當作她的父親，用牙齒輕輕咬他們的耳朵、嘴唇、奶頭、腹部、龜頭以及肥蛆般的腳趾頭。紫羅蘭和恩客交易完後，心情總是很好，哼著歌，快樂地回到酒吧和宿舍，急忙分享她又在父親身上咬了多少個洞，笑著說：「剛才的金髮父親還特別要我把舌頭伸進他的屁眼呢。」

紫羅蘭微笑時，有兩個很深的酒渦，那種笑容彷彿能讓所有的問題迎刃而解。

茉莉和紫羅蘭會排假，一同去逛百貨公司，趁折扣時大量採購高跟鞋、緊身洋裝、頭巾飾品、項鍊吊飾、精華液保養品，每兩個禮拜會去護髮、護膚、去角質，還會去做全身按摩。當然，跟其他的姊妹們一樣，如果賺了錢，就會去牛郎店消費。我當過跟屁蟲，跟著茉莉和紫羅蘭進入「棒棒糖牛郎店」。

店內的哥哥們不怕冷，光著上半身展露肌肉，只穿著訂製的黑褐皮格四角褲，或是火紅丁字褲，陰莖包覆處還特地以質料堅硬的光滑護套保護。茉莉和紫羅蘭各自選了看得順眼的哥哥坐在身旁。哥哥們練就一身好身材，不時用胸肌摩擦茉莉和紫羅蘭。表演台上的哥哥們原先穿著西裝，蹬銀色鑲鑽高跟鞋，脫下一件一件衣褲，露出肌肉，全身皮膚塗上一層潤滑劑，在旋轉的霓虹燈下反射出令人目眩的光線。茉莉和紫羅蘭替我點了伏特加調柳橙汁，還裝模作樣要我選一個大哥哥。哥哥們從吧台內叫來一個和我差不多年紀的男孩，要他坐在我的身邊。男孩理短髮，上半身穿著印製超人商標的藍棉衣，下半身一件橘色緊身短皮褲，細瘦的腿，蹬一雙銀色高跟鞋。「韓國來的嗎？」男孩問。我搖頭。「那你一定是中國人，你好，我叫金金，我想要跟中國人一樣有錢，所以取了這個名字，我覺得金金的發音就跟黃金互相撞擊的聲音差不多，很好聽。」

有人從圓桌間遞來熱毛巾，茉莉、紫羅蘭和我接了下來，接著出現一位穿著皮革內褲的肌肉猛男替我們按摩，轉動我們的脖子，捶打我們的背脊，伸展我們的雙手，將我們的雙手刻意箝在哥哥們的大胸肌上。茉莉和紫羅蘭付了酒錢，帶著哥哥們離去，要我乖乖在待在牛郎店，說不到一個小時就會回來。

金金一直看著我，希望我也能把他帶出場。

金金右手握拳放在嘴邊，上下擺動當作麥克風，說：「我很會唱歌喔，而且歌聲比女孩子還好。」

我實在對於男孩子沒有太大的興趣，純粹只是想進來看看牛郎店，當然，我也不介意有人替我的小弟弟唱歌，這樣子我就不用整天搓來搓去，只是唱一首歌打完折還要付兩千披索，實在不值得。

金金拉著我的手往他的下體摸，揉啊揉，我覺得金金和我的陰莖長得差不多，不大不小，很普通的尺寸。金金看出我並不想帶他出場，沒有生氣，也沒有離我而去，挨著我坐。我替他點一杯伏特加調鳳梨汁，兩個人看著舞台上的大哥哥表演全裸鋼管秀。不做生意怎麼活下去？時間就是金錢。金金待在我的身邊，我實在有些過意不去。我一個人喝酒，看表演，不會緊張也不會無聊，再說店家都有請保鏢，待在店內比待在街上還要安全。

金金再一次靠向我。「真的不想試試看嗎？如果以後是常客，第一次也可以免費，而且我很乾淨喔。」

「算了吧，我沒有錢。」我還是搖搖頭。

我們沉默了一陣子，喝著酒，聽著音樂，看著表演，霓虹燈照射的各種顏色在大哥哥們身上嬉戲跳動。

「你有用臉書嗎？加我好不好？以後可以一起出去玩，不一定每次都要唱歌。」金金搶走我口袋內的手機，研究了起來。「原來你用蘋果，給我咬一口嘛。」

我們互相加了臉書。

在這種場合，最好不要探問對方身世，也無需多問，最好把這當成一場簡單的交易。金金想要加我的臉書還真是讓我驚訝。

金金陪著我直到茉莉和紫羅蘭回來。

「以後有空就來喝杯酒吧。」金金有著非常深邃的眼睛。

我點點頭。

剛踏出牛郎店，紫羅蘭滔滔不絕了起來。「那小哥真厲害，弄得我高潮了好多次。」

「是真高潮還是假高潮？」茉莉調侃。

紫羅蘭說：「當然是真的，我的海豚音都叫到沙啞了。」

我很喜歡茉莉和紫羅蘭這對沒有血緣關係的姊妹花，於是當我得知茉莉失蹤時，心中著實充滿一股揮之不去的擔憂。茉莉的電話打不通，臉書停止更新訊息，讓客人帶出場後就消失了，沒有回到宿舍，也沒有回到酒吧。

奶奶找來當時陪酒的姊妹們，試著拼湊情景。

「茉莉是在半夜十二點左右離開的，當時接近十一點，來了四個年輕人，兩個大陸人兩個台灣人，聽說是來談生意的。兩個大陸人選了大波霸百合，說要搞三P。茉莉跟其中一位台灣人坐計程車離開，另一位台灣人只做半套。」紫羅蘭瞇起眼睛思索著。「穿著米色襯衫的台灣人是工程師，瘦瘦高高的，戴一副無框眼鏡，看起來有些斯文，英文說得不錯，看起來挺正常的，不像壞人。」

奶奶問了百合一些細節。百合說辦完事情就沒有聯絡了，還抱怨兩個大陸人的肚子比河馬還大，而且非常粗魯，搞得下面很不舒服。紫羅蘭開始有些恍惚，別人問了什麼都沒有辦法專心回答。

「再等等吧。」奶奶說。

除了等待，什麼都做不了，沒辦法報警，也沒辦法聯絡家人。如果茉莉真的發生了什麼意外，最糟的，就是被姦殺。

紫羅蘭打了電話給茉莉的老母親，旁敲側擊，問不出什麼，茉莉並沒有回到天使城。茉莉除了留下俗豔的廉價洋裝、鞋子、絲襪、內衣褲、首飾和耳環之外，似乎什麼都沒有留下。姊妹們有了默契，不再談論這件事情，茉莉的下場很有可能就是她們被詛咒的下場。兩個禮拜過去了，茉莉依舊沒有出現，報紙也沒有出現姦殺棄屍的消息，我們實在不知道茉莉到底去了哪裡。紫羅蘭整理茉莉的房間，將所有的物品放進黑塑膠袋內，一袋一袋堆到倉庫。茉莉的房間住進另一位女孩。紫羅蘭感到更加孤單，姊妹們當中，只剩下她混著美國大兵的血統。紫羅蘭無法再和茉莉一起去勾引客人。

紫羅蘭新染黑髮，換香水，一口氣買了七件連身短裙，她必須學會單打獨鬥。

紫羅蘭輕輕咬著她的美國大兵父親，只是來酒吧消費的歐美人對於紫羅蘭不感興趣，比較喜歡丹鳳眼中國味女孩，或是五官扁平的番仔女孩，最好還是尚未發育成熟的雛妓。紫羅蘭呢喃：「茉莉一定會平安回來。」到時，兩人還要一起去尋找永遠都尋找不到的美國大兵父親。紫羅蘭的眼睛充滿淚水，眼影凝結成黑色露珠。

我不知道該如何安慰她，我也失去許多親人，她的眼淚讓我痛恨起無能為力的自己，以及痛恨一位一位接續離開我的人。

千手觀音化身老鴇

驢子爺爺曾經開了一家「福旺」小店，賣電子產品，包括筆電、照相機、隨身硬碟、鏡頭、手機、護膜與各種周邊產品，生意並不好。驢子爺爺處理租賃、進貨、稅務和會計等事，另外請了一位番仔女店員幫忙顧店。店面開在羅賓森百貨公司角落，位置不好，人也少。小店裝飾得非常中國風，玻璃櫥窗貼著驢子爺爺親筆寫的隸書春聯，展示櫃左右兩側擺放石刻、陶瓷、玉質、鐵製空心的財神爺和彌勒佛。裝飾品愈來愈多，索性在小店右側組合起三層架，集中擺放各種中國風飾品，產品都從大陸批來，有木雕馬、金飾龍、銀質鳳、翡翠珠、假寶石項鍊、各種材質的佛珠串、關公像、觀音像和福祿壽三尊神祇等。少有散客，老顧客大多閒來無事，特地來店內同驢子爺爺敘舊聊天，坐在角落泡一整個下午的茶。老顧客七老八老，半條腿早已經踏進棺材，偶爾會帶孫子來選購高科技電子產品。奶奶看不起驢子爺爺開的福旺小店，覺得生意不好為什麼不收起來，整天喝茶只是浪費時間，說驢子爺爺這種人做生意，還不如番仔在大馬路鋪一條塑膠布，賣糖果和一根一根計價香菸。驢子爺爺很有風度，挨了罵，不回嘴，依舊重複老話，說店開久了，也就有感情了。奶奶依舊不屑。

相較於驢子爺爺的懷舊情懷，奶奶顯得精明，有做生意的手腕，懂得變通，腦袋也轉得快。接手酒吧之前，奶奶做過不少生意，擺地攤賣太陽眼鏡，開店面賣手機、精油、燒賣、港式飲茶、珍珠奶茶和單價昂貴的核果健康食品。爺爺還活著時，曾經和白酒大哥合資，在奎松的巴拿威（Banaue）開了一家「好彩頭」酒家，生意好得不得了，師傅請了三位，內場小弟小妹請了六位，外場服務生有十幾位，原本只有一樓，後來擴展到二樓，甚至直接大手筆買下租賃處。白酒大哥叫貨、驗貨、處理財務會計，跟旅菲華僑們建立穩定關係，還在宗親會擔任名譽理事長。爺爺負責廣東酒家的管理，招聘、訓練員工、建立送菜流程和設計獨特菜單等。一切都很上軌道，預備在馬尼拉開的分店都已選好位置，談妥價錢，可惜，當時發生了意外。

奶奶雲淡風輕地說：「人啊，命要夠賤才活得長。」

酒家被搶，頭一次自認倒楣，多聘請兩位警衛，隔沒幾天宗親會緊急發函，警告旅菲的華僑商人都可能成為歹徒下手的目標。爺爺和白酒大哥戰戰兢兢，不願放棄生意，決定繼續經營酒家。一晚，白酒大哥和商總董事吃飯，討論中秋節的慶賀活動，並準備集資購買救護車和消防車回饋番仔島，回家晚了，路上竟被攔劫挾持。爺爺急忙湊錢贖人。白酒大哥沒事，只是受了驚，司機被毒打一頓住進醫院。白酒大哥不怕死，還想繼續做生意。玉貴奶奶出面阻止，覺得待在奎松和馬尼拉都危險，想搬走，只是想來想去，不知道還能夠搬去哪裡，香港和台灣似乎不錯，麻煩的就是還要花錢疏通關係，買身分，重新建立人脈。最後，玉貴奶奶說服白酒大哥結束酒家生意，舉家搬到巴拉望，經營起中型旅館。生意頂讓出去之後，房子和土地也賣了。爺爺決定休息一陣子再重新出發，可惜，發財的機會並非天天都能遇到。奶奶說：「你的爺爺是得肝癌去世的。」我知道奶奶騙我。奶奶說謊時，不會偏過頭，而是刻意看著對方的眼睛，想讓別人感受她努力偽裝的真心誠意。奶奶不想透露爺爺去世的真正原因，那或許是個傷口。奶奶獨立做起各種大小生意。奶奶說過，想要重新開一家酒家，店名用爺爺的名字。我覺得開酒吧跟開酒樓其實差不多。酒吧賣奶水，酒樓賣茶水，都賣肉，而且各種肉都是任君挑選。我認為奶奶正以另一種方式，成功復興了中國傳統文化。

收掉福旺小店後，驢子爺爺住進家裡。

奶奶主外，驢子爺爺主內，家裡原先請了啞啞，負責打掃、煮飯和洗衣，驢子爺爺說不必花這個錢，辭退啞啞，攬起所有家務事，還親手幫奶奶洗內衣褲呢。驢子爺爺教我寫毛筆，認字，說孫悟空、桃園三結義、孟母三遷、莊周夢蝶和武松打虎的故事給我聽。每天早上，驢子爺爺會給祖先和觀音上香，晚上，會叫我一起燒香拜拜，說：「觀音是男的，也是女的喔，而且還有一千隻手，每隻手都拿著各種不一樣的法器，幫助需要幫助的人，拜觀音的人是有福氣的。」

驢子爺爺離開後，偶爾，我也會跑到小奶奶家玩，只是幾次之後我就不去了，看著驢子爺爺親暱地和小奶奶說話，我感到非常難過。驢子爺爺說不要做酒吧生意，尤其是賣春，這樣不好。奶奶變了臉色，盛氣凌人質問，難道這種生意見不得人？賣電子產品就比較高尚？用身體賺錢哪裡不對了？驢子爺爺被問得啞口無言。其實，驢子爺爺惦記著奶奶，酒吧龍蛇雜處，易有口角，客人的背景複雜，說不定還會惹上什麼麻煩事。我挺想念驢子爺爺的，想拉著驢子爺爺坐著吉普尼去逛百貨公司，買椰子汁喝，買烤香蕉吃，兩人一起洗澡，只是我知道這已經不可能了。

驢子爺爺對我來說非常重要，所以我告訴自己，一定要裝出一副毫不在乎的模樣。

咱人

如果當著春爺爺面前說他花心，可是會被他白眼。

春爺爺喜歡自己的外號，說春爺爺這三個字聽起來真是舒服，只要舒服了，就算娶到陰陽人也生得出孩子。喜鵲奶奶說，春爺爺這外號，是因為他肚臍下的食肉和尚整天都在叫春。春爺爺很會哄女人，說好聽話，表情和動作都非常誇張，口沫橫飛，眉飛色舞，還會用肢體動作加強印象，始終散發出春意蕩漾的氣息。仗著年紀，春爺爺常常不知不覺間就對女孩毛手毛腳，這邊摸一下，那邊捏兩下，還說之前學過推拿，可以免費幫女孩檢查經血是否不順，挪動起女孩屁股，順便推三下。春爺爺多話，愛吹牛，每次都哄得女孩嬌滴滴笑成一團。春爺爺有自己一套穿衣、養身、做愛、進退、詭辯與待人接物的哲學，始終打扮得整潔得體，大把銀子花在襯衫、西裝、皮鞋、手錶、襪子與領帶上。春爺爺有禿頭，試過各種護髮方式，還吃藥，稀疏灰髮勉強蓋住頭皮，口袋隨時放一把摺疊梳子和一只方鏡，不時拿出梳子與髮油，將頭髮一次一次梳成復古油頭。睡前，春爺爺也會在臉上塗抹保養液，修剪眉毛與鼻毛，每個月還會去挽面。前陣子，春爺爺鬼迷心竅，覺得造型太久沒有變換，有些失去人生的意義，索性佩戴起一副沒有度數的黑框眼鏡，鏡片還不是流行的方形或橢圓形，而是圓形，兩只鏡片成了一對章魚眼垂在鼻梁上。春爺爺興奮地說：「眼鏡不能戴太緊，得垂得低低的，這樣子才會有書生氣息。」

講究穿著的春爺爺，不管天氣再熱，也不會輕易穿著汗衫、短褲和拖鞋出門，認為邋遢的模樣很沒有教養。始終會先洗個澡，優雅地穿上內褲、內衣、漿直襯衫、西裝褲、黑皮帶、棕色或深紫色緊身西裝衣，出席正式場合還不忘打上紅領帶。為了造型，春爺爺特地買了龍頭拐杖，開著玩笑，說：「下面的食肉和尚絕對比拐杖還硬、還粗，如果不信，歡迎隨時檢查。」春爺爺非常講究養身，曾經花了兩個小時向我解釋食補與藥補的必要性，強調不能像番仔一樣，整天吃烤肉串和烤乳豬，要吃得簡單，少油、少鹽而且少糖，蔬菜水果絕對不能少，五穀豆類也要多吃，紅豆、綠豆、黃豆、薏仁、小米、燕麥、黑糯米和葡萄乾一起熬，煮八寶粥，當早餐吃最健康了。春爺爺還仔細講述身體如何循環代謝，晚上九點到十一點是淋巴排毒時間，十一點到半夜一點是肝臟排毒時間，半夜一點到三點是脊椎造血時間，排毒與造血都要在熟睡中進行，所以一定要早睡。

「為什麼春爺爺半夜都還待在酒吧？」

春爺爺處變不驚，說：「因為有睡午覺，午覺一個小時能抵晚上三小時。另外咱人要活得健康，還要多動，最好的運動不是游泳，而是床上運動。游泳會抽筋，不小心還會淹死。床上運動不僅不用擔心空氣污染，女人香還能提振精神。」

春爺爺就是這樣，天南地北胡言亂語，我始終搞不懂到底說的是真的還是假的。

春爺爺的大陸老家非常有錢，祖輩是清代八旗中的紅旗將領，有田地、翠玉、黃金和珠寶，家中還有一堆僕人和廚子。後來發生戰亂，日本鬼子來鬧場，國民黨和共產黨不顧人民死活整天打仗，不得已，只好往南逃，期間還在香港短暫念過兩年書。奶奶常說春爺爺不食人間煙火，只食女人胯下，一輩子活得比貴公子還貴公子，所以腦袋才有那麼多不切實際的鬼點子。

春爺爺義憤填膺，說：「噯呀，我這個人可是拿過槍、打過戰爭的人，當年血氣方剛，滿腦子只想保家衛國，多殺幾個死日本鬼子。我那個連啊，一百多條鐵錚錚漢子在大漠中打游擊，一個槍聲就是一條人命，當時血流成河，連郊外的狼都因為吃了過多人肉而肥成大象。」

奶奶睨著春爺爺。「這故事從哪聽來的？當年，我看當年你還在你老太爺的褲襠睪丸裡呢？連個渣都不是。有沒有拿過槍我是不知道，不過這輩子肯定抱過許多野女人——就只會出一張嘴。」

春爺爺有很多錢，除了自己賺來的錢外，還有祖上逃難時帶來的珍寶，在奎松和馬尼拉買了許多房子土地，原本還打算買些私人島嶼專門度假。驢子爺爺離開後，春爺爺沒了競爭對手，順其自然陪在奶奶身邊。我也挺喜歡春爺爺，尤其看著他整天發春，腫著陽具，蜜蜂般在女人的肥臀中飛來飛去。春爺爺年輕時，並不需要買春，靠著華人面孔與大方出手就會吸引一堆腦殘女孩，只是隨著年紀愈來愈大，臉皮逐漸鬆弛，頭髮灰白，皮膚出現大規模老人斑，肥肚再怎麼運動也消除不了，只好花錢消災。春爺爺說：「有錢就是大爺，不用想些有的沒的花樣，還要討好搖著屁股等人幹的婆娘。」只是，我知道春爺爺比往常灰心，不再具有自信，對於婆娘假裝高潮的性服務逐漸感到厭煩。

春爺爺有些精疲力盡，彷彿人生至此就該謝幕，然而奇特的是，無情的奶奶竟然激起春爺爺另一種生命力，跟性交易不同，也沾染不上壓抑、墮落、痛恨、無能、衰老與沉淪。不知不覺間，春爺爺開始對奶奶有了精神上的依戀。春爺爺知道，奶奶常常利用他來激怒驢子爺爺，也知道奶奶和驢子爺爺並沒有真的上過床。春爺爺覺得追求奶奶非常具有挑戰性，彷彿是一場冒險，可以讓他重新獲得失去的精力，這種追求超乎肉體上的魅力、吸引或是純粹性交。奶奶並沒有接受春爺爺，覺得他老人身孩子性，不可靠。奶奶還在等著驢子爺爺回來。春爺爺原先還有些若即若離，不知是否該定下心性，後來春爺爺發現，這種事情根本不是理性可以決定——死纏爛打無非多情。

奶奶更嚴厲地批評春爺爺，嫌他整天花錢不知節制，活得渾渾噩噩，交的都是豬朋狗友，嘲諷地說：「酒吧的女孩都給你睡過一輪了吧。」

春爺爺嘻皮笑臉，雙手搭上奶奶肩膀。「還沒睡過老闆娘呢。」

奶奶別了春爺爺一眼，說：「等一下我去買隻母豬給你睡，睡完還可以宰來吃烤乳豬。」

「最好找隻屁股跟妳一樣翹的。」春爺爺口無遮攔。

有時，我還真受不了兩人的對話。

春爺爺沒有女人陪時，閒來無事就會拉著我，要說他精采的人生故事給我聽。他說咱人一輩子都有幾次賺大錢的機會，就看你會不會把握。春爺爺說十幾年前，他從台灣、日本引進插電式捕蚊燈，說番仔島的蚊子這麼多，動不動就被咬，捕蚊燈這種高科技產品一定會賣得火熱。還有一次，是從大陸引進二手絞肉機，說看準番仔愛吃肉。這兩筆生意果真替他賺了一大筆錢。春爺爺也說，並不是隨時都有好運，他說有一次認識來嫖雛妓的兩個小鬍子日本人，說可以引薦他代理豐田（Toyota）汽車，說不定還能在番仔島設廠。春爺爺心花怒放，熱情招待了日本人，只是嫖了女人之後，代理的生意並沒有談成。春爺爺說起過往，還會故弄玄虛，時而神祕兮兮，時而狡猾奸笑。春爺爺的故事五花八門，說他曾經跟一位從少林寺來的氣功師父學過一陽指，但是這個一陽指不能隨便施展，容易致命。春爺爺伸出食指，驕傲展示，說一陽指只能對女性施展，這樣子才能陰陽調和，男女雙修達到神通境界。春爺爺當然不會放過觀摩我的手相與面相。春爺爺抓住我泛著汗水的掌心，仔細檢視掌紋，煞有其事說我這個人這輩子會欠很多感情債，還說我是水做的，從花裡生出來的軟骨頭。我認真地點點頭，學著春爺爺發揮想像，從花裡生出來的不會是軟骨頭，而是花生，看是要當炒花生、蒸花生還是燙花生都無所謂。我要春爺爺說說他的掌紋，他看著我，故作神祕，搖著頭說，不可說。春爺爺摸我的頭骨，有些慨嘆：「你的頭顱左右兩側長了硬角，會剋父剋母，命犯天煞孤星，解救辦法是——」我假裝認同，心中想著我剋你老爸老母祖宗十八代。春爺爺說完故事，不忘哼唱小調放輕鬆，自言自語：「唉，這裡實在待不下去，應該要回大陸才是，聽說現在的中國建設實在不得了，還辦過奧運，再怎麼說，咱人是要回去的。」

我想著，都這麼老了，還想鑽進阿母的肚子，真是神經病。

春爺爺認真追求奶奶，是在驢子爺爺離開後的一年半之後，也可能是春爺爺面對女孩不舉後的第一零一次之後吧。春爺爺把奶奶當成拯救他的千手觀音，當成返老還童的仙丹，以及當成前往極樂世界所騎的神駒仙鶴。春爺爺愛得如此癡狂、瘋癲、毫無理由，甚至為了奶奶，決定讓褲襠內的食肉和尚開始吃素，不碰野草胭脂。

「我會全心全意愛著你的奶奶，用祖先的紅旗把你的奶奶包起來，扛回床上，好好疼惜。」春爺爺興奮了起來，接著說：「這絕對是我做過最浪漫、最無恥、最沒有效率的一件事，原來真心愛一個人，當奴才也沒什麼關係。」

春爺爺比我想像得還會發春。

春爺爺突發奇想，說：「當你的奶奶把雙腳踹在我的頭上時，我一定會好好捧住她的腳踝，仔細欣賞，再好好親吻纖細的腳趾頭。」

這種噁心的宣示春爺爺實在說了太多次，只是這次，春爺爺似乎是來真的。

春爺爺一邊設法擄獲人心，一邊開始漫漫無期的等待。

來吧，情人

奶奶又有了新情人。

我戒備，春爺爺也緊張戒備，調情、摸奶、搖屁股什麼的無所謂，就怕動了真心。新的虎牙曬得跟番仔一樣黑，三分頭，長滿落腮鬍，臉上坑坑疤疤覆蓋一層油。笑起來時，上排和下排牙齒各露出兩顆金牙。虎牙有兩只下垂乳房，以及牛隻般大肚腩，喜歡穿白襯衫，黃褐格子短褲，雙腳蹬一雙夾腳拖，看起來非常在地，番仔話說得很溜，完全聽不出口音。虎牙的左手腕戴黑檀木大佛珠，說話時，喜歡把佛珠攏到掌心撥弄，嘴裡不自覺冒出阿彌陀佛阿彌陀佛，是我見過最迷信的老傢伙。虎牙有一輛黑賓士，請了一位隨時待命的司機，奇特的是，虎牙嫌棄司機的開車技術不好，於是每次都搶著開車，叫司機坐副駕駛座好好學習。虎牙會帶我去全身按摩，洗桑拿，泡按摩浴缸。我和虎牙光裸身子，讓體內的水分緩慢溢出。虎牙有刺青，左手臂刺一只花草圖騰中的馬頭，右小腿刺著手持刀戟的火眼鬼頭。虎牙說：「這些刺青都是用來辟邪的，番仔島瘴氣重，充滿邪氣，不僅容易中暑，還容易被巫術詛咒。」虎牙坐在按摩浴缸旁，拿一把刮鬍刀替身體去毛。虎牙說：「不能讓馬頭和鬼頭長出毛來，會失去法力。」

有沒有法力是一回事，刺青上長滿黑毛只會讓我感到好笑。

按摩浴缸內還有其他客人，不過虎牙一點都不在意，除完手臂和大腿的毛髮後，拿著刮鬍刀開始清潔鼠蹊部，還叫我幫忙刮一刮屁股毛。虎牙全身光溜溜重新沖洗，再次浸泡在按摩浴缸內。

虎牙有很多人生哲學，覺得成功除了靠老天爺的幫助之外，自己的決定和意志才是最重要的，所謂天助自助者是也。他摸著我瘦弱的肩脊，說太瘦了，這樣容易被欺負，也不好看，最好做些伏地挺身讓身體長出肌肉。我問：「你準備當我的爸爸，還是我的爺爺？」虎牙伸出手臂，將我攏在懷中，說：「我可以當你的爸爸，也可以當你的爺爺，你這小子我第一眼看到就喜歡。」我挺喜歡這個老傢伙的，如果他可以一直陪在我和奶奶的身邊就好了，不過，我隨即就對這種想法感到可恥，這只是一廂情願，讓我產生憐愛與信任的人，都會無情地離我遠去。我們穿上衣服，離開俱樂部，虎牙依舊開車，司機沉著臉坐在副駕駛座，似乎是在擔心不知何時會被開除，我和奶奶坐在後座，一同前往賭場。用完自助餐，虎牙帶著奶奶四處撒錢賭博。我未滿十八，不能進入賭場，還好虎牙是鑽石頂級會員，賭場破例讓我進入高級休息室，裡頭有設計高雅的棉質沙發，金屬座椅，還有專人服務的酒吧，我待在休息室內看電視，玩賽車遊戲，吃椰子糕，喝新鮮的芒果冰沙和香蕉冰沙。

奶奶是在商會聯誼晚會遇上虎牙的。

虎牙是陳氏宗親會的理事長，長期旅菲經商，開建設公司，還外銷木頭至台灣、大陸、日本和韓國，現在已經將生意交給三個兒子打理。虎牙成天泡在俱樂部中打回力球、高爾夫球，享受全身按摩，有空便來賭博，一天輸贏常常就是上萬披索。虎牙非常迷信，賭博時一定穿紅內褲，不准人拍背，絕對不從賭間正門進入，說賭場的格局都是經過特別設計，充滿煞氣，大門尤其是要命的虎口。虎牙是個很激動的人，贏錢時，一張笑臉滿嘴金牙，輸錢時，整個胸膛氣喘吁吁，脖子和手臂不禁青筋暴露。還好，虎牙情緒來得快也去得快，懂得自嘲，說輸贏都是小錢，不應該影響生活。

奶奶說：「虎牙是隻孟加拉虎。」

關於這句話，我是從奶奶和虎牙的床上關係得到印證。

虎牙嫌熱，喜歡光裸身子，在房間內走來走去，抖動全身肥肉，即使我在也覺得無所謂。虎牙才認識奶奶沒幾天，就爬上床，咬破奶奶衣服，舔著大掌，在奶奶身上一爪一掌用力愛撫，想將奶奶從頭到腳徹底撕開。奶奶又痛苦又愉快，趴在床上不停叫喊，享受勃發的虎鞭。我睜開眼，兩顆毛茸茸的睪丸就在我面前左右晃動。一道勁風，孟加拉虎將虎掌拍上奶奶肥滿的白屁股，奶奶興奮叫罵：「畜生，死一死最好。」孟加拉虎喊奶奶一聲繡兒，叼起奶奶，一會兒抱在胸前，一會兒幫奶奶拉筋，一會兒讓奶奶練習失傳已久的軟骨功。對於這些性愛場面，我並不陌生，令我感到恐懼的，是奶奶充滿迷離與暈眩的眼神——奶奶再次背叛了我。

復仇的心不斷膨脹，成為巨大的誘惑，騷動我。

妖妖在身體之中活了過來。

對於奶奶的情人，我感到一股厭惡與莫名的仇恨，只是我不知道在充滿負面的情緒之後，竟然也會產生憐憫。我天真地以為，我正在享受我對他們的憎惡。我產生某種詭異的優越，瘦弱如女孩的優越，受華文教育的優越，掌握經濟能力的優越，我不敢表白，內心卻不知不覺燒燃氣焰，我必須利用種種優越征服我一點都不愛的情人。

虎牙，請來到我們的床上。

必須壞。必須妖豔。必須野。必須放蕩。必須水。必須撩人。必須無所顧忌。我要把虎牙引入客房，誘捕一隻猛獸。我準備另一種花容樣貌，脫光衣服，在眉間、耳垂、脖子滴下玫瑰精油，在胳肢窩、乳頭、肚臍滴下薔薇精油，在屁股、大腿、腳踝與腳趾間滴下杜鵑精油，隨意打開十幾瓶精華液瓶蓋，讓各種芳香進入空氣，隨意交配，任意纏繞，搖晃流水般的柔情。我聞見果香、花香、葉草香、菜蔬香以及身體的迷人乳香。我伸出紫色藤蔓手指，頂橙色假髮，上妝，撒亮粉，戴十字銀項鍊，套一件丹鶴紅絲綢罩衫，輕微撕破領口，裸露右側背脊與嬌滴滴的粉色乳頭。罩衫下襬若隱若現，遮住剃淨毛髮的下體。我凝視鏡中的自己，凝視想像中最愛的情人。我呼喊，要虎牙來。虎牙裸露身子來到栽滿花草莖葉的房間。他的每一口呼吸都瀰漫我下體的味道。暗黑中，我走向虎牙，伸出手，舒展千萬藤蔓，溫柔攀附在他的胸膛。我撫摸他。虎牙站在原地，動也不動，我聽見他濃重的呼吸聲。我必須說些話來緩和場面，紓解緊張，然而，一些最簡單的話語都難以開口，例如對不起，我愛你，以及我無法不愛你。我撫摸虎牙身上的馬頭，頭顱傾靠過去，雙腳成了枷鎖綑住鬼頭。虎牙的胸膛厚實起伏，陽具忍不住充血勃起，龜頭從包皮中露了出來。我讓虎牙撫摸著身子，如此害怕，如此怯懦，卻又有一股即將取得勝利的興奮感。我近乎就要被這種神聖的氛圍所感動。在我無助跪下之前，虎牙晃蕩陽具，伸出右掌，啪一聲，甩了我一個響亮耳光。我愣住了。虎牙打開燈，推開房門，拽著我去廁所，扯開我的假髮，撕開我的罩衫，一手拿著肥皂用力塗抹我的身體，一手用蓮蓬頭的水柱猛力潑灑。虎牙咒罵：「搞什麼，人不人鬼不鬼的，身上臭得要死，讓你奶奶知道還得了。」我是做錯事的孩子，低著頭，一聲不吭。

虎牙用銳利的指甲刮下我一層皮。這其中一定有某個環節錯了，我不知道到底是什麼，只能再一次承受失敗，陷入悔恨，想著虎牙會如何述說，奶奶又會如何責罰。虎牙非常狡猾，不願和我成為罪犯。

奶奶看我的眼神變了。奶奶沒有生氣，也沒有質問到底發生了什麼，只是嘆著氣，虔誠地向觀音與列祖列宗舉香祭拜，喊著：「造孽啊。」奶奶原諒了我，反而讓我感到非常痛心，我甚至覺得奶奶的心已經讓虎牙吃進了肚子。為什麼不要羞辱我？為什麼不要唾棄我？為什麼不要用貞操帶把我綁起來？我要讓自己的行徑愈來愈大膽，這是樂趣，也是刻意的挑戰。

我將精油噴在身上，挑選粉色、橘色、白色鑲花邊的上衣，配超短牛仔褲，露出一雙纖細大腿。我塗抹髮油，讓頭髮柔順成波紋。我最喜歡的穿著就是超短牛仔吊帶褲，隨意拉起上衣下襬，在肚臍右側打上蝴蝶結，露出腰肢，我也會使用許多飾品，包含墨鏡、金銀項鍊和手環等。

虎牙決定離開，都是因為我。

奶奶要去普陀寺拜觀音，我們準備了水果、餅乾和八寶粥，裝成兩大袋。虎牙開車，司機謹慎地坐在副駕駛座，奶奶坐在我的身旁說最近不知道為什麼，眼皮一直跳，心中總是不踏實，感覺有什麼事情要發生。虎牙一邊開車，一邊安慰奶奶，說沒事，一定只是多想。車子裡瀰漫著我濃厚狂野的香水味。由於要去寺廟，奶奶穿得簡單素雅，白上衣，米色裙，只上淡妝，頭髮梳攏得非常齊整。下了車，司機提祭品，我挽住奶奶的手，假裝彼此是親密的姊妹。奶奶嘀咕著：「來到廟裡還穿得這麼花俏，真是妖孽，也不怕被觀音和佛祖罵。」我非常得意，繼續挽著奶奶，搖著裙襬，扭著腰肢，走著台步，妖嬈地上香祭拜翹屁股。我認得很多寺廟內的中文字，例如淨觀、萬法唯心和安住慈悲等等，只是都不知道意思，我拉著奶奶好奇詢問。奶奶說：「就是要心存善念做好事。」我不放棄，繼續追問。奶奶不耐煩地說：「吵死了，在寺廟內要安靜點。」奶奶虔誠地看著神像，默念祈禱，將鈔票放進捐獻箱。奶奶蒼白著臉，轉過頭說：「希望女孩還平安啊。」一時間，我不知道奶奶說的女孩是誰，是已經死去的妖妖嗎？還是指我呢？後來我才想起消失許久的茉莉。

天空落下觀音的奶水，不，是觀音的三八淚水。

收拾完祭品，我挽著虎牙的手臂冒雨跑進轎車，衣服和身體都濕了，我成了一張大花臉，嘴唇依舊紅如石榴。虎牙從駕駛位退了出來，坐在我的身邊。我刻意將頭顱靠向虎牙肩膀，不停喊冷。虎牙捧起我的纖纖細手吐著熱氣，將手背貼在我的額頭上測量體溫。

我真想在奶奶面前親吻虎牙。

奶奶拿衛生紙擦拭我的臉，不停碎念：「化什麼妝？真不知道我哪裡做錯，祖上不積德啊。」

「別再囉哩囉嗦，小孩子有自己的福氣。」虎牙叫司機開車去俱樂部。

奶奶不太開心。「多念幾句又怎樣，男不男女不女的，沒個樣子，真不知道腦袋出了什麼毛病？學校到底怎麼教的？這模樣出去就是準備給別人笑。」

「要給別人笑還沒那麼容易。」虎牙轉過頭，臨時針對奶奶說了一句：「給別人睡容易多了。」

奶奶狠狠瞪著虎牙，回了一句：「婊生的。」

「沒見過妳這種番婆。」虎牙起了怒火。「妳的嘴巴還可以再髒一點。」

「反正屌吸多了，又髒又臭，嘴巴從沒乾淨過。」

虎牙握起拳頭，重重捶擊玻璃。「他媽的。」

奶奶叫司機直接開車回家，說不去俱樂部了。

我坐在奶奶和虎牙中間，感到兩人的怒火與敵意不斷高漲，只是我一點都不緊張，我裝出一副無辜的、受委屈的表情，內心充滿被撩撥而起的愉悅，我的左手握住奶奶有些冰冷的手掌，右掌捏成拳頭在虎牙大腿上輕柔揉擰，整個車廂不再瀰漫香水味，取而代之的，是我從胳肢窩、股溝和私處散發出來的濃郁體味。

隔沒幾天，虎牙不再睡在我和奶奶日夜恩愛的床上。

離開前，虎牙狠狠咒罵奶奶賤貨，然而我知道我才是賤貨，這句罵人的話還真是好聽。

金箔玉粉熬雞湯

每個月底，奶奶都會找一天下午，叫喜鵲奶奶、小奶奶和大尻川奶奶來家中發揚中華國粹，一起廝殺打麻將。我愛死這個聚會，奶奶們會從中國城買來綠豆糕、紅豆糕、杏仁餅、牛奶糖和芋頭甜餅，配溫豆漿或養生茶，家裡會準備炒花生、香蕉乾、芒果乾、椰子乾和糖漬核果等零嘴，奶奶們圍坐客廳，伸出纖纖玉手，摸東西南北啃大餅。從下午打到半夜，腰桿子痠麻當作練體操，晚餐叫燒賣、炒麵或烤全雞等外賣。當然，還有酒。喜鵲奶奶和大尻川奶奶對高粱酒非常著迷，說人到了一定年紀，才知道烈酒好喝，一口下去，身體都暖了，比運動和做愛還強身。奶奶會親自下廚，燉煮一鍋加了很多中藥材的人參雞湯，米酒頭一罐一罐倒。喝完人參雞湯，身體暖呼呼冒著汗，正好適合吹冷氣。

奶奶說：「男人的心思得花在女人身上，女人的心思卻不能花在男人身上，心被抓住，一輩子死心塌地也就毀了。」

男人為女人打仗，女人為自己打牌，上了牌桌，青發白板紅中，碰碰碰，拿了對子準備來個碰碰胡，輸贏也是要命。酒量好的喜鵲奶奶拿著高粱往嘴裡猛灌，一反常態，竟然喝醉了，我覺得喜鵲奶奶一定是被新男友甩了，才要借酒澆愁。大尻川奶奶要喜鵲奶奶別喝了。小奶奶問：「染了病嗎？」奶奶搶下酒瓶。喜鵲奶奶戴著又黑又長的假睫毛，每次眨眼，我都覺得有一對鳳蝶正在搧動翅膀。喜鵲奶奶惡狠瞪視，咒罵天下的男人沒一個有心肝，滔滔說起她之前養了個年輕小番仔，每月付一萬披索，沒想到小番仔竟然在外面養了小女朋友。大尻川奶奶和小奶奶一同加入咒罵。喜鵲奶奶從奶奶手中搶過酒瓶，又往嘴中灌。

「神經啊你。」奶奶罵。

「我不知道我為什麼會這麼苦命，還不如留在大陸，當初就不應該來，現在老了，沒人要了，誰還願意替我收屍。」

奶奶再次搶過酒瓶，走到廚房，將高粱一古腦倒進雞湯，說：「禍害遺千年，妳的命還長著呢！」

喜鵲奶奶低著頭，紅著眼，突然哭了起來，身體不停抽搐，有著什麼正要從胸膛深處迸發出來。

奶奶向前，伸出雙手抱住喜鵲奶奶，說：「都這麼大的年紀，還不知道害臊，眼淚鼻涕的哭得這麼醜，妳這隻狐狸精還要不要勾引男人。」

「哭多了不僅會長白髮，髮絲還容易分岔，萬一禿頭是要怎麼見人啊。」大尻川奶奶摸著喜鵲奶奶的頭髮。

小奶奶拉住喜鵲奶奶的手，溫柔地說：「哎呀，到底遇上什麼麻煩？說出來好解決，再怎麼哭，眼淚也不會變甜啊。」

喜鵲奶奶湧出更多眼淚，不停抽噎，流了滿臉鼻涕。

奶奶拿來衛生紙替喜鵲奶奶擦拭。「這張臉去電視台演千年老妖最合適了，正好省下化妝費。」

喜鵲奶奶笑了，從化妝包中拿出鏡子補妝，心情逐漸平復下來。

「還沒打過癮呢。」奶奶說。「吃完人參雞湯再來一圈，賭個大的，每台一百披索如何？」

喜鵲奶奶的語氣極其冷靜，說：「報告出來了，是乳癌。」

我們清清楚楚聽見喜鵲奶奶的話。

「什麼報告？」奶奶問。

喜鵲奶奶坐在沙發，平緩情緒，又說了一次。

奶奶們瞬間沉默了，不知道該說些什麼才好。

喜鵲奶奶癱軟身子，呢喃著：「醫生說得拿掉左邊乳房，最好搭配做化療，只是不能保證痊癒，癌細胞可能會轉移到其他器官。」

奶奶緊抿下唇，故作鎮定地說：「放心，前幾年不是陪妳去算過命嗎，妳手紋上的生命線可長呢，沒那麼容易死。」

半夜，奶奶叫來一輛計程車陪喜鵲奶奶回去。

人參雞湯還在爐火上熬煮，麻將桌上的麻將沾著奶奶們斑駁的指紋，滿屋子都是酒味，日光燈閃滅，我感到胸膛有些冰冷。奶奶們怕喜鵲奶奶想不開，感到寂寞，更常聚會了。小奶奶提供許多藥引子，特地去中藥店買來許多包中藥，囑咐喜鵲奶奶煮燉來吃，說是能強化心肺功能，增強免疫力，嘮嘮叨叨說了許多醫學案例，強調只要身體調理得好，癌症很有可能不藥而癒。大尻川奶奶講究健康養身，買來一台六段變速攪拌機，說三餐很重要，身體都是吃出來的，早上最好喝一大杯蔬果汁，芹菜、紅蘿蔔、蘋果、香蕉、葡萄再加上蜂蜜，吃得好，拉得好，睡得好，病痛就不會上身。大尻川奶奶還買了三大盒燕窩給喜鵲奶奶。奶奶在宗親會中東問西問，問出好幾帖雞湯食譜，必須加入珍貴中藥材，還有金箔玉粉，整鍋雞湯黑稠稠泛著油光，濃得不像話。喜鵲奶奶食補加藥補，吃得非常營養，調整成早睡早起的好習慣，整個人卻還是瞬間瘦了下來。

動手術當天，喜鵲奶奶有一家人陪著，我、奶奶、小奶奶、大尻川奶奶、驢子爺爺和春爺爺也都去了醫院。

「這麼多人，沒一個安好心，是要來看我素顏？還是來給我送葬？」喜鵲奶奶刻意笑著。

手術結束後，喜鵲奶奶轉進一般病房，由於全身麻醉還沒消退，整個人昏沉沉躺在床上，身體相當虛弱，我們圍在喜鵲奶奶身邊，不發一語看著她。沉睡中的喜鵲奶奶一定不喜歡我們圍繞著她，還用憐惜的眼神看著她，如果喜鵲奶奶知道，絕對會拚盡氣力從夢中爬起來，對我們說：「看什麼看，眼睛沒流過眼油喔，信不信老娘沒有奶子還是能釣凱子。」

傳遞愛情的蚊子

番仔島的蚊子非常野蠻、凶狠與不講理，一天到晚都把身體的陽具伸進皮膚，吸我的血來高潮。

手腳最容易被攻擊，叮咬處敏感發腫，非常癢。我的皮膚又白又薄，很容易就抓出一條一條血痕。奶奶的手提包內不忘放著香茅油、萬用軟膏和薄荷精華，用來驅蚊、止癢與營造良好的呼吸環境。小時候，我常被送進醫院，除了感冒、發燒、哭鬧和莫名其妙起紅疹之外，還因為被蚊子咬。上了中學之後，雖然身體看起來還是相當虛弱，手腳都長不出肌肉，可是我不會再因為被蚊子叮咬而住進醫院。我的血液一定產生了非常優秀的白血球，有非常好的抵抗力可以殺死熱帶國家的各種病毒。經過各種疾病的千錘百鍊，我的體質逐漸番仔化，頭可頂天，腳可踏地，鳥可撒尿，活得非常地野。奶奶們沒有這種得天獨厚的成長環境，也未經過訓練，一不小心，被要命的蚊子叮咬染上出血性登革熱，可就慘了。

小奶奶的體質非常敏感，不僅是身體，還是心理，常埋怨被鬼壓，說馬路上爬滿了餓死鬼，這些靈異偶爾會造成驚嚇，卻不至於過度影響生活。

然而，被蚊子叮咬，確實害慘了小奶奶。

小奶奶手腳無力，發高燒，不停喊冷，噁心想吐，單是坐在沙發都感覺自己正在搭雲霄飛車上上下下，手臂內側、乳房、肚皮、背部和大腿還出現大片紅斑，刺著細密的血繡。我們急忙將小奶奶送進醫院。小奶奶的病情非常嚴重，躺在病床，說話不清不楚，似乎認得人又似乎認不得人，直說看見死去已久的老公。小奶奶一頭亂髮，兩眼迷茫，指著牆壁說：「康仔就站在那裡，肚子還破了一個洞。」奶奶忙著生意，無法陪在小奶奶身邊，叫驢子爺爺先關了店，好好照顧小奶奶。奶奶塞給驢子爺爺三萬披索，說：「先拿去墊著。」驢子爺爺不想拿，說：「我這邊也有錢。」奶奶瞪著驢子爺爺，沒頭沒尾說：「趕快去醫院吧，都這個時候了。」驢子爺爺不再吭聲。酒吧打烊後，奶奶都會坐著計程車到醫院看小奶奶，到的時候都已經清晨三點。奶奶會坐在病床旁的木椅上，陪著小奶奶，看著她，撫摸她蒼白的髮絲、冒冷汗的小手和衰老的面孔。驢子爺爺打著呵欠，拉著奶奶到病房外說病情。白天，小奶奶還認得人，唉聲嘆氣，想自己下床解決大小便，到了下午就失去意識，迷迷糊糊說起站在牆壁各個死去的親人。剛開始我只覺得邪門，不舒服，彷彿我們正被幽靈包圍，沒想到時間久了之後，我竟然對那些名字感到分外親切，還能跟著複誦。我和驢子爺爺除了待在病房內守候，還得去各大醫院買血。小奶奶得的是出血性登革熱，整天不斷流鼻血，排血尿，解血糞，如果反胃嘔吐，還會吐出一盆一盆血。除了購買新鮮的血液之外，我們還要買血小板。血小板是米白色的，摸起來很軟，類似果凍觸感。買完血和血小板，我們得再趕回醫院。啞啞替小奶奶更換內衣褲，扶小奶奶上廁所，只是啞啞一看見滿廁所的血就嚇呆了，變得笨手笨腳，反應慢了好幾拍。我和驢子爺爺決定親自上陣，我們並不害臊。小奶奶嚷著要自己來，說哪有男人替女人換內褲、擦屁股的。我們不想讓小奶奶覺得沒面子，只好順著她。小奶奶的身體依舊虛弱，沒有力氣，蹲在廁所內兩個多小時。小奶奶在廁所內哭了，我好怕小奶奶哭一哭就會流出滿臉血淚。驢子爺爺進入了廁所，拿著衛生紙擦拭小奶奶的下體，替小奶奶穿上褲子，用毛巾擦拭小奶奶沾滿鮮血的雙手，抱著小奶奶回到床上繼續輸血。

小奶奶哭了將近半小時，逐漸緩平情緒，茫茫然睜開眼，說：「對不起。」

「沒關係，想哭就哭吧。」

「過來好嗎？」小奶奶望著驢子爺爺。

驢子爺爺一時不明白。

「過來好嗎？我不希望死前是一個人。」

驢子爺爺有些難為情。

我離開了病房。

驢子爺爺傾過身，躺在小奶奶身邊。

「我好害怕，我不想這樣，陪在我身邊好嗎？」小奶奶無助地說。

驢子爺爺繼續躺在小奶奶身邊，挺出胸膛，伸出手，溫柔撫摸小奶奶一頭灰髮。

紫羅蘭還在等待茉莉，她知道茉莉一定還活著，她可以感覺得到。

茉莉不時浮現在我的腦海，略帶金色光澤的黑髮，深邃的棕色眼珠，挺拔的鼻梁、臉頰上的雀斑與永遠曬不黑的肌膚。我曾經想像過茉莉各種悲慘的死狀，可能被下藥迷姦，可能泡在充滿冰塊的浴缸中被切除了腎臟和肝臟，可能被人口販子拘禁起來準備運到美國、加拿大或者歐洲，也可能被變態軟禁起來，手腳被綑綁鎖在衣櫃內，每天被迫替二、三十個不舉的老先生口交，被捅屁眼，拍攝人獸交性愛影片——我想我一定是看了太多有益身心的色情電影。

金金在我的臉書上留言，約我去動物園。馬尼拉動物園我只去過一次，是學校舉辦的活動。我很久都沒有這麼青春洋溢，起了大早，吃早餐，洗澡，想著應該做哪種打扮才好。我決定穿得簡單一點，短袖白棉上衣配長牛仔褲，噴灑熱帶果香綜合精油，再將洋芋片、巧克力餅乾、香草豆漿、雜糧吐司、香蕉和礦泉水放進背包。

我們約在奎里諾（Quirino）捷運站見面。

金金一身粉紅棉上衣配紫色緊身短牛仔褲，腰間繫一條水鑽銀色細皮帶，雙腳踏著深褐高筒長靴。金金變壯了些。金金伸開雙手，向前給我一個熱情的擁抱，親暱地叫我安安，讓我有些不知所措。我不知道他是不是把我當成他的客人，走向動物園時，他緊緊勾住我的手，我並沒有拒絕，我也挺喜歡自己有個兄弟姊妹。金金跟我說他今年升中四，明年就要申請大學，他問我申請哪個科系比較好，他給出的選項有廚藝、法律、新聞傳播和專門當牛郎。他興高采烈跟我分享前晚的性經驗，說一個五十幾歲加拿大人艾瑞克把他帶出場，說艾瑞克很高大，陰莖又長又粗，全身都是金毛，原本還擔心屁眼會被捅得流血。上了床，才知道艾瑞克有別的嗜好。艾瑞克戴著原住民面具，要金金把他綁起來，用鞭子鞭打他，還要金金握拳伸進他的屁眼。之後，整個晚上艾瑞克不停舔著金金塗成紫色的腳趾頭。金金搶著替我買票，說這是他邀請的，還從錢包中亮出五千披索，說是昨晚賺的。

我拉回話題，告訴金金：「我沒有申請大學，因為還不知道自己想要做什麼。」

「這樣啊。」金金抬起頭說。

我們在動物園內走著，看著鱷魚、烏龜、孟加拉虎、貓頭鷹、鴕鳥、大象和獨自被關起來的獅子，最後停在馬場外，裡頭有四隻馬與斑馬雜交而成的混血種，馬的體型，身上卻是斑馬的條紋。

「我也好希望自己是混血兒，你不覺得混血兒都長得很好看嗎？」

「混血兒有可能會被排擠，而且不容易被認同，天使城裡的混血兒只會讓人看不起。」我想起混著美國大兵血統的茉莉與紫羅蘭。

「哪有這回事，許多中國人都娶了菲律賓女人，我覺得混中國人的血也不錯，中國人都很有錢。」

「你滿腦子只有錢吧。」我搖著頭。

金金毫不在乎地說：「對啊，我不想一直當窮人，所以才跑去當牛郎，這樣子賺錢最快了，不然誰想要整天擔心屁眼會不會流血。跟你說喔，之前還有一個法國人包養我兩個禮拜，我陪他去宿霧玩，陪他做愛，跟他一起吃大餐，他給我三萬披索，這些錢我都存下來了，我不會亂花錢。」

繞了動物園一圈，我們坐在椅子上吃午餐，我將香蕉和洋芋片分給金金，還買了兩條熱狗和一盒燒賣。金金從背包中拿出炸豬油、炒花生和運動飲料。

我們看著被困在牢籠內的獅子，分享著食物。

獅子距離我們很近，只隔兩層欄杆，我在書上看過介紹，說不能直視獅子的眼睛，因為這代表挑釁。獅子趴在欄杆後方，動也不動，兩隻肥厚大掌貼著水泥地，偶爾搖起無精打采的尾巴。我和獅子對視，卻沒有感到任何威脅，獅子無奈地望著我，眼神似乎穿透了我。遊客拿著水瓶敲擊欄杆，發出叫聲，想要激怒獅子。獅子轉過頭，打著呵欠，毫不理會。

「這裡有野生獅子嗎？」

我想了想，搖搖頭，說：「鱷魚比較多，我在巴拉望就吃過鱷魚肉燥飯喔。」

「好吃嗎？」

「不好吃也不難吃，很普通。」

陽光溫暖地照在身上，微風中瀰漫野獸的糞便味，遊客來來去去，我和金金坐在獅子面前繼續吃午餐。

「以後還可以這樣出來玩嗎？」

我喝完水，說：「沒有問題啊，不過不用包養你吧，我可沒有這麼多錢。」

「不用錢，我還可以請你吃飯。」

我將燒賣分給金金，好奇地問：「為什麼會想要找我出來？」

金金有些靦腆，黝黑的臉頰出現兩個深酒窩，這是我頭一次看到金金如此自在的笑容。

「只是想找個人聊天，而且希望那個人跟我沒什麼關係，最重要的是，就算我們不說話也不會覺得尷尬。」

「就是陌生人囉。」

金金感到有些彆扭。「這麼說是沒錯啦，只是那個陌生人必須是可以信賴的陌生人。」

我點頭，表示理解。

「如果需要服務也沒關係，我不打算收安哥哥的錢。」

「我才和你見過兩次面而已，未免太容易相信人了。」

金金露出天真的微笑，沒有回應。

吃完午餐，我們又在獅子的籠子外繞圈，接著去看一動不動的鱷魚。離開前，金金把我拉到廁所牆角，解開皮帶，鬆開褲頭上的鈕扣與拉鍊，勾住我的手要我撫摸他的下體。

「你幹什麼？」我縮回手。

「你不是說我太容易相信人了嗎？你知道我在牛郎店時，每個男人女人都喜歡把他們的手伸進我的內褲，後來就連我的朋友，也喜歡這樣玩弄我的身體。」金金拉起拉鍊，扣上鈕扣，拉緊了皮帶。

「酒吧裡有很多變態，說他們是變態也不對，他們只是羨慕自己無法擁有的東西。」

不知道為什麼，面對金金，我的角色都會自動變成一個大哥哥，充滿想要保護人的欲望，這真是讓我不習慣。「嘿，不要靠我太近好嗎？」

「為什麼？」

「就是很不習慣這種溫暖的感覺。」

「那就習慣啊。」金金調皮地伸出舌頭。

我們走回捷運站，在天橋底下買了一串炸香蕉分著吃，接著買票上車。我和金金站在擁擠的車廂中，自然地將背包放在胸前，怕被偷，隨著捷運快速前進，乘客不斷晃動，矗立河道兩岸的鐵皮屋與高樓帷幕急速遠去。

「要一起來嗎？」

我有些疑惑。「去哪？」

「來我們的店啊，前幾天，我還有看到茉莉姊姊，她帶著麗莎姊姊一起來呢，茉莉姊姊變瘦了，差點認不出她來。」

我懷疑自己聽錯了，懷疑地說：「茉莉？」

金金點點頭。

我激動了起來，抓住金金的手臂，要他把當天晚上的情景仔細說給我聽。

茉莉並沒有死，當我意識到這件事情時，除了興奮，還覺得自己實在愚蠢，哪有人那麼容易就掛點的，又不是在演好萊塢驚悚電影。

我們約好下次要去吃披薩和義大利麵。

金金下了車，對我招手，刻意嘟起嘴巴送來飛吻。我覺得剛才應該以大哥哥的身分給金金一個擁抱，為了彌補遺憾，我決定下次見面時買一打保險套送給金金。

回家的路上，我滿腦袋都是茉莉，必須把這個好消息告訴大家。

隔天，茉莉帶著另一位姊姊來到酒吧。茉莉瘦了，憔悴了，雖然還是同一張面孔，同一種說話的語調，同一個抽菸的姿勢，濃妝豔抹的臉上卻透露出深沉的疲倦。茉莉身邊的麗莎穿著一件米色緊身洋裝，蹬上高跟鞋後比男性還高，有著模特兒身材。茉莉把麗莎介紹給奶奶。奶奶把茉莉拉到後台，不知道說了些什麼。紫羅蘭陪麗莎喝酒。奶奶說：「得替茉莉和麗莎暫時找個房間。」酒吧內的姊妹們圍攏過來，問茉莉到底去了哪裡？茉莉笑著說：「搭飛機去美國找父親了。」沒人把茉莉的話當真，同樣開著玩笑，說：「我也常常去找父親，那些外國父親都是死有錢人，一顆精子就值兩、三千披索。」鬧了一陣子，姊妹們各自回到所屬的角落，拋媚眼，伸舌頭，繼續擠出大乳房勾引恩客。紫羅蘭握住茉莉纖細的手，撫摸著，不捨得放，說：「我把妳的東西都留下來了，有七、八袋的大塑膠袋，我就知道妳一定沒事。」茉莉喝了酒，臉色潮紅。

紫羅蘭恢復愉快的心情，七嘴八舌地說：「回來就好，這禮拜先去燙頭髮，按摩一下，再去吃妳最喜歡的希臘餐和日式料理。」

茉莉還是不說話，低頭想著什麼。

「當然囉，我不會問妳到底做了什麼，又發生什麼，反正平平安安最重要了，不過如果改天想聊聊的話就告訴我，就算有人要出高價包養，我也不會去喔。」

「我是回來說再見的。」茉莉抬起頭，在旋轉的霓虹燈中看著紫羅蘭。

紫羅蘭一臉驚訝。「要結婚了嗎？還不到一個月呢？真好，是嫁給哪國人？帶來酒吧認識啊。」

茉莉搖搖頭，說：「我不做了，雖然還不知道可以做些什麼。」

紫羅蘭不說話了。

「我終於知道父親身上那個中國字是什麼意思。」茉莉停頓了一會兒，繼續說：「是『幹』喔，我之前還以為是多麼了不起的刺青，結果竟然只是個髒字。」

紫羅蘭和茉莉的臉頰在霓虹燈光的照耀下亮了，暗了，接著又亮了，紅的、橙的、藍的、紫的、綠的、白的、金的，一層皮膚枯萎後瞬間長出另一層皮膚。

「是那位台灣工程師跟我說的，他很溫柔，我們做愛完，我問他那個字的意思，他勉為其難跟我解釋。離開旅館後，我一個人在馬尼拉走來走去，不知道要去哪裡，搭車回奎松時，臨時決定在庫堡（Cubao）下車，坐上往馬榮火山（Mayon Volcano）的深夜巴士，我待在黎牙實比（Legazpi），又去宿霧，缺錢時就出去拉客。每天打開窗戶，我都可以看到馬榮火山，那是一座非常漂亮的活火山。在火山底下生活挺快樂的，彷彿隨時都在等待火山爆發，死亡好近，而我覺得在面對死亡時，我是那樣地美，美得讓我好難過。我不知道自己在做什麼，又為什麼會待在那裡，我想去死，卻沒有勇氣真的去死。每一天都過得亂糟糟的，後來我在酒吧遇到了麗莎。我們很投緣，聊得很開心，麗莎邀請我到她的房間住，說這樣子可以省錢。我們很自然地就在一起了。說真的，我也不知道為什麼會這樣。這次回來，是為了說再見的，我會在馬尼拉待一、兩個禮拜，之後我和麗莎可能會回去黎牙實比，也可能搬到另一個沒人認識我們的地方。」

紫羅蘭神情黯淡，不發一語顫抖著。

茉莉說：「我很愛妳，可是我必須要離開妳。」

「我以為妳會回來陪我，我以為我們是好姊妹，我以為妳不會離開我的身邊，原來這一切都只是我一廂情願。」

「我不知道為什麼會變成這樣。」

紫羅蘭沒有再說話。

茉莉說：「我和麗莎不僅是姊妹，還是情侶。」

麗莎抽完菸，回到茉莉、紫羅蘭和我的身邊，伸手挽住茉莉的腰，傾過身，在茉莉耳邊說著妖精話，柔長的金色頭髮遮住半邊臉頰。麗莎有著深輪廓，鼻子挺拔，雙眼柔媚，戴銀戒的手指輕晃酒杯，全身上下散發某種無法解釋的吸引力，我無法將眼神從她的身上移開。

不要臉就不要臉吧

奶奶曾經瞪大眼珠，當面狠狠詛咒小奶奶，罵她賤貨、婊子、生兒子沒屁眼等等。小奶奶站在原地，沒有回嘴，默默承受一切。驢子爺爺想幫小奶奶說幾句話，只是話到喉間又吞了下去。奶奶覺得小奶奶和驢子爺爺簡直就是一對不知羞恥的狗男女，應該戴上枷鎖遊唐人街，被吐口水，浸豬籠。

我們都不知道小奶奶和驢子爺爺正在偷偷談戀愛。

其實兩人可以暗通款曲，繼續隱瞞，不過或許是受到罪惡感的折磨，兩人寧願曝光姦情，接受奶奶嚴厲咒罵。那段時間，當驢子爺爺睡在我和奶奶的床上時，心中想的卻是另一個女人的味道與體溫。驢子爺爺一定非常痛恨自己。我以為奶奶和驢子爺爺遲早會激發酵素，打破平衡，沒想到驢子爺爺竟然提前放棄，難道是心灰意冷？奶奶表現出一副捉姦在床的模樣，將小奶奶和驢子爺爺當成姦夫淫婦，罵個狗血淋頭。三個老人僵持著，不知該如何是好。

「為什麼要這樣做？怎麼不去死一死？」奶奶指責小奶奶。

小奶奶緊咬下唇，低著頭，想說些什麼卻又止住。

「唉，是我怎麼不去死一死啊。」奶奶緩和語氣，嘆息著。

小奶奶沉默許久，鼓起勇氣說：「妳就當我不要臉吧。」

奶奶氣紅著臉，身體不由自主顫抖著，胸膛劇烈起伏彷彿吸不到氧，轉過身，走向臥房狠狠甩門。

驢子爺爺開車帶小奶奶回家，回來時已是黃昏。

我餓了。

驢子爺爺站在門口敲門，拿出鑰匙說：「我進來了喔。」

奶奶沒有回應。

房間裡很安靜，奶奶和驢子爺爺沒有大聲爭吵，我將耳朵貼在房門偷聽。

「做了幾次？在病床嗎？還是在這裡？為什麼要告訴我？為什麼不繼續隱瞞？」

「不要再問了好不好，就當我求妳。」驢子爺爺打開房門，拖著行李箱走了出來。

奶奶一動不動坐在化妝檯前。

驢子爺爺塞給我兩千披索，說：「好好照顧奶奶。」

我肚子好餓，想著等會兒就去買烤雞和披薩吃。驢子爺爺開車離開了。我覺得驢子爺爺還會回來，所以我並不難過。我走上樓，奶奶已經關了房門，我繼續將耳朵貼在門上，卻聽不見任何聲音。我忽然覺得自己恨著小奶奶和驢子爺爺，不過，瞬間湧起的情緒讓我知道自己是多麼依賴他們，我才不捨得真的恨他們。

驢子爺爺之所以離開，並不是因為小奶奶的誘惑，驢子爺爺只是找了藉口，讓自己不再愛奶奶，讓彼此不再那麼痛苦——因為愛，不得不離開愛。

請小心打開身體

臨時找不到廉價乾淨的旅館，奶奶便讓茉莉和麗莎住進充滿精油的客房。茉莉和麗莎打算兩個禮拜之後離開。每天晚上，茉莉和麗莎還是會去酒吧內待著，有時接客，有時不接客，完全看當晚心情。我非常好奇茉莉和麗莎之間的關係。茉莉說：「我們是情侶。」我問：「會做愛嗎？」茉莉說：「會啊，就是會做愛的情侶。」找茉莉攀談的客人不多，歐美客人對於有著西方臉孔的混血兒不感興趣，相較起來，對麗莎感興趣的人就多了，不管是華人、日本人、韓國人還是歐美白人黑人。麗莎身上散發某種魅力，讓我近乎沉迷，不由自主地注視著她。她的眼妝、鼻梁、嘴唇、耳垂、臉頰、鎖骨、手指以及乳房都甜美宜人，皮膚如此香甜，味道好似加了楓糖的鬆餅。我疑惑地從她的聲音中辨認出男性的他，可是我無法百分之百確定，也不知該不該詢問，我擔心不恰當的問題會不小心冒犯了麗莎。我無法不注視她，無法不親近她，無法不嗅聞她身上混雜香水、菸草與乳液的味道，她輕易地攫住我，蠱惑我，欺騙我，我想親吻她，玩弄她若有似無的喉結，撫摸她的皮膚，探索她隱藏的敏感帶，將舌頭與食指伸進她的身體內部。她讓我興奮，恐懼，並且感到失魂落魄，我假裝自己不在意她，只是這種自我欺騙的伎倆不再管用。當麗莎注視我時，我從她的瞳孔中感覺到有意無意的誘惑，她比任何人都還要狡猾，她在等我，看我如何步入她乳香的懷抱，如何沉溺，如何放蕩地叫她一聲：情人。

一切都在她的掌握之中，我再也無法假裝，只能甘心墮落。

夜裡，她留了下來，我也留了下來，我們在即將被填滿的夜裡留了下來。

她沒有出聲，卻召喚我。我走進房間，走進她和他共有的身體之中，她的胸腔內外折射許多水光晃影。她姿態優雅，不慌不忙，一邊抽菸，一邊在我面前褪下全身衣褲，修長的腿，弧線型腰身，解開織著玫瑰花草的絲質胸罩，露出一對勻稱飽滿的乳房。我不自覺靠了上去，伸出手，卻恍然停在半空中，害怕地縮了回來。我克制不住自己，再度伸出手，用指頭觸碰她棗紅色的乳頭，我想哭，想抵抗，想貪婪吸吮。我的陰莖膨脹了起來。麗莎撥攏頭髮，躺在床上，左手支撐頭顱，右手隨意打開一瓶花草精油，肆意塗抹在燙紅的嘴唇和發腫的乳頭。她笑。我在她的身體之中發現一座蓊鬱的熱帶島嶼。我的心臟劇烈跳動，近乎跳出胸膛，血液一下子灌注腦袋，頭皮不停發麻。麗莎躺在床上，沒有說一句話，又說了很多話，我在誘惑中接受命令，再次往前。麗莎將沾過精油的手輕輕蓋住下體，緩慢拉下內褲，露出一根蛻去毛髮的粗長陰莖，以及陰囊。我感到無比震驚，甚至害怕，以為自己觸碰了禁忌。霎時，我彷彿被一股邪惡的原生力量綑綁著，被鞭打著，被恥笑著。麗莎說：「要摸摸看嗎？」我搖搖頭，對於自己的勃起感到羞愧與分外矛盾，左手不自覺伸進褲子努力按壓。麗莎問：「我準備在乳頭套上銀環，你覺得如何？」我結結巴巴，說：「很好啊。」麗莎立起身，半跪床上，一頭長髮在鎖骨間晃蕩，腰肢輕巧支撐身體，說：「這就是我的身體，怎麼樣？我覺得自己很漂亮，你覺得呢？很多人罵我是人妖，不過又如何？我不覺得這樣子有任何毛病。以前，我不懂得保護自己，常常被欺負。」我貼向麗莎，觀察她的身體，每一個結疤的傷痕，每一個凹陷的角度，每一個輕微隆起的蟹足腫，身體如此美麗。麗莎說：「後來，我決定要用我的身體去賺錢，去對抗這個世界，你絕對不知道有多少人愛死了雙性人，愛死了我的身體。他們在別人面前不敢說，只敢在我光滑的胯下說。」我處在震顫之中，無法思考，疑惑地說：「所以，妳是女人，也是男人。」麗莎從床上站了起來，移動雙腳，來到我的身邊，以一股濃烈的花草氣息掩蓋我，把我吸進叢林之中，說：「如果願意，可以好好檢查我的身體，如果這樣能夠解決你的困惑。」膨脹的陰莖迅速萎縮，我感到非常難為情地說：「我沒有惡意，只是非常好奇，我從來沒有見過雙性人，只有見過想要變成男人的女人，以及想要變成女人的男人。」麗莎抿起唇，笑了起來，說：「沒關係。」我依舊發愣。麗莎貼近我，肥美的胸脯在我的面前顫動，說：「你不打算好好觀察我的身體嗎？以後就沒有機會了。」我有些猶豫，感覺再往前一步就會受到詛咒，不過又如何呢？反正我們都已經活在巴撒拉的詛咒之中。

手機響了，給我一個逃離客房的好理由。

我逃離花草叢林，心中並不慌張，反而填塞一股無法言喻的安心，麗莎用她的身體展示我尚在摸索的道理，而我必須要用自己的身體去守護。

我無法克制自己不進入客房。

「你這個死兔崽子，我們都沒有時間可以做愛了。」茉莉說。

「想要做愛就做啊，我只是站在旁邊看，不會隨便加入的。」

我喜歡窩在充滿精油的房間，看著茉莉與麗莎買來的各種奇特新行頭，聞著兩人從精油中調配出來的新奇芳香，聽著兩人親密的爭吵。麗莎說話時，始終帶著鼻音，我和茉莉都會不由自主停下正在進行的活動，專注聆聽麗莎說話，她說想開一家美式漢堡店，想去韓國做整形手術，還說起小時候如何修理偷摸她乳房的男孩。我學習著，揣摩著，模仿著。麗莎愉悅地展示身體的內側與外側，關於男人，關於女人，關於半男半女，關於她所痛恨與永久所愛。我必須記住，讓身體重新吸入花草的精華與靈魂，吸入一股一股不斷湧動的欲望。金色圓耳環。紫色腳指甲油。銀色鑲鑽髮圈。朱槿口紅。牡丹花眼罩。桃色錢包。珍珠粉底。純銀螺形項鍊。橙色指甲油。心形耳飾。蜜棗絲襪。黑皮革高跟鞋。橫紋金銀披肩。貓耳朵髮箍。低腰褲。緊身七分牛仔褲。碧玉鳥喙髮簪。蝴蝶形胸貼。銀鑽絲線三角褲。麂皮褲。白玫瑰罩衫。熱褲。縐紗裙。綢緞襯裙。印度式妖嬈。中國式柔美。法國式激情。日本式內斂。澳洲式奔放。菲律賓式騷包。張開腿，挺出乳房，打開身體，將各種衣飾與面具花朵瓣瓣穿上，再瓣瓣剝落，整個身體成為不斷融化的香草冰淇淋，一張卸下濃妝豔抹後的素顏如此動人。我忽然了解，為什麼有人會說奶奶是個女巫。奶奶早已經將這些顏色、款式、味道時時刻刻穿戴身上，即使光裸身子，晃蕩奶子，皮膚依舊長滿一朵一朵胭脂粉味的食人花——而我注定失敗，我自大地以為了解這世界上的各種模樣。

茉莉決定去除刺青，麗莎決定在左側乳頭別上一只乳環。

「為什麼要這麼做？」

茉莉說：「因為痛。」

麗莎說：「因為會痛。」

痛和會痛之間，有著巨大的差別。

我們陪著茉莉做了五次刺青移除治療，也陪著麗莎選購乳環。市面上，並沒有販售乳環這種特殊產品，我們轉而挑選耳環代替。我興奮地拿起有著獨特造型的耳環，例如星形、羽毛形、翅膀形、愛心形或是螺形，麗莎覺得這些樣式都過於俗氣。茉莉和麗莎共同選了一只純銀耳環，圓形，鑄造精細，摸起來相當光滑。我覺得這只純銀耳環毫無特色，又特別貴。

「要和身體融合在一起的東西，絕對不能花俏，愈是簡單，愈是長久。」麗莎說。

我們來到刺青店，讓刺青師傅將麗莎的乳頭打上一個小洞。

茉莉和麗莎離開前一晚，兩人為了籌錢，都去做了生意。

我朦朦朧朧睡在沙發上，電視的光線不斷閃爍。

麗莎唐突地打開門，踉踉蹌蹌走了進來，然而站在我面前的，卻不是我所認識的性感麗莎。麗莎的眼眶瘀青，眼球布滿血絲，嘴角流著血，手肘、大腿和膝蓋多處擦傷，紫披肩和百合色洋裝被撕爛，左腳的高跟鞋也不見了。麗莎用被扯爛的紫披肩護住變形的臉。我驚醒過來，不知如何是好，整個人都慌了。麗莎全身顫抖。我糊裡糊塗地問：「要叫救護車嗎？」麗莎搖搖頭，步履蹣跚走進房間，脫下衣褲。我說：「我去找藥膏和紗布。」麗莎光裸身子，進入浴室沖洗，除了臉上和手腳的傷痕外，左側乳房也腫了起來，乳環半勾著乳頭，都是血，陰莖則有被香菸擰熄的痕跡。水柱從麗莎的頭髮順暢落下，滑過臉頰、脖子、乳房、腰、臀部與大小腿，沖去了血漬與細砂。淋了半小時熱水，麗莎痛苦地取下乳環。我替麗莎關了水，拿一條白色大毛巾裹住她被毆打後的身體。麗莎握緊拳頭，說：「我只揍了其中一個人，我還用高跟鞋戳他的眼睛。」麗莎回到房間，縮在床上，我打了許多通電話給茉莉，可是茉莉關了機。我說：「去看醫生好嗎？」麗莎搖頭，拿著涼被緊緊裹住身子。我拿著藥膏塗抹麗莎身體的各個傷口，在每一次碰觸中，感覺更貼近了她的內在。麗莎的臉有著多處瘀青，眼神透出一股堅毅。

夜深了，我睡在麗莎身旁呵護她。

她全身赤裸蜷縮，貼近著我，我感覺到她微微勃起的陰莖，感覺到她豐滿的乳房，感覺到她寬闊的胸膛以及苦難的呼吸。我好難過。我和她挨擠在同一張床上，手挽住手，腳勾住腳，溫柔愛撫彼此，我放縱的唾液與各種花草精油從傷口進入她的靈魂。麗莎紅著眼，眼淚嘩啦嘩啦流淌了滿床單。我伸出舌頭，舔著麗莎的眼淚。我順著散落的濃密髮絲撫摸麗莎，在每一個糾纏處停留、駐足與俯望，舒展肚臍般的疼痛紋路，試著讓我瘦弱的身體遮蓋住她的陣陣憂傷。

麗莎沉睡了，我感覺下體傳來一股無比巨大的疼痛，如同剛剛完成分娩。

恍惚之中，我成為一位母親，身邊躺著天使般的老嬰兒，而我知道，我必須要用稀少近乎斷絕的奶水告訴孩子，這個世界其實充滿了苦難。

親愛的

驢子爺爺終究洩漏了我的祕密。

奶奶們的眼神充滿憐憫、疼惜與不捨，流露同情。驢子爺爺特地買來巧克力和杏仁糕餅，非常過意不去地向我道歉。我並不在意隨意捏造的祕密被散播開來，相反地，我覺得奶奶們都相當愚蠢，說什麼因為關心才多嘴，不希望我受傷。我當然不可能輕意被說服，我並不覺得他們的人生過得比我好，我一點都不想因為愛而拒絕愛。姊妹們相當支持我，說想要變成女人是很幸福的一件事，還建議我去泰國曼谷動手術，說比較安全也比較專業。

奶奶生氣了。

我們之間沒有爭吵，沒有辱罵，卻明顯感到某種力量正要將我們徹底撕裂開來，而且，令人擔憂的是，我們沒有辦法對抗這股力量。這種崩毀讓我重新發現生活的各種面貌，奶奶快速老去，而我無法遏止地茁壯，我們頑強的對抗與生命的互補逐漸傾斜失衡。

夏日午後，奶奶起了床，盥洗完，坐在梳妝台前擦拭各種白日專用的保養品，將頭髮攏成一團，用孔雀造型的髮夾固定，穿絲綢細肩碎花連身衣，寬鬆的衣領內垂露奶子，兩條果熟木瓜搖搖晃晃。奶奶的身上總是自然散發出乳香和果香。奶奶不再嘮叨，也不再主動跟我說話，鎮日搖頭嘆氣，眉心深鎖，看著我時還以為是看到即將夭折的孩子。鍋爐熬燉人參雞湯，空氣中瀰漫濃厚酒香，奶奶一邊喝粥，一邊看著鄉土連續劇。電視台都會購買台灣鄉土劇版權，播放《娘家》、《愛》、《夜市人生》和《風水世家》等等，我非常懷疑台灣是否就跟電視劇演的一樣，充滿亂倫、婆媳吵架、綁票、搶孩子、報復和情殺，若是這樣，那麼台灣除了經濟比較好之外，現實生活其實也跟番仔島差不多。相比起來，大陸的連續劇還比較人模人樣，常常可以看到中國共產黨如何突破困境，革命軍人如何英勇奮戰，只是這類連續劇看多了，又會覺得內容正常得很不正常。我喜歡大陸的古裝劇，很好看，我當然不會以為現在的中國人還留著辮子，男的穿長袍馬褂，女的綁小腳。

奶奶抬起頭問我：「有聽過馬納南加爾（Manananggal）嗎？」

我當然聽過，馬納南加爾就是番仔島的吸血鬼，跟阿斯旺一樣喜歡喝人血，愛吃人類撲通撲通跳動的心臟。

「我看過這種妖怪。」

我驚訝地看著奶奶。

奶奶非常感慨，說：「當時，我跟你的短命爺爺一起去大雅台玩，我們一前一後騎著馬，領路的番仔指著天空，突然大喊一聲馬納南加爾，慌張地帶領馬匹往回狂奔。已經黃昏了，不過我看得非常清楚，馬納南加爾從腰間被切了開來，上半身有一雙非常大的黑褐色蝙蝠翅膀，下半身消失了。聽說馬納南加爾的下半身會停留原地，動也不動。奇怪的是，看到馬納南加爾時，我並沒有感到恐怖，也不害怕，反而覺得親切。」奶奶停了一會兒，看著我說：「我有著非常模糊的印象，也不知道是真的還是假的，像夢一樣，當時搭船逃離大陸，我好像看到馬納南加爾張著巨大的翅膀一路跟了過來。這個妖怪有一對非常豐滿的乳房，嘴裡露出染血的獠牙，我好擔心被咬到，或者受到誘惑不小心喝下妖怪的血，聽說犧牲者的下場就是會變成另一隻吸血鬼。每到黃昏，馬納南加爾的身體就會自動分成兩半，上半身搧著翅膀在天空中飛舞，下半身始終停留原地，永遠沒有辦法復合般。這種妖怪是吸血鬼近親，最怕蒜頭。那天，馬納南加爾的上半身就在我們身後，我聽得見她不斷拍動翅膀的聲音。其實，我很想停下狂奔的馬匹，只是我不知道該如何操控韁繩，我不害怕，相反地，我還想好好擁抱馬納南加爾，即使她想要吸光我的血也無所謂。或許當她吸飽了我的血，就會回去原本的地方。番仔拿出大蒜擺在屋子前後，跪在地上對聖母祈禱。我早就知道馬納南加爾並不是要來吸我們的血，她以為我是同類，只是想要打聲招呼。我常常在想，我和你的短命爺爺說不定早已經被吸過了血。」

奶奶沒有轉過頭，眼睛專注地盯著台灣的鄉土電視劇。

我知道奶奶希望我不要急著切開身體，不要懵懵懂懂變成人妖。

奶奶想用故事保護我。

落花流水

奶奶指派我照顧喜鵲奶奶。

我陪著喜鵲奶奶，一同搭車去醫院做放射性化療。奶奶、翠兒阿姨、驢子爺爺和春爺爺每個禮拜都會偷偷塞錢給我，說我愛吃什麼就去買來吃，說喜鵲奶奶愛吃什麼就買給她吃，我逐漸有了些錢，要買吃的、喝的、穿的和戴的都沒什麼問題。喜鵲奶奶上醫院勾引年輕男醫生時，我都會叫上金金，那是我們兄弟倆、姊妹倆的快樂出遊日。面對金金，我很自然地扮演起正面、積極和樂觀的大哥哥大姊姊角色，買烤雞、薯條和漢堡給他吃，替他挑選衣服褲子，幫他出錢，我不知道自己原來是能夠照顧別人的。我們繼續拿著爺爺奶奶們的錢騙吃騙喝，逍遙生活。喜鵲奶奶進行化療時，我們會在街道上晃來蕩去，坐三輪車去中國城吃蘭州拉麵，買喜鵲奶奶喜歡吃的鳳梨酥，買金金喜歡穿的奔趣（Bench）衣褲，假裝有錢人去星巴克點杯昂貴的咖啡喝。

「如果有機會，還是試著申請大學，不用擔心學費，反正到時候可以申請獎學金，也可以貸款，總是有很多辦法可以解決。」

金金開著玩笑說：「去賣屁股也不錯。」

「屁眼鬆掉之後就沒有人要了喔。」我警告金金。

金金吐著舌頭說：「市面上不是有賣陰道緊縮軟膏？那應該也買得到屁眼緊縮軟膏吧。」

我們都笑了。

「安哥哥為什麼不申請大學？」

我重新思考了這個問題，依舊搞不懂自己為何排斥。「可能是不想被管吧。」

金金張大眼睛，說：「跟上次的答案不一樣。」

「是嗎？」

「比起上大學，我比較想要一個家，就是很基本的家，有爸爸、媽媽和兄弟姊妹，萬一愛上了男人也沒關係，還是可以有一個家，兩個爸爸、兩個媽媽，孩子可以領養。我的老爸以前當過拳擊手，很會打人，把當三輪車司機賺來的錢都拿去買酒，喝了酒就把全家人揍過一輪，沒錢買酒也把全家人揍過一輪，我還會以為自己是沙包做的。我原本以為這樣子很正常，後來才知道並不是這麼一回事。」

「被打一定很痛吧。」

金金站起身，說：「廢話。」

「我沒有被打過，不過，也常常感覺到疼痛。」

金金握拳，猛然朝向我的胸膛揍了一拳，說：「拳頭很硬吧，想不想再被打？」

我搓揉胸口，罵著：「你這個死番仔。」

金金回罵：「你這個從大陸來的陰私客（Intsik）。」

我們打打鬧鬧走回醫院。

喜鵲奶奶完成放射性治療後，臉色蒼白，虛軟無力，站都站不好，非常虛弱，我們扶著喜鵲奶奶從化療室回到病床上，讓喜鵲奶奶躺著休息一、兩個小時。醫院並沒有設立短暫休息專區，病床只能擺在通道上，我和金金陪在喜鵲奶奶身邊，有時望著電視，有時對著瓷磚地板發呆，有時觀察來來去去的男人女人，想著他們裸體做愛時的激情模樣，更多時候，我只是看著沉睡中的喜鵲奶奶。

急診室會冒出許多奇怪的病人，有人被情人報復，頭上插了根斧頭，到處噴濺腦漿；有人自焚，全身焦得血肉模糊；有人原本要持刀搶劫銀行，結果竟然跌倒，水果刀不小心插進大腿。我覺得自己正在看台灣的鄉土連續劇，懷疑編劇都來過馬尼拉取材。喜鵲奶奶在凶殺、爆炸、氣爆、火災、交通事故與各種新仇舊恨中沉睡，身上的細胞剛剛被大規模殺死了，相當疲倦，於是閉起眼睛，徐緩呼吸，讓身體專心培育新的細胞。醫院裡的冷氣特別強，喜鵲奶奶感到冷了，雙手攏住胸前，雙腳彎曲，我告訴自己下次一定要記得帶條毯子來。我們等著喜鵲奶奶從另一個世界歸來。喜鵲奶奶醒來時，總是有些慌張、恐懼與迷失。我心疼地說：「放心，我們在這。」喜鵲奶奶立起身，一臉恍惚坐在病床上，兩腳懸空。金金拿溫水給喜鵲奶奶喝。

我們離開醫院，坐著計程車回到奎松。

我充滿擔憂，喜鵲奶奶就在我的面前快速枯竭，吐盡妖豔，留下一身枯莖骨架。

喜鵲奶奶的臉色逐漸黯沉，皺紋撒野了起來，黑斑無法再用昂貴的化妝品掩蓋，原本誘人的一對乳房失去一隻，整個人無精打采。喜鵲奶奶的雙眼不再銳利，感嘆的時間多了，不過還是喜歡罵人，動不動就抱怨，說誰死沒良心到現在都還不來看她。喜鵲奶奶每次嘆氣，就會顯露出愈來愈單薄的內在，彷彿逐漸剔除枯葉老莖。喜鵲奶奶不再輕易化妝，說現在再怎麼妝扮也沒人看，老了就是老了。喜鵲奶奶受不了日漸稀疏的頭髮，索性理了光頭，拒絕再去酒吧，說：「長得這麼醜，還是別出門嚇人。」奶奶比往常更加珍惜每一次聚會，春爺爺還會特地接送喜鵲奶奶。除了中式糕餅之外，奶奶們最近還會買腰果、五穀雜糧粉、靈菇餅乾和頂級冰品燕窩等，各種健康食品擺滿桌子，吃都吃不完。

喜鵲奶奶開始收藏起各種顏色、款式、質料與造形的帽子。

不管天氣，不管室內室外，喜鵲奶奶都會戴一頂花草仕女帽，小心地將光頭隱藏在帽子之中。喜鵲奶奶偶爾也會自嘲，說：「沒什麼大不了，光了頭才涼快，不怕熱。」奶奶買了七頂新假髮，想送給喜鵲奶奶。喜鵲奶奶不知為何竟然生了氣，說：「光頭又怎樣了？」奶奶知道喜鵲奶奶的脾氣，婉轉地說：「這是安安要買給妳的。」喜鵲奶奶依舊瞪大眼珠，堅持不收。奶奶將假髮交給我，我再輾轉交給翠兒阿姨，最後才出現在喜鵲奶奶的頭上。

時間比想像中有情，也比想像中無情，或許是籠罩在疾病的威脅之中，我和奶奶忽然了解我們只能相依為命；只是隨著不斷成長，我忽然發現我最大的收穫，就是即將失去的這一切，這讓我恐懼，也讓我們比以往都還要親密。

即使我們依舊沉默，不輕易吐露內心真正的想法。

喜鵲奶奶呢喃：「如果那些死沒良心的再不來，我怕這輩子就沒有機會再見到面了。」我們偶爾會搭話，但大多時候只是當作沒聽見，都怕涉入更深，都怕觸及死亡。喜鵲奶奶愈來愈情緒化，我愈來愈不知道喜鵲奶奶到底在想些什麼。有時，喜鵲奶奶會說：「光頭好，戴起假髮多方便。」有時卻說：「這樣子實在不像女人，活得這麼痛苦做什麼？」喜鵲奶奶會問：「戴假髮漂亮？還是不戴假髮漂亮？」我對於情緒不穩的喜鵲奶奶實在沒法子，害怕說了些什麼話，就會不小心傷害到喜鵲奶奶。金金倒是很有辦法，非常會安撫喜鵲奶奶的情緒，嗲聲嗲氣，說他與男客人女客人在床上發生的趣事，說這世界無奇不有，遇見喜歡吸腳趾頭的、舔屁眼的、蒐集精液的、毛髮濃得像熊的，這些笑話很能夠轉移喜鵲奶奶的恐懼。

我沉默地陪伴在喜鵲奶奶身邊，想著她跟我說過的故事、遇見的人，想著以往她發飆罵人的潑辣樣。喜鵲奶奶一把火燒了所有的照片，說不需要了，再過不久就可以團圓。

喜鵲奶奶動不動就叫上我和金金兩個死兔崽子——其實，喜鵲奶奶挺寂寞的。

年輕時，寂寞如此浪漫，可是上了年紀，寂寞便就是寂寞了。

下午，我和金金陪著喜鵲奶奶逛街。沒逛幾家店，喜鵲奶奶就累了，我們找了一家咖啡店喝巧克力冰沙，吃紅蘿蔔蛋糕，喜鵲奶奶塞給我和金金各兩千披索，要我們自己去逛，別理她。我買了黑西裝外套、三角內褲和一件淡藍色V領棉質上衣，金金一口氣買了兩雙運動鞋和一頂棒球帽，我們提著大包小包的戰利品回到咖啡店。喜鵲奶奶穿著貂皮大衣坐在沙發上，頭靠椅背，嘴巴微張，完全不在意四周的嘈雜聲音，大衣的肩背上正好有一隻母貂張著圓滾滾大眼，搖著尾巴。大熱天，身體虛弱的喜鵲奶奶卻愈穿愈多。我們放輕腳步走到喜鵲奶奶身邊，放下衣褲。喜鵲奶奶化淡妝，臉色依舊蒼白，奇特的是，我覺得喜鵲奶奶比往常還要漂亮，戴在頭頂的假髮和帽子都掉了，露出光頭。喜鵲奶奶沉在一股深沉的疲倦中，我靠向她，彎下身，在喜鵲奶奶的頭皮上輕輕吻著，心中充滿不捨與憐惜。我替喜鵲奶奶戴上假髮與毛帽，喜鵲奶奶依舊沒有被驚動。

喜鵲奶奶因為老去而變得純潔，充滿了神聖意味。

我和金金陪著沉睡的喜鵲奶奶，她在夢中，在夢外，而當她突破夢境時，我希望她會因為我們的存在而感到撫慰。喜鵲奶奶當然不會如此濫情，我似乎能聽見她過於三八的聲音：「真該死，幾點了？我睡著了不好看，會流口水，你們存心看我笑話啊。」

只是在這片刻，我和金金坐在沙發上陪著喜鵲奶奶，即使是大熱天，我們依舊必須互相取暖。

紈褲子弟春爺爺

秋天降臨了。

春爺爺對什麼都感興趣，想攙一腳，怕會被人遺忘，更怕豐富的社交生活不夠豐富。春爺爺搞很多投資，喜歡多角化經營，幹出許多不可思議的事情。奶奶們聚會時常常會拿來說嘴，你那個春爺爺就是喜歡亂花錢，你那個春爺爺就是少了根筋，或是我的天啊，你那個春爺爺都七老八老了怎麼還是沒長進。奶奶們說得好像只有我才認識春爺爺。春爺爺的鬼點子多，服膺眾多抄襲而來的名言佳句，例如：「為了降低風險，不能把所有的雞蛋放進同一個籃子。」春爺爺懂得變通，同樣為了降低風險，絕對信服不能把所有的精子放進同一個卵子。生意如此，女人亦是如此。春爺爺投資過髮廊、港式燒臘店、自助餐店、手機店、中國南北乾貨進口、豆奶工廠、裁縫店和電子產品進出口等等，其中當然有賺有賠。讓春爺爺賺到大筆鈔票的，竟然是他一點都不感興趣的運動夾腳拖，銷售量不僅蒸蒸日上，擴廠又快，店面開了一個又一個。春爺爺將賺來的錢全部拿來投資股票、基金和房地產，長線投資，不炒短線。春爺爺投資的出發點，不是為了賺錢，而是為了趣味，生意愈做愈大後，索性便將所有的財務全權交給會計公司處理，每個月固定在專用帳戶內匯入八萬披索。

春爺爺和不同的番仔婆生了兩個兒子，分別是柏木叔叔和柏杉叔叔。柏木叔叔開貿易公司，出口礦產，經營得有聲有色，每年有接近三、四千萬披索的營業額。柏杉叔叔則去加拿大亞伯達省讀經濟學博士，長居國外，在大學兼課。兩個叔叔都已經結了婚。春爺爺跟柏木叔叔一家人住在一起。春爺爺不喜歡回家，有時住在度假村，有時住在旅館，有時住在女人家，不想一直麻煩孩子，索性搬了出來，住進一間高樓中的八十坪套房。

「一夫一妻的家庭實在悶死人了。」

「那是因為沒有愛。」奶奶說。

「那妳要教我愛嗎？」春爺爺不懷好意看著奶奶。

「嘴巴臭死了，大便吃了幾斤啊？」

「妳的大便我還真捨不得吃。」

奶奶搖著頭說：「沒見過這麼不要臉的老傢伙。」

「也沒見過這麼凶的老女人，讓我來幫妳消消火，我可是打火高手。」春爺爺笑嘻嘻。

「消你媽的。」

日子輕鬆自在，春爺爺沒什麼壓力，晨早醒來，喝啞啞煮的廣東式鮮粥，看報紙，看電視，做延展操鍛鍊身體，換上輕鬆衣物到俱樂部吃午餐睡午覺，下午打回力球，或者游泳，接著待在蒸氣室和按摩浴缸。偶爾，也會找幾個老朋友去茶餐廳喝茶聊天。吃過晚餐後，回家，專心準備表演。春爺爺穿戴西裝褲和米色硬質翻領襯衫，配一雙晶亮皮鞋，噴香水，準備到舞廳、酒吧和各式情色場所搭訕年輕妹妹，喝酒，說低級笑話，請吃洋蔥圈和炸雞翅，而後脫光年輕妹妹的衣服。

春爺爺非常自豪，說：「我可是寶刀未老，妹妹們爽得叫爹叫娘。」

「只有你這種老番癲才會拿這種事情說嘴，人家賺錢也是有自尊的。」奶奶非常不屑。

春爺爺有時也會陷入苦惱。

「你的奶奶怎麼那麼難搞，說好話不是，說壞話不是，不說話也不是，再這樣下去，我都快要得憂鬱症。」

我盡力安慰春爺爺。「奶奶是雞巴嘴乳房心，啊，是刀子嘴豆腐心才對。奶奶最喜歡說反話，一天沒開口罵人就渾身不對勁。

「真不知道怎樣才能拐騙你奶奶上床。」

「想睡覺就上床啊。」

「你這個小兔崽子，整天油嘴滑舌，有這麼簡單就好。」

春爺爺一直不肯放棄阿斯旺恐怖劇場。

春爺爺希望能腳踏實地完成一件事情，讓奶奶知道他不是半吊子，而是認真的。恐怖劇場每晚真人實秀，春爺爺特地花了大筆錢，從日本、大陸和韓國空運買來一大堆魔術道具，改變裝扮，不走混搭風，改走高雅紳士風。春爺爺的臉上依舊塗抹深厚白粉，抹口紅，不戴假髮與白色高統帽，戴一頂全黑氈毛圓頂帽，白襯衫、紅領結、咖啡格子內襯、皮帶和貼身西裝褲，外披剪裁合身的燕尾服，皮鞋明亮亮，拿一根黑手杖增加戲劇效果。

紅幕隆重拉起。

乾冰蓬蓬湧起，春爺爺站在舞台中央，前方立一只圓桌，鋪設紅巾，上頭放置一只魔術箱。春爺爺走向舞台前方，拿起圓頂帽，順時針往下旋轉三圈，彎腰，向觀眾致敬，說：「歡迎再度來到阿斯旺恐怖劇場。」戴上圓頂帽，發現有著什麼在帽中不停騷動，春爺爺打開帽簷，露出一對細爪，掀開帽子，赫然飛出一隻白鴿。春爺爺搔弄油頭，貌似責怪，伸展雙手揮舞手杖，甩動燕尾服，來到黑箱前打開蓋子讓觀眾檢查，裡頭確實空無一物。春爺爺在黑箱內丟進一披索、五披索和十披索硬幣，闔上蓋子，搖了搖，再度打開，硬幣已經消失了。春爺爺一臉困惑，從圓桌底下拿出一只裝滿硬幣的玻璃罐子，吭啷吭啷一口氣倒進黑箱，而後大力搖晃，讓觀眾確認硬幣後，再度覆上蓋子。音樂響起，春爺爺對著黑箱旋繞三圈，止住，誦念咒語，塗著蔻丹的修長假指甲在黑箱上空來回施咒，而後打開黑箱，硬幣已然消失。

我依舊是最忠實的觀眾。

春爺爺捧著黑箱來到舞台前方，向沉迷女人乳房與屁股的恩客索取物品。我捐獻了十字銀質手鍊，客人陸續捐獻了太陽眼鏡、手錶、百元披索、保險套、手機與一只臭襪子。春爺爺將物品一疊放黑箱內，回到舞台，向觀眾分送飛吻，搖晃手杖，對著黑箱逆時針旋繞三圈，再順時針旋繞三圈，音樂繼續響起，乾冰逐漸吞滅舞台。春爺爺打開黑箱，沒有發現任何變化，搖起頭，皺起眉，優雅甩動燕尾服。再次闔上蓋子，俯低身，伸長十指神祕施咒，打開蓋子時，物品還在，只是多出一隻兔子。春爺爺一臉苦惱，猛搔腮幫子，用指關節叩敲獠牙，音樂再度響起。春爺爺把小太監放在肩頭，覆蓋蓋子，再一次打開時，內頭竟然空無一物。

我熱烈鼓掌。

再度闔上蓋子，春爺爺露出詭異的笑容，彷彿所有的事物都在他的掌握之中。春爺爺打開黑箱，扭轉乾坤，先後變出豬心、豬肝和豬肺，說：「真抱歉，阿斯旺容易貧血，平常最喜歡吃這些有的沒的。」春爺爺清空黑箱，闔上蓋子，再度打開時，竟然完整無缺變出早已消失的物品。春爺爺抱起黑箱，往台下走，沒走幾步卻停了下來，原來這次身體變成三截，胸膛以上漂浮舞台，胸膛至大腿的位置在舞台前端，大腿以下則往觀眾走來。春爺爺說：「哎，真是痴呆，忘記把身體帶下來了。」春爺爺回到舞台，重新組合身體，扭腰，翹屁股，確認身體的確乖乖聽話。春爺爺將物品還給客人，回到舞台，再次旋轉手杖。

這次，春爺爺準備將手腳伸進黑箱之中。

奶奶並沒有因為新魔術而對春爺爺改觀。驢子爺爺離開後，春爺爺愈發得意，想著他遲早會是奶奶的枕邊人，只是春爺爺沒有料到等待會如此漫長，也沒有料到自己竟然會愈陷愈深。奶奶交了一個又一個情人。春爺爺心有不甘，鬧彆扭，三天兩頭就搬出家，接著又大張旗鼓搬回家。春爺爺無法理解，奶奶跟這麼多虎牙相好，為什麼唯獨排除了他？

「因為我不曾愛過他們。」奶奶解釋。

「所以曾經愛過我嗎？」

「想得美，做你的白日夢。」

「我最喜歡做白日夢了，裡頭的女人都脫得一乾二淨。」

奶奶鄙視著春爺爺：「整天說些五四三，也不跟順仔多學學。」

「學做君子我是沒問題，不過我褲襠裡的小老弟可不是聖人君子。」

奶奶潑辣地說：「我褲襠裡的小老妹也不是良家婦女。」

「正好湊一對。」

「湊你媽的。」

春爺爺常常跟我抱怨，談一場戀愛怎麼會這麼麻煩，又不是年輕人，還要這樣愛來恨去的，不煩嗎？老了想找個伴都難。驢子爺爺關了福旺小店之後，春爺爺便會去小奶奶家找驢子爺爺泡茶聊天。以前，驢子爺爺抱怨待在奶奶身邊的苦悶，春爺爺抱怨沒待在奶奶身邊的苦悶，現在，驢子爺爺抱怨不待在奶奶身邊的苦悶，春爺爺抱怨待在奶奶身邊的苦悶。爺爺們的結論是，只要跟奶奶扯上關係，就會非常苦悶。我不知道是爺爺奶奶太過複雜，還是一旦談起了愛，就會如此痛苦？春爺爺聽了我的建議，果真脫了精光，爬上我和奶奶的床，撫摸奶奶，愛撫奶奶，疼惜奶奶，施展返老還童術，用生殖器轉動奶奶鼠蹊部位的鎖孔——在一場只有性而缺乏愛的性交之後，春爺爺徹底陷入了迷惘。

奶奶享受性，並非享受由春爺爺帶給奶奶的性。

春爺爺退縮了，抗拒了，不知所措了，性的本身沒有滿足春爺爺，反而讓他陷入一股更深沉的失落。春爺爺以為掌握某個人的身體，就能更快速地擁有對方。身體是性愛的孿生姊妹，能親近，也能逐漸疏遠。有時我猜想，奶奶早已經失去愛的能力，不然怎麼能將性當成一種技術，進而操練、施展、滿足自己呢？驢子爺爺告訴我，春爺爺不舉了，吃中藥沒用，吃西藥沒用，擦印度神油也沒用，偷偷跑去看醫生，檢查報告說是心病，沒藥醫。春爺爺不信，買了鹿茸片、印度神油、藍色小藥丸來助陣。驢子爺爺說得很平淡，我卻可以感覺語氣中的幸災樂禍。

我覺得自己真幸運，因為當我撫摸奶奶時，一直都是不舉的。

再來吧，情人

如果春爺爺施展的是魔術，奶奶施展的便是與生俱來的巫術，無法學習，也無法用金錢購買。

奶奶再次以女巫身分擄獲虎牙。

虎牙灰白頭髮，全身皮膚布滿老人斑，有些駝背，垂著兩隻老奶子，腆著公豬大肚。墨鏡始終戴在頭頂，喜歡穿白上衣和格子襯衫，褐短褲，一雙每天都上油的黑皮鞋，走起路來非常蹣跚。虎牙有一雙超級容易流汗的大臭腳，而且不喜歡穿襪子，每次脫下鞋子，整個房間就瀰漫濃濃的腳臭味。虎牙還有口臭，吃飽飯，就摸著大肚猛打嗝。

我們沒有人了解奶奶為何會喜歡虎牙。

春爺爺生氣了，再次搬離家，我們都覺得奶奶是故意氣春爺爺的。

虎牙是中菲混血兒，祖輩因為經商而從大陸福建輾轉搬遷至番仔島，福建話和中文聽得懂一點，只是都不會說了。虎牙長得很番仔，黑皮膚，大肚腩，手腳覆蓋一層捲毛。虎牙雖然覺得番仔島的空氣差、治安亂，不過住起來還是比較習慣。虎牙說：「大陸太遙遠了。」虎牙是馬尼拉的知名人物，曾經擔任過三輪車和公車總會理事長、吉普尼工會代表和地區教會的總幹事，人脈廣，認識很多政府基層幹部。虎牙生了七個孩子，四個兒子，三個女兒，前後有過四任婚姻。奶奶和虎牙交往之後，酒吧生意蒸蒸日上，不僅外國人來，連當地人也陸續捧場，警察特地在店家門口設了巡邏點。奶奶不用再花錢擺平黑道幫派，小混混和大流氓也不會隨意砸場。奶奶愈是甜蜜，春爺爺愈是焦慮。奶奶曾說：「自從你的爺爺死掉後，我的心就死了。」如果我對爺爺多些印象，一定會非常認同奶奶如此堅貞不渝的愛情，可惜的是，我對爺爺沒啥印象，於是不得不可憐起驢子爺爺和春爺爺。

夏日，我和奶奶搭飛機去巴拉望探望玉貴奶奶。

玉貴奶奶在電話中說自己老了，不知道還能活多久，孩子沒有一個想接手旅館。

「人一旦缺少伴侶，就會瞬間衰老下去。」奶奶呢喃。

奶奶特地去中國城挑了絲絹、檀香和一尊玉質彌勒佛當作禮物。我們總共四人，虎牙和司機幫忙提禮物和行李。虎牙買了一打中式紅豆芝麻大餅，預備拜會巴拉望的地區幹部。我們依舊入住玉貴奶奶的旅館，紅窗帘，紫瓷磚，橘粉刷，冷氣機轟隆轟隆運轉不時滴漏水珠，窗外的椰子樹淫蕩地招攬烈日陽光。午後一陣雨，來得快也去得快，微風中有一股剛被洗淨的泥土味，葉子新了，石頭濕了，陽光融化成起司，孩子光裸上半身在積水中玩耍。

當地幹部積極邀請我們入住當地度假村。我和奶奶吃了幾頓西式餐點，住了幾晚，覺得不習慣，還是想待在玉貴奶奶的舊旅館。奶奶說：「想跟玉貴奶奶多聊聊。」一大早，專車便在旅館前等待，準備展開一整天觀光旅程，博物館、教堂和鱷魚養殖場等等，到了晚上，虎牙還要參加許多迎賓晚會，有許多人要見，也有許多人等著見他。奶奶會陪著參加宴會，加入交流，只是這不關我的事，吃完飯我就吵著要回去看電視。奶奶試著跟虎牙磨合，這使我恐懼，奶奶是我專屬的情人，我必須繼續貪婪，繼續驕傲，繼續占有，再一次，我決定採取行動。我比往常更加害怕，也更加勇敢，我不必在意會不會迎來另一次失敗，因為茉莉、麗莎和爺爺奶奶都以各種不同的方式教導我如何去愛，以及如何不去愛。

夜晚，玉貴奶奶帶著奶奶搭船看螢火蟲，我和虎牙都說累，不想去。

我非常天真，以為自己已經準備好了。

坐在梳妝台前，不再濃妝豔抹，選定紫玫瑰口紅抿抿唇。鏡子中，我的眼珠子明亮清澈，眼睫毛含羞草般挑逗彎曲，鼻子英拔，嘴唇鮮紅，臉頰的皮膚如此細緻。我昂起頭，喉嚨圓滑突起曲線，有隆出，有凹陷，鎖骨近乎完美。我脫下上衣、短褲和內褲，用刮鬍刀剔除嘴唇上的虛毛、胳肢窩的腋毛以及下體陰毛，對著鏡子，盡情展示身體每一個細微角落，明亮幽暗，膨脹萎縮，舒張皺褶，全身肌膚充滿薰衣草芳香。我是一朵食肉之花，吞食自己之後，才能吞食別人。我從行李箱底層拿出一頂黑長髮，戴在頭上，牛骨梳柔順梳理，再拿出一套早已預備好的米白色連身洋裝，下襬長至腳踝。洋裝裸露背部，領口開衩至胸，衣領織以純白碎花。我深情搓弄乳房，使之興奮腫脹，感覺全身長滿性感的纖毛。耳垂、脖子、乳頭、肚臍和胯下都滴灑了複合式花卉精油。我是一朵顏色褪至白玫瑰的紅玫瑰。站起身，搖晃洋裝，慎重走向浴室，我推開咿啞作響的老式木門，一陣水煙蓬蓬勃勃包圍而來，我潛進其中，水渦肆意旋轉，氣泡從各個受傷的疤痕中隱然透出——我要虎牙把我抓住。

虎牙睜亮了受到誘惑的迷離雙眼。

我往前一步，水柱嘩嘩淋濕身體，往內層滲入，我比往常都還要鎮靜。

虎牙沒有拒絕，他把我摟在他赤裸的懷中，光滑的肚皮貼著我，萎縮如蟲的下體在我的雙手之中膨脹著，我輕視他，仇視他，繼續勾引他。我要他抱著我，他就抱著我；他要我摸他的乳房，我就摸他的乳房；我要他咬我的耳朵，他就咬我的耳朵；他要我用舌頭磨蹭他入珠的下體，我就用舌頭磨蹭他入珠的下體。我們用指尖與指頭輕輕刮搔對方的身體，在濕潤中再次濕潤彼此，光影灑在臉上，陰沉沉，明晃晃，赤裸的身體發光發燙，手腳不停顫抖，腳底痠麻，十隻腳趾頭瞬間繃緊，好似剛剛走過非常久遠的路。一時間，我陷入恍惚，心中瀰漫一股難以形容的羞愧、罪惡與深沉的沮喪，伴隨這種低沉情緒的，是另一種難以辨別的喜悅。我等著奶奶即將爆裂開來的憤恨，而在這之前，我必須繼續扮演好我的角色。我隱隱然感覺這並非一場遊戲。我需要付出，需要交換，需要被玩弄，而我竟願意沾染一身罪惡，並且為此興奮。回到馬尼拉之後，虎牙繼續睡在我和奶奶的床上，他依舊用一雙貪婪與渴望的眼神望著我，他需要我，我的身體，我的誘惑，我的奉獻，以及我隨意揮霍的青春。虎牙在我和奶奶的床上仔細檢視我的身體，白皙的皮膚，乾癟的軀幹，挺拔的臀部，我身體中每一個細緻神祕的器官。我睡在虎牙懷間，他的肚皮腫起，乳房下垂，陰莖柔軟如短茄，這一切都使我感到噁心。我們在客房，在我和奶奶的床上，在令人迷醉的精油薰陶中擺出各種姿勢。我為他洗滌，為他妝扮，為他委屈自己，將不斷震動的跳蛋放入體內。虎牙喜歡用他肥厚的手指和柔軟的陰莖在我的身上畫畫，左側的臉頰畫太陽，右側的臉頰畫月亮，額頭畫星星，下巴畫魚，我的脖子畫滿黏稠稠的白色水草。我用手掌替他畫畫，一筆又一筆緩慢勾勒，在虎牙身上留下齒痕與推擠的紅線。虎牙會將白色水草種在我的身上，我也會將白色水草種在他的身上，我想著，糾纏在一起的水草會不會受精呢？誰的精子要進入誰的精子？受孕的孩子又將如何多情？我必須強迫自己接納他，討好他，只是我一直抗拒他將他的身體放進我的身體之中。我不允許。我還是喜歡躺在奶奶的懷中，喜歡奶奶用雙手將我擁抱起來，喜歡聞著奶奶從雙乳間溢出的香水味、乳味與一絲細薑般的汗水味。我喜歡奶奶用臉頰貼著我的臉頰，喜歡奶奶從鼻間噴出的呼吸滋潤我的身體，喜歡假裝自己還是一個巨大的嬰兒。我的雙手擺在奶奶的乳房上，輕輕放著，被接受著，感覺奶奶逐漸衰老的生命正逐漸垂落在我溫暖的雙手上。我將頭擺進奶奶布滿靛藍血管的乳房中，有時磨蹭，有時伸出舌頭，對隆起的棗紅乳頭感到無比好奇。我看著，摸著，辨識著形狀、顏色與日日衰老的質地。乳頭膨脹了，也消退了。我吸著乳頭，卻吸不出奶水。奶奶對我微笑，抱緊我，我感到那是非常接近死亡的微笑，這使我萬分恐懼，我只能不斷地將頭顱枕在奶奶的身體之中。我需要被撐起，奶奶需要被需要，我們兩人只能依靠彼此。

我愈來愈無法容忍虎牙，不管這是一場遊戲或是賭注，我想拋開虎牙，洗去記憶，讓關係回復單純，只是過去的事情始終在心中留下痕跡。我告訴自己，忘記虎牙，忘記自己，我沒有辦法假裝再愛著虎牙。我無比困惑，無法做到奶奶說的分開性愛，也無法只把所有的撫摸、觸碰與撞擊當成自娛的伎倆。強迫自己去愛一個不愛的人原來如此痛苦，近乎殘忍。

我要如何拋棄虎牙？

奶奶似乎從一開始就不打算擁有愛情。

我以為事情就該打住。該離開虎牙的人不是奶奶，而是我。我不知道自己為什麼還要主動聯絡虎牙，去他的房子，讓他的舌頭舔舐我身體的每一個部分。虎牙撩撥我的內心深處，或許是欲望、傷害、渴求、憐憫或是難以言喻的失落感，我忽然在痛苦中了解這是某種展示，是占有，是誇耀，我竟然愛上自己作踐自己的淫蕩模樣。我彷彿咀嚼著冰冷冷、黏稠稠的生肉塊，身體內外充滿一股腥臭味。有時，他肥胖的雙腳擱在我的膝蓋上，我光裸身子，看著他，想著父親跟他或許有某方面的相像，想著爺爺如果還活著，應該跟他一樣是個非常有能力與名望的人。我羞愧地擁抱虎牙，讓我們的身體互相重疊、翻轉與滾動，我把手探進他上半身的口中，他把手探進我下半身的口中，我們交換彼此手腳，分享惡臭。從我生命中一一缺席的人都逐漸俯壓而來，那樣沉，那樣重，那樣不可抗拒，我在極深沉、極敏感、極恐懼的痛楚之中，感覺到悲傷。

悲傷讓我脫離身體，飄浮著，不知方向地行走。

畜生

大屄川奶奶開始神經質了起來，擔心病痛，擔心得了絕症，擔心肉感的屄川變小，花了一大筆錢去做全身健康檢查，報告指出，除了血壓和肝脂肪指數些微過高之外，整體而言，身體相當健康。大屄川奶奶一顆心依舊七上八下，不相信報告，埋怨失眠、牙齦出血、反胃、嘴皮潰爛，說半夜三點多驚醒之後就再也睡不著，而且花內褲最近都鬆得包不住她的屄川。大屄川奶奶信誓旦旦，說報告不準，身體絕對出了問題。

大屄川奶奶疑神疑鬼，搞得我們也一同精神衰落了起來。出了門，大屄川奶奶就要戴口罩，說產自非洲的伊波拉病毒就要席捲整個地球；吃飯還會自備餐具，說外面的碗筷都沾染了別人的毒口水。除了疾病，大屄川奶奶還擔心各種難以防範的意外。遇上塞車，就想起華人被攔車槍殺的消息，以為歹徒馬上就要持槍包圍，大尻川奶奶握緊雙手，不停發抖。我們試著安撫，說想死還沒那麼容易死，醫學不斷進步，總得讓人痛苦地躺個幾年。我們的話十分滑稽，一點治癒的功效都沒有，或許在死亡揮之不去的陰影中，我們沒有不該死的。大尻川奶奶深呼吸，緩和幾分鐘，繼續愁容滿面，唯一能撫慰心靈的，只有小太監。

每當大尻川奶奶眉心緊蹙，一臉慌張，她就會伸出雙手緊緊抱住小太監，不讓小太監離開她充滿乳香的懷抱。小太監瞪著一雙血紅眼，翻摺兔耳，毛茸茸的雙掌和胖嘟嘟的身子變成一團乳房般的白色肉球。小太監喜歡讓雙手與胸膛簇擁起來，享受動彈不得的快感，從軟綿綿的肉球中擠出一根興奮的陰莖。大尻川奶奶一邊說這個畜生真該死，一邊又用手指玩弄小太監黏稠稠的龜頭，捏一捏，搓一搓，笑得合不攏嘴。我想，躺在大尻川奶奶肥厚的乳房中，就像天天洗著牛奶浴一般，太過幸福，容易遭受厄運。

小太監竟然離家出走，焦慮的大尻川奶奶更焦慮了，咬著唇，不停呢喃，整天不吃不喝，尻川都瘦了下來。我和金金只好出動，印了一百多張尋兔啟事，張貼在大尻川奶奶經常出入的商家、餐廳和大小街道。我和金金都覺得小太監整天陪著大尻川奶奶，一定悶壞了，跑出去玩也是情有可原，只是我們都不覺得小太監會平安回來，這個死兔崽子不是被車子輾死，就是被攤販宰來吃，當作噱頭烤成兔子肉串。我們特別注意市集的烤肉攤，想著攤販說不定會張貼兔肉限時體驗告示，到時不管花多少錢，都應該要買下所有的兔肉。

不管肉串如何香噴，如何充滿油光，我是一口都不肯吃的，把兔肉放進嘴中總讓我想到小太監的搗蛋陰莖。

大尻川奶奶整天以淚洗面，妝花了再補，補完再哭，成天唉聲嘆氣說自己實在太命苦，連兔子都不要她。

膽小怕事的大尻川奶奶竟然鬧起自殺。

大尻川奶奶打了電話給奶奶、喜鵲奶奶和小奶奶，說要先走一步，這可嚇壞所有人。

爺爺奶奶趕緊跑到大尻川奶奶家，破門而入。大尻川奶奶剛洗完澡，擦了香水、穿著米色浴袍香噴噴虛軟軟憂愁愁躺在床上，一看見爺爺奶奶就抱起棉被，將臉和身子裹了進去，痛哭著，說：「我真沒用，買了安眠藥也不敢吃，燒炭覺得臭，上吊覺得醜，跳樓自殺又怕高。」奶奶斥罵：「活得這麼痛苦，要死就去死，還打電話來做什麼，狼心狗肺沒心肝，死一死最好，反正沒人愛了嘛——妳當我們是什麼？何苦死皮賴臉要妳活下來。」奶奶瞪大雙眼，漲紅著臉，身體劇烈顫動，由於過於激動而有些吸不到氧。喜鵲奶奶和小奶奶連忙叫奶奶閉嘴，試著安撫大尻川奶奶。喜鵲奶奶說：「活得好好的，整天想著死做什麼，妳看我沒了奶子，頭也光了，不男不女的不是也活得很好？哪有那麼多痛苦？」小奶奶說：「要死也不差這幾年。」奶奶氣憤難平，啐罵：「我管不了這麼多，最好死一死，燒一燒，別在這丟人現眼。」小奶奶和驢子爺爺將大尻川奶奶載回家嚴加看管，以免又鬧出什麼荒唐事。

隔天，我和奶奶特地跑去寵物店，挑選一隻和小太監長得差不多的兔子，大眼睛，白絨毛，翹耳朵，繡球般的短尾巴，不過卻是一隻母兔子。奶奶說：「公兔子不安分，整天只會發春，滿腦子都是精蟲。」我們將母兔子送給大尻川奶奶。奶奶怒火未消，調侃地說：「怎麼還活著？」母兔子不怕生，認得了新主人，一古腦躲進大尻川奶奶的懷中。大尻川奶奶發著神經，說：「我的小太監終於回來了。」兩個禮拜之後，小奶奶打來電話，說小太監找到了，還神祕地說：「這老處女準備談戀愛了。」我搞不懂什麼是準備談戀愛，難道是要突破尺度，來一場驚悚的人兔之戀？

奶奶放下心中大石，罵著，都是畜生搞出來的。

我覺得奶奶罵的不是小太監，而是男人。

草寫

很長一段時間，我持續憎恨自己，腦海不斷想著我所做的事情，不過就是單純想著，不知道這樣做到底有什麼意義。每當我覺得快要出現一些結論或決定時，另一種聲音都會強而有力地攪動著我，讓我不斷推翻自己，彷彿是不斷凹陷下去的百褶裙皺褶。我試著從我的世界中剔除虎牙，聽音樂，看非法下載的美國和大陸電影，替褲子裡的食肉和尚化妝，去酒吧摸摸大奶奶、小奶奶以及沒有奶奶的奶奶，然而，虎牙依舊不時浮現腦海，非常邪惡地笑著。我無比焦躁，認為自己犯下不可饒恕的罪過，為了掩蓋已經犯下的錯，只能繼續荒唐，持續遊戲，只有這樣，才能夠知道原來現在的自己並不是最糟的。我的全身上下充滿毀滅的力量，但是，當我看著不斷遭受時日侵蝕的爺爺奶奶，又會覺得我所謂的毀滅簡直就是玩笑，充滿了滑稽感。我想坦承，這樣將使我輕鬆，有人將會一起承擔我所犯下的錯，只是到頭來，我還是退卻了。我編造理由，欺騙自己，不知道一個人到底可以齷齪到哪種程度，可以美麗到哪種程度。這些義正詞嚴的念頭隨即又被掩埋，難道我不能當個小娼婦，當個小婊子，當個沒良心的狐狸精嗎？難道我不能作踐自己？勾引、接吻、撫摸、暴力與愛多麼吸引全身騷到發燙的我。

我必須要將這種發燙的感覺傳遞出去。

我和金金特地搜尋網路，用爺爺奶奶給的錢買了壯陽藥。諸多選擇看得我眼花撩亂，我和金金在鹿血丸、香港天龍早洩剋星、鯊魚精、犀利士、獅王催情丸和藍色小藥丸中猶豫許久，最後選擇了可能不傷身、價格比較便宜的鹿血丸。我和金金還年輕，隨時都能堅硬勃起，不需要藥物輔助，我們可是特地為春爺爺買的。我可不想整天看著春爺爺愁容滿面，唉聲嘆氣，好像等會兒就要被抓去閹割當太監。我把藥丸磨成粉，加在春爺爺專用的玻璃罐辣椒粉中。每次看著春爺爺在大蒜飯、茄子餅和燒肉串中倒入辣椒粉，我的一顆心都不禁加快跳動，像個變態般不斷盯著春爺爺的褲襠。然而，春爺爺以不變應萬變，以不舉應高舉，於是我決定加重藥劑。我又上網買了愛神邱比特和非洲大補丸等昂貴壯陽藥，磨成粉，不僅加入辣椒粉中，還加入春爺爺每天固定食用的強身健體中藥粉。我懷著期待與調皮搗蛋的玩性，想著春爺爺即將再次展現雄風，面對千萬花草依舊勇往直前無堅不摧。

紅顏禍水迴光返照

吃齋念佛的日子，喜鵲奶奶只短暫維持了一個月。

喜鵲奶奶說：「這種尼姑生活實在不適合我，又不是被關在雷峰塔，也沒被綁上貞操帶，還是淫蕩些比較自在。」

我喜歡騷包的喜鵲奶奶，喜歡她拉完面皮自吹自擂說臉比豆腐嫩，喜歡她勾引人時捏著男人屁股的老練模樣，喜歡她將鮮紅口紅吻在我的額頭上，喜歡她蹬著露出十趾的鑲鑽高跟鞋，喜歡她穿著百褶裙假裝十八歲，喜歡她嬌滴滴笑著說自己是比觀世音菩薩還純潔的老處女。

喜鵲奶奶擁有將近上百頂巨大保險套般的帽子，為了擺放這些鮮豔、花俏、造型獨特的帽子，還特地去買了兩個衣櫃。我和金金會去喜鵲奶奶家陪她說話，喝茶，吃零食，看卡通《海賊王》，從衣櫃中掏出帽子頂在頭上，或者遮掩住身體的某個部位，對著鏡子搔首弄姿，看誰裝出的面容最不要臉、最性感、最能吸引愚蠢的男人。喜鵲奶奶開始接受自己，在家中，不再戴著假髮假帽遮遮掩掩，露出渾圓無比的光頭。房間中，擺滿了保養品、裙子、洋裝、高跟鞋、絲襪、胸罩、玫瑰、絲絨、化妝品、項鍊等等，還有從各地廟宇搜刮而來的佛經、圖騰和佛陀智慧語錄。佛經擺在床頭、衣櫃和雜誌上方，圖騰貼在牆上、椅背和衣櫃上，佛陀智慧語錄則散落各個角落，由於數量實在太多了，喜鵲奶奶便把一張一張佛陀智慧語錄拿來當作計算紙，抹油漬，包飯盒，擦玻璃。佛陀智慧語錄中有很多格言，喜鵲奶奶最近背誦的是：「不憂不懼，是祛病第一良方，不排不拒，是除惱第一法則。」語錄內還穿插許多土地公、媽祖和地藏王菩薩救苦救難的健康資訊。

當不了尼姑，只好當個貪生怕死的普通人，喜鵲奶奶非常相信這些守則，例如切忌肥胖，維持標準體重；少吃油炸、油煎、或油酥食品，避免吃豬皮、雞皮、鴨皮和魚皮，定時定量攝取花生、瓜子、腰果、核桃等堅果類食物；選擇富含纖維素食物，以全穀類的糙米、全麥麵包和新鮮蔬果為佳。喜鵲奶奶說：「這些守則讓人十分安心。」我發現，喜鵲奶奶只是喜歡蒐集有的沒的祕方，每次從鑲滿珠寶的提包中拿出化妝包、香菸或是防老回春的膠原蛋白果凍，便會順道拿出一、兩張智慧語錄，念啊念，直到滿意了，才喜孜孜收進提包。

喜鵲奶奶親自上陣，不畏死亡逼視，盡情抽菸，喝防止老化的葡萄酒，快快樂樂歡歡喜喜吃炸豬皮。喜鵲奶奶最大的改變不是外表，不是老去的時光，也不是頂著帽子的新造型，而是那雙充滿體諒的雙眼，以及一顆逐漸柔軟的心。喜鵲奶奶以前可是不折不扣的女悍婦，高傲得很，不管面對好事壞事，嘴裡吐出的話都充滿嘲諷，說什麼就是不肯吃虧。如今，喜鵲奶奶不同了，眼神有了笑意，嘲諷轉成自嘲，不愉快時也不再隨意痛快罵人，而是學會沉默，在寂寂的漫長時光中體諒自己，也體諒別人——原來，死亡可以馴服任何人。

喜鵲奶奶說：「光了頭，女人都不女人，沒想到竟然還有更多瞎眼的男人追。」

喜鵲奶奶原本就愛聊八卦，現在更喜歡說床邊事惹大家笑，說：「我前陣子吃了黑巧克力，舔起來又甜又苦。後來又吃了一個白巧克力，毛是金色的，很粗大，頂得我的處女膜又破了一次，他特別喜歡我的叫床聲，說讓他想起他媽媽，我覺得他真是個他媽的神經病，難道他跟他媽上過床？我還坐過一輛德國老賓士，床上功夫沒想像中好，馬達聲也不好聽，不過卻很溫柔，說要帶我回歐洲，我非常認真地想了想，覺得還是不要害人比較好，去到那裡，還沒病死可能就先冷死了。」

不知道是不是我自己的毛病，這些笑話總讓我難過。

喜鵲奶奶笑著說：「唉喔，之前是自己嚇自己，何苦呢？最近，我天天都跟媽祖、觀世音菩薩和地藏王菩薩打交道，當好朋友，到時去了那邊，還可以湊一桌打麻將呢。」

喜鵲奶奶試著化解死亡的逼視，我多麼希望喜鵲奶奶是真的春心蕩漾說這些笑話，而不是單純想讓我們安心。

一舟兩槳划向地下河

虎牙傷害我，我自願的，我允許的，我必得讓自己接受。

醒來時，我正在哭，愉快地哭，一點都不避諱讓別人聽見我嬌滴滴的哭聲，可能，我正打算讓別人清清楚楚聽見哭聲，以此作為我的妥協與示弱。頭一次，我感覺有人以殘暴的方式深愛著我，無法離開我，即使那是因為想要撫摸我身體的欲望，而我發現那個深愛我的人，不是虎牙，而是自己。我和世界確實緊密連繫，卻又感覺之間存在著許多空隙，沒人發現這些扭曲的空隙，或者說，發現者都自動別過頭，不把這當作一回事。我在空隙中觀察自己，注視我與世界的互動。我是一滴從玫瑰刺莖綠葉滴落的露珠，不知歸屬，只剩下湧出的疼痛。我保持警戒，疏離自己，告訴自己如何脫身，我並不會因為疏離而感到任何不適，只是好奇，想著這個充滿愛的世界為何如此缺乏愛，我不由自主興起一股強烈的無能為力。我產生某種無法掌控的自棄，原來，我的身體早已讓欲望蒸得熟透，同時發出狐臭與使人興奮的花香。

我的身邊躺著一個我完全記不住面孔的男人，他的背脊長滿鱷魚般粗質鱗片，皮膚在床褥中不斷變皺，骨頭彎曲一碰就碎，我想探看他的臉頰、喉嚨、胸膛、手腳與身體各種形狀，卻又充滿遲疑。我注視自己的身體，皮膚化為土壤，幾百隻馬陸、螞蟻與蜘蛛鑽了出來。有著什麼正在冰冷中腐化著，活動著，蠕動著。我感到冷，身體在汗水中浸泡許久。我夢見我在哭，卻不知道為何要哭，只知道內心有一股非常龐大的憎恨與輕蔑，而當我醒來，我發現自己真的在哭，這讓我感到哭的必要。我聽見我假裝發出的高潮聲，帶著哭泣時的鼻音，如此淒美，我愛死了這種聲音。我的全身鬆軟，疲倦，非常沉，床鋪旁的玻璃窗上樹影搖晃，遮遮掩掩，剛要進入夜晚，也剛要進入清晨，什麼都是模模糊糊的，而那種模糊也是只有在微光暗影中才能產生的強烈恍惚感。這一切都不是我所想要，我卻逼迫自己去獲得，或許只是想去證明什麼。內心赤裸如身體，布滿傷口，一寸一寸開出的花瓣都是含苞般的罪惡。我想著離去和未曾離去的家人，一古腦想躲進他們的懷抱，只是我知道這並不能解決眼前的難題。我閉起眼睛，想知道現在到底需要什麼，失去什麼，做過什麼，又必須接受什麼，我所獲得的一切，都可能是自我捏造。我沒有方向，被一股力量排拒在外，如同貧民窟中衣衫襤褸的人們。我並不怕被神遺棄，比較起來，我比較害怕被所愛的人遺棄。我的心中充滿熟悉的恨意，以及豐饒的愛。

觀音過於慈祥，而我過於淫蕩。

上帝太遠，痛太近。

是的，我允許虎牙傷害我，我自願的。這並不可恥，我告訴自己，尤其當我的身體因為興奮與快感而顫抖，我感到自己正觸碰生命中某些嚴肅沉重的課題，例如罪過、童貞、邪惡、欲望、痛與失落。然而，我選擇放縱自己，為證明所愛而去摧毀所愛，我想知道自我的墮落是否也將受到寬宥。我充滿好奇，善意與惡意一同浮躁了起來，對於名之為愛的一切，感到無比興奮，甚至湧現想要張開雙手勒死什麼般的力量。我說：「我要離開了。」虎牙裸著身體趴在我的身上，說：「再陪陪我好嗎？」虎牙的口氣非常誠懇、溫柔且充滿渴求，而我任何的回答都注定傷害他。同時，我也了解，他這個全身死人斑的老賤貨是不能沒有我的。離開我，他只會沉溺在不幸之中，而我忍不住想看到他即將變得多麼不幸。我受不了虎牙射精後濕黏黏的身體，受不了虎牙的劇烈咳嗽，受不了虎牙用水母皮般的皮膚貼著我，磨蹭我，肥大的手掌捂住我的下體，另一隻爪子般的手掌護住我的臉頰，不斷碰觸我的眼睛、鼻子與嘴巴，堵住我試著從身體中排出去的什麼，他不讓我呼吸。我的身體躺在床上劇烈顫動，為自己的行徑付出代價。虎牙極其愉悅地看著我扭動的痛苦身子，欣賞我的青春與早夭。

活著為何如此疲倦？我在痛苦中想著。

妖妖正在代替我死去。

虎牙咬著我的耳朵，探進舌頭，拍打我果凍般的屁股。這一次，我非常認真，不再兒戲，不再抱持仇恨的想像，不再對於所困所惑感到迷惘。我再說了一次：「我要離開了，我沒有愛過你，從來就沒有。」失去的，已經無法找回，而我所找尋的情人們，原來都只是歸途中的想像，不斷歧出再歧出的路徑。

我等著虎牙的不幸，以及我的不幸。

「您是我老邁的父親，是最優雅也是我最敬愛的男人。」

「你是我認識的男孩中最漂亮的小野貓，我從來都不知道男孩子能如此性感。」

夏日午後，悲傷緩慢溢出，凝在瀰漫精油花香的嘴唇上，我昏沉沉舔著汗水，全身有多處瘀傷，一雙手輕輕撫弄膨脹的陰莖，說了一聲：「抱歉。」我無比後悔，必須殘忍拒絕虎牙的愛，並經由拒絕來完成自己。虎牙開始遊戲，糾纏我，觸碰我，占領我，將鈔票塞進我的屁眼，最後以復仇般的姿態毆打我，再度把我當成性愛時的玩具。虎牙扯著我的胳膊，勒住我，用身體的重量將我緊緊壓住。我反抗。虎牙在我的左右側臉頰各打了一巴掌，朝我瘦弱的身子啐一口唾沫，接著站起身，左腳踩住我的下體，右腳踩住我的手腕，握住陰莖，對準我的臉頰。我在虎牙嘩啦嘩啦的尿液中哭著，然而，我的心卻突然得知了什麼，不再慌張、恐懼或震顫。

一股靜止籠罩著我。

虎牙用另一種方式愛著我。

愛一個人，可以如此暴力，不愛一個人，又可以如此溫柔。

我必須承受，這本來就是我應得的。

下台一鞠躬

死亡來臨時，我們展開最短亦是最長的一趟旅行。

春爺爺不認輸，愈挫愈勇，腎上腺素線翹得比陰莖還高，又從國外買來許多新奇的魔術道具，廣發帖子，邀請所有的親朋好友一同欣賞表演。

紅幕拉起，湧出蓬蓬勃勃灰燼般乾冰，彩色氣球在舞台四周結出巨大果實。春爺爺戴圓頂帽，拿拐杖，穿一襲正式的白襯衫黑西裝，別一條紅領帶，黑皮鞋無比晶亮。一張圓木高桌，一條紅巾，一只黑箱。春爺爺踩踏不斷膨脹的飽滿果實來到台前，拉下帽子，彎腰，笑容滿面，說：「歡迎最後一次來到阿斯旺恐怖劇場。」

春爺爺挺起身，鼻子忽然多了一顆紅球，左手拿下來後，出現另一顆綠球，右手拿下來後，鼻子又多了一顆金球，接續取下銀球、藍球、灰球、黑球、橘球和白球。春爺爺將彩球依序丟向天空，成為一道流動的彩虹，轉身，旋繞，先跳曼波，再跳爵士，節奏不斷加快，而後毫無預兆，彩球一一精準落入黑箱。鼓聲鼕鼕響起，乾冰灌入不斷膨脹的果實，春爺爺將手杖垂立舞台，十指彈著鋼琴般瀟灑起伏，晃動中，指甲彎曲如藤蔓，獠牙隨著咒語而發出灼灼白光，牙尖變得更加銳利。春爺爺面露微笑，手掌一張一縮，騰空握住觀眾的心臟，鼓聲陣陣融入，葡萄、蘋果和鳳梨一一爆裂開來。春爺爺在充滿果香的舞台上優雅打開黑箱，確認內頭空無一物。春爺爺來了勁，請嗩吶隊，買花圈喪帳，說：「成敗就看這一次。」春爺爺認真的表情實在滑稽。磬鑼響起，春爺爺再度打開黑箱，內頭出現一叢盛開的白玫瑰花，春爺爺左手拿起花莖，右手摘下一片一片花瓣，口中不斷碎語，愛我、不愛我、愛我、不愛我、愛我，並且將花瓣帥氣地灑向觀眾。春爺爺踩著滑潤的果實，身子一不小心後滑傾倒，後腦杓就要撞上地板，突然，乾冰猛烈噴發，整個身體瞬間漂浮了起來。眾人驚呼，倒抽一口氣。一股巨大的潮流沖擊舞台上的木杖、黑箱、圓頂帽和木桌，不斷漂移、旋轉與流動，左左右右，上上下下，春爺爺奮力划起自由式，水波濺出，化為核桃、糕餅與糖果。鼓聲與嗩吶聲在渦漩中旋繞，春爺爺偶然抓住黑箱，踏入左腳，再踏入右腳，縮擠身子，將小腿、大腿與臀部一同塞了進去。春爺爺睜亮雙眼，嘟起嘴唇，露出一張惡作劇笑容，將上半身緩慢塞入。春爺爺從黑箱中伸出一隻手，揮了揮，沒有留下任何一句告別。最後一片花瓣從黑箱中丟了出來，伴隨一聲暗語：「愛我。」紙錢燃燒，竄出灰煙，一股一股烈風流竄身邊，我們注視，我們哭泣，我們吸入死亡的各種味道。漂浮的物品霎時從空中墜落，我們靜默無聲。

火來了。

我們走向前，圍著黑箱，最終揭開魔術的伎倆——一只骨灰罈。

眼眶有些濕潤，呼吸逐漸困難了起來，嘆息很長，把我們都寫進沉默之中，不驚擾生者也不驚擾死者。奶奶牽起我的手，怕我走失。我們面目哀戚緩步走近，看望春爺爺，再緩步走遠，看望同一個面容的春爺爺。

春爺爺笑得非常老不修，刻意露出金牙炫耀。

這片土地，原來一直都在等待我們的眼淚和骨灰。

從喪禮回來之後，打開燈，家裡竟然不知不覺空曠了起來，我和奶奶很有默契地走進不同角落，我們的沉默承擔許多不願明說的意義。我彷彿從深層的睡眠中甦醒過來，發現自己瞬間老了好多。天花板上有兩盞日光燈，其中一盞閃閃滅滅，我和奶奶經過客房時，總是不自覺停下腳步，看著日光燈發呆兩、三秒，再低下頭，繼續假裝忙著什麼。過了幾天，日光燈便燒壞了。

我們再一次抬頭望著天花板。

「變暗了。」

「是啊，變暗了，也快要天黑了。」我回應。

「以前都是你的驢子爺爺和春爺爺修這些有的沒的，他們對這些事情很有興趣，我都直接叫工人來，唉，這些渾蛋——」

「現在呢？要叫工人來換嗎？」

奶奶看著我，想了幾秒，說：「之前閃來閃去的，看了真不舒服，現在壞了正好。」

我抬起頭，不知道自己究竟盯了熄滅的日光燈多久，想著自己應該先去找一把梯子。

我以為自己非常習慣和奶奶一起生活，可是現在，一切卻變得異常陌生，死亡正在改變我們。我不敢直接面對奶奶，一旦觸及我們之間的關係，頭腦就會不由自主混亂起來。有時，我覺得奶奶非常輕浮，為什麼可以跟那麼多男人發生關係；有時，我覺得奶奶非常厲害，熟於世故，善於應對，不管是當情婦或是刁婦都相當稱職。我們在一起生活，卻感覺我們之間有一段非常遙遠的距離，遠到我們只能緊密依靠彼此。

都疲倦了。

洗完澡，如果沒有睡著，奶奶會叫我幫她擦乳液，如果睡著了，奶奶也就不再擦乳液。我喜歡奶奶睡在我身邊的感覺，身體產生的溫暖讓我安心，能讓我盡情享受夢境，讓我逐漸觸碰愛的禁忌與不知邊界的欲望。奶奶的身體壓抑著什麼，藏得很深，掩蓋得非常好，然而睏倦的我，依舊可以聞出鎖孔鏽蝕的味道。奶奶不再提春爺爺，我還以為奶奶從來都不認識這個人。我的心中不時傳來陣陣疼痛，阿斯旺正在吸食我的血液，延展吸食器，從我的嘴巴與肚臍進入胸腔、臟器以及身體內部，最後將一口一口吞食我的心臟，不管用鹽巴、大蒜或在身上塗滿精液，都無法驅除這種持續性的疼痛。

情緒變得極度不穩，時不時就想抽菸喝酒，或者吃一、兩顆安眠藥。

我聽見了奶奶的聲音，甦醒過來，從涼被中探出頭。

春爺爺坐在奶奶身邊，微笑著。奶奶一邊嘆息，一邊流淚，嘴唇顫抖，從衣櫃中整理出春爺爺成堆成塔的死人衣褲。春爺爺撫摸奶奶的頭髮，調皮地伸出舌頭，舔著奶奶性感的耳垂。奶奶將準備捐獻的衣褲齊整放進紙箱，沒過多久，又極其不捨拿了出來，嘆著氣，放在膝頭撫摸。我知道奶奶成了一位真正的女巫，用荊棘和詛咒守護不願表現的愛，而春爺爺終究在漫長的等待中，成為阿斯旺，悄悄偷走奶奶的心。

春爺爺完成最艱鉅、最奇幻、最難以臆測的魔術。

我知道春爺爺會再出現，從黑箱中伸出手，探出頭，雙手撐著黑箱爬出來，繼續穿著帥氣西裝，搖晃手杖，噴灑精液香水，以瀟灑、倜儻、多金的公子爺形象來到我的面前，我只要等到那一天就好了。在那之前，我必須不斷複習春爺爺的魔術，探進黑箱，編織故事，以免到時春爺爺帶著金紙銀紙再次出現時，我早已經忘記他這個滿口胡說八道的王八蛋。

夏娃的兩爿乳房

願意為愛受罪的人是幸福的。

我籠罩在被占有、被恐嚇與被毆打的擔憂之中，整天心事重重，無法專心，十指不停顫抖，不管穿了男裝、女裝都覺得自己很醜，覺得自己低賤，最讓人無法容忍的，是腦袋會不由自主想起虎牙黏附在身體上的感覺。我想起虎牙眼睛的混濁、胸膛的起伏、下巴的鬍渣、打嗝的顫動和低沉的咕噥聲。虎牙躺在我的身邊，雙手磨蹭我光滑出水的身子，探索我，騷動我，奉承我，要我原諒他。虎牙張開嘴巴，要我對著他撒泡尿。身體中有著非常強烈的噁心感，胃液不斷翻攪，想要一鼓作氣嘔出體內長期蓄積的骯髒。我無法再次吞嚥，閉起眼，暫時止住呼吸，試著安撫體內腐敗許久的什麼。接著深呼吸，假裝一切恢復往常。再次睜開眼時，我感覺毀滅靠了過來，黑暗似的引力不斷吞噬我的世界。

我害怕起睡眠，夢中，罪惡感轉換成純粹的歡愉，我極力想要取代夢境外的我，彷彿隨時都可能遭到謀殺，再也無法回到熟悉的世界。我常常在睡眠之間強迫自己睜開雙眼，移動雙手，緩慢撫摸身體。很好，這是我的頭髮、臉頰、脖子、胸膛、大腿，而後放心地將雙手放在肚子和陰莖上，這的的確確是我的身體，純粹如水晶，一點都沒錯，我在黑暗中安慰自己。

「安安並不是真的喜歡我，我知道，所以我很感謝，雖然我有很多錢可以買女人，不過那些女人我一點都不喜歡。」

我光裸身子，對於虎牙的謝意感到難為情。「虎牙在撫摸我時，是在想著什麼？」

「很奇怪，我沒有想著男人，也沒有想著女人，我想讓高潮的興奮感瀰漫全身，可是失敗了；看到你的身體，我只是難過，想著自己已經很老了。」

我同情起虎牙，只是不知道該如何表達自己的憐憫，於是伸出手，再次搓熱了自己和虎牙的陽具。

「我沒有愛過你，但是我需要你。」

我竟然有些難過，打起精神說：「沒關係，其實我也沒有愛過你。」

我們頭一次真正凝視彼此。

扯下戴了十幾年的長命鎖，而後，我叫來金金。

我以為治療曾經受過的傷害，就是主動去傷害另一個人。

緩步踏入一間充滿花草精油的客房。

全身顫抖，無法思考，也無法好好緩平呼吸，我想直接褪下金金的衣服褲子，進入他的身體，踩著他的下體，將我的陰莖對準他的嘴巴撒泡尿。

我要他哭。

「昨天晚上我遇上一個怪老頭，入了十幾顆珠子，還在我的肛門塞進三顆跳蛋，好像在我的身體內玩幸運轉盤一樣，搞得屁眼都流了血，上廁所還會痛。」

我緊擰雙手，完全沒有辦法意識金金到底說了些什麼，拉住金金的衣領猛然撕開。

金金驚訝幾秒，露出調皮的笑容。「原來安哥哥喜歡玩這種遊戲。」

我的全身充滿一股破壞力量，不自覺搧了金金兩個響亮巴掌。金金愉悅地發出高潮般的叫喊。我將金金踹向床鋪。金金躺在床上，一邊發出呻吟，一邊扭動腰肢脫去熱褲。我扯掉金金褪至膝蓋的熱褲，抓住他的腳，將他黑色的腳趾放進我的嘴巴。我全身癱軟，含著金金一根一根不斷蠕動的腳趾頭，牙齒用力啃嚼，想要一口一口吃掉金金。

每次和情人分手，我的內心都充滿一股說不上來的寂寞。

我彷彿還在撫摸情人們的身體，當我們以不同的方式進入對方的身體時，總是帶著強弱不一的顫動，感受到一股被包容的溫柔。

世界模糊了起來。

我發現自己滿臉淚水立在房間之中，抽搐著，呻吟著，吸不到氧氣。我用手背抹去淚水，眼淚不斷湧出，大聲哭嚎了起來，全身充滿後悔、痛快與徹底的解放。

金金立起身，將手背放在我的額頭上。「可憐的安哥哥，要不要躺下來休息？放心，我絕對不會脫掉安哥哥的褲子。」

我蜷縮身子，躺了下來，不知道自己到底哭了多久，直到眼睛紅腫才逐漸平穩情緒。金金赤裸身子抱著我。我再度咬住金金的手臂，狠狠地將牙齒咬進肉裡，濃稠的鮮血味在我的嘴巴內擴散開來。金金張著一雙好奇的眼珠打量我，接著，伸出舌頭，靜靜舔起我的眼淚。我被金金舔得有些發癢，粗魯地將他推開。金金俯身看我。我怯懦地坐起身，背對金金，上了螺絲的關節已被旋開，洩去全身力量，一股強烈的空虛占據了我。

「抱著我好不好？」我的聲音如此乾癟。

金金伸出手，從後方環住我，說：「這樣子好嗎？」

「再緊一點。」

金金加強力道，勒住我。

「不夠，還不夠，再抱緊我一點。」

金金隔一段時間就換一個姿勢，說：「不舒服要說喔。」

我點點頭。金金抱著我好久，久到讓我忘記自己並不是一個人。

「可以把頭枕在安哥哥的肩膀上嗎？一直這樣抱著還挺累的。」

身體逐漸停止顫動，呼吸平順了起來。

「對了，我可以問些問題嗎？安哥哥，你會不會害怕變老啊，我覺得變老好恐怖喔。」

我的喉頭試著發聲，重新學習說話。

「不想回答也沒關係，只是好奇。」

「你覺得幾歲就是老了呢？」我緩慢回復了聲音、情緒與腦袋。

金金環住我的雙手，將我們的身體一同壓向床鋪，躺了下來，我們仰起頭看著天花板。

「超過十八歲囉。」

「為什麼？」

「應該說，當我知道自己會變老時就已經變老了。」我枕著金金的胳臂。「變老是非常美麗的事情，不需要害怕。」

金金抿抿嘴。「我只是怕老了之後還會是一個人。」

我轉過頭。「所以，是怕老了沒有人愛嗎？」

「可能，是怕被愛的人拋下。」

「會這樣想，應該是還沒有真正愛過。」

「安哥哥真的愛過了嗎？」

「我還不敢說自己愛過，只是想起我的情人們，心中都會充滿滋潤的感覺。」我笑了笑。

「所以安哥哥不怕？」

「怕什麼？」

「怕自己老了，怕身邊的人一一老去。」

「怕囉，怕得要死，你看我怕得都哭了，以後看到你會很不好意思呢。」

我們兩個人都笑了。

「我以為安哥哥是個沒有感覺的人。」

「為什麼？」

「因為不跟我做愛。」

「我怕跟你做愛後會帶你上天堂，這樣子我們死得太快了，不值得。」

我們又笑了。

金金把貼在我胸膛的手往我的肚子和下體移動，說：「變大了喔。」

「你的也變大了，都要十八歲了嘛。」我也頑皮地將手放在金金的下體。

金金拍著屁股。「真的不想試試看嗎？雖然安哥哥喜歡暴力，但是我可以接受，我配合度很高的。」

我立起上半身，離開金金的懷抱，不知為何，我的全身忽然湧現某種無法遏止的衝動。

「我以後就會喜歡別人了。」

「我知道，但是我不想傷害你。」

「喜歡和傷害不一樣。」

「不知道為什麼，我喜歡的人到最後都會因為我而受傷，我甚至懷疑是我害死了春爺爺。我們不該在藥粉內加入壯陽藥，或許那樣，就不會發生意外了——」

「安哥哥想太多了，我覺得因為喜歡而受傷是值得的。」

「是值得的嗎？」我的聲音在顫抖。

金金對著我點頭，善意微笑。

我伸出發顫雙手，溫柔地捧住金金細瘦的脖子，不自覺猛然出力擰捏，全身如此熾烈又如此冰冷，一股又一股力量不斷湧出，滲出的手汗緊密黏貼受到驚嚇的金金。金金圓睜雙眼，眼白逐漸透出血絲，脖子爬滿蚯蚓般的青筋，一口氣哽在喉間，尖叫聲不斷萎縮。我持續加大無法控制的力量。金金想撥開我的雙手，先用拳頭搥打我的手臂，再用利爪刮傷我的臉頰，雙腳不斷踢踹我的胸膛。金金放蕩的眼神逐漸迷茫，舌頭脹大，臉色青紫，多趾的汙穢蟲豸正要從金金口中緩慢爬出。金金用尖銳的粉色指甲使勁鑿進我眼球與脖子上的血管。我感到血液的熱流正從體內流淌而出，全身發麻，而後在疼痛中驚悚地醒過神，鬆開雙手。金金蜷縮身子躺在床上，面目蒼白猙獰，近乎死亡，而後大口喘氣，間歇性地翻滾身子。我忽然意識到自己傷害了金金，全身不斷冒出冷汗，我不敢靠近金金，不敢相信自己到底做了什麼。許久之後，金金不再滾動，臉部恢復血色，呼吸逐漸平緩下來。我靠向床鋪，在金金腳邊坐了下來，準備接受任何殘酷的懲罰，伸出手，觸碰金金骨感的腳踝，就在觸碰瞬間，一股電流在我們的肌膚上爆出荊棘般的金銀火花。金金再次立起上半身，深吸口氣，緩慢跪爬到我的身後，突然張開手，一口氣緊緊抱住我。金金的頭顱壓在我的肩膀，呼吸噴吐在我的嘴唇，我轉過頭，依舊可以看見金金脖子上的青紫掌痕。

「不怕我嗎？」
金金搖搖頭。
我的頭同樣靠在金金的頭顱上，不自覺親吻金金的臉頰。
「我真的很喜歡安哥哥，喜歡得好想把身體交給安哥哥，所以被打或者因此受傷也沒有關係，雖然這樣說有些奇怪。」
「我也很想把身體送給誰，不過這樣子很危險，也是沒有辦法做到的；而且，神奇的是，有時我看著自己身體時會很感動，感動到想哭，不只是疼痛才會讓我想哭。」
我和金金思索著我們的對話，沉默了。
「真對不起。」
「原本我以為安哥哥想要跟我做愛，結果只是想看我痛苦的模樣。」
「不，不是這樣的，我無法控制自己──你也給我兩巴掌吧。」
金金露出調皮的笑容。「我不要，我要你永遠欠我。」
我們仰起頭，一起看著天花板。
「等我一下。」我走出房間，從抽屜中找出替換的日光燈泡，扛了梯子重新回到房間。金金立起身，對著鏡子擺出各種狐狸精姿勢，輕撫瘀青。我說：「幫我扶梯子。」金金點頭，兩手握住伸展開來的梯子。我踩著梯子一步一步來到頂端。金金關了電源開關。我取下舊燈泡，裝上新燈泡。
金金重新打開電源。
兩腳跨坐鐵梯頂端，我呆愣愣望著熾烈的日光燈照亮房間，全身不自覺溫暖了起來。

終須告別的情人們

直到現在，我還是時常想著，當我十八歲醒來的那天早上，身邊躺的情人會是女人還是男人，還是說，會是個可以任意變換性別的天使？這問題已經不再困擾我了，因為我離十八歲愈來愈近，近到我感覺彷彿已經越過了十八歲，如同越過夜晚，清晨就會自然降臨，沒有隱藏任何神祕。

我不再幻想身上是否背負另一個人的靈魂，也不再對來處感到迷惑，醒來時，發現還活著，還能愛，還能感受疼痛，這幾乎就是最神祕的一件事情。我的祖先來自大陸，更早之前，我的祖先來自無比遼闊的土地，所有的人都是巴撒拉手上那塊掉落的黏土，永永遠遠受到詛咒。我逐漸了解，詛咒的意義近乎存在本身，更觸及了愛。

奶奶們不再踏入酒吧，頂讓了生意。奶奶說年紀大了，得想想要怎麼過生活。驢子爺爺和小奶奶偶爾吵架，小奶奶喜歡吃醋，說驢子爺爺死沒良心，竟然還偷偷喜歡奶奶。大屄川奶奶交了新男友葉爺爺，小她五歲，是宗親會的理事長，兩人參加同一個運動俱樂部。吃午飯時，葉爺發現活蹦亂跳的小太監，暫時收養起來，並從尋兔啟事中找到了新情人。大屄川奶奶養了兩隻小太監，現在，我們都會看到小太監趴在另一隻小太監身上瘋狂做愛。我和金金喜歡陪著喜鵲奶奶到處逛街，即使喜鵲奶奶已經不必去醫院做化療。喜鵲奶奶光著頭，不戴假髮和帽子，一顆大光頭就是一顆最性感的大乳房，聽說行情愈來愈好，是個衣服褲子都脫得很乾淨的脫俗美女。金金和喜鵲奶奶熱烈討論又和誰上了床，說現在的老男人都是上面有想法，下面沒辦法。我告訴金金，千萬別被喜鵲奶奶帶壞，她現在可是連死都不怕的老巫婆，整天幻想要去日本當最性感的歐巴桑女優。我和奶奶回復了自然的關係，我希望奶奶找個伴，找個勇猛強健的虎牙，只是這次，我不會再去勾引奶奶的情人，也不再刻意穿著女裝，已經沒有必要了，雖然還是會被香水、精油、花朵、嫩葉、奶水和杏仁豆腐般的屁股迷惑。我和金金依舊在客房中玩變裝遊戲，擠出乳房，搖起屁股，伸出舌頭，看誰最撩人、最性感、最下賤，看誰比屁眼外露的母狗還要發浪。

時不時，我依舊會想起春爺爺。

我已經不想去探究春爺爺到底去了哪裡，有人說春爺爺去探親，有人說春爺爺躲在女人國，有人說春爺爺回到神州大陸當真正的游擊隊，有人說春爺爺因為不舉而去海外尋求名醫準備重振雄風，我並不想識破春爺爺的伎倆，也不想繼續迷惘於遊戲所造成的罪惡感中。這不是意外，而是一場華麗魔術，充滿了絲巾、白鴿、疾病、失落、疼痛與性愛，一個又一個場景在我的面前消失，卻突然浮現於我的內心深處。我再度仔仔細細撫摸身體，探索歡愉，接受悲傷，刺激身體與內心的敏感帶——下體不知不覺堅硬勃起。

天濛濛亮了，日子如同往常，我濕潤無比的身體正隨著日頭逐漸燒燙起來。

夏日，強風挑逗窗簾，水澤充滿青蔥味，香蕉樹和芒果田在大雨中蓊鬱莖葉。

在一條黝黑的嗚咽小河，在邁向地下河的木質扁舟，在失去母親的歌聲與失去父親的胳膊，在吸吮的乳房與纏綿的腰肢，在太陽與月亮之中，瘦弱蒼白的身子早已有了改變。我帶著一胸膛的強健，一屁股的妖嬈，一雙充滿纖毛與汗液的大腿，噴灑香水，穿上白玫瑰、紅玫瑰與紫玫瑰色高跟鞋，準備將要臉和不要臉的男人女人踩在我充滿汗臭的腳下，要女人男人吸吮我豐滿的乳房，要所有的人渴求我葡萄般的乳頭，我很帥氣，近乎美麗，穿男裝或女裝都無所謂。我終須告別我的情人們，他們不復存在的生命存在我的心中，那裡是一片海，非常遼闊的一片藍色的海，時而低浪搖晃，時而在呻吟中漲起真正的高潮。

沒辦法，反正我就是個逐漸長出肌肉的淫蕩混血兒，在愛與不愛之間，緊緊咬住情人們的乳頭。

文學叢書 454

INK PUBLISHING

番茄街游擊戰

作　　者　連明偉
總 編 輯　初安民
責任編輯　宋敏菁
美術編輯　林麗華
校　　對　吳美滿　連明偉　宋敏菁

發 行 人　張書銘
出　　版　INK印刻文學生活雜誌出版有限公司
新北市中和區建一路249號8樓
電話：02-22281626
傳眞：02-22281598
e-mail：ink.book@msa.hinet.net

網　　址　舒讀網http://www.sudu.cc
法律顧問　巨鼎博達法律事務所
施竣中律師
總 代 理　成陽出版股份有限公司
電話：03-3589000（代表號）
傳眞：03-3556521
郵政劃撥　19000691　成陽出版股份有限公司
印　　刷　海王印刷事業股份有限公司

港澳總經銷　泛華發行代理有限公司
地　　址　香港新界將軍澳工業邨駿昌街7號2樓
電　　話　(852) 2798 2220
傳　　眞　(852) 2796 5471
網　　址　www.gccd.com.hk

出版日期　2015年8月　初版
ISBN　978-986-387-049-4

定　價　399元

國家圖書館出版品預行編目資料

番茄街游擊戰／連明偉 著：
--初版，--新北市：INK印刻文學，
2015.08　面；　公分（文學叢書；454）
ISBN　978-986-387-049-4（平裝）
863.59　　104012285